BLAUWE ENGEL

FRANCINE PROSE

Blauwe engel

Vertaald door Inge Kok

Uitgeverij Atlas
Amsterdam/Antwerpen

De vertaler ontving voor deze vertaling een werkbeurs van
het Nederlands Letterenfonds.

Omslagontwerp: Marjo Starink
Omslagbeeld: Trevillion Images © Clayton Bastiani

ISBN 978 90 450 1406 7
D/2010/0108/556
NUR 302

www.uitgeverijatlas.nl

Voor Howie

Swenson wacht tot zijn studenten hun persoonlijke rituelen hebben voltrokken, ritsen en doppen in stelling hebben gebracht en de pennen en schriften hebben neergelegd die met de grootste zorg zijn uitgekozen om hun prille, jonge persoonlijkheid tot uitdrukking te brengen, het nerveuze ballet dat het sein is voor hun wekelijkse onderwerping en een herbevestiging van het sociale contract dat in dit lokaal wordt gesloten voor een uur zonder echt eten of televisie. Hij kijkt de grote tafel rond en telt negen mensen; mooi zo, iedereen is er, waarna hij het manuscript doorbladert dat ze moeten bespreken, even wacht en zegt: 'Verbeeld ik het me, of hebben we vreselijk veel verhalen gezien over mensen die seks hebben met dieren?'

De studenten staren hem ontsteld aan. Het is ongelooflijk dat hij dit heeft gezegd. Zijn aandoenlijke poging om grappig te zijn klinkt niet anders dan het is: een vraag die hij heeft verzonnen en gerepeteerd tijdens zijn wandeling over het North Quad, het vierkante binnenplein, langs de gotische kloostergangen van grijze steen, de Founders Chapel en de prachtige, tweehonderd jaar oude esdoorns die net hun oranje bladeren beginnen te verliezen, waarvan er zo'n dik tapijt ligt op de omslag van het informatieboekje over Euston College. Zijn omgeving was hem nauwelijks opgevallen doordat hij alleen oog had gehad voor de naderende uitdaging om een groepsgesprek te leiden over het verhaal van een student waarin een tiener, die dronken en gefrustreerd is na een verkeerd gelopen afspraakje met zijn vriendin, een rauwe kip verkracht bij het licht van het lampje in de gezinskoelkast.

Hoe moet Swenson beginnen? Eigenlijk zou hij graag willen vragen: is dit verhaal speciaal geschreven om mij te kwellen? Wat voor kleine sadist leek het leuk om te kijken hoe ik de technische tekortkomingen aanpak van een verhaal dat er twee bladzijden aan wijdt om te beschrijven hoe de jongen de ribbenkast van de kip breekt teneinde de glibberige lichaamsholte beter rond zijn kloppende stijve te laten passen? Maar Danny Liebman, de schrijver van het verhaal, is er niet op uit Swenson te folteren. Hij wilde gewoon dat zijn held iets interessants deed.

Gebogen over of onderuitgezakt onder de tafel staren de studenten Swenson aan met net zulke doffe, half geloken ogen als de kip had, waarvan de held de geplukte kop naar zich toe draait tijdens hun keukenromance op de late avond. Maar kippen in koelkasten in buitenwijken hebben over het algemeen geen kop. Swenson neemt zich in gedachten voor dit detail later te noemen.

'Ik snap het niet,' zegt Carlos Ostapcek. 'Wat voor andere verhalen over dieren?' Carlos bijt altijd het spits af. Doordat hij bij de marine en op een tuchtschool heeft gezeten, is hij het alfamannetje, de enige student die ooit verder is geweest dan dit lokaal. Toevalligerwijs is hij de énige mannelijke student, Danny niet meegerekend.

Over welke verhalen heeft Swenson het eigenlijk? Dat kan hij zich ineens niet meer herinneren. Misschien was het een ander jaar, een totaal andere groep. Hij heeft te veel van zulke momenten: er slaat een deur achter hem dicht en zijn geest verdwijnt. Is dit een vroeg stadium van alzheimer? Hij is pas zevenenveertig. Pás zevenenveertig? Wat is er gebeurd in de seconde sinds hij even oud was als zijn studenten?

Misschien heeft hij last van de broeierige hitte, heel bizar voor eind september, El Niño die een abnormale moesson op heel Noord-Vermont dumpt. Zijn lokaal – hoog in de klokkentoren van de universiteit – is de warmste plek op de campus. En de afgelopen zomer hebben schilders de ramen dichtgeverfd. Swenson heeft geklaagd bij Gebouwen en Terreinen, maar daar hebben ze het te druk met het repareren van gaten in de trottoirs die tot rechtszaken zouden kunnen leiden.

'Is er iets, professor Swenson?' Claris Williams neigt haar mooie hoofd, dat deze week is gekapt in felle rijen opgerolde, oranje geverfde slakken. Iedereen, Swenson incluis, is een beetje verliefd op en bang voor Claris, wellicht omdat ze zo'n intelligente beminnelijkheid paart aan de ijzige schoonheid van een Afrikaanse prinses die het tot supermodel heeft gebracht.

'Waarom vraag je dat?' zegt Swenson.

'U kreunde,' zegt Claris. 'Twee keer.'

'Er is niets.' Swenson kreunt voor zijn groep. Dat bewijst toch dat er niets aan de hand is? 'En als je me nog eens professor noemt, krijg je aan het eind van het semester een onvoldoende.'

Claris verstijft. Ontspan je! Het is maar een grapje! De studenten van Euston noemen hun docenten bij hun voornaam, daar betalen hun ouders Euston achtentwintigduizend dollar per jaar voor. Maar sommige jongeren kunnen zich er niet toe brengen om 'Ted' te zeggen, de studenten met een beurs, zoals Carlos (die het omzeilt door hem Coach te noemen), de jongeren die van een boerderij in Vermont komen, zoals Jonelle, de zwarte studenten, zoals Claris en Makeesha, studenten van wie het heel onaannemelijk is dat ze gecharmeerd zullen zijn van zijn plagende dreigementen. Zulke studenten zijn er nauwelijks op Euston, maar om een of andere reden zitten ze dit najaar allemaal in Swensons werkgroep.

Vorige week hebben ze Claris' verhaal besproken over een meisje dat met haar moeder meegaat om het huis van een rijke vrouw schoon te maken, een griezelig overtuigend stuk dat hilarisch begon en afschuwelijk eindigde doordat het verslag deed van de chaos die de werkster aanricht terwijl ze van de ene naar de andere kamer strompelt en ondertussen goedkope wijn achteroverslaat, tot het ontzette kind haar van de trap ziet vallen.

De studenten hadden geen woord kunnen uitbrengen van gêne. Ze hadden allemaal aangenomen, net als Swenson, dat Claris' verhaal misschien niet letterlijk waar was, maar pijnlijk dicht bij de feiten bleef. Ten slotte had Makeesha Davis, de enige andere zwarte studente, gezegd dat ze schoon genoeg had van verhalen waarin zusters altijd maar aan de drugs of de drank waren, tippelden of doodgingen.

Swenson had voor Claris gepleit. Hij had Tsjechov erbij gesleept om de groep te vertellen dat een schrijver geen beeld van een ideale wereld hoeft te schilderen, maar alleen de echte wereld moet beschrijven, zonder preken, zonder oordeel. Hoewel zijn studenten schijt hebben aan een dode Rus die Swenson ritueel opgraaft ter ondersteuning voor zijn waardeloze standpunten. En toch had Swenson zich louter door het noemen van Tsjechov minder alleen gevoeld, alsof er een heilige over hem waakte, die hem niet zou veroordelen vanwege het boerenbedrog om te doen alsof deze jongeren te leren was wat Swenson hun zogenaamd leerde. Tsjechov zou in zijn hart kijken en zijn oprechte verlangen zien om zijn studenten te geven wat ze graag willen hebben: talent, roem, geld en een baan.

Na de bespreking van haar verhaal was Claris nagebleven om nog even te praten. Swenson had aarzelend gezocht naar een tactvolle manier om haar te zeggen dat hij wist wat het was om autobiografisch te schrijven terwijl mensen deden of het fictie was. Zijn tweede roman was per slot van rekening... Hoe moeilijk het ook te geloven is, toch had hij pas beseft hoe pijnlijk zijn jeugd was geweest toen zijn roman daarover was verschenen en hij er in recensies over had gelezen.

Maar voor hij haar voor zich had kunnen innemen met het verhaal over zijn ellendige jeugd en zijn geweldige carrière, had Claris hem laten weten dat haar moeder rectrix is van een middelbare school. Geen dronken werkster. Nou, ze had Swenson er zonder meer in laten tuinen en de groep volkomen op het verkeerde been gezet. Had ze niet even een hint kunnen geven om de spanning te doorbreken, die zo'n niveau had bereikt dat het een opluchting was geweest om verder te gaan met Carlos' verhaal over een dromerig joch uit de Bronx dat verkikkerd is op zijn buurmeisje, een prille romance waar ruw een eind aan komt als de vriend van de held beschrijft dat hij bij de buren door het raam heeft gegluurd en heeft gezien hoe ze een Duitse herder pijpte?

Dat was het andere verhaal over seks met dieren. Swenson heeft het zich niet verbeeld, en nu herinnert hij zich het verhaal daarvoor: dat van Jonelle Brevard over een boerin uit Vermont die hoort hoe haar man in zijn slaap maar de naam van zijn lievelingskoe blijft roepen... Drie verhalen over seks met dieren en het semester is nog maar net begonnen.

'Onder andere jouw verhaal, Carlos. Of heb ik me de Duitse herder verbeeld?'

'Oef,' zegt Carlos. 'Dat zal ik wel zijn vergeten.' De groep lacht – plagerig, toegeeflijk. Iedereen weet waarom Carlos dat heeft verdrongen.

De bespreking van zijn verhaal was uitgelopen op een hoop geschreeuw over ziekelijke mannelijke fantasieën over vrouwelijke seksualiteit.

Deze groep komt pas vijf weken bij elkaar en heeft al gemeenschappelijke grapjes en voert felle discussies. Het is werkelijk een goede groep. Ze inspireren elkaar. Er zit meer energie in dit gedoe over bestialiteit dan in jaren van melige fictie over ongelukkig verlopen afspraakjes of kinderen van gescheiden, disfunctionele ouders die afkicken van hun cocaïneverslaving uit de jaren tachtig. Swenson zou dankbaar moeten zijn voor werk van studenten waar enige vitaliteit, enig leven in zit. Waarom blijft hij het onschuldige landschap van hun hart en ziel dan hardnekkig beschouwen als een mijnenveld waar hij zich een weg doorheen moet zoeken?

Waarom? Omdat het een mijnenveld is. Laat zijn collega's het maar eens proberen. De collega's die denken dat dit een fluitje van een cent is: geen lange teksten, geen colleges, geen tentamens die moeten worden nagekeken. De collega's die hem benijden om dit lokaal met zijn panorama van de campus – laat hen die ramen openzetten voor er een student flauwvalt. Laat hen een lesuur doorbrengen in de wetenschap dat hun carrière ervan afhangt of ze een manier vinden om over bestialiteit te praten zonder dat iemand er aanstoot aan neemt. Niet dat het onmogelijk is om een briljant verhaal te schrijven over een jongeman die troost vindt bij een kip. Een genie – laten we zeggen Tsjechov – zou een geniaal werk kunnen voortbrengen. Maar het is niet aannemelijk dat Danny dat zal doen. En als deze werkgroep doet alsof Danny zijn dode kip wel in kunst kan veranderen, zou dat een strafbaar vergrijp moeten zijn.

Het is stil geworden in het lokaal. Heeft iemand een vraag gesteld? Het begint inmiddels mogelijk te lijken dat Swenson domweg de kluts zou kunnen kwijtraken en daar zwijgend zou kunnen blijven zitten, terwijl de groep toekijkt om te zien hoe het verder gaat. Toen hij net met lesgeven begon, had hij niets meer of minder gewild dan dat de hele klas verliefd op hem werd. Nu is hij al blij als hij het uur doorkomt zonder grote psychische schade op te lopen.

'Eh.' Swenson glimlacht. 'Waar waren we? Ik moet even afwezig zijn geweest.' Het gelach van de studenten klinkt vergevensgezind.

Swenson is een van hen. Hun docenten scheikunde zijn nooit even afwezig, geven dat in elk geval niet toe. Door alcohol en drugs weten deze jongeren alles van bewustzijnsstoornissen. Overal vlugge glimlachjes die niemand uitsluiten, dan zegt Danny: 'Denk je dat we... het over mijn verhaal zouden kunnen hebben?'

'Natuurlijk. Sorry,' zegt Swenson. 'Wat vonden jullie ervan? Wat vonden jullie mooi? Wat boeide jullie?' Een lange stilte. 'Wie wil beginnen?'

Beginnen? Niemand wil hier zijn. Swenson kan het hun niet kwalijk nemen. Ze lijken op tekenfilmfiguren die vogeltjes horen kwetteren. Swenson is van huis uit quaker. Hij kan met stilte omgaan.

Ten slotte zegt Meg Ferguson: 'Ik vond het wel mooi dat hij zo eerlijk toegaf dat de meeste mannen het verschil niet weten tussen vrijen met een vrouw en een dode kip neuken.'

'Tja!' zegt Swenson. 'Inderdaad. Dat is in elk geval een begin. Dank je, Meg, dat je het ijs hebt gebroken.'

Er valt geen zinnig woord over te zeggen. Swenson had gedacht dat Meg het verhaal zou zien als een weerzinwekkende verheerlijking van de fallische dominantie die zich opdringt aan een weerloze vogel.

De jongens reageren nooit rechtstreeks op Meg. Ze laten een gematigde vrouw beginnen en springen er dan bovenop. De verlegen Nancy Patrikis, die gek is op Danny Liebman, zegt: 'Daar gaat het verhaal niet over. De jongen geeft om zijn vriendin. En ze doet hem echt pijn. En dat zet hij de kip dus zeg maar betaald.'

'Ja, Meg,' zegt Carlos, 'neem dat maar van mij aan. Mannen weten heus wel het verschil tussen seks met een vrouw en seks met een kip.'

'Dat is wel te hopen, meid,' zegt Makeesha. 'Anders ziet het er slecht voor ons uit.'

'Neem me niet kwalijk,' zegt Swenson. 'Zouden we van het mannelijke gebrek aan seksueel onderscheidingsvermogen weer het spoor terug kunnen vinden naar de bespreking van Danny's verhaal?'

'Ik vond het walgelijk.' Courtney Alcott tuit haar lippen, waarvan de contouren zorgvuldig zijn aangegeven met donkerbruin en die vervolgens met lichtroze zijn ingekleurd. Courtney stamt uit een oude, invloedrijke familie uit New England. Een barbie uit Bostons duurste buitenwijk, denkt Swenson. Makeesha en Claris ergeren zich eraan dat ze zich kleedt en opmaakt als iemand uit een zwarte achterstandswijk, een misplaatst protest tegen de frisse gezichten van de boomaanbidders op Euston.

'Walgelijk...' overpeinst Swenson. 'Zou iemand wat... specifieker kunnen zijn?'

Courtney zegt: 'Dat stuk waarin Danny het met de kip doet.'

Het ontgaat niemand dat Courtney 'Danny' zegt in plaats van 'Ryan', de naam van het personage.

'Ryan,' zegt Swenson. 'Het personage...'

'Maakt niet uit,' zegt Courtney.

'Niet "het maakt niet uit",' zegt Swenson. 'Dat doet er wel degelijk toe. Volgens mij wil Danny ons niet laten denken dat hij dat met een kip heeft gedaan.'

'Ach, hij heeft eraan gedacht om het met een kip te doen,' zegt Meg. 'Anders had hij het niet in het verhaal gezet.'

'Denken is nog niet doen.' Swenson hoort hoe hij aan een preek begint. 'Schrijvers van detectiveromans zijn nog geen moordenaars. Niet beslist. En we zijn telkens in de problemen gekomen als we aannamen dat het personage voor de schrijver staat.'

Wanneer zijn ze op die manier in de problemen gekomen? Dan herinneren ze het zich: Claris. Het meisje en de werkster. Iedereen kijkt naar Claris, die de situatie bezweert door het gesprek weer op Danny's werk terug te brengen.

'Ik... vond het wel een mooi verhaal,' zegt Claris. 'Dat laatste stuk viel me alleen rauw op mijn dak. Ik bedoel, die scène in de keuken kwam zomaar uit de lucht vallen.'

Er klinkt instemmend gemompel, net als altijd wanneer Claris iets zegt. De studenten laten zich op andere gedachten brengen door haar overtuigende chemie van intuïtie, gezag en gezond verstand. Swenson zou gewoon naar huis moeten gaan en haar moeten laten doceren.

'Wat doe je in dat geval,' zegt Swenson, 'om de laatste scène minder schokkend te maken? Het slot zal hoe dan ook... verrassend zijn. Maar het moet geloofwaardig zijn en hoort niet, zoals Claris zegt,' – hij citeert de studenten wanneer hij maar kan, want dat geeft iedereen het positieve gevoel dat ze gezamenlijk aan een groepsproject werken –

'zomaar uit de lucht te komen vallen... Als je daadwerkelijk denkt dat het... uit de lucht komt vallen.'

Swenson kan zich ineens niet veel meer van het verhaal herinneren dan een paar weerzinwekkende bijzonderheden. Af en toe suggereert hij een ander slot voor een verhaal, waarop de studenten hem niet-begrijpend aankijken tot iemand hem vriendelijk meedeelt dat het verhaal al eindigt met de gebeurtenis die hij heeft voorgesteld. Nou ja, dan is het toch ook geen wonder dat hij daaraan heeft gedacht...

'Ik weet het niet precies,' zegt Nancy. 'Misschien zou ik het karakter van de jongen veranderen, zodat we weten dat hij iemand is die tot zoiets in staat zou kunnen zijn.'

Hier kan de groep in meegaan. Dat is precies wat eraan ontbreekt. Verbind de zonderlinge kippenverkrachter met de ogenschijnlijk normale tiener van Long Island die, in het verhaal, met zijn vriendin een pizza gaat eten. Tijdens het eten vertelt ze hem dat ze een oudere man heeft ontmoet die in een Noord-Italiaanse trattoria in Manhattan werkt. Ze zegt dat die nieuwe man haar heeft uitgenodigd om bij hem thuis te komen, waar hij haar hun specialiteit zal voorzetten: polenta met champignons ('Je houdt niet van champignons,' zegt de held, de beste regel uit het verhaal) en biefstuk die boven een open vuur is gebakken.

'Maak dat joch... gewelddadiger,' oppert Meg. 'Krijgen we de serveerster in de pizzatent te zien? Laat hem onaardig tegen de serveerster doen. Als hij dan later, wanneer hij naar huis gaat...'

Swenson werpt een blik op Danny, die er even verbijsterd uitziet als alle studenten wanneer hun werk wordt besproken en ze, om het sadistische ritueel te voltooien, niets mogen terugzeggen. Danny ís de jongen uit zijn verhaal. Hij zou een serveerster nooit slecht behandelen.

'Is dat ons standpunt over het personage?' Swenson gooit een reddingslijn uit naar de verdrinkende Danny. 'Iemand met een gemeen trekje? Of...'

'Moet je horen!' zegt Nancy. 'Stel nu eens... stel nu eens dat zijn vriendin in de pizzeria kíp bestelt. Of nog beter... stel nu eens dat het bijzondere gerecht dat die oudere man haar heeft beloofd geen biefstuk is maar... kip? Dus als dat joch later thuiskomt en... dat met de kip doet, zet hij het eigenlijk het meisje en die oudere man betaald...'

'Jaaa!' zegt Carlos Ostapcek.

'Zet hem op, meid!' roept Makeesha.

'Interessant,' zegt Claris. De anderen juichen bijna. Danny grijnst en kijkt vervolgens stralend naar Nancy, die teruglacht. Danny heeft voor zijn gevoel een verhaal geschreven dat slechts enkele kleine aanpassingen behoeft om zijn geheime identiteit als geniaal werk te kunnen openbaren. Hij popelt van verlangen om terug te gaan naar zijn studentenhuis en het op zijn computer te bekijken.

Swenson vindt het een voorstel van niks. Voor de hand liggend, niet echt, voorspelbaar. Rotzooi van de middelbare school. Je bestelt geen kip in een pizzatent, je mishandelt gevogelte niet domweg omdat het in het restaurant van je rivaal op het menu staat. Maar het is altijd een hachelijke aangelegenheid wanneer de hele groep instemt met een schadelijke 'verbetering'. Dan kan Swenson zijn mond houden of de snobistische elitaire spelbederver gaan uithangen. Wat maakt het uit dat hij de docent is? Waarom zou zijn stomme standpunt er iets toe doen? 'Zijn jullie het hier allemaal mee eens?' Wil iemand alsjeblieft nee zeggen?

'Ik vind het klote,' zegt een hoge stem ineens en ze draaien zich allemaal naar Angela Argo toe.

Angela Argo heeft geen woord in de groep gezegd sinds het begin van het semester, toen ze allemaal opgelaten het lokaal waren rondgegaan om te zeggen hoe ze heetten. Angela, mager, rossig, met neonoranje en limoengroene banen in haar haar, een fijnbesneden gezicht met scherpe trekken en een piercing op een stuk of zes plaatsen, draagt (ondanks de hitte) een zwart leren motorjack en een arsenaal aan kettingen, halsbanden en armbanden.

De stille types maken Swenson altijd nerveus. Joost mag weten wat ze denken. Maar de metalen Angela is helemaal een bron van ergernis. Doordat ze nooit haar mond opendoet en haar commentaar beperkt tot veelzeggend en storend te zitten draaien en zuchten, is haar aanwezigheid een brandende voetzoeker die in hun midden vonken verspreidt. Swenson kan haar nauwelijks aankijken vanwege alle gezichtspiercings. Nu tikt ze met een spitse ring op de rand van de tafel.

'Wil je zeggen, Angela, dat het... klote is om het verhaal op deze manier te herschrijven?' vraagt Swenson, automatisch ironisch en automatisch spijtig. Stel je voor dat Angela denkt dat hij haar nadoet en ze zich weer in stilzwijgen hult.

'En niet zo'n beetje ook,' zegt Angela.

Exact op dat moment voelen ze de seismische trilling, de druk in het middenoor die hen enkele seconden van tevoren waarschuwt: de klokken gaan zo luiden. De klokken van Euston bevinden zich in de koepel vlak boven hen. Als ze het halfuur slaan, halverwege Swensons werkgroep, voel je het begrafenisachtige gebeier in je botten trillen. Er komt een eind aan elk gesprek. Laat de professoren die een oogje op zijn lokaal hebben – die de klokken lieflijk over de campus horen beieren – eens zien hoe ze hier elke week mee omgaan.

De studenten werpen onwillekeurig een blik op hun horloge en kijken Swenson vervolgens schaapachtig aan wat hij wil: hun docent, wiens nietige macht is overtroefd door twee kolossen van heen en weer slingerend brons. Soms glimlacht Swenson, of hij haalt zijn schouders op, of hij maakt een pistool van zijn vingers om de luidende klokken neer te schieten. Vandaag kijkt hij Angela aan, alsof hij haar op die manier daar wil houden. Zodra het stil is, wil hij dat ze verder gaat op het punt waar ze werd onderbroken en Danny ervoor behoedt – waartoe Swenson niet in staat is – zijn verhaal nog verder te verpesten. Maar hij kan niet voorspellen wat ze zal zeggen. Hij heeft nog nooit een regel gezien die ze heeft geschreven, of een standpunt van haar gehoord. Misschien zal ze Danny zeggen dat hij het verhaal moet herschrijven vanuit het perspectief van de kip. Maar ze zwemt in elk geval tegen de stroom in en kan wellicht een draaikolk veroorzaken waar Swenson in kan springen om de vloed te stoppen die Danny meesleurt om het weinige dat hij heeft te verknoeien. Zolang Swenson maar niet als enige de algemene montere stemming verziekt met zijn betweterige verklaringen... Wat wéét hij per slot van rekening helemaal? Hij heeft maar twee boeken gepubliceerd, waarvan het tweede zo is geloofd in de pers dat hij nu, tien jaar later, nog steeds wordt uitgenodigd, zij het minder vaak, om lezingen te geven en recensies te schrijven.

De klokken slaan twee keer voor elk uur. De studenten krimpen telkens ineen.

Swenson staart Angela aan, die terugstaart, geen van beiden nieuwsgierig of uitdagend, strijdlustig of verleidelijk, wat deels de reden is waarom hij haar kan aanstaren terwijl de hele groep toekijkt. Niet dat hij haar echt ziet, maar hij laat zijn net niet helemaal scherpe blik op haar rusten tot hij rusteloosheid in het lokaal bespeurt en merkt dat de klokken weer stil zijn.

'Angela? Je vertelde ons net...?'

Angela staart naar haar handen, draait een ring aan een vinger rond, gaat dan naar een volgende ring, draait die rond, vijf gek makende vingers aan de ene hand, nog eens vijf aan de andere.

'Ik weet het niet,' zegt ze. 'Ik geloof dat ik het beste – het enige goede – aan het verhaal vind dat het zo bizar en onverwacht eindigt. Daar gaat het toch om? Iedereen zou zoiets kunnen doen. Je hoeft niet gek te zijn, of door een liefje aan de dijk te worden gezet voor een kelner die Noord-Italiaanse kip opdient. Je hebt een stakker die een afspraakje heeft met een stom huppelkutje en hij gaat ellendig naar huis. En daar is die kip. En hij doet het gewoon. Mannen verbazen zichzelf altijd, doen van die krankzinnig lullige dingen hoewel ze denken dat ze niet het type zijn om zulke krankzinnig lullige dingen te doen.'

'Neem me niet kwalijk, Angela,' zegt Carlos. 'De meeste mannen naaien géén kip...'

'Geloof me maar, Carlos,' zegt Angela duister. 'Ik weet wat de meeste mannen graag zouden doen.'

Op grond van welk gezag zegt Angela dit? Is dit seksuele opschepperij? Swenson kan maar het beste niet eens proberen de code te ontcijferen waarin zijn studenten nu uitzenden.

'Is hier iets aan de hand? Ontgaat me soms iets?' Hij voelt hoe ze een gesloten front vormen om hun wereld voor hem te verbergen. Hij is de docent, zij zijn de studenten: een onderscheid dat ze graag laten vervagen om het vervolgens in geval van nood weer te laten ontstaan.

'Laten we meteen verder gaan,' zegt hij. 'Ik vind dat Angela gelijk heeft. Als Danny's verhaal niet gewoon een... psychiatrische casestudy moet worden van een vent die naar huis kan gaan om... nou ja, we weten wat hij doet. De sterkste verhalen laten ons inzien dat wíj dat joch zouden kunnen zijn, hoe de wereld er door de ogen van dat joch uitziet. Hij doet het niet omdat zijn vriendinnetje kip heeft gegeten of

17

omdat haar nieuwe vriendje – zoals Angela zegt – Noord-Italiaanse kip opdient, maar omdat hij daar is en de kip daar is. Omstandigheden, lot, toeval. We beginnen onszelf in hem te zien, in de punten waarin hij op ons lijkt.'

Nu zijn de studenten wakker. Hij heeft zijn klas uit het vuur gesleurd, de wankele onderneming gered die ze samen overeind houden. Hij heeft hun verbetering beloofd. Hij heeft hun laten zien hoe ze het verhaal kunnen verbeteren. De meest boze en weerspannige studenten vinden dat ze waar voor hun geld hebben gekregen. En Swenson heeft hun iets gegeven, een nuttige vaardigheid, een geschenk. Zelfs als ze geen schrijver worden, is het een manier om naar de wereld te kijken, om elk medemens als een personage te zien bij wie je naar binnen kunt gaan en die je kunt begrijpen. Stuk voor stuk potentiële kippenverkrachters. Zondaars à la Dostojevski.

'Goed.' Swenson komt langzaam bij. Heel even verbuigen en glinsteren de randen van de dingen flauw. En daar, te midden van de kromme lijnen van een lachpaleis, zit Claris Williams hem woedend aan te kijken.

Wat zit Claris dwars? Is haar soms ontgaan dat Swenson alles zojuist op een totaal ander niveau heeft getild? O, juist. Het was Claris die heeft voorgesteld het eind van het verhaal, als een solitaire ballon, aan het begin vast te knopen. En nu heeft Swenson, met behulp van Angela, Claris niet alleen tegengesproken, maar heeft hij dat gedaan met een diepe incisie die de bedeesde microchirurgie van de werkgroep heeft overtroffen.

'Maar ja,' krabbelt Swenson terug, 'niemand kan de schrijver zeggen wat hij moet doen. Danny zal zelf moeten bepalen wat voor hem werkt.' Hij is zo blij dat hij erdoorheen is dat hij zich niet al te druk kan maken over hun onvermogen om het eens te worden over één ding dat Danny's verhaal verder zou kunnen helpen. Hij begint zijn papieren op te bergen. De studenten doen hetzelfde. Boven het gepiep van stoelen uit roept Swenson: 'Hé, wacht even. Wat staat er op het rooster? Wiens verhaal is volgende week aan de beurt?'

Angela Argo steekt haar hand op. Dat had hij nooit vermoed. De meeste studenten zijn geneigd de week voor hun eigen werk wordt besproken heel tactvol te zijn; ze waken ervoor dan vijanden te maken.

'Heb je het bij je?' vraagt Swenson. 'We hebben een kopie nodig om het uit te delen...'

'Nee,' Angela fluistert bijna. 'Het is nog niet echt af. Denk je dat ik met je kan komen praten? Als je morgen in je werkkamer bent?'

'Maar natuurlijk!' buldert Swenson. Als je morgen in je werkkamer bent? Hij organiseert per semester twee besprekingen per student, hoewel hij eigenlijk liever helemaal niet in zijn kamer komt. Hij zit liever thuis te schrijven. Te proberen te schrijven. Als hij in zijn kamer moet zijn, zit hij er graag na te denken. Of zich af te trekken, of interlokale gesprekken te voeren op kosten van de universiteit.

Dat kan hij natuurlijk niet tegen de groep zeggen. Hij wil dat de studenten hem royaal en vrijgevig vinden – iemand die aan hun kant staat. En zo wil hij ook zijn, zo was hij ook, toen hij net begon. Maar goed, hoe dan ook... hij staat bij Angela in het krijt omdat ze hem uit de nesten heeft geholpen, omdat ze haar steentje heeft bijgedragen om de groep af te leiden van de totale vernietiging waarop werd afgestevend.

Swenson zegt: 'Wanneer ben ik in mijn werkkamer? Wil iemand even mijn geheugen opfrissen?'

'Morgenochtend,' zegt Nancy Patrikis.

'Zit ik 's ochtends in mijn werkkamer?' zegt Swenson. 'Weten we dat zeker?'

'Dat staat op de deur.' Danny wil graag meewerken, hij is dolgelukkig dat het uur erop zit.

Er is duidelijk geen ontkomen aan. 'Goed, Angela. Dan zie ik je om negen uur.'

'Tot dan,' roept Angela, die al half buiten staat, over haar schouder.

Op weg naar buiten geeft Carlos Swenson een stomp tegen zijn bovenarm en zegt: 'Hé, Coach. Bedankt. Goeie les.' Nancy en Danny vinden elkaar – het is net de ark van Noach. Claris en Makeesha vertrekken samen, klaarblijkelijk weer verzoend sinds Makeesha's kritiek op het politieke standpunt in Claris' laatste verhaal. Carlos, die vanwege een misstap in het verleden niet meer mag stemmen, met de feministe Meg, de woedende Courtney uit de hoogste kringen met de woedende boerendochter Jonelle. Iedereen in een opperbeste stemming...

Een golf van voldoening drijft Swenson de deur uit en laat hem de spiraalvormige trap van de klokkentoren praktisch af huppelen. Als hij halverwege het binnenplein is, beseft hij pas dat hij niet heeft hoeven te beginnen over het detail van de kippenkop die zijn aanvaller aankeek.

Als gewoonlijk voelt Swenson zich na afloop van de werkgroep net een onschuldige die tot levenslang was veroordeeld en zojuist strafvermindering heeft gekregen. Hij is gered, leeft, heeft gratie gekregen... in elk geval tot volgende week. Als hij haastig het binnenplein oversteekt, knalt hij bijna tegen een rondleiding op die over de campus voortkruipt. In plaats van zijn sportschoenen te ruïneren door een omtrekkende beweging over het modderige gazon te maken, loopt hij liever achter de middelbare scholieren aan die de vernedering ondergaan om hier met hun ouders te zijn.

Gelegen in het hoge noordoosten van Vermont, een uur van Montpelier, bijna honderd kilometer van Burlington en tweehonderdveertig van Montreal – als je wanhopig genoeg bent om bij de grens te wachten terwijl de Canadese Bereden Politie elke auto minutieus doorzoekt teneinde Canadezen te ontmoedigen de grens over te gaan om hun inkopen te doen bij de Wal-Mart – is Euston voor niemand een eerste keus. Studenten die bereid zijn zo ver te reizen naar zo'n afgelegen universiteit vol inteelt, geven de voorkeur aan Bates of Bowdoin, die beschikken over een betere reputatie, de kust van Maine en een goedkope megastore. Euston ligt heel gerieflijk midden in het uit twee blokken huizen bestaande plaatsje Euston en de van elanden vergeven wildernis waar de stichter, Elijah Euston, zoveel van hield.

Een public relationsteam heeft Euston onlangs aangeraden zijn geïsoleerdheid te gebruiken. En dus verklaart de rondleidster – Kelly Steinsalz, die het afgelopen voorjaar fictie voor beginners heeft gevolgd – dat het gebrek aan afleiding haar helpt om zich te concentreren op haar studie. De ouders knikken. De tieners kijken chagrijnig.

Dat is precies wat ze van de universiteit verlangen. Vier jaar geconcentreerd bezig zijn!

Swenson heeft geen idee hoe Euston eruit moet zien voor iemand die er voor het eerst komt. Ze hadden er geen betere dag voor kunnen uitkiezen. Warme nevels omringen de fraaie gebouwen, de knoestige esdoorns en de nog groene gazons. Zij kunnen zich echter niet voorstellen – en Swenson wel, maar al te goed – hoe snel dit zachte groene pad zal veranderen in een bevroren witte tunnel.

'Pardon,' zegt Swenson. Niemand verroert zich. Ze zijn allemaal te druk bezig hun achtenswaardigheid of hun minachting uit te beelden. Aangezien hij geen kant uit kan, luistert Swenson hoe Kelly Steinsalz de visie van Elijah Euston beschrijft: een vierjarige opleiding in de geesteswetenschappen, ver van de beschaafde wereld, zou leiders kweken die in die wereld konden terugkeren om haar te veranderen. De ouders zijn zo respectvol, willen zo graag indruk maken, dat het wel lijkt of Kelly bepaalt wie er wordt toegelaten. Eén moeder vraagt verlegen: 'Stoort het je wel eens dat de universiteit zo... klein is?'

'Volstrekt niet,' zegt Kelly. 'Dat betekent dat het een gemeenschap is, dat iedereen hier thuis hoort. Bovendien is de universiteit niet klein. Maar gezellig... intiem.'

In Swensons werkgroep had Kelly het hele semester gewerkt aan een verhaal over een kribbige oude vrouw die Mabel heet en denkt dat haar ondankbare kinderen haar tachtigste verjaardag zijn vergeten. Ten slotte nodigt Mabels buurvrouw, Agnes, haar uit voor een naargeestig diner voor twee in het plaatselijke restaurantje – dat een surpriseparty blijkt te zijn waar Mabels hele clan bij aanwezig is.

Kelly heeft het stuk wel twaalf keer herschreven. In elk volgend stadium vond Swenson 'Mabels feest' nog moeilijker te pruimen, denkt hij nu, dan het meest choquerende verslag van seks met een dode kip. Begin over sentimentaliteit en ze denken dat ze geen gevoelens van je mogen hebben. Hij had zich er niet toe kunnen brengen Kelly te vertellen dat revisies niet zouden helpen. Maar ze was niet gek. Ze snapte het en had ten slotte willen weten waarom ze geen verhaal met een positieve afloop kon schrijven in plaats van die dingen waar Swenson van hield: saaie, deprimerende Russische rotzooi over suïcidale mislukkelingen.

Kelly legt uit dat Elijah Euston de Euston Academy heeft gesticht om zijn zes zonen en zeven dochters (één vader fluit) op te leiden, maar ze laat het droevige verhaal van Elijahs vloek weg: drie dochters zijn overleden aan difterie, twee andere hebben zelfmoord gepleegd. Kelly beschrijft de tradities van de universiteit, maar niet het wijdverbreide geloof dat de dochters van de stichter over de campus spoken, geesten met een voorliefde voor de zielen van nog niet afgestudeerde vrouwen.

Kelly praat evenmin over het onrustbarend hoge aantal studentes dat de universiteit voortijdig verlaat, de bron van een ander eigenaardig gebruik: elk voorjaar luiden de meiden uit het laatste jaar de universiteitsklokken om te vieren dat ze het hebben gehaald. Dat is allemaal een punt geworden waarop wordt gehamerd door de Faculty-Student Women's Alliance, die wil weten waarom Euston zo'n 'onveilige' plek voor vrouwen is dat zoveel van hen ermee ophouden voor ze zijn afgestudeerd. Onveilig? Het is geen kwestie van veiligheid. De vrouwen zijn gewoon slimmer, hebben sneller door dat ze het geld van hun ouders verspillen in deze godverlaten uithoek.

'Uit de weg! Uit de weg!' roept Swenson en de groep verspreidt zich.

'O, dag, professor Swenson!' zegt Kelly. 'Dit is professor Swenson. Onze docerende schrijver. U hebt vast allemaal zijn boek gelezen, dat heet...?'

Swenson knikt beleefd, maar verkiest niet te blijven wachten om te kijken of ze het zich herinnert. Hij passeert Mather Hall, het met kantelen gesierde, brandgevaarlijke victoriaanse gebouw waarin zijn werkkamer zich bevindt en dat gelegen is op de plek van het meer dat Elijah Euston heeft drooggelegd nadat een van zijn dochters zich in de duistere diepten ervan had verdronken. Hij blijft doorlopen tot hij bij de ziekenboeg komt, een kleine prefabbungalow met een keurig dak van houtspanen en een geïsoleerde ligging ten opzichte van de collegezalen en de studentenhuizen.

Een bel kondigt Swensons komst aan in de verlaten wachtkamer. Hij neemt plaats in een plastic kuipstoel onder een poster van een pronte blonde cheerleader die nooit had gedacht dat ze hivpositief zou kunnen worden. Er is niemand bij de receptie. Is Sherrie soms achter bij een patiënt? Swenson zou blij moeten zijn met deze verloren tijd. Als hij de vrouwenbladen in het rek doorbladerde, zou hij te weten komen hoe belangrijk het is om tussendoor een moment van rust te hebben. Hij schraapt zijn keel, schuift met de stoelpoten... Goed, laten we eens iets snellers proberen.

'Zuster!' roept hij. 'Alstublieft! Ik heb hulp nodig!'

Sherrie komt de kamer binnenvliegen terwijl ze haar handen door de wirwar van haar donkere, krullende haar trekt. Na al die tijd is Swenson nog steeds onder de indruk van de onbesuisde, enigszins ruige schoonheid van zijn vrouw, een kenmerk dat ze gemeen heeft met de actrices die pure levenskracht uitbraken over alle naoorlogse Italiaanse films. Hij houdt van de rimpel die de tijd tussen haar wenkbrauwen heeft gegraven, van de levendige beweeglijkheid van haar gelaatstrekken, die haar uitdrukking binnen enkele seconden laat overgaan van schrik naar verwarring naar toegeeflijkheid en een net niet oprechte lach.

'Jezus, Ted,' zegt ze. 'Ik hoorde hier een kerel om hulp roepen. Het duurde een paar seconden voor ik doorhad dat jij het was.'

'Hoe wist je dat ik geen hulp nodig had?'

'Instinct,' zegt Sherrie. 'Twintig jaar ervaring.'

'Eénentwintig,' zegt Swenson.

'Dan heb ík hulp nodig,' zegt Sherrie. 'Ben ik al zo lang getrouwd met een zak die alleen maar zo gilt om aandacht te krijgen? Jezus, Ted, kijk niet zo verlekkerd.'

Dit zijn de genoegens van de intimiteit: hij kan zo lang kijken als hij wil. Gezien het huidige politieke klimaat kun je maar beter met wederzijds goedvinden binnen het huwelijk met een vrouw naar bed gaan voor je het risico neemt haar zo aan te staren. Sherries uniform, een witte jas over een blauwe spijkerbroek en een zwart T-shirt, bezorgt wellicht niet elke man de eerste pavlovreactie van een stijve, maar Swenson lijkt er duidelijk op te reageren.

'Ik geloof dat me iets mankeert, zuster,' zegt hij.

Dat waren de eerste woorden die hij ooit tegen haar heeft gezegd. De ochtend waarop ze elkaar hebben leren kennen – dat was in New York – was hij opgestaan en gevallen, nog twee keer gevallen tijdens het aankleden, de deur uit gegaan om koffie te drinken en de stoep was hem tegemoet gekomen. Onmiskenbaar een hersentumor. Hij had gewacht tot hij nog een keer was gevallen voor hij naar het St. Vincent's was gegaan.

De wachtkamer van de spoedeisende hulp zat niet vol. De verpleegkundige – dat wil zeggen Sherrie – bracht hem naar de dokter, die nagenoeg buiten zinnen was omdat de patiënt vlak voor hem Sarah Vaughn was geweest. De dokter wilde over Sarahs keelontsteking praten en niet over dat wat Swensons middenoorontsteking bleek te zijn. Swenson bedankte hem, stond op en sloeg tegen de grond. Hij was wakker geworden met Sherries vingers op zijn pols, en daar waren ze sindsdien blijven liggen. Dat zei hij altijd als hij dit verhaal vertelde, wat nauwelijks nog gebeurt aangezien ze geen nieuwe mensen meer leren kennen die het nog niet hebben gehoord. En dan zei Sherrie steevast: 'Ik had moeten weten dat ik niet verliefd moest worden op een man die al buiten westen was.'

Dit had tijdens universiteitsdiners op Euston altijd een gecompliceerd moment van stilte tot gevolg gehad. Sherrie maakte natuurlijk een grapje. Dat snapten de anderen gewoon niet. Swenson genoot van die momenten, waardoor hij het gevoel had dat Sherrie en hij nog steeds gevaarlijke buitenstaanders waren en niets gemeen hadden met deze sullen en hun slaafse vrouwen, die de taboulésalade op tafel zetten. Na de geboorte van Ruby hadden Sherrie en hij nog steeds vastgehouden aan het idee dat ze rebellen waren, medeplichtigen die op de Halloweenfeestjes van de peuterklas en op ouderavonden voor respectabele burgers doorgingen. Maar later was het wat... afgezakt. Hij weet dat Sherrie het hem verwijt dat Ruby nauwelijks meer met hen heeft gesproken sinds ze vorig jaar september is gaan studeren.

Sherrie werpt een blik uit het raam om te kijken of er soms iemand aankomt. Dan zegt ze: 'Laat me maar even kijken. Wilt u alstublieft meekomen?'

Swenson volgt haar door een gang naar een behandelkamer. Ze doet de deur achter hen dicht en gaat op de rand van een brancard zitten. Swenson staat tussen haar benen en kust haar. Ze glijdt naar beneden, zodat ze staat. Hij beweegt zijn heupen tegen die van haar tot Sherrie een hand schrap zet tegen zijn schouder en hij flauw wankelend achteruitstapt.

Sherrie zegt: 'Wat denk je dat het voor gevolgen voor onze carrière zou hebben als we werden betrapt terwijl we seks hadden in de ziekenboeg?'

Maar dat zal niet gebeuren. Dit is gewoon een soort primitieve begroeting, een bevestiging dat ze elkaar kennen, niet zozeer echte begeerte als wel een verlangen om hun lichaamstemperatuur te verhogen na een lange lome dag.

'We zouden kunnen beweren dat het therapeutisch is,' zegt Swenson. 'Dat het een zuiver medische aangelegenheid is. Maar goed, we zouden elkaar hier suf kunnen neuken zonder dat iemand ons ooit zou horen.'

'O ja?' zegt Sherrie. 'Luister maar eens.'

In de kamer ernaast is iemand aan het overgeven. Elke heftige uitbarsting van kokhalzende geluiden sterft weg in een kreun. Als het geluid ophoudt, hoort Swenson vloeistof klateren, nog meer gekokhals, dan nog meer geklater. Niet echt een lustopwekkend geluid. Hij doet een stapje bij Sherrie vandaan.

'Geweldig,' zegt Swenson. 'Fijn dat je me daar even op attendeert.'

'Buikgriep,' zegt Sherrie. 'Akelig. Lang niet zo erg als het klinkt. Kun je je dat voorstellen, Ted? Die kinderen komen hierheen om te kotsen. Toen wij hun leeftijd hadden, wisten we tenminste dat we moesten wegkruipen en een hol moesten graven om in ons eentje over te geven. Niemand ging naar de ziekenboeg, of we moesten een overdosis lsd hebben gehad en groene slangen langs onze benen omhoog zien kruipen.'

'Een zware dag?' zegt Swenson op zijn hoede. Er moet iets zijn gebeurd. Sherrie leeft altijd mee – in elk geval met de studenten. Hij heeft haar om vier uur 's nachts naar de ziekenboeg gereden voor urgente hartproblemen die angstaanvallen van een eerstejaars bleken te zijn. Of voor de werkelijk angstaanjagende maar nog niet fatale gevolgen van zwaar zuipen. Ze is voor iedereen even geduldig, behalve voor de chagrijnige hypochonders van de wetenschappelijke staf die haar als een ondergeschikte behandelen en haar verwijten dat ze niet bevoegd is om recepten voor antidepressiva uit te schrijven. Desondanks luistert ze, zonder ooit geïrriteerd te lijken. Maar sinds het begin van dit semester kan Sherrie minder hebben van de atletische lacrossejongens die onder tentamens proberen uit te komen, het watje dat zijn vinger heeft bezeerd bij het ballen en gips tot aan zijn elleboog wil hebben. Tegenover die studenten is ze heel zakelijk, zuster Ratchet in plaats van mam.

'Laten we maken dat we hier wegkomen,' zegt Swenson. 'Laten we naar huis gaan en onder de wol kruipen.'

'Jezus, Ted,' zegt Sherrie. 'We kunnen niet naar huis. We hebben vanmiddag die vergadering. Dat weet je best.'

Dat wist hij niet. Of misschien toch wel. Misschien heeft hij het geweten en is hij het weer vergeten. Hij wilde dat Sherrie niet zo geërgerd klonk, alsof hij een hulpeloos, onverantwoordelijk... kind is. Hij wilde dat ze meer geduld had met zijn kleine vlagen van vergeetachtigheid. Wie kan het hem nou kwalijk nemen dat hij is vergeten dat al het personeel, al dan niet wetenschappelijk, is gevraagd – is gedwongen – een vergadering bij te wonen om Eustons beleid ten aanzien van ongewenste intimiteiten door te nemen?

Euston volgt al het hele semester bezorgd een zaak die op dit moment speelt op de universiteit van Vermont, waar Ruby op zit en waar een professor het afgelopen voorjaar bij kunstgeschiedenis een dia heeft laten zien: een klassiek Grieks beeld van een vrouwelijk naakt. Hij had één medeklinker geuit. 'Mmm.' Dat 'Mmm' heeft zich regelrecht tegen hem gekeerd. De studenten beschuldigden hem van wellustig gedrag. Hij zei dat hij een onderbuikreactie op kunst had geuit. 'Mmm' ging volgens hem over het schoonheidsgevoel, niet over de genitaliën. Zij voerden aan dat ze zich door hem slecht op hun gemak hadden gevoeld. Daar kon niemand iets tegen inbrengen. Hij had het woord genitaliën niet moeten gebruiken, zeker niet om zichzelf te verdedigen. De man was geschorst zonder behoud van salaris en vocht zijn zaak voor de rechter uit.

Er wordt bedeesd op de deur geklopt. Ongetwijfeld het brakende kind. Sherrie kwinkeleert: 'Binnen', en als ze zich omdraaien, zien ze Arlene Shurley, in het glimmende witte safaripak van haar uniform. Arlene is een Vermonter uit de buurt, een weduwe en grootmoeder, wier levenslange onzekerheid in haar bevende stem naar buiten sijpelt en voortdurend dreigt met tranen. Als ze dienst heeft en Sherrie 's avonds laat opbelt, slaat hun hart door haar toon soms een slag over. Er moet iemand zijn overleden!

'Jeetje, wat is het mooi buiten,' zegt Arlene sentimenteel. 'Dan moet je er wel aan denken hoe snel al die kleuren zullen zijn verdwenen en hoe lang de winter duurt...'

Dat is in wezen wat Swenson had gedacht toen hij achter de rondleiding aan over de campus had gelopen, maar het maakt hem woedend als hij het van Arlene hoort.

'In dat geval,' zegt hij, 'zou je het buiten moeten vieren, Arlene. Maak er wat van zolang het nog gaat.'

Arlene glimlacht en maakt tegelijkertijd een mauwend geluidje. Staat Swenson te flirten of steekt hij de draak met haar? Hij zou het eerlijk niet kunnen zeggen. Woorden schieten op eigen kracht zijn mond uit. Ik moet naar een exorcist, zuster.

Sherrie pakt Arlenes arm en ondersteunt de bleke knoest van haar elleboog. Ze zegt: 'We zijn al laat voor de vergadering. Bel me als je me nodig hebt, liefje. Aarzel geen moment.'

Sherrie en Swenson steken de parkeerplaats over naar zijn vijf jaar oude Accord. Ze weten dat het een milieumisdrijf is om over de campus te rijden, maar ze willen kunnen ontsnappen zodra de bijeenkomst voorbij is. Sherries Civic staat te verkommeren in de garage in Euston, geveld door een kwakkelende computerchip waardoor de motor het af en toe niet doet, maar nooit in het bijzijn van de monteur.

'Wat was er met je auto?' vraagt Swenson als hij de parkeerplaats verlaat.

Sherrie zegt: 'Volgens de jongens van de garage verkeert hij in een ontkennende fase. Ze kunnen hem pas helpen om beter te worden als hij toegeeft dat hij een probleem heeft. Over problemen gesproken... waarom deed je dat? Waarom haalde je zo uit naar Arlene?'

'Sorry,' zegt Swenson. 'Zomaar. Vandaag heb ik de heerlijke taak gehad het verhaal van een student te behandelen dat eindigt met een jongen die seks heeft met een kip.'

'Vond de kip het leuk?'

'De kip was dood,' zegt Swenson.

'Jammer voor de kip,' zegt Sherrie. 'Of misschien maar goed ook. En, hoe ging het?'

'Het ging. We zijn erdoorheen gekomen zonder dat ik iets heb gezegd waardoor de Faculty-Student Women's Alliance vannacht haar bivak bij mij op de stoep hoeft op te slaan. Ik heb nog steeds werk. Geloof ik.'

Inmiddels naderen ze de kapel, waar rector Francis Bentham voor zover zij weten de gemeenschap al meedeelt dat de klassikale behandeling van een verhaal over seks met pluimvee reden voor automatisch ontslag is.

Kennelijk zijn ze nog op tijd. Enkele verstokte rokers – uiteraard met een vaste aanstelling – hangen voor de deur rond. Als Swenson parkeert trekken ze net aan hun sigaret tot ze de filter bereiken en schieten hem nog smeulend op het pad weg. Swenson en Sherrie lopen hand in hand achter de rokers aan naar binnen en vinden een plaats op de achterste rij, wat enig gestommel veroorzaakt als het net stil begint te worden.

'Kan ik je zonnebril lenen?' fluistert Swenson.

'Hou je in,' zegt Sherrie.

Hoewel Swenson zo onderuitgezakt zit dat zijn tenen bijna de hakken van de vrouw voor hem raken, heeft hij nog steeds zicht. De hele kliek is er: van de gespannen, bleekzuchtige beginnende docenten tot zijn eigen grijze generatie en zelfs de professoren die al met emeritaat zijn. Ze zijn allemaal gehoorzaam samengedromd in de sobere kapel, waar dominee Jonathan Edwards enkele eeuwen geleden op zijn ronde langs het hellevuur, tijdens de zondaars-in-handen-van-een-wraakgierige-Godtoer, zijn toehoorders doodsbang heeft gemaakt met beschrijvingen van de verdoemden die in de vlammen werden geworpen en gillend tot as werden geroosterd. Ter herinnering aan die gelegenheid kijkt een glimmend portret van Edwards vanaf de kapelmuur dreigend toe, gluurt over de schouder van rector Francis Bentham, die, als hij opstaat om naar de katheder te gaan, even een blik op het schilderij achter zich werpt en een kleine huivering veinst wanneer hij erlangs sluipt. De wetenschappelijke en administratieve staf giechelt, flikflooiend.

'Klootzak,' sist Swenson.

De vrouw voor hen draait zich om.

'Koest,' zegt Sherrie.

Zoals Swenson al had vermoed door de omgekeerde kom van grijs haar en de gespannen, gegriefde schouders, is het Lauren Healy van

Engelse taal- en letterkunde, gespecialiseerd in de feministische mis-interpretatie van de literatuur en de tijdelijke voorzitter van de Faculty-Student Women's Alliance. Swenson en Lauren wenden altijd een kille collegialiteit voor, maar om redenen die hij niet kan doorgronden – een testosteronallergie, vermoedt hij – kan Lauren hem niet luchten.

'Hallo, Lauren!' zegt Swenson.

'Dag, Ted,' zegt Lauren geluidloos, waardoor ze hen weer naar voren en op het midden richt.

Door zijn keurige blazer, gesteven streepjesoverhemd, parmantige bordeauxrode vlinderdasje en zijn porseleinblauwe ogen die glinsteren achter de goudomrande schotels van zijn bril, lijkt rector Bentham op een bestraffende kinderarts die uit Engeland is gehaald om de ruwe Amerikaanse jeugd te genezen van haar slechte gedrag. De rector is zes jaar geleden aangenomen tijdens een vlaag van zelfhaat jegens de eigen gemeenschap; hij had zelfs tijdens zijn sollicitatiebezoek aan Euston geen geheim gemaakt van zijn natuurlijke, aan Oxford en Cambridge te danken superioriteit ten opzichte van deze aandoenlijke maar hopeloos naïeve koloniale imbecielen.

Bentham grijpt het spreekgestoelte met beide handen vast en buigt voorover alsof hij het wil kussen, waarna hij rechtop gaat staan, een papier boven zijn hoofd laat ritselen en zegt: 'Beste vrienden en collega's, hier heb ik een kopie van het beleid van Euston College ten aanzien van ongewenste intimiteiten.' Hij glimlacht om dit vreselijk vermakelijke symptoom van hun kater ten gevolge van de puriteinse onderdrukking en roept tegelijkertijd een beeld op van de enigszins perverse bovenmeester die hen er zo dadelijk bij de geringste overtreding met een rietje van langs zal geven. 'Je treft dit papier elk jaar in september in je postvakje aan... samen met de laatste gegevens over de ziektekostenverzekering en de openingstijden van de kantine. Wat allemaal regelrecht in de prullenbak verdwijnt.'

Het personeel gniffelt schuldbewust en voldaan. Wat kent pappie hen toch goed.

'Dat weet ik omdat ík het weggooi, ongelezen. Hoewel het mijn onaangename plicht is het te schrijven. Door de huidige tijdgeest – iedereen weet van de groteske toestanden op de universiteit van Vermont, we hoeven het geruchtencircuit niet verder te voeden – dient men evenwel te begrijpen dat de... spelregels totaal zijn veranderd. Daarom leek het me goed er even wat tijd voor uit te trekken om dit samen door te nemen.'

Er stijgt flauw gekreun op in de ruimte, het gedweeë protest van het personeel. Hun rector erkent hun gevoelens en gaat vervolgens over tot de orde van de dag.

Sherrie fluistert in Swensons oor: 'Hierdoor kan de universiteit zeggen dat we zijn gewaarschuwd als ze wordt aangeklaagd.'

Natuurlijk, typisch Sherrie om dat meteen door te hebben, zonder zinloze overpeinzingen over het Britse culturele imperialisme en de puriteinse morele ballast. Sherrie weet dat het eenvoudiger is, het gaat om een vrijwaring. De universiteit is net zo bang voor rechtszaken als Jonathan Edwards voor het hellevuur. Eén duur proces zou Euston – met zijn schrikbarend lage inkomsten op grond van schenkingen – in de afgrond kunnen storten.

'Eén,' leest Francis Bentham met zijn ironische bariton. 'Geen enkel lid van de wetenschappelijke staf van Euston College zal een seksuele verhouding hebben met een huidige of voormalige student noch seksuele gunsten verhandelen voor academische vorderingen.'

Goed. Daar kunnen ze het mee eens zijn, mits het niet met terugwerkende kracht in werking treedt. Vroeger waren studerende liefjes een extraatje dat bij de baan hoorde. Maar van deze duidelijke verboden – even simpel en moeilijk te gehoorzamen als de tien geboden – is Bentham al verder gegaan naar het wazige terrein van de vijandige werkplek, de intimiderende sfeer. Maakt niet uit. Net als bij het gehoor van Jonathan Edwards dwalen Benthams toehoorders af van het onderwerp van de massale vergelding naar het pikantere punt van ieders geheime zonde en de kans dat die aan het licht zal komen.

Het puritanisme is nog lang niet dood. Goddank voor verdringing. Wat zou er gebeuren als er iemand opstond om te zeggen wat zo velen van hen denken, namelijk dat de dáád van het lesgeven iets erotisch heeft, al die informatie die heen en weer stroomt als een soort... lichaamssap. Genesis herleidt seks toch tot die eerste beet in een appel, niet de vrucht van een willekeurige boom, maar van de boom der kennis?

De aantrekkingskracht tussen docent en student is een beroepsrisico. In de loop der jaren zijn heel veel meisjes gek geweest op Swenson. Hij schildert het niet mooier af dan het was. Het zit ingebouwd in het systeem. Desondanks is hun belangstelling vleiend, wat op zich weer aantrekkelijk is, en daardoor was hun aandacht soms beantwoord op uitermate onschuldige manieren. Wat maakte het uit als hij het werk van juffrouw A. als eerste corrigeerde, of keek of juffrouw B. zijn grapje had begrepen? Over het algemeen werkten die studentes harder en leerden ze meer. En die vluchtige... vormen van genegenheid waren nooit verder gegaan. Swenson hoort heilig te worden verklaard. Hij is Sint-Swenson van Euston!

Hoe moeilijk iedereen, hijzelf incluis, het misschien ook kan geloven, hij heeft hier twintig jaar lesgegeven zonder ooit één keer met een studente naar bed te zijn geweest. Hij houdt van Sherrie. Hij wil zijn huwelijk in stand houden. Hij is altijd... verlegen geweest ten opzichte van vrouwen. En hij heeft evenmin de rector nodig om hem te wijzen op de morele implicaties van het machtsverschil tussen docent en student. Daardoor is het hem gelukt die... hachelijke momenten door te komen met behulp van literair gepraat. Elk vriendelijk, formeel kletspraatje in zijn hoedanigheid van professor wierp een barrière op tussen hem en de problematisch aantrekkelijke studente tot ze er geen van beiden meer aan konden beginnen die beschermende scheiding te slechten. Tegen die tijd was het te laat, te gênant en te griezelig om elkaar op een andere manier te zien – als man en vrouw bijvoorbeeld.

Hij kan zich amper hun namen herinneren, wat bewijst dat ze van geen enkel belang zijn geweest, het niet waard waren om zijn baan voor op het spel te zetten, het absoluut niet waard waren dat hij hier nu zou zitten zweten uit angst dat een of andere misnoegde idioot uit zijn verleden zou opstaan om haar eeuwige schande bekend te maken: ze had in ruil voor seks met hem een tien voor fictie voor beginners gekregen. Maar Bentham zegt dat er niets hóéft te gebeuren. Elke vonk kan de lont in het kruitvat van de strijd tussen de seksen aansteken. Het is het beste om studentes maar niet aan te kijken en geen hand te geven. Elk lokaal is een leeuwenkuil, elke docent een Daniël. En Swensons taak eist van hem dat hij elke dinsdagmiddag iemands verhaal bespreekt over incest in het gezin, klungelige seks tussen tieners of de eerste pijpervaring van een jongen of een meisje, en wel met de meest hypergevoelige en minst evenwichtige studenten van de universiteit, van wie sommigen hem domweg minachten om redenen die hij slechts kan vermoeden: hij is de docent en zij niet, of hij lijkt op iemands vader.

Stilte. Een lange stilte. Rector Bentham werpt een quasiverlegen blik op het portret van Jonathan Edwards, grijnst vervolgens zijn tanden bloot naar het publiek en zegt: 'In tegenstelling tot jullie eminente voorvader ben ik er niet op uit jullie bang te maken. Maar jullie moeten weten dat we in oorlog zijn, voor het geval wij, de arme kolonisten... in een hinderlaag worden gelokt. Bepaalde mensen zijn duidelijk nog altijd bezig met een heksenjacht en schromen niet iemand op de brandstapel te brengen vanwege de zonde dat hij bij de verkeerde Griekse torso een smakkend geluid heeft gemaakt. Nou ja, prima. Einde preek. Ik ben er trouwens niet bang voor dat zoiets zich hier op Euston zal voordoen.'

Dit zet van lieverlee een domper op de stemming in de kapel, alsof Bentham een dodelijke nieuwe epidemie heeft beschreven die haar slachtoffers willekeurig kiest, alsof hij hier is gekomen om het slechte nieuws te brengen dat een boze God hun ellendige mierenhoop in de fik zal steken. Dan begint iedereen, onverklaarbaar genoeg, te applaudisseren.

Swenson en Sherrie maken dat ze wegkomen voor ze verzeild kunnen raken in het drijfzand van gesprekken met collega's. Maar tegen de tijd dat ze hun auto hebben gevonden, staan de sombere professoren al in groepjes voor de kapel. Nu ligt het voor de hand dat ze met opspattend grind als hagelkorrels van de parkeerplaats wegscheuren, waarbij ze die mistroostige groepjes uiteenjagen. Maar Sherrie moet eerst haar gezicht inspecteren in Swensons achteruitkijkspiegel.

'Jezus,' zegt ze. 'Een joekel van een pukkel midden op mijn voorhoofd. Telkens wanneer Bentham zijn mond opendeed, voelde ik hem gewoon groter worden. Moet je zien, Ted. Hier. Zie je wel?'

'Ik zie niets,' zegt Swenson.

'Je kijkt niet,' zegt Sherrie.

Na het verlaten van de parkeerplaats volgt hij een slingerende weg over de campus, hobbelt over de verkeersdrempels en kruipt door het toegangshek en langs de twee blokken huizen die het snoezige centrum van Euston vormen. Dan pas, niet eerder, geeft hij gas en bingo, ze zijn vrij – o, de mystieke vervoering om er in de auto vandoor te gaan!

Wat voelt hij zich machtig en veilig om Sherrie naast zich te hebben, samen ingekapseld te zijn terwijl de wereld langsglijdt. Goed, maar een klein stukje van de wereld. Prima. Mag niet hinderen. Dat is ook best. Wat geeft het dat het zo'n herfstavond is die akelig snel het donzige, donkere doek laat vallen waarachter de natuur er de hele nacht aan kan werken om het landschap te vriesdrogen? Wat geeft het dat hij het ritje zo goed kent dat de diverse uitzichten – zoals de hemel die uitdijt nadat je de tweede bocht hebt genomen, en zich zo ver uitstrekt dat de zwarte tanden van de bergen zichtbaar worden – de uitzichten die hem ooit in vervoering hebben gebracht, nu dreigend en benauwend zijn gaan lijken? Hij kan zich niet voorstellen dat hij ooit in vervoering is geraakt door de aanblik van die bergen, hoewel hij vermoedelijk aan de voet daarvan zal worden begraven.

Van de grond stijgt een lichte mist op, die het plattelandswarenhuis gelukkig laat vervagen, het mekka vol vliegenpoepjes waar hij vroeger na schooltijd met Ruby een ijsje was gaan eten. Hij is dankbaar voor de mist, die de rotzooi op het erf van de Turners verzacht, de verroeste vrachtwagens, de kapotte koelkasten, waar ondanks het wettelijke verbod de deur nog in zit, een uitnodiging aan buurkinderen om erin te kruipen en te stikken. Hij is zelfs blij met de toenemende duisternis die hem scheidt van Sherrie, die hem ommuurt in een ruit van eenzaamheid waarin hij het feit onder ogen kan zien dat hij tijdens de vergadering in werkelijkheid niet werd gedeprimeerd door Bentham of zijn collega's, noch door de spartaanse Founders Chapel, noch door al dat zelfrespect van de Pilgrim Fathers en zelfs niet door de schok om te ontdekken dat hij al zoveel lange jaren was gestrand in het centrum van het stenen hart van het puriteinse New England.

Nee, wat hem werkelijk dwarszit – en wat hij nauwelijks tegenover zichzelf kan toegeven, als hij niet door het halfduister had gereden, had hij zich deze gedachte nooit veroorloofd – is dat hij te stom, te bedeesd of te bang is geweest om met die studentes naar bed te gaan. Wat probeerde hij precies te bewijzen? Illustreerde hij een principe, maakte hij een moreel standpunt duidelijk? Het gaat erom dat hij Sherrie aanbidt, altijd heeft aanbeden. Hij zou haar nooit pijn doen. En nu, als speciale beloning omdat hij zo'n brave echtgenoot, in alle opzichten zo'n brave kerel is geweest, smaakt hij de kille voldoening dat hij zijn verheven zelfverloochening bijna tot in het graf heeft meegenomen. Want nu is het allemaal voorbij. Hij is te oud. Dat heeft hij allemaal ver achter zich gelaten.

Hij heeft terecht gedaan wat hij heeft gedaan. Of niet gedaan wat hij niet heeft gedaan. In het donker zoekt hij tastend naar Sherries hand. Haar vingers vlechten zich tussen de zijne door.

'Waarom zucht je zo?' zegt Sherrie.

'Zuchtte ik?' zegt Swenson. 'Ik dacht eraan dat ik iets aan die kies moet laten doen.' Hij draait zich naar haar toe en wijs er met zijn tong naar.

'Zal ik de tandarts bellen?' zegt ze.

'Nee, dank je,' zegt hij. 'Dat doe ik zelf wel.'

Zijn huwelijk betekent alles voor hem. Dat zou hij in zijn verbeelding aan de bewonderende studentes vertellen als het ooit zover zou komen – wat nooit is gebeurd.

Sherrie zegt: 'Mijn leven zal er beslist een stuk eenvoudiger door worden.'

In een betere stemming zou hij hebben genoten van de intimiteit waardoor zijn vrouw zonder enige inleiding of verklaring een oud gesprek kan voortzetten of een nieuw gesprek kan beginnen. Op dit moment ergert het hem. Waarom kan Sherrie niet zeggen wat ze bedoelt? Omdat hij weet wat ze bedoelt. Het hoort bij haar taak om studenten in nood bij te staan, en als dit beleid ten aanzien van ongewenste intimiteiten ingeburgerd raakt, zal ze minder studentes te zien krijgen die helemaal over hun toeren zijn geraakt door de Romeo's uit de wetenschappelijke staf. Sherrie beschikt over genoeg informatie om de hele universiteit te gronde te richten, maar ze is opmerkelijk discreet en tolerant ten aanzien van wat ze in de ziekenboeg ziet. Ze zou niet discreet en tolerant zijn als Swenson met een studente naar bed ging. Vroeger was ze er prat op gegaan dat ze van beide kanten van de familie van Sicilië kwam, uit dorpen waar afdwalende echtgenoten stelselmatig door de ooms en broers van de onbillijk behandelde vrouw van een bergtop werden gegooid. Ze zei altijd dat als hij haar bedroog, ze eerst zou scheiden en ze hem vervolgens zou opsporen om hem te doden. Dat ze al in geen jaren meer de moeite heeft genomen om dat te zeggen, deprimeert hem nog meer.

'Bof jij even.' Hij voelt Sherrie in het donker verstrakken.

'Pardon,' zegt ze. 'Wat heb ik gedaan?'

'Ik ben bekaf,' mompelt Swenson.

'Ja, nou, ik ook,' zegt Sherrie. 'Het is ongelooflijk op wat voor nacht-merries ik vandaag in de ziekenboeg ben gestuit.'

Swenson hoort nu te vragen: wat voor nachtmerries? Maar daar heeft hij geen zin in.

'Weet je,' zegt Sherrie na een tijdje, 'jij kunt je ontspannen. Nie-mand zal je ontslaan omdat je colleges geeft over schunnige verhalen van studenten.'

Hoe waagt ze het de gruwelen te onderschatten waarmee hij dage-lijks wordt geconfronteerd! Hij zou haar wel eens dat lokaal willen zien binnengaan om te liegen over wat háár het dierbaarst is, om ver-volgens in háár hol terug te kruipen en te proberen aan háár roman te werken. Terwijl hij besluit of hij iets van deze vijandige dingen zal zeggen, wat tot dagen van gekibbel zou kunnen leiden, wordt de mist dikker, waardoor hij op de weg moet letten.

Sherrie zoekt naar een cassette en stopt die in de recorder. 'Wake me, shake me, don't let me sleep too long'. De Dixie Hummingbirds. Schitterend. Daar gaat de vredige stilte. Sherrie luistert al een tijd naar gospel, wat Swenson meestal prettig vindt. Toen hij van de zomer over de landelijke wegen had gereden, had hij het geluid hard gezet en de auto gevuld met prachtige stemmen die auditie deden voor het enge-lenkoor.

Nu zegt hij: 'Ik heb de pest aan dat nummer. Daardoor wil ik de au-to aan de kant zetten en in de afwateringsgeul neerknielen om Jezus als mijn persoonlijke heiland te aanvaarden. Bovendien benijd ik de gelukkige klootzakken die dat geloven.'

'Hé.' Sherrie steekt haar hand op. 'Je moet mij niet de schuld geven. Ik heb alleen maar wat muziek opgezet.'

Wek me? Schud me door elkaar? Zijn de Dixie Hummingbirds echt bang dat ze door het laatste oordeel heen zullen slapen? Hier op aarde balanceren Swenson en Sherrie tussen helse verwijten en louterend stilzwijgen dat voor vriendelijke kameraadschap moet doorgaan.

Sherrie zet het bandje uit.

'Het spijt me,' zegt Swenson. 'Luister er maar naar als je het wilt.'

'Dat geeft niet,' zegt Sherrie. 'Je hebt genoeg moeten doorstaan voor één dag.'

'Ik hou van je,' zegt Swenson. 'Weet je dat?'

'Ik ook van jou,' zegt Sherrie.

Swenson droomt dat zijn dochter, Ruby, heeft gebeld om te zeggen dat ze aan hem denkt en dat alles is vergeven. Tijdens zijn worsteling om wakker te worden schiet hij ineens de schelle, felle ochtend in, die hem, min of meer tegelijk, begroet met drie onaangename feiten.

Eén: de telefoon gaat wel degelijk.

Twee: het is niet Ruby, die niet meer heeft gebeld sinds ze is gaan studeren. Ze is bereid met hem te praten als hij haar studentenhuis bij de universiteit van Vermont belt, hoewel praten niet echt het juiste woord is voor haar gemompel en gegrom, waarbij elke reactie een veelzeggende uiting is van de woede die al broeit sinds ze in het eindexamenjaar van de middelbare school zat en Swenson – stom genoeg – een eind heeft gemaakt aan haar eerste echte verliefdheid op de aantoonbaar gluiperigste student uit de geschiedenis van Euston.

Drie: hij schijnt de nacht te hebben doorgebracht op de bank in de woonkamer.

Waarom neemt niemand de telefoon op? Waar is Sherrie verdorie nog aan toe? Het is vast Sherrie die belt om uit te leggen waarom hij op de bank ligt. Als ze ruzie hadden gehad, zou hij dat nog weten. Bovendien gaan ze nooit naar bed zonder het goed te maken of in elk geval te doen alsof, hoewel de sintels de volgende ochtend meteen weer kunnen oplaaien. Waarom heeft Sherrie hem niet wakker gemaakt om naar bed te gaan? Hij bóft dat de telefoon ophoudt met bellen voor hij in staat is in beweging te komen. Als het Sherrie was geweest, had hij haar wellicht gevraagd waarom ze hem verdorie nog aan toe hier heeft laten liggen. Zodra de telefoon zijn hardnekkige oproep staakt, komt hij langzaam van de bank af. Hij zal Sherrie terugbellen als de gelegenheid zich voordoet. Maar wacht eens even. Ze hoort thuis te zijn. Hij heeft de enige auto.

'Sherrie?' roept hij. Er is iets vreselijks gebeurd. Als ze plotsklaps was overleden, zou dat beslist verklaren waarom ze hem op de bank heeft laten liggen. 'Sherrie!' Zonder haar kan hij niet leven!

Hij vliegt instinctief op het zonlicht af dat vanuit de keuken naar binnen stroomt. In het centrum daarvan schittert een wit vel papier. Onmiskenbaar een briefje van Sherrie op de keukentafel.

'Je zag er moe uit. Ik heb je laten slapen. Arlene heeft me een lift gegeven. Veel liefs, S.'

Die arme Sherrie! Getrouwd met een idioot die ervan overtuigd is dat ze hem heeft verlaten, hoewel ze hem alleen maar probeerde te laten uitslapen. Sherrie houdt van hem. Ze heeft haar briefje ondertekend met 'Veel liefs'.

Met het briefje in zijn hand geklemd dwaalt hij naar het raam. Het aanbrengen daarvan was hun tweede en laatste poging om te zorgen dat de oude Vermontse boerderij aan hun behoeften voldeed of althans hun bestaan erkende. Over het algemeen hadden ze zich geïnstalleerd en het huis zijn eigen gang laten gaan. Hoewel (of misschien doordat) ze de hippieachtige timmerman hadden gezegd dat het niet op een erker in een nieuwbouwwijk moest lijken, lijkt het precies op een erker in een nieuwbouwwijk. Maakt niet uit. Het raam doet zijn werk, stelt hen in staat Sherries tuin te zien als ze aan tafel zitten.

Ze hebben de tuin geërfd van de oude vrouw die het huis aan hen heeft verkocht en die had gewacht tot een koper beloofde haar bloembedden en moestuin te verzorgen. Sherrie zou alles hebben beloofd om te ontsnappen aan het studentenhuis van Euston, waarin ze als 'huisouders' zo'n openbaar bestaan hadden geleid dat Ruby alleen dankzij de vindingrijkheid van de hartstocht ooit was verwekt. Maar ze had haar belofte gehouden. Hoewel de bloemen van Ethel Turner nagenoeg allemaal zijn verdwenen – de term 'meerjarig' is een wrede grap in het noorden van Vermont – is alles vervangen door planten die gekocht zijn bij een kwekerij of met veel zorg uit zaad zijn opgekweekt. De tuin bloeit, dankzij een aangeboren talent dat in het DNA van Sherries grootouders moet hebben gezeten. Zelf is ze opgegroeid in flats in de stad en later op kamers bij de spoedeisende hulp.

In dit seizoen lijkt de tuin op een archeologisch terrein waar een graftombe wordt blootgelegd: keurige perken met snoeisel, dekstro, tere kronen die zijn ingestopt onder lagen doorweekte bladeren, het bewijs van rituelen die de wedergeboorte van de doden moeten bewerkstelligen. En dat is nu precies het verschil tussen Swenson en Sherrie. Sherrie gelooft dat het voorjaar zal aanbreken, terwijl het voor Swenson altijd een schok is als de sneeuw smelt en de eerste krokussen verschijnen. Hij benijdt Sherrie om haar optimistische vertrouwen. Ach, iemand moet het hebben.

Hij tuurt in de koelkast, niet zozeer hongerig als wel op zoek naar aanwijzingen wat ze de vorige avond hebben gegeten: een kliekje lintpasta, plakkerig van de boter en de kaas. Sherrie probeert verstandig te eten, maar weet dat er momenten zijn wanneer alleen grote kwakken cholesterol helpen. Ze hadden op de bank in de woonkamer gegeten, bij het avondnieuws, allebei zo dankbaar dat ze niet hoefden te praten dat de lichte geïrriteerdheid van hun rit naar huis, een gevolg van de vergadering, was gladgestreken, vervangen door puur dierlijk welbehagen.

Als hij de telefoon pakt, overweegt hij hoe hij Sherrie kan vertellen hoeveel hij van haar houdt, hoe hij hun leven samen koestert. De telefoon gaat, is hem voor, laat hem schrikken. Zijn telepathische vrouw!

'Lieveling!' zegt hij.

'Eh... hm,' zegt een vrouwenstem.

Oeps. Een studente. Onmiskenbaar. Ze weet niet hoe ze hem moet aanspreken. Meneer Swenson. Professor. Ted. In elk geval niet met 'lieveling'. Studenten bellen hem nooit thuis, hoewel hij aan het begin van elk semester zijn telefoonnummer doorgeeft. Hij doet of het een grapje is als hij zegt dat ze hem gerust mogen bellen wanneer ze met een levensgevaarlijk probleem te kampen hebben. Een student met een levensgevaarlijk probleem om... tien voor halftien in de ochtend?

'Met Angela Argo,' zegt de stem. 'We hadden toch om negen uur afgesproken? Ik sta voor je kamer te wachten? Ik dacht dat het de verkeerde dag was... of de verkeerde tijd? Maar we hebben het er gisteren over gehad...?'

Eindelijk herinnert Swenson het zich. Hij was zo dankbaar dat het college erop zat dat hij alles zou hebben beloofd.

'Je hebt gelijk,' zegt Swenson. 'Het spijt me.'

'Nee, het spijt mij,' zegt ze. 'Heb ik je wakker gemaakt? Het spijt me echt vreselijk.'

'Ik was al wakker.'

'O god. Was je aan het schrijven? Heb ik je gestoord bij het schrijven?'

'Ik was niet aan het schrijven,' zegt Swenson scherper dan de bedoeling was.

'Het spijt me echt,' zegt Angela.

'Hou op met die verontschuldigingen. Blijf waar je bent. Ik ben er over een kwartier.'

'Goed,' zegt ze. 'Weet je het zeker?'

'Heel zeker,' zegt hij.

Hij blijft even bij de telefoon staan. Hij had vervroegd met pensioen moeten gaan. Bij een van de mislukte pogingen van de universiteit om de financiële ondergang af te wenden, was alle docenten met een vaste aanstelling een jaarsalaris aangeboden als ze ermee ophielden. Maar als veroordeelden die van hun boeien houden, hadden ze er bijna allemaal voor gekozen niet te ontsnappen. Dan had hij thuis kunnen blijven om te schrijven, te lezen en televisie te kijken in plaats van weer een dag van zijn enige leven te verspillen.

Ondertussen heeft hij een kwartier om te douchen, zich te scheren, zich aan te kleden en naar de universiteit te rijden, wat op zich al een kwartier duurt – ontegenzeglijk een onmogelijke opgave. Vergeet de lichaamsverzorging. Die meid wil dus schrijven? Laat haar dan maar eens zien hoe een schrijver er 's morgens om halftien uitziet.

Swenson loopt de gang door, vertraagt zijn tred automatisch bij de treetjes omhoog en omlaag tussen de kamers. Elke kamer is gebouwd als er behoefte aan was, in jaren met een goede oogst. De grond was ingeklonken voor elke nieuwe toevoeging, terwijl het uit segmenten bestaande bouwwerk zich loodrecht op de weg uitbreidde. De voorkamer kijkt uit op het niet-bestaande verkeer, biedt de wereld een bufferzone van de minst bewoonde kamer om het inwendige leven in de slaapkamers en keuken te beschermen. Helemaal achteraan bevindt zich de aangebouwde melkschuur, die is herboren als Swensons werkkamer.

Hun andere verbetering aan het huis: Swensons semiheilige werkkamer, met licht van boven, een hoge ruimte, niet warm te stoken, het offeraltaar waarop ze het hele voorschot voor zijn ongeschreven roman hebben weggegooid. De ene helft van de tijd is hij bang dat zijn uitgever het geld zal terugvragen. De andere helft van de tijd is hij ongerust omdat het niemand schijnt te zijn opgevallen. Zijn werktitel luidt *Zwart en zwart*, al betwijfelt hij of hij die zal gebruiken. Hij had de ingeving gehad – die hij zich onmogelijk meer kan herinneren – om Julien Sorel van Stendhal te veranderen in een jonge beeldhouwer, de zoon van een vader die een martelaar van de Zwarte Panters is en een moeder uit de hoogste kringen, een charmante, immorele streber die iedereen op zijn weg gebruikt voor zijn meedogenloze worsteling om hogerop te komen op de ladder van de kunstwereld. Ras. Kunst. Ambitie. Kutideeën. Hij betwijfelt of hij het ooit zal voltooien. Wat een gigantische vergissing om te denken dat hij over doelgerichte ambitie kan schrijven terwijl hij tegenwoordig alleen maar over luiheid en twijfel aan jezelf kan fantaseren.

Hij zou blij moeten zijn met zijn baan in het onderwijs, niet alleen omdat die hem domweg een inkomen verschaft, maar omdat die hem weghaalt bij de troosteloze aanblik van het kleine stapeltje getypte vellen dat in het niet valt op zijn reusachtige bureau, een monsterlijk eikenhouten geval dat hij twintig jaar geleden heeft gekocht van een failliet advocatenkantoor. Het had Euston een vermogen gekost om het vanuit New York hierheen te laten vervoeren, maar de universiteit had zijn verhuiskosten graag willen betalen en Sherrie had in de ziekenboeg haar eigen loonstrookje mogen invullen. Het bureau herinnert hem er als enige aan hoe graag ze hem hadden willen hebben.

Waar is zijn tas? Hij weet altijd zeker dat hij hem kwijt is, hem ergens heeft laten staan. Er zit nooit iets belangrijks in, maar meestal wel enkele dingen, zoals manuscripten van studenten en dergelijke, waarvan het een tijdverslindende nachtmerrie zou zijn om ze te vervangen. Dat is genoeg om hem in paniek te brengen, en hij begint papieren en boeken te verschuiven, waarbij hij zich steeds meer opwindt, tot hij de tas onder een stapel post van de vorige dag aantreft. Een klein stapeltje: twee aanbiedingen om zich op een tijdschrift te abonneren, een bedelbrief van Greenpeace en een uitnodiging om een

permanente reisverzekering aan te schaffen die zo op een echte uitnodiging lijkt dat hij had gedacht – voor hij hem de vorige avond had
opengemaakt – dat het er wellicht een voor een feestje was. Hij wordt
nog wel eens uitgenodigd. Sherrie en hij zouden naar New York kunnen gaan, bij Sherries zus kunnen logeren... Hij gooit de reclames in
de prullenbak. Waarom zou hij een vliegverzekering moeten hebben?
Hij reist nooit, krijgt nooit post. Hij is van de rand van de planeet gevallen.

Daar kan hij maar beter niet bij stil blijven staan als hij moet rennen voor een afspraak met een student. Het is al moeilijk genoeg om
het huis uit te komen door zijn bezeten, dwangmatige behoefte om te
controleren of al het licht uit is, zelfs in Ruby's kamer, die al in geen tijden meer is gebruikt. Na haar eerste jaar op de universiteit van Vermont had Ruby een vakantiebaantje in de horeca gevonden, zodat ze
niet naar huis hoefde te gaan.

Hij staat op de drempel van Ruby's kamer en probeert zich zonder
succes de vorige versies ervan te herinneren, hoe die van een baby-
kamer is veranderd in de kamer van een klein meisje en vervolgens
voorgoed is versteend, het vervallen zoldermuseum van een miss Ha-
visham in haar tienerjaren, behangen met gezichten van acteurs,
rockmusici en atleten wier roem vermoedelijk is vergaan sinds Ruby
hun foto's heeft opgehangen. Er had altijd een levende, telkens veranderende geur in de kamer gehangen, eerst melk en talkpoeder, toen
sportschoenen, nagellak en wierook. Maar het stof en de bedompte
lucht hebben die poltergeistgeurtjes verdreven.

Als hij zijn ribjasje van een haak aan de muur in de vestibule grist,
wordt hij vastgehouden door de buitensporig grote spiegel die er dit
uiterst ongelegen moment voor uitkiest om hem zijn belabberde gezicht te tonen: die diepe Buster Keaton-rimpels, de stoppelbaard, het
warrige grijzende haar, een man die eerder op een gescheiden agent in
een televisieserie lijkt dan op een alom gerespecteerde schrijver, leraar, man en vader van middelbare leeftijd die echter nog altijd vitaal
en aantrekkelijk is. Akelige witte vlekken op zijn bril, wallen onder
zijn ogen. Swenson krabt iets verdachts van zijn voortand, inspecteert
vervolgens de opspelende kies.

Bah. Geen tijd om daaraan te denken. Op naar het werk.

Het oprennen van de vier trappen naar zijn werkkamer vormt Swensons hele fitnessprogramma, maar vanochtend worden de aerobische voordelen ondermijnd door de spanning omdat hij te laat is. Bij de tweede verdieping hijgt hij. Pijn in de borst? Wellicht. Waarschijnlijk. Is dat zijn lot, om in elkaar te zakken en te sterven aan de in Doc Martens gestoken voeten van deze... in een leren jack gehulde tandenstoker? Angela zit met haar rug tegen de muur op de grond, houdt een open boek in evenwicht op de melkwitte knobbels die door de gescheurde knieën van haar spijkerbroek naar buiten gluren.

Een paar stappen bij de hoogste tree vandaan kan Swenson de titel van haar pocket lezen, niet, zoals hij had verwacht, het werk van een populaire kinderboekenschrijver, maar *Jane Eyre*. Ze heeft het boek vast met klauwen die auberginepaars zijn gelakt en uit vingerloze, zwart leren handschoenen vol zilveren ringetjes krullen. Haar kleine handen – of misschien hun nabijheid tot de roman van Charlotte Brontë – verlenen de handschoenen een verzorgde, victoriaanse welvoeglijkheid. Verder is ze uitgedost als een onvervalste, geslachtloze, sciencefictionachtige boerenpummel. Doordat haar paardenstaart met groene en oranje banen recht vanuit haar kruin opspuit, lijkt ze op een opzichtig, met een kwastje versierd cadeautje.

'Goeiemorgen,' roept Swenson overdreven hartelijk.

Opkijkend van haar boek overweegt Angela het bizarre toeval dat hen kennelijk tegelijkertijd op deze overloop heeft samengebracht.

'O, dag,' zegt ze onzeker.

'Sorry dat ik zo laat ben,' zegt Swenson. 'Ik was de tijd vergeten.'

'Dat geeft niet. Maak je niet druk.'

Swenson grijpt de leuning vast, deels om op adem te komen en deels om zich ervan te weerhouden dit ondankbare verwende wicht te wurgen, dat hem nagenoeg bij het eerste ochtendgloren uit zijn bed – nou ja, van de bank – heeft gehaald om hem hiernaartoe te laten vliegen, waarbij hij zijn leven op het spel heeft gezet... 'Dat geeft niet.' O nee? Zijn opties zijn beperkt maar duidelijk. Een strenge, onaangename preek over goede manieren en de waarde van 'Dank je wel', of hij kan door de zure appel heen bijten en vijftien minuten doorstaan waarin ze over haar werk mompelt of, wat aannemelijker is, over de reden waarom ze haar werk niet heeft gedaan, waarna hij wat terug kan mompelen en iedereen gelukkig is.

Hij zegt: 'Moeten we een nieuwe afspraak maken?'

'O nee, nee, nee. Alsjeblieft niet. Ik moet met je praten. Echt. Ik vond het eigenlijk wel leuk. Om hier te zitten. Me te verstoppen. Net zoals ik als kind deed. Dan kroop ik onder de veranda om te lezen als ik eigenlijk op school had moeten zitten.'

'Een lezer,' zegt Swenson. 'Schitterend.'

'Ja, dat zal wel,' zegt ze. Ze leunt op één arm om zich van de grond omhoog te drukken. Swenson steekt zijn hand uit om haar te helpen. Blijkbaar denkt ze dat hij om haar boek vraagt, dat ze gehoorzaam overhandigt. Terwijl Angela gaat staan, komen ze deze gênante uitwisseling te boven door te doen alsof alles zo was bedoeld. Als Angela haar rugzak pakt, bladert hij het boek door, waarin ze zinnen heeft onderstreept. Aha. Ze leest het omdat het op het programma staat.

'Wat vind je van *Jane Eyre*?'

'Het is zo'n beetje mijn lievelingsboek. Ik heb het al zeven keer gelezen.'

Swenson had het kunnen weten. Onder al dat versleten leer klopt het gevoelige hart van een gouvernante die naar meneer Rochester smacht.

'Ik vind het heel mooi,' zegt Angela, 'dat Jane Eyre zo pissig is. Ze is in het hele boek woedend en als beloning trouwt ze met een blinde kerel die zijn vrouw op zolder heeft laten roosteren.'

'Kom binnen,' zegt Swenson. 'Ga zitten.'

Swenson maakt de deur naar zijn werkkamer open en ondertussen praat Angela verder. 'De ellende is dat ik het moet lezen voor de werkgroep van Lauren Healy? Tekststudies in de strijd tussen de seksen? En alles wat we lezen blijkt hetzelfde verhaal te zijn, je weet wel, het dominante mannelijke patriarchaat dat vrouwen als oud vuil behandelt. Wat wel min of meer waar zal zijn, ik bedoel dat ik begrijp dat je dat kunt zeggen, alleen is alles niet hetzelfde.'

Het gerommel met het slot en de sleutel bespaart hem het altijd problematische dilemma of hij er wel of niet mee moet instemmen wanneer een student een van zijn collega's afkraakt. Bovendien is het onthutsend dat dit norse, nagenoeg stomme kind uit de werkgroep is veranderd in een kletskous. Hij had gerekend op zo'n bijeenkomst waarbij de student op zijn of haar nagels bijt en hij tien minuten lang gesprekachtige klanken probeert los te krijgen.

In Swensons werkkamer hangt de gistende geur van truien die te lang in een la hebben geleden. Wanneer is hij hier voor het laatst geweest? Dat kan hij zich werkelijk niet meer herinneren. Hij schuift een raam open. De lucht stroomt naar binnen. Hij laat het raam zakken. 'Is dit te koud voor je?' zegt hij. 'Gister was het tropisch. Vandaag is het ijskoud. De planeet is onbeheersbaar geworden.'

Angela geeft geen antwoord. Ze heeft haar volle aandacht nodig om de kamer door te lopen. Desondanks struikelt ze over het kleed en valt ze bijna wanneer ze zicht bukt om het tapijt recht te trekken. Wat Swenson allemaal aan het bidden brengt. God, laat haar niet aan de drugs zijn.

'O, man,' zegt ze. 'Ik val altijd over rotzooi.'

'Probeer te voorkomen dat je je bezeert,' adviseert Swenson vriendelijk, vaderlijk.

'Ik zal mijn best doen. Bedankt.' Is Angela sarcastisch?

'Misschien is het veiliger als je gaat zitten,' zegt hij.

'Is het goed als ik even blijf staan?' Ze springt van de ene op de andere voet.

'Als je je maar prettig voelt,' zegt Swenson.

'"Prettig". Ha. Was het maar waar,' zegt ze.

O, alsjeblieft, denkt Swenson.

Hij glipt op zijn bureaustoel en speelt met een stapel oude post, heel officieel, legt alles netjes neer. De dokter kan je nu ontvangen.

'Hoe gaat het met je studie?' Swenson draait op de automatische piloot.

'Die is grotendeels naar de knoppen.' Angela staart uit het raam.

'Dat spijt me.' Swensons antwoord is oprechter dan ze weet. Het antwoord op zijn vraag hoort te luiden: prima. Studenten nemen hem niet in vertrouwen. Hij moedigt hen niet aan om dat te doen. Hun leven kan als een kaartenhuis instorten, maar dat vertellen ze hem niet. De poëziestudenten nemen Magda Moynahan in vertrouwen, die de werkgroep poëzie geeft. Maar hij hoort nooit roddels van zijn groepen. Jaren nadat het was gebeurd, hoorde hij dat een student knettergek was geworden, en het was hem niet eens opgevallen. Ach, hij heeft zijn eigen problemen. In elk geval heeft hij geen behoefte aan die van hen, hoewel hij zich er van tijd tot tijd wel een beetje... naast voelt staan en hij zich zorgen maakt over zijn onwetendheid ten aanzien van de drama's die zich om hem heen afspelen. Het ontbreekt hem aan het meest rudimentaire observatievermogen. Geen wonder dat hij niet kan schrijven.

Angela zegt: 'Ik denk dat ik nu maar ga zitten.'

'Maar natuurlijk,' zegt Swenson. 'Ga je gang.'

Angela laat zich achterover in de leren leunstoel voor zijn bureau vallen. Eerst slaat ze haar benen op de zitting over elkaar in een mislukte poging tot een halve lotus, vervolgens glijdt ze naar beneden en trekt haar knieën op tegen haar borst, waarna ze weer haar vorige houding aanneemt, haar voeten op de grond zet en met haar ring tegen de armleuning tikt. Swenson heeft nog nooit iemand gezien die er zoveel moeite mee heeft om te gaan zitten. Wat gebruikt ze? Hij gelooft niet dat het drugs zijn. Een zeer langdurige puberteit. Haar leren jack blijft het geluid maken van iemand die een pleister lostrekt.

Ze doet een laatste poging om haar benen te verdraaien tot een soort yoga-achtige krakeling, gaat vervolgens rechtop zitten en staart hem aan, een bevende punkchihuahua. Ze heeft zich ingehouden met de gezichtssieraden: alleen een zilveren spiraal die door de rand van één oor slingert en een dun neusringetje met een klein groen sterretje dat onder haar neusvleugel glinstert als een stukje snot van smaragd. Ze heeft het ringetje door haar wenkbrauw weggelaten, evenals het ringetje door haar bovenlip, waardoor het iets minder verontrustend is om naar haar bleke, driehoekige gezicht te kijken. Haar ogen hebben niet echt een kleur, zijn blauwgrijs als van een pasgeboren kind.

'En, wat mankeert er aan de universiteit?' zegt hij.

'Mijn colleges zijn klote,' zegt ze.

'Allemaal?' vraagt hij neutraal.

'Die van jou niet!' zegt Angela. Hij had niet het idee gehad dat ze hem daar ook mee bedoelde, maar nu vraagt hij zich af hoe hij daarbij kwam. 'Ik ga alleen maar naar jouw werkgroep. Dat is de enige die ik leuk vind.'

Waarom ik, Heer? denkt Swenson. Waarom bof ik zo?

'Wat is er zo grappig?' zegt Angela.

'Niets,' zegt Swenson. 'Waarom?'

'Je glimlachte.'

'Ik voelde me gevleid,' liegt hij. 'Dat je van mijn werkgroep geniet.'

Ze zegt: 'Schrijven is het enige op aarde waar ik om geef.'

'Dat is geweldig.' Alweer een leugen. 'We willen dat onze studenten ergens om geven. Maar je kunt de andere colleges niet overslaan. Als Tolstoj tijdens al zijn colleges lag te slapen, zou hij desondanks stralen en met een ferme schop voor zijn kont van Euston worden getrapt.' Vanwaar die stoere praat? Om haar taal te spreken? Dat is soms een reflex met studenten.

Angela verstrakt. Een broze bloem onder die hele wapenrusting. Dat zijn vaak de teerste zielen, de types met groen haar en allerlei piercings. De meeste studenten op Euston kiezen voor het uiterlijk van een buitenmens, van de milieubewuste president-directeur in spe. Angela's manier van kleden vertegenwoordigt het besluit om elke hoop op te geven dat ze er ooit bij zal horen.

'Mag ik hier roken?' vraagt ze.

'Dat heb ik liever niet,' zegt Swenson. 'Als jij vertrekt, zit ik hier nog de hele dag in de rook. Kijk, ik heb zelf gerookt, dus ik weet er alles van...'

'Dat geeft niet! Eigenlijk rook ik niet!' Ze gooit haar handen in de lucht. 'Maar goed, ik lig tijdens mijn colleges niet te slápen. Ik zit achter mijn computer. Schrijf fictie.'

'O, mooi,' zegt Swenson. 'Dat is prachtig. Wil dat zeggen dat je iets hebt wat we volgende week tijdens het werkcollege kunnen bekijken?'

'Ik schrijf een roman,' zegt Angela.

'Een roman,' herhaalt Swenson wanhopig.

Hij kan het zich voorstellen. Of misschien ook niet. Hij is vaak verbaasd als de aanvoerder van het lacrosseteam een historische, seksueel vrijmoedige griezelroman inlevert. Vorig jaar heeft een jongen met blauw haar en bijpassende vingernagels een heel semester gewerkt aan een roman met de titel *Koning Kul*. De eerste tien bladzijden waren uitdraaien van de woorden 'Koning Kul' in verschillende lettertypes. Een ander jaar hebben twee niet van elkaar te onderscheiden meisjes – geen tweeling, zoals Swenson eerst had aangenomen, maar vriendinnen – samen gewerkt aan sciencefictionverhalen over twee androïden die Zip en Zap heetten. Het ene meisje schreef het stuk van Zip, het andere dat van Zap. Toen hij jaren later een film zag over twee beste vriendinnen die plannen smeedden om de moeder van een van de meisjes te doden, deed de mesjogge intensiteit van de moordenaars hem aan die studentes denken.

'Hoe heet de roman?' vraagt hij.

Angela zegt: 'Mag ik je boekenkast even doornemen? Ik denk dat ik daar misschien rustiger van word.'

Swenson kan tegen haar zeggen dat ze niet mag roken. Maar hij kan haar niet echt verbieden om op te staan en zijn boeken te bekijken. Hij wil zeggen: Dit is een bespreking. Laten we het kort en overzichtelijk houden.

'Ga je gang,' zegt hij. 'Doe of je thuis bent.'

'We kunnen blijven praten,' zegt ze. 'Daardoor voel ik me gewoon minder raar.'

Angela beweegt zich zijdelings langs de muren, inspecteert zijn oude ansichtkaarten en ingelijste foto's, blijft even staan om naar Tsjechov, Tolstoj en Virginia Woolf te staren.

'God, ik kan het niet geloven,' zegt ze. 'Ik heb dezelfde kaarten bij míj aan de muur hangen.'

Het is heel lang geleden sinds het iemand – hemzelf inbegrepen – is opgevallen waarmee hij zich heeft verkozen te omringen. Jaren geleden hadden de meisjes die bij hem thuis kwamen, zijn boeken, zijn bezittingen geïnspecteerd. Het was prikkelend geweest om daar te zitten met vrijwel niets anders om naar te kijken dan de billen van het meisje dat langs zijn interieur trok. Maar dit is absoluut niet prikkelend, misschien omdat hij Angela's billen kan zien, twee witte, symmetrische halve manen die door haar rafelende spijkerbroek worden onthuld.

Angela neust rond in zijn boekenkast, slaat ineens toe en trekt een boek van de plank. Ze laat het aan Swenson zien. Uiteraard. Het is Stendhal. *Rood en zwart*. Hij kan zich niet herinneren of hij de groep ooit in een onbewaakt egoïstisch moment heeft verteld dat hij aan een roman werkt die losjes gebaseerd is op het werk van Stendhal. Op een of andere manier gelooft hij van niet. Is het toeval of het gevolg van een buitenzintuiglijke waarneming dat Angela zegt: 'Ik houd bijna net zoveel van dit boek als van *Jane Eyre*'?

'Hoe dat zo?' vraagt Swenson op zijn hoede.

Ze zegt: 'Ik vind het heel mooi dat Stendhal, je weet wel, zeg maar tegelijkertijd in en buiten Julien zit, waardoor je je kunt voorstellen dat je doet wat Julien doet en ondertussen denkt dat je zoiets nooit zou doen.'

Dat is het probleem met Swensons roman. Hij is nooit in zijn held, in Julius Sorley doorgedrongen. Zelfs de naam heeft nooit gedeugd. Hij is buiten hem blijven staan, een toeschouwer gebleven.

Angela keert naar de stoel terug. 'Is alles in orde? Het leek even of je van streek was.'

'Het gaat prima,' zegt hij.

'Met mij ook,' zegt ze. 'Min of meer. Ik voel me nu beter. Goed.' Ze haalt diep adem. 'Mijn roman heet *Eieren*.'

'Leuke titel.' Swenson huivert, verbeeldt zich een driehonderd pagina's tellende monologue intérieur van de eierstokken als hommage aan Anaïs Nin. 'En waar gaat het over?'

'Dat wil ik liever niet zeggen. Ik heb het eerste hoofdstuk voor je meegebracht. We kunnen erover praten als je het hebt gelezen. Ach, ik kan het je net zo goed vertellen voor je er zelf achter komt. Mijn werk is vreselijk. Het is ronduit knudde.'

'Dat zal wel meevallen,' zegt Swenson. 'Kunnen we het hoofdstuk gebruiken voor het werkcollege van volgende week?'

'Zou je het eerst willen lezen? Ik zou het je hoofdstuk voor hoofdstuk kunnen geven? Ik ben al halverwege. Ik ben afgelopen zomer begonnen.'

Hoofdstuk voor hoofdstuk. De drie meest angstaanjagende woorden in de Engelse taal.

'Ik zal het eerste hoofdstuk lezen,' zegt hij. 'Dan zien we wel verder. Misschien is het goed om het in de groep te behandelen. Of we besluiten dat niet te doen.'

'Ik laat het aan jou over.' Angela worstelt met iets wat klem zit in haar rugzak en rukt er ten slotte een envelop uit, die verkreukeld is door het gehannes. Het heeft duidelijk enig nadenken gekost om de feloranje omslag uit te kiezen.

'Verdomme,' zegt Angela. 'Kijk nou toch eens.' Nadat ze uit haar stoel is opgesprongen, biedt ze Swenson met een ironisch zwierig gebaar de envelop aan.

'Nou, bedankt,' zegt ze. 'Bedankt voor je tijd. En ik vind het echt vreselijk als ik je wakker heb gemaakt of je heb gestoord bij het schrijven of zo.'

'Graag gedaan.' Swenson is een en al glimlach. De bespreking is bijna voorbij.

Bijna. Angela aarzelt. 'Zouden we het volgende week kunnen bespreken? Ik wil niet opdringerig zijn. Maar als je het eerder uit hebt, kun je me bellen, of mailen. Of zo. Ik weet dat ik opdringerig ben. Ik moet weten wat je ervan vindt. Daardoor ben ik zo zenuwachtig. Verder heeft niemand het nog gezien.'

'Voor volgende week zal ik het hebben gelezen.' Hé, deze bespreking is voorbij. Is die meid ongevoelig voor hints?

'Tot ziens,' zegt Angela. 'Nogmaals bedankt.' Bij het openen van de deur draait ze zich om, zwaait naar Swenson en als ze terugdraait, slaat ze tegen de deurpost. 'Au. Moet je horen, nog één ding. Er staan een stuk of vier à vijf tikfouten in. Ik had ze nog willen verbeteren...'

'Maak je geen zorgen over tikfouten,' zegt Swenson.

'Goed, sorry,' zegt ze. 'Sorry. Tot gauw.'

'Later,' zegt Swenson.

Hij wacht tot hij haar niet meer de trap af hoort klossen. Dan laat hij haar envelop in zijn tas glijden, achter zijn twee dagen oude *New York Times*. Dat komt wel een keer, ooit. Voorlopig... uit het oog, uit het hart. Hij zou naar huis moeten gaan om naar zijn eigen roman te kijken. Maar hij heeft voor de zoveelste keer al zijn creatieve sappen overgeheveld in een zinnen verdovend kletspraatje met een student. Hij heeft de dag bedorven voor verdere pogingen om te schrijven en als straf wordt hij geconfronteerd met een van de problemen van het nietschrijven, namelijk wat je met al die tijd moet doen.

Hij moet beslist wat telefoontjes plegen. Jammer dat hij zijn redacteur, Len Currie, twee weken geleden nog heeft gebeld. Lens uitgeverij heeft een contract voor Swensons volgende roman. Niemand neemt de moeite om te zeggen dat hij hem al twee jaar geleden had moeten inleveren. Om de zes maanden belt hij Len, die het kennelijk altijd leuk vindt iets van hem te horen en hun korte gesprekken gebruikt om te zaniken over zijn werkdruk.

Aan de andere kant is hij al minstens een week niet meer in Montpelier geweest om een uurtje door te brengen in de boekhandel, waar hij een espresso drinkt en wat tijdschriftjes inkijkt die hij uit krenterigheid niet koopt, hoewel hij weet dat hij ze omwille van de literaire gemeenschap zou moeten steunen. De literaire gemeenschap. Is het niet genoeg dat hij zijn klandizie schenkt aan Bradstreet Books, hoewel hij dezelfde afstand in de tegenovergestelde richting zou kunnen afleggen om veel betere koffie te drinken in de Barnes & Noble in Burlington?

Dergelijke onbeduidende ideologische haarkloverijen vreten aan de geest van een schrijver. Vandaar dat het schrijversbestaan wordt getekend door de keus tussen boekhandels.

Adam Bee heeft het cappuccinoapparaat opgevoerd zodat hij de hendel kan overhalen om zijn klanten te begroeten, waardoor er een paar stoomwolkjes uit ontsnappen. Toet toet. Leuk je te zien! Swenson salueert zogenaamd voor het apparaatje, met een schuldbewust verlangen naar de anonimiteit van de grote boekhandelketen. Dat kan nooit goed zijn voor het cappuccinoapparaat, dat Swenson graag wil beschermen. Het is de enige belangrijke verbetering sinds Adam Bee begin jaren zeventig Bradstreet Books is begonnen, toen hij in Montpelier is komen wonen, naar verluidt op de loop voor een aanklacht in verband met een bomaanslag door de links radicale Weatherman.

'*Ola!*' roept Adam, een kabouter op leeftijd, wiens grijze baard zich vertakt tot halverwege zijn zeppelinachtige buik.

'Hallo, man,' zegt Swenson. 'Hoe gaat het ermee?'

'Ik geloof dat het wel gaat,' zegt Adam. 'Hetzelfde als altijd?'

Het is een bargesprek dat is verplaatst naar een boekhandel. Swenson wenst dat hij in een bar was. 'Hetzelfde als altijd,' zegt hij.

Het apparaat blaast zo te horen zijn laatste adem uit als Adam Swensons dubbele espresso tapt. 'Hoe gaat het met het schrijven?' vraagt Adam.

Val dood, denkt Swenson. Maar Adam maakt gewoon een praatje. Hoe gaat het op de boerderij? Met je vrouw? De kinderen? Hij is hem niet aan het kwellen, hoewel Swenson gelooft dat Adam hem al jarenlang bevoogdend behandelt, sinds hij getuige is geweest van een van Swensons vele karaktervormende vernederingen: een voordracht in de boekhandel door Swenson en Magda Moynahan.

Adam had hen erom gesmeekt. Ze hadden het 'Schrijvers van

Euston' gedoopt. Uiteraard tijdens een sneeuwstorm en uiteraard was er niemand komen opdagen. Rijen lege stoelen. Overal waren glazen wijn en blokjes kaas neergezet en er was niemand anders geweest om alles op te eten dan Adam, Magda, Swenson en een paar van die op sensatie beluste androgyne slaven die Adam altijd bij een school in de buurt rekruteert.

Er was één echte klant geweest. Een oude vrouw op de achterste rij. Daardoor hadden ze gevonden dat de voordracht moest doorgaan. Het mens had de sneeuwstorm getrotseerd. Swenson was begonnen het dramatische begin van *Het uur van de feniks* voor te lezen, het hoofdstuk dat door elke recensent was aangehaald vanwege zijn volstrekt niet sentimentele kracht, het stuk waarin de vader van de tiener die de hoofdfiguur is, zichzelf in brand steekt om te protesteren tegen de Vietnamoorlog. Na een paar minuten lezen had de oude vrouw haar hand opgestoken en gevraagd of hij harder wilde praten. Op zijn voorzichtige suggestie dat ze ook verder naar voren kon komen, zei ze dat ze misschien halverwege weg zou moeten.

Wie weet of Adam zich dat zelfs maar herinnert? Vermoedelijk is alleen Swenson ertoe veroordeeld dat telkens weer opnieuw te beleven als hij naar Bradstreet Books gaat. Hij neemt zijn koffie mee naar het tafeltje dat het verst bij Adam vandaan staat, waarbij hij een grote boog beschrijft om het terrein dat twee jonge oermoeders met hun kinderwagens hebben afgebakend. Hij neemt een slokje van het bittere, waterige brouwsel. Ja zeker. Dit is het caféleven. Wat moet hij nu lezen?

Als hij de fictieafdeling aandurft, moet hij de plank met de S vermijden, waar het hem zal opvallen – alsof hij dat nog niet wist – dat zijn boeken niet meer in de handel zijn. Thuis heeft hij natuurlijk nog dozen vol staan, die hij aan Adam zou kunnen geven om ze in consignatie te verkopen. Maar dat zou te vernederend zijn. Hij zal gewoon doen of het hem niet kan schelen. Voor hem dus geen Christina Stead. Geen Wallace Stegner. Geen Stendhal. Bovendien zou het uitkiezen van een boek een te grote betrokkenheid betekenen. Zijn espresso zou allang koud zijn voor hij een besluit had genomen.

Hij grijpt een nummer van *Fiction Today*. Eens zien wie wat doet. Het eerste verhaal, van een schrijver wiens naam hij flauw herkent, beschrijft hoe een vader in koelen bloede de poedel van het gezin terechtstelt. Hij kijkt het vluchtig door, begint dan aan een volgend verhaal, van een andere vaag bekende naam, deze keer van een vrouw, en houdt op als de moeder met haar auto achteruit over het jonge poesje van de verteller rijdt. Is dit een soort themanummer? Of is het de redactie niet opgevallen? Hebben zijn studenten dit gelezen? Dat zou veel verklaren. Ze zijn te jong en te lief om hun huisdieren te doden, dus hebben ze er maar seks mee. Hij mocht wíllen dat zijn studenten dit lazen. Hij zet het blad weer op de plank terug en pakt *Poets and Writers*, bladert het door langs de advertenties voor zomerconferenties (waarvoor hij niet is uitgenodigd), langs de bloemlezingen (waarvoor hij geen verzoek heeft ontvangen om een bijdrage te leveren), langs het interview met de semibekende schrijfster die erover uitweidt dat ze haar studenten altijd waarschuwt voor de gevaren om in hun verhalen eten te beschrijven.

Hij kan net zo goed Angela's hoofdstuk lezen. Dat is in elk geval iets wat hij moet doen. Een vals gevoel iets te hebben gedaan is beter dan helemaal niets. Hij grijpt naar zijn tas. Waar heeft hij hem ook alweer gelaten? Niet in zijn werkkamer, hoopt hij. Is hij onderweg ergens gestopt – ergens waar hij hem nooit meer zal vinden?

Hij rent naar buiten om in zijn auto te kijken. De tas ligt op de voorstoel. Weer aan zijn tafeltje neemt hij een versterkende grote slok van zijn espresso en vindt de feloranje envelop. 'Eieren. Een roman van Angela Argo.' Hij pantsert zich, leest de eerste regel en leest vervolgens verder, zonder te stoppen.

Elke avond ging ik na het eten naar buiten om bij de eieren te zitten.

Dat was nadat mijn moeder en ik hadden afgewassen en de afwasmachine hadden ingeladen, nadat mijn vader was ingedommeld boven zijn medische tijdschriften, dan glipte ik de keukendeur uit en liep de ijzige achtertuin door, vochtig en gronderig door de gistende lucht van bladeren die net van kleur begonnen te veranderen, rumoerig door het geritsel ervan terwijl ze in het donker verkleurden. Even keek ik achterom naar de zwarte contouren van het huis, dat sprong en trilde door de zoemende afwasmachine. Dan glipte ik de schuur in, waar het altijd warm was, slechts verlicht door de rode lampen van de broedmachines, zonder enig ander geluid dan de snorrende hartjes in de bevruchte eieren.

De eieren hadden eenentwintig dagen nodig om uit te komen. Ik had weinig geluk. Dat verweet ik alleen mezelf. Ik geloofde dat ik werd gestraft omdat ik dingen had gedacht die ik niet had mogen denken, omdat ik daar alleen in de warme, donkere schuur aan had willen denken, met mijn ogen dicht en de ongeboren kuikens zwevend in hun eierschaal.

Ik controleerde de thermometers op de broedmachines en zette tekens op mijn kaarten. Ik begon te denken dat ik fouten had gemaakt, de verkeerde vakjes had aangekruist. Ik begon weer helemaal van voren af aan. Als de temperatuur varieerde, zouden de kuikens niet uitkomen of misvormd worden geboren.

De eieren waren mijn werkstuk voor biologie in de vierde klas van de middelbare school. Officieel tenminste. Onder die keurige kaarten, die aantekenboekjes en rekken met bevruchte eieren, bestond mijn echte werkstuk uit zwarte magie, uit het verspreiden van bezweringen om dingen te krijgen die ik niet had moeten willen hebben, waar ik niet naar had moeten verlangen en die ik ten slotte toch heb gekregen.

Een patiënt van mijn vader, mevrouw Davis, had een beroerte gekregen in haar kippenhok, was overleden en weer bijgekomen in een wirwar van veren. Ze was tot de slotsom gekomen dat ze een hekel had aan kippen en had mijn vader gevraagd of hij de broedmachines wilde hebben in plaats van een honorarium. Waarom zou een dokter broedmachines willen hebben? Omdat ik een werkstuk moest maken voor biologie.

Vanuit het ziekenhuis zei mevrouw Davis tegen haar zoon dat hij de kippen moest doden. Haar kleinzoon – een jongen die ik van school kende – bracht ons twee dozijn kippen, geplukt en in plastic zakken vol bloedspetters. De kleinzoon had drie zakken in elke hand, vier kippen in elke zak.

Mijn moeder maakte kip met spaghetti, stukken kip met ananas, kip met amandelen, kip met kerrie. De kippen weren allemaal taai, met een zompige buitenkant. Maar mijn moeder zei dat we alle vervloekte kippen moesten opeten die een arme oude vrouw alleen maar had geslacht om mijn vader een plezier te doen.

Mijn vader zei: 'Ze zijn niet voor mij geslacht. Dat weet je verdomme. Ze zijn geslacht vanwege de zonde dat ze die arme Alice Davis bijna hebben zien doodvallen.'

Mijn moeder zei: 'Misschien hebben ze haar wel dood gewenst.'

Mijn vader zei: 'Het zal de bloedprop die in het slagaderlijke vaatsysteem van die vrouw vastzat, een rotzorg zijn geweest wat een of andere kip wenste.'

Het plan was dat mijn vader en ik de broedmachines over een paar weken, als mevrouw Davis zich beter voelde, zouden gaan halen en dat mevrouw Davis me zou leren hoe ik de eieren moest uitbroeden. Ondertussen bestelde ik brochures bij het ministerie van Landbouw omdat mijn vader niet kon geloven dat je iets kon leren van een oude vrouw zonder voortanden. Ik begreep niets van de brochures, hoewel ik ze telkens weer opnieuw las. Ik was als altijd met mijn gedachten heel ergens anders.

Mevrouw Davis liep met een stok en had haar rechterarm in haar ceintuur gehaakt. Eén oog knipperde niet. Eén mondhoek was naar beneden gezakt. Op de vingers van haar goede hand telde ze de voornaamste punten af: een constante temperatuur en vochtigheidsgraad, de eieren een paar keer per dag draaien.

Het strakke oog en de vertrokken lippen flirtten met mijn vader. 'Na een week houd je de eieren tegen het licht om te zien of er een kuikentje in zit en de lege gooi je weg omdat die anders de andere zullen bederven.'

Mijn vader verplaatste haar scheve blik naar mij.

'Mijn dochter heeft hier de leiding over,' zei hij. 'Dit is haar biologiewerkstuk.'

'Biologiewerkstuk?' zei mevrouw Davis. Ze draaide zich naar mij toe, maar haar gekke oog staarde nog naar hem. Je zag haar denken dat ik er niets van terecht zou brengen. Het schuim stond op haar mond toen ze beschreef wat er zou gebeuren als ik de eieren te warm of te koud zou laten worden. Pasgeboren kuikentjes die zouden neerklappen op pootjes als lucifershoutjes, kuikentjes die stukken vlees zouden afscheuren als ze uit het ei kropen omdat dat nog aan de schaal vastzat, kuikentjes die zouden doodgaan terwijl hun snaveltje uit het ei stak, hijgende monstertjes met slechts één oog.

Ik luisterde maar met een half oor. Ondertussen vroeg ik me af wat meneer Reynaud zou zeggen als ik hem dit morgen na de orkestrepetitie zou vertellen. Ik was smoorverliefd op mijn muziekleraar van de middelbare school en elke minuut die ik niet bij hem in de klas zat, gebruikte ik om aan hem te denken.

Swenson legt het manuscript neer. Is dat het gegons van de broedmachines? Nee, het is het cappuccinoapparaat. Hij bladert de pagina's door, alsof een volgende snelle blik het geheim zal onthullen hoe ze kunnen zijn geschreven door Angela Argo. Waar heeft Angela een term als 'slagaderlijk vaatsysteem' opgepikt?

Als je eenmaal genoeg schrijvers hebt leren kennen – en in zijn vroegere leven had Swenson er meer dan genoeg ontmoet – verwacht je niet meer dat persoon en werk bij elkaar passen. Maar deze specifieke kloof lijkt zo groot dat hij... tja, op zijn minst de mogelijkheid moest overwegen van... plagiaat. Een paar jaar geleden had een student Magda verteld dat het gedicht van een medestudent was gestolen van Maya Angelous ode bij de inauguratie van Clinton. Had Magda het niet herkend? Het pleitte voor Magda dat dat niet was gebeurd. Er waren maanden van haar tijd opgeslokt door onaangename besprekingen met de ouders van de plagiaris, de rector en de geraadpleegde psychiater.

Maar wat voor psychotische plagiaris smeekt je haar werk te lezen, komt naar je werkkamer en vertelt je dat schrijven haar lust en haar leven is?

Plagiarissen leveren hun werk te laat in. Je moet hen er tien keer aan herinneren. En dan is er nog Angela's passie voor *Jane Eyre*, voor Stendhal. Misschien is ze een schrijfster. Er gebeuren wel vreemdere dingen. Het manuscript is vergeven van de verbeteringen, keurige doorhalingen en toevoegingen, woorden die zijn doorgestreept en op elk punt zijn vervangen door betere woorden.

Swenson schrikt op als Adam met een klap een koffiekopje op tafel zet.

'Rustig maar,' zegt Adam. 'Ontspan je. Rondje van de zaak. Je ziet er gespannen uit, grote jongen. Writer's block? Gedonder in de familie? Iets wat ik kan doen?'

'Het gaat prima, prima,' zegt Swenson. 'Zit werk van studenten na te kijken.' Hij slaat zijn ogen ten hemel in een boog van ergernis.

'Je zult wel liever aan je eigen boek schrijven,' zegt Adam.

'Precies,' zegt Swenson.

Adam krabt zijn nek, duwt de lange grijze paardenstaart die door een zwarte wokkel bij elkaar wordt gehouden naar voren. 'Maar ach. De grote baas zal ons er wel niet voor betalen om te doen wat we graag willen. Als je denkt dat ík dan de hendel van een cappuccinoapparaat zou overhalen...'

'Wat zou je dan doen?' vraagt Swenson. Waarom zou iemand een boekhandel hebben als hij dat niet leuk vindt? Hoewel hij zich nu niet kan herinneren dat Adam het ooit over een boek heeft gehad.

'Wat zou ik dan doen?' herhaalt Adam nadenkend.

Wacht. Dat wil Swenson niet weten. Dit is veel intiemer dan hij met Adam Bee hoeft om te gaan.

'Dan zou ik spul gaan kweken,' zegt Adam.

'Zet hem op,' zegt Swenson. 'Er wordt kapitalen verdient in die handel. En als je wordt gepakt, vergeten we gewoon dat dit gesprek ooit heeft plaatsgevonden.'

Adam zegt: 'Ik heb het niet over wiet. Dat zou ik alleen voor eigen gebruik kweken. Ik kan niet eens meer roken, iets pre-emfyseem-achtigs. Nee, ik bedoel medicinale kruiden. Ginkgo. Sint-janskruid. Ginseng. Een heel nieuw terrein, man. Tegen aids. Tegen kanker. Maar mijn knieën laten het afweten, in feite ben ik zo'n oude hond die geen nieuwe kunstjes meer kan leren...'

Terwijl Adam bij Swenson rondhangt, staat te wachten tot deze zijn koffie heeft geproefd, strijkt zijn gevoelige buik langs Swensons oor. Door dit tableau – de ene staand, gedienstig, de ander zittend en ijzig dankbaar – voelt Swenson zich net een neerslachtige provinciaal van Tsjechov of Toergenjev in het gezelschap van de familievazal, de oude Gerasim of Prevelaar met zijn eigen geheime verlangens, het kleine huisje, het witte paard, hopeloos en onbereikbaar. Swenson vindt het vreselijk dat Adam niet zijn hippiehuppelwater op kruidenbasis kan kweken.

'Doe het,' zegt Swenson. 'Neem een stel jongeren in dienst voor het zware werk.' Hij kan nauwelijks valser klinken of het oprechter menen. Hij staart naar Adams druipende ogen. Adam is jonger dan hij!

'Mors geen koffie,' zegt Adam. 'Dat is wellicht niet zo gemakkelijk uit te leggen aan de student die dat heeft geschreven.'

De student? Swenson staart naar het manuscript alsof hij het voor het eerst ziet. En dan welt er een uiterst vreemd verlangen in hem op om Adam te vertellen dat hij zojuist een bijzonder interessant eerste hoofdstuk heeft gelezen. Iets wat zowaar goed is. Hij bedenkt dat zijn nieuwe medeleven met Adam er wellicht iets mee heeft te maken dat hij Angela's werk net heeft gelezen. Dat heeft hij gisteren toch tegen de groep gezegd, dat iets wat goed is geschreven, je kan helpen je medemensen te zien? Je wordt er geen beter mens door. Het zet alleen min of meer... je poriën open.

'De studenten zouden het begrijpen,' zegt Swenson. 'Zonder koffie zouden ze allemaal het loodje leggen.'

'Jeetje,' zegt Adam. 'Het loodje leggen? Dat is niet te hopen.'

Adam staart hem olijk aan. Het kan Swenson niet meer schelen. God zegene Adam. God zegene Bradstreet Books. Swenson gaat naar huis.

Swenson vliegt met veerkrachtige sprongen de trap van de klokkentoren op in een energieke stemming die sterk afwijkt van zijn normale wrevel, verveling en vrees. Het is een stuk leuker om les te geven als er ten minste één student is die wellicht baat heeft bij zijn woorden of begrijpt wat hij zegt.

Twee avonden nadat hij haar manuscript had gelezen, heeft Swenson Angela Argo gebeld. Hij had al veel te veel tijd verspild aan pogingen om te besluiten wanneer hij haar moest bellen, wat hij moest zeggen en of hij haar zelfs maar moest bellen. Zijn opwelling was juist: grootmoedig, onbaatzuchtig. Hij is haast nooit zo oprecht enthousiast. Maar hij wilde koste wat kost vermijden dat Angela zou verkrampen door lof die haar er wellicht van zou weerhouden te experimenteren en de noodzakelijke fouten te maken.

Ten slotte heeft hij haar op een avond vanuit zijn huis gebeld. Tot zijn verbazing hoorde hij op Angela's antwoordapparaat Robert Johnsons honingzoete stem zachtjes zingen: 'You better come on in my kitchen because it's going to be rainin' outside.' Vervolgens Angela's stem: 'Laat een boodschap achter als je wilt. Goed. Wacht op de...' Piep. Hij was vergeten wat hij had willen zeggen en hing bijna op, waarna hij er onsamenhangend over wauwelde dat hij haar hoofdstuk heel mooi had gevonden en dat ze er gewoon mee verder moest gaan, maar dat hij haar werk samen met haar kon bespreken, of ze moest het dolgraag in de groep willen laten behandelen. Piep piep. Geen band meer over om hem te verleiden tot de opmerking dat het een ramp zou zijn om te horen hoe haar medestudenten haar zouden adviseren haar werk te 'verbeteren'.

Toen hij had opgehangen, besefte hij pas wat een ellende hij zich op de hals had gehaald. Nu zou hij moeten gaan rondbellen om een verhaal van een student te vinden dat kon worden besproken en dat moeten laten fotokopiëren en uitdelen. Die schat van een Ruth Merlo, de secretaresse van het instituut, had hem mismoedig door het kantoor zien rondsloffen en als een engel aangeboden het extra werk over te nemen.

Dus doen ze vandaag – als hij het bij het rechte eind heeft – het verhaal van de barbie uit Boston. Oeps. Van Courtney Alcott. Toen hij Courtney had gevraagd of ze familie was van Louisa May, had ze niet geweten over wie hij het had.

Deze week is Courtney aan de beurt om vastgebonden en tot zwijgen gebracht te moeten aanzien hoe haar lieveling voor haar ogen wordt verscheurd. Swenson identificeert zich als gewoonlijk veel te veel met de schrijver van het verhaal dat ze gaan behandelen. Hij probeert de veroordeelde student altijd bemoedigend toe te knikken of een knipoogje te geven. Nu kijkt hij waar Courtney zit, maar voor hij haar kan vinden, blijft zijn blik hangen op Angela Argo, die verwoed in haar rugzak aan het wroeten is. Hoe kan die nerveuze fret de bladzijden hebben voortgebracht die Swenson – hij kijkt even voor de zekerheid – in zijn tas heeft zitten? Dat kind lijkt er domweg niet toe in staat om zulke complexe zinnen, zo'n verontrustende scène in het kippenhok te schrijven.

Als de groep tot rust is gekomen, zegt Swenson: 'Ik neem aan dat iedereen de kans heeft gehad Courtneys verhaal te lezen?' Om een of andere reden is dit een grote mop.

'Laat me ook eens meelachen,' zegt Swenson.

'We hebben het nooit gekregen,' zegt Carlos. 'Courtney heeft het verkloot, man.'

Courtney bedekt haar gezicht met haar ene hand en friemelt met haar andere aan haar medaillon: een grauwende zilveren buldog aan het eind van een dikke zilveren ketting. 'Ik heb de kopieën gekregen.' Haar stem van een tekenfilmmuis perst zich door het traliewerk van haar parelmoerkleurige, tweeënhalve centimeter lange nagels. 'Maar ik heb ze in mijn tas gedaan en ik ben zeg maar vergeten ze uit te delen.'

'Courtney zal wel absoluut niet hebben gewild dat we haar verhaal zouden behandelen,' zegt de vergevensgezinde Nancy.

'Iemand had de kopieën aan Claris moeten geven,' zegt Makeesha met een logica waar niets tegen in te brengen is. 'Dan waren die verhalen nu uitgedeeld.'

Courtney zegt: 'Ik heb de kopieën bij me. We zouden het nu kunnen lezen. Het is kort.'

'Courtney zou het ons kunnen voorlezen,' oppert Meg. 'We zouden met haar mee kunnen lezen.'

Wat moet Swenson hierop zeggen? Courtney gaat dat verdomde verhaal níét hardop voorlezen terwijl wij hier zitten te lijden!

'Courtney?'

'Dat zou ik kunnen doen.' Courtney lijkt altijd op kauwgum te kauwen, zelfs als dat niet zo is.

Het zij zo. Swenson pakt een kopie – kort, dat is waar – en geeft de stapel door. 'Nou, dank je wel, Courtney. Dat je ons te hulp bent geschoten en ons iets hebt gebracht waar we het over kunnen hebben.'

Courtney haalt diep adem. 'Ik vind dit echt een heel mooi verhaal. Het is het eerste dat ik ooit heb geschreven waarvan ik dacht dat het zeg maar ronduit goed was.'

'Daar zullen we het vast allemaal mee eens zijn.' O Heer, bidt Swenson stilzwijgend. Dit zou wel eens heel erg kunnen worden.

'Het heet "De eerste zoen – Binnenstadblues",' zegt Courtney.

'Dat zijn al meteen twee titels,' zegt Makeesha.

Courtney negeert haar en begint.

'"De zomerwarmte lag op de hete stadsstraat, waardoor het moeilijk was om adem te halen, vooral voor Lydia Sanchez. Lydia zat op de smerige, van afval vergeven hoge stoep voor haar sombere huurkazerne te kijken hoe de kinderen in de goot speelden in het water dat uit een kapotte brandkraan spoot. Gisteren was ze nog een van die kinderen geweest. Maar nu niet meer.

Lydia voelde zich ellendig. Die ochtend had ze tegen haar moeder geschreeuwd en haar kleine broertje een klap gegeven, waarna ze zich nog akeliger had gevoeld. Ze was gewend aan de stadsstraten uit haar buurt, waar misdaad en drugs welig tierden. Die dingen hadden geen invloed meer op haar. Maar deze keer was het anders."'

Courtney moest hard aan het begin hebben gewerkt. Daarna gingen de grammatica en zinsbouw achteruit, waardoor het moeilijk te volgen was, zelfs op het simpelste niveau van de handeling, het verhaal over Lydia, die 'stapelgek' is op 'een knappe kerel' die Juan heet en bij een 'linke stoere bende uit de binnenstad' zit, de zogeheten Latin Diablos. Juan wil dat Lydia zich aansluit bij de 'meidengroep' van de bende. Hij komt langs en kust haar terwijl ze zit te piekeren tussen de 'gekken en verslaafden als menselijk afval op haar stoep. Het was per slot van rekening Lydia's eerste zoen. Daarom was hij heel belangrijk.'

Lydia laat zich bijna overhalen de 'verschrikkelijke inwijding van de bende' te ondergaan om zo een Latina Diabla te worden. Maar dan vertelt haar moeder haar dat een baby verderop in de straat – 'een schattig dotje van een meisje' op wie Lydia wel eens heeft gepast – per ongeluk tijdens een schietpartij vanuit een passerende auto is gedood. Wie heeft het gedaan? Drie keer raden. De Diablos.

Opgelucht omdat het er bijna op zit, zeilt Courtney de grote finale binnen. '"Op dat moment wist Lydia dat ze nooit deel zou kunnen uitmaken van Juans wereld. Ze zou nooit van een man kunnen houden die van zoiets deel uitmaakte. Ze had de kracht nodig om Juan te vertellen dat ze het niet wilde. Maar zou ze daartoe in staat zijn? Zou ze dat kunnen? Daar had Lydia werkelijk geen idee van. Op dat moment in elk geval niet."'

Dat is het. Het einde. Meer heeft ze niet geschreven. De meeste studenten zijn nog aan het lezen, waardoor Swenson even de tijd heeft om te bedenken wat hij kan zeggen, op welke manier deze hartverscheurende, subliteraire rotzooi kan worden verbeterd, hartverscheurend omdat het, voor zover hij weet, het beste vertegenwoordigt waartoe Courtney in staat is.

Dat weigert hij te aanvaarden. Het is zijn taak om dat niet te willen aanvaarden. Courtney is wel tot meer in staat. Heel jammer dat de etiquette van de werkgroep hem verbiedt dat te zeggen. God verhoede dat hij Courtney – of wie dan ook – zou aanraden het verhaal weg te gooien en opnieuw te beginnen, alsof een echte schrijver dat niet zou doen, alsof hij zelf niet de stekker uit tientallen verhalen en romans heeft getrokken.

En nu kijken ze hem allemaal aan met dezelfde paniekblik die ze naar hij vreest in zijn ogen zien. Of misschien vonden ze het een prachtig verhaal en zijn ze sprakeloos van ontroering. Hij heeft het beslist al eerder mis gehad... Hij wacht een seconde en zegt dan: 'Het gaat in elk geval niet over iemand die seks heeft met een dier.'

'Hiermee vergeleken,' zegt Makeesha, 'was dat stuk over die kip geniaal. Dit is gewoon meer van dat volstrekt racistische gelul dat blanken altijd verkondigen. Alsof alle zusters en broeders op straat bendeleden zijn die baby's vermoorden en in de drugs zitten. Wat gebruikt ze voor lullige uitdrukking voor de broeders? Menselijk afval?'

'Wacht even, Makeesha,' zegt Swenson. 'Daar komen we later op terug. Meestal zeggen we eerst wat we léúk vonden aan het verhaal.'

Hij vraagt het onmogelijke, maar Angela's hand schiet omhoog. 'Ik vind de naam leuk, de Latin Diablos. En dan de Latina Diablas, dat is zeg maar net zoiets als de vrouwelijke tegenhanger of zo. Dat zijn vrij goede bendenamen.'

Angela's gezicht straalt een nieuw zelfvertrouwen of gezag uit. Haar hele stofwisseling lijkt wel minder snel en minder gestrest, alsof een hand haar tot staan heeft gebracht en ervoor heeft gezorgd dat ze niet meer zit te tikken en te draaien. Kan ze zo zijn veranderd door Swensons boodschap op haar antwoordapparaat?

Claris zegt: 'Is "diabla" eigenlijk wel een Spaans woord? Is de duivel ooit een vrouw?' Swenson vraagt zich vaak af wat Claris op Euston doet.

'Vast niet,' zegt Meg. 'Ze zullen nooit toestaan dat we zoveel macht hebben. Zelfs de duivel hoort een lul te hebben.'

Swenson schudt zijn hoofd. De studenten grinniken meelevend.

'Eens kijken,' zegt Carlos. 'Zoals jullie weten ben ik half Dominicaans, jongens. En van "diabla" ben ik niet zeker. Misschien "bruja". Dat betekent "tovenares". Dat zal wel iets anders zijn.'

'Je zou het kunnen veranderen in de Latino Brujos,' zegt Angela opgewonden. 'En de Latina Brujas. Dat zou ook mooi zijn.'

Makeesha zegt: 'Zijn we nu klaar met wat we er leuk aan vonden? Want ik heb nog heel wat op mijn lever.'

'Zijn we klaar?' zegt Swenson. 'Mensen? Wil iemand nog iets noemen wat hij in Courtneys verhaal bewondert?' Courtney staart naar de muur. 'Ik vond het een poging om enkele grotere sociale problemen te behandelen. Heeft iemand dat opgemerkt?'

Niemand zegt iets. Niemand zal een mond opendoen. Zijn studenten zijn niet gek.

Swenson zucht. 'Goed, Makeesha.'

Makeesha zegt: 'Ik vind dat je erom vraagt, zeg maar, door te doen alsof je ook maar iets begrijpt van teringzooi waar je de ballen van weet. Waar ben jij eigenlijk opgegroeid, Courtney? In een kast van een huis in Boston? En nou doe je net of je weet wat er omgaat in het hoofd van een zuster die op straat zit bij te komen.'

En waar is Makeesha opgegroeid? In Dartmouth, meent Swenson zich te herinneren. Ze schakelt naar believen over op de taal van het getto omdat ze daar gezag aan kan ontlenen.

'Makeesha,' zegt Swenson, 'wil je zeggen dat het volgens jou onmogelijk is om je iets te verbeelden wat je niet is overkomen?'

'Dat zeg ik niet,' antwoordt ze. 'Ik zeg alleen dat er dingen zijn die je je niet kunt verbeelden, dingen waarvan het je niet aangaat om te proberen of je je die kunt verbeelden als je...'

Angela valt haar in de rede. 'Dat is niet waar, Makeesha. Je kunt je alles verbeelden als je het maar goed genoeg doet. Ik bedoel maar dat Flaubert bijvoorbeeld geen vrouw was en toch kun je *Madame Bovary* lezen en je staat ervan te kijken hoeveel hij van vrouwen wist. Kafka was geen kakkerlak. Mensen schrijven historische romans over tijden voor hun geboorte...'

Carlos neemt de bal over en gaat ermee vandoor. 'Je hoeft geen buitenaards wezen te zijn om sciencefiction te schrijven, man.'

'Angela en Carlos hebben gelijk,' zegt Swenson. 'Als je er echt aan werkt, kun je in de huid van een ander kruipen. Ongeacht de kleur daarvan.' Gelooft hij dat echt? Op dat ogenblik verkiest hij dat te geloven.

'Ja,' zegt Courtney. 'Dat vind ik nou ook. Waarom zou ik niet over een meisje uit het getto kunnen schrijven als ik dat wil?'

Ho even, laten we een stap teruggaan. Er is iets vreselijk misgegaan als Courtney zijn verdediging van de verbeeldingskracht heeft opgevat als een steunbetuiging aan haar verhaal. Om er nog maar van te zwijgen dat Courtney door haar mond open te doen de heiligste afspraak van de werkgroep aan diggelen heeft gegooid.

'Okeee...' Swenson rekt het woord, pneumatisch, laat Courtney er gemakkelijk van afkomen. 'De vraag is echter of Courtney dat heeft gedaan. Wat vinden jullie ervan?'

Claris zegt: 'Ik geloofde het niet. Lydia en haar vriendje leken een beetje... algemeen. Ze hadden elke jongen en elk meisje kunnen zijn, in elke stadsstraat.'

Swenson zegt: 'Bravo, Claris. Je legt je vinger opnieuw precies op de zere plek. Hoe zou Courtney dat kunnen oplossen? Hoe kan ze ons laten geloven dat Lydia en Juan een bijzónder stel in een specifiéke straat zijn en geen abstracte samenstelling? Geen anoniem gettovolk.'

'Anoniem gettovolk,' zegt Makeesha. 'Dat is nou net het probleem. Die lui hebben geen gezicht.'

'En wat doen we daaraan?' zegt Swenson.

'Beschrijven hoe ze eruitzien?' zegt Danny.

'Vertellen welke stad het is?' waagt Nancy.

'Dat zou kunnen helpen,' beaamt Swenson.

'Misschien moeten we weten waar ze vandaan komen,' zegt Carlos. 'Zijn het Mexicanen? Puerto Ricanen? Zijn ze half Pools en half Dominicaans? Ik kan je wel zeggen dat dat heel wat anders is, man.'

'Zeker,' zegt Swenson. 'Waarom niet? Wat nog meer?'

'Zorg dat de zuster en broeder iets te zéggen hebben,' suggereert Makeesha. 'Geef ze een stel hersenen. Een persoonlijkheid.'

'Nu beginnen we in de buurt te komen,' zegt Swenson. 'Hoe zou je dat doen, Makeesha?'

Maar voor Makeesha antwoord kan geven, suggereert Meg: 'Misschien zou ze aan het eind van het verhaal een beetje... bewuster moeten zijn. Zich bewust moeten zijn van haar onderdrukking, bedoel ik... als gekleurde vrouw?'

Daarna blijft het stil. Hier wil niemand zich aan branden.

'Details,' zegt Angela ten slotte.

Bedankt, denkt Swenson.

'Goed? Wat bijvoorbeeld?' zegt Courtney met een scherpe klank in haar stem, erin geslepen door generaties Alcotts die niet zijn opgevoed om iets te leren van punkers als Angela Argo.

'"Van afval vergeven" en "smerig" tekenen die straat niet echt.' Angela heeft Courtneys manuscript opgerold en zwaait ermee alsof het een verfkwast is waarmee ze een straatbeeld gaat schilderen van Lydia Sanchez' blok. 'Waardoor is het háár huis, zijn het háár stoeptreden? Zet er een... wasserette in. Een Midden-Amerikaanse kruidenier.'

'Weegbree,' oppert Claris.

'Niks geen weegbree,' zegt Carlos. 'Een *cuchifrito*-stalletje. Zorg dat een stel vette gefrituurde varkensoortjes het raam laten beslaan.'

'Geef die jongen van de bende een stel tatoeages,' zegt Danny.

'*Born to Lose*,' zegt Jonelle zuur.

'Latino's hebben nooit *Born to Lose*,' zegt Carlos. 'Die hebben *Mama. Mi Vida Loca. Mi Amor*. Dat soort dingen.'

'Wat wil je nou eigenlijk zeggen?' vraagt Courtney. 'Dat ik... onderzoek zou moeten doen?'

'Nee,' zegt Angela. 'Doe je ogen dicht. Concentreer je tot je de straat en het meisje en haar vriendje ziet. Tot je hen min of meer... droomt. Schrijf dan op wat je ziet.'

Goed. Angela heeft dat hoofdstuk geschreven. Waarom heeft Swenson daar ooit aan getwijfeld?

'Oké,' zegt Courtney. 'Dat kan ik wel.'

Nee, dat kun je niet, denkt Swenson. Courtneys heldin zal Natalie Wood in *West Side Story* zijn. Maar wat zou dat? Courtney is vol vertrouwen in de kracht van het waarnemingsvermogen om iets op papier tot leven te laten komen, in de kracht van de taal om iemand te laten praten en rondlopen. Meer kan Swenson hun niet hopen te geven, en met elkaar hebben ze dat uit Courtneys knol van een verhaal geperst. Ondertussen hebben ze de gevaarlijke vraag omzeild of de scherpste details en het prachtigste borduurwerk het onhandige verzinsel kunnen verbergen van een intrige over een meisje dat besluit zich niet aan te sluiten bij een bende die verantwoordelijk is voor de dood van een kind. Dat hoeven ze niet te noemen. Ze hebben het wekelijkse wonder voltrokken om iets wat ten dode is opgeschreven, te redden met behulp van een kleine cosmetische ingreep.

'Wacht eens even,' zegt Jonelle. Swenson zit erop te wachten dat Jonelle zal zeggen – zoals ze zo vaak doet – dat het verhaal perfect was zoals het was en dat ze ervan af hadden moeten blijven. Bijna elke groep heeft iemand die zich spontaan opwerpt om te waken over de tere gevoelens van de schrijver, een agressieve beschermer die niet zozeer wordt geïnspireerd door vriendelijkheid als wel door de behoefte de bestede tijd en moeite ongedaan te maken.

Jonelle zegt: 'Je hebt Courtney niet de kans gegeven tot slot iets te zeggen. Of ze ons soms nog iets wil vragen of zo.'

Meestal bedankt de schrijver de groep gewoon. Maar goed, dat is nodig om alles af te ronden. 'Neem me niet kwalijk, Courtney,' zegt Swenson. 'Laatste woorden? Laatste gedachten?'

'Bedankt, jongens,' zegt Courtney. 'Ik geloof dat ik nu weet hoe ik verder moet.'

Het is net een zegening. Of het slot van een quakerbijeenkomst, wanneer iedereen opstaat en elkaar een hand geeft, met gezichten die verwarmd zijn doordat men een uur bij het vuur van het Innerlijke Licht heeft gezeten. Voor Swenson beseft wat hij doet, werpt hij een blik op Angela Argo. Boodschappen schieten knetterend heen en weer, en het staat vast dat Angela zal nablijven om haar hoofdstuk te bespreken.

'Wacht!' zegt hij. 'Voor iedereen vertrekt. Wiens verhaal doen we volgende week?'

Carlos overhandigt een manuscript. 'Een dat door de plee kan,' zegt hij.

'O, dat betwijfel ik,' zegt Swenson. 'Bedankt, kerel!'

Vanuit zijn ooghoek ziet Swenson Angela opstaan. Maakt ze zich op om te vertrekken? Had hij het mis met hun woordeloze afspraak? 'Angela?' Zijn stem slaat over. Carlos kijkt hem vreemd aan. 'Aangezien we al vroeg klaar zijn, kunnen we blijven als je wilt, om je manuscript te bespreken...'

Angela zegt: 'Daar rekende ik al op. Als dat jou uitkomt. Ik stond alleen op om me uit te rekken. Als je dat wilt, bedoel ik, als je tijd hebt. Ik zou het vreselijk vinden om je last te bezorgen...'

'Natuurlijk is het prima,' zegt Swenson. 'Daarom heb ik het voorgesteld. Zullen we hier blijven praten of zullen we naar mijn kamer gaan?' Wie heeft hier de leiding? Waarom vraagt hij het aan háár?

'Je kamer. Daar is het gezelliger, bedoel ik. Het is geen klaslokaal, zeg maar. Als je het daar tenminste mee eens bent, bedoel ik.' Angela kan nauwelijks praten.

'We gaan erheen,' zegt Swenson. 'Jullie zie ik volgende week weer.'

Swenson vindt het een bezoeking om ergens met een student naartoe te gaan. Gesprekken verlopen al moeizaam genoeg als iedereen op één plek staat. Een voorwaartse beweging creëert talloze mogelijkheden voor gênante onderbrekingen en botsingen, de noodzaak om te moeten besluiten wie voor moet gaan, rechts of links, minicrisisjes waardoor je je bewust wordt van je gezag en positie. Doet de student respectvol een stapje opzij om Swenson door de deur naar binnen te laten gaan, of houdt Swenson, in loco parentis, de deur voor het kind open? En is alles anders als de student een man of een vrouw is?

Nou en of het anders is als de student een vrouw is. Tijdens het oversteken van het binnenplein met Angela is Swenson zich er scherp van bewust dat hij maar één centimeter te dicht bij haar in de buurt hoeft te komen en iemand zal hen aangeven omdat ze hand in hand lopen. Het binnenplein is in elk geval nagenoeg verlaten. Als je je werkgroep vroeg laat eindigen, heb je ook het voordeel dat de verkeersopstoppingen tussen de colleges je bespaard blijven, dat je niet iedereen gedag hoeft te zeggen voor het geval je hen soms kent. Opkijkend naar de hoge ramen van de granieten Claymore, Thackeray en Comstock Hall vraagt hij zich af wie er naar beneden kijkt.

Angela zegt: 'Vind je het niet eng als je bedenkt wie er allemaal kan staan kijken? Je zou gewoon kunnen lópen, weet je, en dan zou Lee Harvey Oswald je zeg maar op de korrel kunnen nemen. Waarschijnlijk een of andere psychopaat die je een rotcijfer hebt gegeven voor...'

'Ontspan je,' zegt Swenson. 'Voor mijn werkgroep kun je alleen maar slagen of zakken. Iedereen slaagt.'

'Dat is mooi.' Angela glimlacht. Ze lopen veel te langzaam. Het is zijn taak om het tempo aan te geven. Maar bizar genoeg lijken zijn benen wel van hout. Toen hij vorige week zat te wachten tot Sherrie klaar was in de ziekenboeg, heeft hij een artikel gelezen over een vrouw die een hersenbloeding had gekregen nadat ze dezelfde gewaarwording had gehad dat ze zich door water had moeten voortploeteren. Die vrouw was jonger geweest dan Swenson.

Angela zegt: 'Dat was lang geen slecht college.'

'Dank je wel,' zegt Swenson.

Ze zegt: 'Eigenlijk was het een wonder, als je nagaat wat een kutverhaal Courtney had geschreven.'

Studenten vertellen docenten niet dat een andere student een kut-verhaal heeft geschreven. Ze horen solidair met elkaar te zijn; de docent zit bij de directie, zij behoren tot de arbeiders. En de docent heeft de professionele (ouderlijke) verantwoordelijkheid de studenten (de broers en zussen) geen gemene dingen over elkaar te laten zeggen.

'Au,' zegt Swenson.

'Je wist dat het kut was,' zegt Angela.

'Courtney wordt wel beter.' Is Angela een collega met wie hij het potentieel van een student bespreekt? Moet Swenson haar niet aan het protocol herinneren?

Dat doet hij niet. En nu komt zijn straf over het pad op hen af denderen. Hij voelt zich net een kegel die een bal ziet aankomen waardoor ze allemaal om zullen gaan. Maar hoe kan hij het een straf noemen om de enige collega die hij werkelijk mag tegen het lijf te lopen? Omdat hij er om een of andere reden gewoon geen zin in heeft Magda nu tegen te komen.

Swenson en Magda Moynahan geven elkaar een zoen op de wang, hartelijk, betamelijk, zoals ze ook doen wanneer ze met elkaar gaan lunchen, hoewel het niet echt natuurlijk gaat als Angela Argo toekijkt, meer iets van een voorstelling heeft. Ze mogen er dan uitzien als docenten, maar ze zijn mensen, ze hebben vrienden. Er blijft een sliert van Magda's golvende zwarte haar tussen Swensons lippen zitten. Het kost enige moeite om die los te maken terwijl de twee vrouwen toekijken.

'We hebben pauze,' zegt Magda. 'Ik heb een stel gedichten in mijn kamer laten liggen.' Magda is altijd buiten adem, is altijd iets vergeten, waardoor haar zwierige schoonheid wordt verwrongen door paniek en verstrooidheid. Ze heeft twee goed ontvangen dichtbundels op haar naam staan en is gescheiden van een nog beroemdere dichter, Sean Moynahan, die onlangs is hertrouwd met een jonge dichteres met een groeiende reputatie, een mooi meisje dat Magda's tweelingzus zou kunnen zijn, maar dan twintig jaar jonger. Swenson en Magda lunchen om de paar weken met elkaar om de roddels van Euston uit te wisselen.

'Wij waren vroeg klaar,' legt Swenson uit. 'Angela en ik gaan samen haar roman bespreken.'

'Angela,' zegt Magda. 'Hoe gaat het ermee?'

'O, dag! Het gaat prima!' zegt Angela beminnelijk.

'Laten we gaan lunchen, Ted,' zegt Magda.

'Volgende week?' zegt Swenson.

'Bel me,' zegt Magda.

'Prachtig,' zegt Swenson. Iedereen lacht en loopt verder.

'Heb je...' Swenson weet niet hoe hij verder moet gaan. Hoe noemen Magda's studenten haar? '... de werkgroep poëzie voor beginners gedaan?'

'In het eerste jaar,' zegt Angela. 'Mijn poëzie voerde de boventoon.'

'Dat betwijfel ik.'

'Geloof me maar. Echt. Ik schreef allemaal rare seksuele dingen.'

Swenson neemt zich voor Magda naar Angela's gedichten te vragen.

'De colleges waren niet zo geweldig,' zegt Angela. 'Magda deed een beetje... stijf. Het was net of ze nerveus werd van mijn werk. Op een... persoonlijk niveau zeg maar.'

Het is tot daaraan toe dat Angela afgeeft op het werk van een medestudent of hatelijk doet over de colleges van Lauren Healy, maar het is iets totaal anders als deze onbenul zijn beste – zijn enige – vriendin op Euston bekritiseert. Swenson waagt zich niet aan de vraag wat voor seksuele dingen Angela heeft geschreven waardoor Magda nerveus werd op een 'persoonlijk niveau'. Bovendien moet hij toegeven dat een infantiel deel van zijn psyche voldaan is. Je wíl dat je studenten jou de beste vinden...

Bij de toegang tot Mather Hall zegt Swenson: 'Ga maar vast naar boven. Ik haal mijn post op en kom zo.' Hij loopt liever niet vier trappen achter haar aan naar boven in die gezicht-naar-billenformatie. Zijn brievenbus levert behulpzaam enkele bonte folders op waarmee hij naar Angela kan zwaaien, die boven aan de trap toekijkt. Als ze opzij stapt om hem de deur te laten openmaken, wankelt ze slechts even. Deze keer vindt ze in elk geval de stoel en lukt het haar om haar benen te verdraaien tot de verwrongen yogahouding die ze nodig schijnt te hebben om zich op haar gemak te voelen. Swenson grabbelt rond in zijn tas, vindt na een angstig moment de oranje envelop en overhandigt die over het bureau.

'Ik neem aan dat je mijn telefonische boodschap hebt ontvangen,' zegt hij.

'Ik heb het bandje bewaard,' zegt Angela. 'Ik heb het wel een miljoen keer afgedraaid. Gossie. Het is ongelooflijk dat ik je dat zomaar hebt verteld. Kunnen we vergeten wat ik heb gezegd over het afdraaien van je bericht? Had ik je moeten terugbellen? Ik geneerde me te veel. Ik dacht dat je dan zou denken dat ik eropuit was je nog meer aardige dingen over mijn werk te laten zeggen.'

'Ik verwachtte niet dat je zou terugbellen,' zegt Swenson. 'Was dat Robert Johnson niet, op je antwoordapparaat?'

'Ongelooflijk dat je hem hebt herkend. Hij was toch de beste, hè? Wist je dat hij is overleden toen hij een jaar of zestien was? Dat zijn vriendin jaloers was geworden en hem heeft vergiftigd met een glas wijn?'

'Dat weet ik,' zegt Swenson. 'Nou... ik heb je niet veel meer te zeggen dan ik je antwoordapparaat heb verteld.'

'Heb je de tikfouten gevonden?' vraagt ze.

'De meeste wel, geloof ik. Ik heb ze aangegeven. Ik heb een paar opmerkingen op de bladzijden gezet. Verder... blijf gewoon schrijven. Kijk uit aan wie je het laat lezen. Breng het alsjeblieft niet mee naar de werkgroep. Laat niemand je iets vertellen. En ik bedoel niemand. Inclusief mezelf.'

'O god,' zegt Angela hees. Swenson ziet met enige ontzetting hoe haar ogen zich vullen met tranen. 'Hier ben ik zo blij mee.' Ze haalt de rug van haar hand langs haar ogen. 'Het is niet alleen omdat je de docent bent. Het is ook omdat ik jouw werk echt bewonder. *Het uur van de feniks* is voor mij zo'n beetje het mooiste boek uit het hele universum.'

'Ik dacht dat *Jane Eyre* dat was,' zegt Swenson.

'Dit is anders,' zegt Angela. 'Jouw boek heeft mijn leven gered.'

'Dank je wel.' Swenson wil niet weten waarom. Hij is bang dat hij dat al weet. Toen hij nog in het openbaar voorlas uit *Het uur van de feniks*, kwamen er na afloop vaak toehoorders naar hem toe om te zeggen dat het boek exact hun eigen leven beschreef. Hun vader was ook gek. Eerst had hij hen aangemoedigd hem hun verhaal te vertellen, had hij het zijn plicht gevonden om te luisteren naar hun verschrikkelijke relaas over alcoholisten, wanbetalers van alimentatie en emotioneel afstandelijke workaholics. Alsof hij daarover had geschreven. Hadden ze het hoofdstuk niet gelezen waarin de jongen 's avonds op tv bij het nieuws ziet hoe zijn vader zich in brand steekt? Wilden ze zeggen dat hún dat was overkomen? Hij had geleerd om ernstig 'Dank je wel' te zeggen. Een eenvoudig bedankje was genoeg.

Maar voor Angela kennelijk niet. 'Tijdens mijn hele middelbare-schooltijd was mijn vader vast van plan zelfmoord te plegen. En ik kende niemand anders – in elk geval niet bij mij op school, niet in de saaie burgerlijke gelederen van New Jersey –, ik had nog nooit gehoord van iemand die net zoiets had meegemaakt. Nadat mijn vader het uiteindelijk had gedaan, ben ik een beetje... vreemd gaan doen. Toen heeft mijn therapeut me jouw boek gegeven. Ik heb het wel een miljoen keer gelezen. Daardoor besefte ik dat mensen zoiets kunnen overleven. Het heeft me echt geholpen. Het heeft me gered. En bovendien is het een fantastisch boek. Ik bedoel dat het helemaal op het niveau staat van Charlotte Brontë en Stendhal.'

'Dank je wel,' zegt Swenson. 'Ik voel me gevleid.'

Dat is waar. Swenson voelt zich geweldig. Het is heel prettig te weten dat zijn roman dit meisje heeft geholpen. Als interviewers hem vroegen hoe hij zich zijn ideale lezer voorstelde, zei hij dat hij boeken schreef voor zenuwachtige mensen, om mee te nemen in een vliegtuig. Nu denkt hij dat het antwoord had moeten luiden: voor schoolkinderen in de saaie burgerlijke gelederen van New Jersey, meisjes die denken dat alleen hun leven wordt getekend door verdriet.

Angela zegt: 'Mag ik je wat vragen?'

'Vraag maar op,' zegt Swenson.

'Zijn al die dingen uit je roman zeg maar echt gebeurd?'

'Ik dacht dat we dat al tijdens het college hadden besproken. Dat we die vraag niet zouden stellen...'

'Dit is geen college,' zegt Angela.

'Dat is zo,' beaamt Swenson. 'Mijn vader is echt op die manier overleden... Mijn moeder en ik hebben het echt op tv gezien. Het was net of er een beroemdheid was overleden. Ongeveer een kwartier lang. En dat tafereel in het vergaderhuis van de quakers, als die oude man naar dat joch toekomt en zegt dat zijn leven zal verrijzen uit de as van zijn vader. Dat is ook echt gebeurd.' Swenson heeft dit al te vaak gezegd om het nog te kunnen laten doorgaan voor een bekentenis. Eigenlijk is dit het voorverpakte verraad van zijn eigen pijnlijke verleden – zinnen die hij na de verschijning van *Het uur van de feniks* automatisch tegen interviewers heeft uitgesproken. 'Je weet toch van Vietnam, hè? En van de beweging die tegen de oorlog was?'

Angela verstrakt en slaat haar ogen vervolgens ten hemel. 'Toe nou,' zegt ze. 'Ik ben niet achterlijk.'

Omdat Swenson zijn neerbuigendheid betreurt, zoekt hij naar een nieuw detail dat hij niet telkens weer heeft gerecycled. 'Ik zal je eens iets raars vertellen. Het is zo ver met me gekomen dat ik me soms niet meer kan herinneren wat echt is gebeurd en wat ik heb verzonnen voor de roman.'

'Dat zou ík me nog wel herinneren,' zegt Angela.

'Jij bent nog jong. Hoe zit het met de dingen in jouw roman? Hoeveel is dáárvan waar?'

Angela deinst terug. 'Jeetje.'

Haar onbehagen is besmettelijk. Maar wil iemand hem zeggen waarom zij het volste recht had hem die vraag te stellen, terwijl het een schending – gegluur – is als hij hetzelfde doet?

'Natuurlijk niet,' zegt Angela. 'Ik heb het gewoon verzonnen. Ik bedoel... nou ja, ik heb een vriendin gehad die eieren heeft uitgebroed voor haar biologiewerkstuk. Maar de rest heb ik verzonnen.'

'Nou, dat is mooi,' zegt Swenson.

'Dus, goed... ik vroeg me gewoon af of er nog iets was wat ik volgens jou moet doen om de bladzijden die ik je heb gegeven te verbeteren.'

Hij heeft haar toch net verteld dat ze niet om advies moet vragen? 'Laat nog eens zien.' Angela geeft het manuscript terug en hij kijkt het vlug door. Het is écht goed. In dat opzicht had hij gelijk. Werd je maar niet zo moe van de schrijfster ervan.

'Die laatste zin,' zegt hij. 'Die kun je weglaten, dan zou het geheel sterker worden. Dat heb je al duidelijk gemaakt.'

'Welke zin?' Angela schiet met stoel en al naar voren zodat hun voorhoofden elkaar boven het bureau bijna raken.

'Deze.' Swenson leest: '"Ik was smoorverliefd op mijn muziekleraar van de middelbare school en elke minuut die ik niet bij hem in de klas zat, gebruikte ik om aan hem te denken." Dat weten we al uit de vorige zin. Je zou het hoofdstuk kunnen laten eindigen met: "Ondertussen vroeg ik me af wat meneer Reynaud zou zeggen als ik hem dit morgen na de orkestrepetitie zou vertellen.'"

Eindelijk dringt het tot Swenson door. Hoe kan hij het manuscript hebben gelezen – twee keer – en op een of andere manier nooit hebben opgemerkt dat het over een leerling gaat die verliefd is op haar leraar? Waarom niet? Omdat hij dat niet wilde weten. Deze bespreking is al uitputtend genoeg zonder dat hij daar rekening mee moet houden.

'Wanneer ben je deze... roman gaan schrijven?'

'Aan het begin van de zomer. Ik logeerde weer bij mijn moeder en had een zenuwinstorting.' Angela pakt een pen uit haar rugzak en zet een streep door de laatste zin, met een zwierige lus aan het einde, als een krullende varkensstaart. 'Verder nog iets?'

'Nee,' zegt Swenson. 'Dat was het.'

'Mag ik je nog een paar bladzijden geven?' Ze heeft al een nieuwe oranje envelop tevoorschijn gehaald en overhandigt die aan Swenson.

'Bedankt,' zegt hij. 'Zullen we het volgende week na de werkgroep bespreken? Weer net als... nu?'

'Gaaf,' zegt Angela. 'Tot dan. Veel plezier!'

Bij haar vertrek slaat ze de deur per ongeluk dicht en ze roept van de andere kant: 'Jeetje, sorry! Bedankt. Tot ziens!' Swenson luistert hoe haar voetstappen de trap afrennen. Dan pakt hij haar manuscript en leest de eerste alinea.

Meneer Reynaud zei: 'Iets wat weinig mensen van eieren weten. Tijdens de nachtevening en de zonnewende kun je een ei op zijn punt laten staan.' Deze informatie leek me zinniger dan alles wat ik verder leerde over het uitbroeden en laten uitkomen van eieren. Alles wat meneer Reynaud zei steeg hoog uit boven onze lessen op de middelbare school tot zoiets groots als het universum: de nachtevening en de zonnewende.

Swenson telt vier pagina's – meer krijgt hij deze week niet te zien. Hij leest langzamer, zoals hij ook doet wanneer het einde nadert van een boek dat hij mooi vindt. Wat is er verdorie aan de hand? Dit is een roman van een student. Hij pakt de telefoon en draait een nummer.

Een jonge man met een afgebeten Brits accent zegt: 'U bent verbonden met het toestel van Len Currie. Wat kan ik voor u doen?'

'Is Len er ook?'

'Hij is in bespreking,' zegt de jonge Brit. 'Kan ik iets aan hem doorgeven?'

'Ik probeer het later nog wel eens.' Swenson hangt op. Wat had hij precies tegen Len willen zeggen? Hij heeft het alleen aan zijn gelukkige gesternte te danken dat de assistent hem heeft tegengehouden.

Nou, zo is het welletjes voor één dag. Swenson heeft rust verdiend. Sherrie wacht op hem bij de ziekenboeg. Het is tijd om zijn vrouw op te halen.

Het diner is een feestmaal. Min of meer. Sherries auto is gerepareerd. Swensons aandacht dwaalt af terwijl ze uitlegt wat het probleem was. De garage heeft hun maar – hier kan hij zich wel op richten – de helft laten betalen van wat ze vreesden. Dat vieren ze dus: een pijnloze autoreparatie. Vanavond heffen schrijvers overal in Amerika het glas op geniaal werk, een voorschot van zes cijfers, successen en romances, nieuwe vriendschappen en B M W's. Terwijl Swenson op zijn verlaten eiland met zijn vrouw klinkt omdat de Civic alleen een alternator van tweehonderd dollar nodig had.

Wat is daar zo erg aan? Ze drinken een lekkere montepulciano, omwikkeld met een twijg van een wijnrank die voor hun vermaak helemaal vanuit Abruzzo naar Vermont is gekomen. Ze eten kip met knoflook, witte wijn en verse venkel uit Sherries tuin. In de salade zitten de laatste tomaten, die op de vensterbank hebben liggen rijpen, aangezien Swenson het geluk heeft dat hij is getrouwd met een vrouw die de hele dag in de ziekenboeg kan werken en zich dan toch nog genoeg bewust is van de kleine dagelijkse geneugten van het leven om de tomaten op de vensterbank te laten liggen – alleen om een salade voor hem te maken. Eerder, toen Sherrie stond te koken, was Swenson achter haar gaan staan en had hij zijn heupen tegen de hare gedrukt, waarop ze haar rug tegen hem aan had gekromd... Niet slecht voor zevenenveertig jaar, voor eenentwintig jaar huwelijk. Goede wijn, lekker eten, dineren in een staat van lichte opwinding. Swenson is niet gek. De wereld is een tranendal. Hij heeft niets te klagen. Hij klaagt ook niet. Niet echt.

Sherrie staart naar haar tuin, hoewel het al te donker is om iets te zien. Ze denkt ongetwijfeld aan wat er voor de winter nog allemaal moet gebeuren. En Swenson dan? Hallo, ik zit hier, bevind me een paar stappen hoger in de voedselketen dan een stel planten die het al dan niet zullen overleven, ongeacht Sherries inspanningen.

Na een tijdje zegt ze: 'Zal ik je eens wat zeggen, Ted? Ik vind het een raar gevoel om hier venkel te zitten eten terwijl de rest van het venkelbed ons door het raam kan zien.'

Swenson vindt het heel even een aardige gedachte. Dan denkt hij: ze zal me ook niet laten vergeten dat zij die verdomde venkel heeft gekweekt.

Hij zegt: 'Ontspan je. Er kan niets naar binnen kijken. Zó de groente al toekijkt.'

'Grapje,' jubelt Sherrie. 'Sorry.'

'De venkel is verrukkelijk,' zegt Swenson.

Sherrie werpt zich er helemaal op de saus met een stuk brood op te vegen. Swenson vindt het heerlijk om haar te zien eten. Maar vanavond is hij zo dom langs haar heen te kijken naar de muur. Op het gebloemde behang met zijn groter wordende scheuren en suikerbruine vlekken, dat er al op zat toen ze hier kwamen wonen, heeft Sherrie een rij schilderijen van heiligen opgehangen die ze van een oudtante heeft geërfd. Ze zijn ironisch opgehangen, maar in alle ernst gebleven; sommige heiligen hebben hun handen ineengeslagen, andere zijn in vervoering, weer andere worden gemarteld en een wordt ondersteboven gekruisigd.

Swenson denkt aan Jonathan Edwards, die boven het hoofd van de rector opdoemde. Waarom brengt godsdienst mensen ertoe enge afbeeldingen aan de muur te hangen? Opdat ze zullen weten wat ze in de kerk doen, wat ze proberen te voorkomen door er wat tijd in te steken. Geef hem maar het oude vergaderhuis van de quakers, niets aan de muren, niets dat vreselijk griezelig is, of je moest iemand als Swensons vader zijn, die alle enge schilderijen in zich had en door zijn godsdienst werd aangemoedigd elke zondag een uur lang een rondje te maken door zijn inwendige gruwelkamer. Op een ochtend, toen Swenson twaalf was, had zijn vader hem na de samenkomst meegenomen om in de Malden Diner te gaan ontbijten en hij had kalm uitgelegd dat hij ervan overtuigd was geraakt dat alles wat er aan de wereld mankeerde, zijn persoonlijke schuld was. Terwijl hij dit zei, werkte Swensons magere vader achter elkaar drie volledige ontbijten met alles erop en eraan naar binnen. Niet lang daarna had hij zich op de trap van het State House in brand gestoken.

Sherrie draait zich razendsnel om en komt weer terug. 'Jezus, Ted, zoals je naar die muur zat te staren dacht ik dat een van die heiligen was gaan huilen.'

'Ik keek niet naar de muur.'

'Ik dacht dat je dat deed,' zegt Sherrie.

'Ik keek nergens naar.'

Sherrie schept nog wat meer salade op haar bord. Ze laat zich de laatste tomaten niet zomaar ontgaan omdat Swenson uit zijn humeur is. 'Alweer een krankzinnige dag op het werk. Mercurius zal wel in retrograde lopen of zo. Er kwam een meisje binnen dat volgens eigen zeggen slechte vibraties doorkreeg van de geesten van Elijah Eustons overleden dochters.'

'En wat zou jij daaraan moeten doen?'

'Valium,' zegt Sherrie.

Swenson leeft er zowaar van op om te horen dat de jongeren van Euston met hun gezonde uiterlijk de boel belazeren om aan drugs te komen. 'Vast een van mijn studenten.'

'Eerstejaars. Hoofdvak theaterwetenschappen,' zegt Sherrie. 'En toen gebeurde er iets walgelijks. Er komt een griezel, die nieuwe vent van het toelatingsbureau, naar me toe met een aanmeldingsformulier van een middelbare scholier. Het goede nieuws is dat het joch astronomische cijfers haalt. Het slechte nieuws is dat hij balkanker heeft. Ze wilden dat ik Burlington belde om te vragen wat zijn kansen zijn. Ze willen volgend jaar geen plaats verspillen aan een joch dat het niet zal halen.'

'Heeft hij het zo gezegd?' vraagt Swenson.

'Nee,' zegt Sherrie. 'Dat mag niet volgens de wet. Maar dat bedoelde hij wel. Ik ging Burlington helemaal niet bellen. En ik zou hun evenmin dat arme joch laten afwijzen. Dus bel ik het toelatingsbureau een uur later om te vertellen dat de jongens van de medische faculteit me hebben verzekerd dat het met dat kind best in orde zal komen. Ik voel me een hele held. En dan besef ik ineens dat ze die jongen kunnen toelaten en dat ik dan de komende vier jaar misschien met een ernstig ziek kind zit opgescheept.'

Swenson mag hopen van niet. Hij wil het de komende vier jaar niet over balkanker hebben. Het luisteren naar Sherries verhalen over de ziekenboeg is gaan lijken op het aanhoren van iemands hypochondrische symptomen. Sherrie kan er niets aan doen dat alles wat ze op haar werk tegenkomt, is gaan klinken als iets wat Swenson gedoemd is te krijgen.

Eigenlijk (wat hij nooit zou zeggen en zelden tegenover zichzelf toegeeft) is hij niet erg geïnteresseerd in wat er in de ziekenboeg gebeurt. Hij is onder valse voorwendselen met Sherrie getrouwd – door te doen of hij gefascineerd werd door wat ze met haar leven had verkozen te doen. Maar dat hád hem ook geboeid, en niet alleen om romantische redenen. Een paar dagen nadat hij op de vloer van de spoedeisende hulp wakker was geworden, met Sherries koele hand rond zijn pols, was hij een verhaal gaan schrijven over een dokter die zo stapelgek op een jazzzangeres was dat hij zijn carrière ruïneerde om haar niet te stelpen dorst naar liefde te lessen, die vermomd was als een razende honger naar morfine en afslankpillen. Terwijl het verhaal uitgroeide tot zijn eerste roman, *Blauwe engel*, ontwikkelde het zijn eigen behoeften: een hunkering naar medische informatie. Dus ging hij terug naar het St. Vincent's, waar Sherrie op hem bleek te wachten. Ze werden zo snel verliefd dat het wel een onderzoek leek naar het verhaal van een man die door zijn passie voor een vrouw geen andere keus heeft dan zijn leven te verwoesten. Alleen had Sherrie dat van hem gered. Alles was veranderd nadat hij haar had leren kennen.

Die zomer hadden ze in de Bleecker *Der blaue Engel* gezien, en terwijl Swenson keek hoe de professor ontaardde in een zwijmelende paljas, tot vermaak van de nachtclubzangeres, Lola Lola, gespeeld door Marlene Dietrich met haar mysterieuze stem en dijen die meteen je aandacht opeisten en niet meer lieten gaan, wist hij welke kant zijn boek opging. De film gaf hem de naam van de nachtclub waarin zijn zangeres werkte – en de titel voor zijn boek. Voor het eerst had hij het gevoel dat hij iets groters op het spoor was dan wraak op een dokter die zo onder de indruk was geweest van Sarah Vaughn, dat hij Swensons oorontsteking had genegeerd. Hij begreep dat deze periode in zijn leven – waarin hij verliefd was in plaats van verliefd wílde zijn, waarin hij schreef in plaats van wílde schrijven – op een wonderbaarlijke manier tot stand was gekomen, dat er een mantel van genade op hem was neergedaald die weer even plotseling kon worden weggegrist. Maar niet plotseling, zo was gebleken. Langzaam. Draad voor draad.

Sherrie zegt: 'Arlene heeft me vandaag op het werk een ronduit krankzinnig verhaal verteld. Haar neef en nicht zijn met hun dochter naar een pretpark in de buurt van Lake George geweest. Ze gingen suikerspin kopen, lieten de hand van het kind los, keken naar beneden en... kind weg. Dus vlogen ze naar de beveiliging van het park en de bewakers zeiden: "Dat gebeurt aan de lopende band." Ze sloten alle uitgangen op één na. De bewakers zeiden: "Ga hier staan en zoek je kind. Kijk naar de schoenen, concentreer je op de schoenen. Verder zal alles anders zijn." Dus staan ze daar bij de uitgang en ze zien de schoenen en roepen: "Dat is haar! Dat is mijn kind." De ontvoerders hadden het haar van het kind geverfd en haar andere kleren aangetrokken, maar aan de schoenen hadden ze niets kunnen doen. Kinderen hebben zoveel verschillende maten.'

'Dat is belachelijk,' zegt Swenson. 'Hoe bedoel je dat dit aan de lopende band gebeurt? Hebben ze de ontvoerders dan niet gepakt? Doen heel veel ontvoerders dit? Waarom zou je de moeite nemen om het kind andere kleren aan te trekken en haar haar te verven – waar, in een openbaar toilet? – terwijl ze het kind net zo goed ijlings het park uit kunnen smokkelen en hem kunnen smeren voor iemand het merkt?'

'Je hoeft niet tegen mij te schreeuwen,' zegt Sherrie. 'Ik heb je gezegd dat het krankzinnig was. Daarom heb ik het verteld. Laat maar, Ted, goed?'

'Neem me niet kwalijk. Het is gewoon van dat typische sensationele plattelandsgelul dat Arlene altijd uitslaat.'

Sherrie lacht. 'Die arme Arlene. Ze was aan het hyperventileren omdat het verhaal haar zo aangreep.'

'Hebben haar neef en nicht haar dit verteld? Hebben ze gezegd dat het hún was overkomen? Zijn het ziekelijke leugenaars?'

'Joost mag het weten,' zegt Sherrie. 'Joost mag weten op welk punt de fantasie het heeft overgenomen.'

'Of misschien was de wens de vader van de gedachte,' zegt Swenson.

'Dat mag je niet zeggen.' In de daaropvolgende stilte speelt Sherrie met een stukje venkel, zaagt met chirurgische precisie over één enkel bultig richeltje.

Ten slotte zegt Swenson: 'Nu we het toch over ontbrekende kinderen hebben... Vanmorgen heb ik overwogen vroeg te vertrekken en voor mijn college eerst naar Burlington te rijden om bij Ruby's studentenhuis langs te gaan, op haar bel te drukken, haar ergens op te sporen, op een of andere manier, en met haar koffie te gaan drinken...'

'En?'

'Ik heb het niet gedaan.'

'Misschien had je dat wel moeten doen,' zegt Sherrie. 'Misschien had dat geholpen.'

'De tijd zal helpen,' zegt Swenson.

Dat weten ze en ze geloven het geen van beiden. Ruby vergeet niets. Ze is al van baby af aan zo koppig als een muilezel. Een kortstondige angst, een speeltje dat ze moest hebben, ze kon het eindeloos volhouden. Hoe komen ze er dan bij dat dit zou zijn veranderd? Omdat verder alles is veranderd. Hun grappige spriet van een dochtertje was veranderd in een gedrongen tiener met smerig haar en de norse, wezenloze blik die je wel op oude foto's van boerenfamilies ziet. Ruby trok zich verder en verder terug. Sherrie zei dat het wel over zou gaan; op een bepaalde leeftijd raken meisjes de weg kwijt. Sherrie had er een boek over meegebracht, dat hij niet had willen lezen. Het had hem gedeprimeerd dat hij was getrouwd met iemand die dacht dat een of andere waardeloze zelfhelpbestseller iets met hun dochter te maken had.

Uiteindelijk hadden ze zich ervan overtuigd dat ze eigenlijk boften. Het ging prima met Ruby. Ze haalde keurige cijfers op school. De helft van haar klasgenoten was zwanger of aan de drugs, zelfs (of vooral) hier in het idyllische Euston. En toen was Arlene Shurley aan het begin van Ruby's eindexamenjaar de ziekenboeg binnengekomen en had ze Sherrie verteld dat ze Ruby had gezien met een jongen die in een rode Miata reed.

Er was maar één Miata op de campus, een fraai gevormde rode roos van een auto die keurig in het knoopsgat stak van Eustons meest problematische student. Matthew McIlwaine, de jongste zoon van een senator uit het zuiden, met een drankprobleem en met veel geld in het verschiet, was pas in het tweede jaar gearriveerd, nadat hij van twee andere universiteiten was getrapt, van de eerste vanwege het uitschrijven van valse cheques, van de tweede vanwege verkrachting na een afspraakje. Zijn aanwezigheid op Euston was een schandaal dat binnen enkele weken een stille dood was gestorven, na de bekendmaking van de nieuwe McIlwainevleugel voor de bibliotheek. Het joch leek op een mannelijk model: heel narcistisch, heel knap. Wat deed hij met Ruby? Daar moest Swenson niet aan denken. Sherrie zei dat studenten die van een andere universiteit kwamen, vaak erg eenzaam waren.

Ze hadden blij moeten zijn dat Ruby een geheim had, dat ze een vriendje had. Het had Swenson altijd dwarsgezeten dat haar vriendinnen op de Central High School tot de alledaagse kliek behoorden. Elke vriend, elke vriendin zou prima zijn geweest – iedereen behalve Matt. Wie kon het Swenson verwijten dat hij zijn kind wilde beschermen tegen een crimineel en iemand die verkrachtte na een afspraakje?

Swenson had gepraat met Matts studiebegeleider, en daarna met Matt, die de band met Ruby ogenblikkelijk had verbroken. Zo had Swenson het bekeken: een kat speelde met een muis, de kat werd ergens door afgeleid en de muis kon ontkomen. Hij had gedacht dat de muis hem zou bedanken.

Swenson en Sherrie weten dat het belangrijk is elkaar geen verwijten te maken. Soms heeft het iets eigenaardig prikkelends om hun verdriet zo te delen, zij samen, verbonden op een manier die niemand anders kan voelen. Maar de wig van alles wat ze niet kunnen zeggen, is naarstig bezig haar schade aan te richten. Sherrie kan er absoluut niets aan doen. Ze had hem gewaarschuwd dat het niet zou helpen, dat Ruby het nooit zou vergeten. En hoewel Sherrie hem er nooit van zou beschuldigen dat hij het allemaal verkeerd heeft gedaan, weet hij dat ze dat moet denken. Dus kan hij haar verwijten dat ze het hem verwijt, en bovendien valt het hem ook te verwijten.

Sherrie drinkt haar restje wijn op. 'Ruby groeit er wel overheen. In principe houdt ze van ons.'

'Waarom zou ze?' zegt Swenson. 'Ik bedoel, waarom zou ze van mij houden?'

Sherrie zucht en schudt haar hoofd. 'Doe me een lol,' zegt ze.

Na het eten gaat Swenson naar zijn werkkamer. Met een misselijkmakende steek van twijfel pakt hij zijn roman op. Terwijl hij de bladzijden een armlengte bij zich vandaan houdt – geef het maar toe, hij is verziend aan het worden – leest hij een zin en dan nog een.

Julius liep de galerie in. Hij kende iedereen en wist precies hoeveel mensen hem graag plat op zijn gezicht wilden zien gaan. Boven het hoofd van een vrouw die hem twee luchtzoenen op zijn wangen gaf, zag hij zijn werk – dezelfde lijnen die op de tegels in de ondergrondse hadden gekronkeld – dat overal om hen heen aan de muren van de galerie hing te sterven.

Wie heeft dat hopeloze, ten dode opgeschreven gezeik geproduceerd? Swenson in geen geval. Dood aan de muren, dood op de bladzij – een gecodeerde waarschuwing voor hemzelf. Hij herinnert zich vaag hoe het had gevoeld toen het goed was gegaan met zijn werk, hoe hij dagelijks achter zijn bureau was gaan zitten alsof hij in een warm bad gleed, of in een warme, zijige rivier, meedrijvend op een tij van woorden en zinnen... Hij opent zijn tas en haalt het manuscript van Angela Argo eruit. Dat gaat hij niet lezen. Hij kijkt het alleen even in. Dan begint hij te lezen en vergeet wat hij maar dacht, en vervolgens vergeet hij, stukje bij beetje, zijn roman, Angela's roman, zijn leeftijd, haar leeftijd, zijn talent, haar talent.

Meneer Reynaud zei: 'Iets wat weinig mensen van eieren weten. Tijdens de nachtevening en de zonnewende kun je een ei op zijn punt laten staan.' Deze informatie leek me zinniger dan alles wat ik verder leerde over het uitbroeden en laten uitkomen van eieren. Alles wat meneer Reynaud zei, steeg hoog uit boven onze lessen op de middelbare school tot zoiets groots als het universum: de nachtevening en de zonnewende.

Ik had nog nooit geprobeerd tijdens de nachtevening of de zonnewende een ei op zijn punt te laten staan. Ik geloof niet in astrologie. Maar ik wist dat mijn leven op dat ei leek en dat de punt waarop het balanceerde de paar minuten waren die ik mocht nablijven om met meneer Reynaud te praten.

De laatste tien minuten van de repetitie waren een hel: hoeveel tijd er nog over was, hoe lang het stuk zou duren als meneer Reynaud aftikte om tegen de kleine trom te schreeuwen dat hij niet op tijd was ingevallen en we opnieuw moesten beginnen en precies zouden eindigen als de bel ging. Zo heb ik ten slotte leren cijferen, door het allemaal te berekenen. Als de muziek vroeg eindigde – kreeg ik de rest. Als dat niet gebeurde, moest ik een woestijn doorkruisen – een nacht, een dag of een weekend.

Ik speelde de eerste klarinet. Ik zorgde ervoor dat de anderen op tijd invielen. Ik tikte de maat mee met mijn voet. Vond meneer Reynaud het kinderachtig en dom om de maat mee te tikken? Ik verbeeldde me dat hij mijn voet in de gaten hield. Ik concentreerde me op de maten, met de klarinet op mijn schoot. Meneer Reynaud wierp een blik op mijn klarinet toen zijn ogen het hele orkest opnamen.

Hij had ons geleerd ons instrument drie maten voor we moesten gaan spelen op te pakken. We wisten dat we het in onze mond moesten stoppen en op de eerste tel moesten beginnen. Dat deden we, min of meer tegelijk, de anderen misschien een tel na mij, en toen werd dat allemaal uit mijn hoofd verdreven door de klanken van de houtblazers, de heldere bruisende precisie van de perfecte noten van Bachs Vijfde Brandenburgse Concert, vereenvoudigd voor een schoolorkest, maar desondanks iets wat ons kunnen mijlenver te boven ging.

Drie maten voor het eind kwam de wereld weer terug. Keek meneer Reynaud naar mijn voet? Alsof hij zich alleen maar druk hoefde te maken om mijn stomme enkel terwijl zijn armen boven ons hoofd duikvluchten beschreven.

Het was het afgelopen voorjaar begonnen, toen we op een middag terugkwamen van de provinciale voorronden. Het Cooperstown High School Orchestra had gewonnen met een stuk dat The Last Pow-Wow heette, geijkte, walgelijke tamtams, kreunende cello's die het dreunende gezang van de krijgers in het gemeenschapshuis moesten voorstellen, dan gekrijs van piccolo's als iemand een ander scalpeert. Het publiek in de gymzaal van de middelbare school was door het dolle heen geweest.

De leden van de jury hadden met hun hoofd geknikt. Het getingel van ons aandoenlijke stuk van Mozart had buitengewoon zielig geklonken.

Meneer Reynaud reed de bestelbus met de muziekinstrumenten en de sectieleiders, zijn elitekorps. Gewoonlijk praatten we onophoudelijk. Wie de een leuk vond, wie de ander leuk vond, alsof meneer Reynaud er niet bij was. Eigenlijk deden we het allemaal voor hem: om te demonstreren hoe gaaf ons tienerleven was. Maar na de voorronden waren we veel te teleurgesteld om te praten. We hadden verloren en dat was onze schuld.

Meneer Reynaud trapte op de rem. De bus ging naar een andere baan. De muziekinstrumenten verschoven, de voetcimbaal weergalmde. Een claxon loeide en stierf weer weg. Glurend over meneer Reynauds schouders zag ik de snelheidsmeter verder en verder omhooggaan. Hij had altijd net als mijn ouders gereden: een paar kilometer onder de maximumsnelheid. Nu schoot hij de weg over, sneed andere auto's. Ik dacht dat we het niet zouden overleven.

Hij passeerde drie rijstroken, stopte op een parkeerplaats en zei: 'Goed, iedereen eruit. Voorwaarts, mars.'

We keken hem aan. Hij meende het. We wisten dat hij bij de mariniers had gezeten.

In het busje had hij ons bijna gedood, maar we vonden het prima toen hij ons een heel eind het bos achter de verlaten parkeerplaats in liet marcheren. Dit was zo'n idiote stunt waardoor hij een populaire leraar was. Op een keer had hij ons tijdens een repetitie ons instrument laten ruilen met iemand van een andere sectie en had hij ons het moeilijkste stuk laten repeteren op een instrument dat we niet konden bespelen.

We volgden hem over het pad, langs de kaart onder zijn smerige glas, langs de zware vuilnisbakken. We gingen het bos met zijn veerkrachtige bodem in. We verloren meneer Reynaud telkens uit het oog terwijl we achter hem aan door het bos liepen. Hij hield zijn schouders kaarsrecht. We volgden zijn boze donkere hoofd.

'Goed, halt,' zei hij. 'Kijk om je heen. Hier hebben de indianen geleefd. Geloven jullie ook maar een seconde dat ze die lullige Hollywoodrotzooi hebben gespeeld? Echte indiaanse muziek is totaal anders!'

Hij verweet het ons niet dat we hadden verloren. Het bewijs was dat hij 'lullig' had gezegd. Hij gebruikte alleen grove taal tegenover de sectieleiders, waardoor we wisten dat hij ons nog steeds mocht.

'Goed,' zei meneer Reynaud. 'Allemaal terug naar de bus.'

De anderen begonnen al terug te gaan naar de bus, maar ik kon me niet verroeren. Ineens voelde ik me slaperig.

Meneer Reynaud greep mijn arm.

Ik was zo bang dat ik glimlachte. Meneer Reynauds gezicht bevond zich dicht bij het mijne. Ik staarde in zijn ogen. Ik kon nauwelijks scherp kijken. Ik zag mijn eigen vertrokken gezicht in de bril van meneer Reynaud. Hij deed zijn mond open. Toen deed hij hem weer dicht.

'Ga maar,' zei hij tegen me. Maar hij had nog steeds mijn arm vast. 'Neem me niet kwalijk,' mompelde hij. 'Ik wilde niet...' En toen liet hij me los.

Het is pas hun derde bespreking, maar Angela is al zo'n stuk rustiger dat ze alleen een beetje kronkelt als ze op de gebarsten leren stoel neerploft. Ach, ze heeft het recht om kalm te zijn. Swenson heeft háár gebeld om deze afspraak te maken. Ze neemt waarschijnlijk aan dat hij dit met al zijn studenten doet. Ze gaat op haar gekruiste benen zitten. 'Nou? Wat vond je ervan?'

Swenson zegt: 'Wat zijn dat voor woorden op je hand?'

Angela kijkt met een gefronste blik naar de vlekkerige balpentekens. 'O, er is dit weekend een maansverduistering. Dat wilde ik niet vergeten. Toe. Wat vond je van mijn roman?'

'Bespeel je een instrument?'

'In feite niet, nee. Ik had in de eerste klas een onvoldoende voor muziek. Ben gestraald voor de sopraanblokfluit.'

'Hoe weet je dan zoveel van muziek?'

'Ik heb vrienden. Ik heb het gevraagd. Ik heb het verzonnen. Je vond het vreselijk. Dat zeg je toch?'

'Helemaal niet. Ik vond het prachtig. Ik heb een paar punten aangegeven die je misschien wilt bekijken en veranderen.'

'Vertel op.' Angela pakt haar pen.

'Het is niets. Zoals hier. Je zegt: "en we opnieuw moesten beginnen", maar het vormt een geheel met "hoe lang het stuk zou duren" en "precies zouden eindigen als de bel ging", dus kun je beter zeggen: "en we opnieuw zouden moeten beginnen". Dan is het duidelijker een geheel en leest het gemakkelijker.'

'Heb je dat aangegeven?'

'Ja. En hier... dat gaat over... geloofwaardigheid. Zou ze echt haar gezicht in zijn bril kunnen zien? Of wilde je het daar gewoon hebben en heb je daarom besloten het er domweg in te zetten?'

Angela valt in haar stoel terug. 'Jezusmina,' zegt ze. 'Dat doet pijn. Laat me eens in jóúw bril kijken. Goed. Vergeet het. Sorry. Is het niet genoeg dat ze denkt dat ze haar spiegelbeeld ziet? Ik bedoel dat ze op dat punt van het verhaal aardig gestresst is.'

'Laat maar staan.' Swenson gaat niet redetwisten. 'Misschien kijk je er later nog eens naar...'

'Wat nog meer?' zegt Angela.

' Nou... hier. In dezelfde zin. Als je besluit het te laten staan. Ze ziet haar eigen "vertrokken" gezicht. "Vertrokken" vertelt ons niets.'

'Het kan van alles betekenen,' zegt Angela.

'Precies,' zegt Swenson.

'Vergeet niet dat aan te strepen,' zegt Angela.

'Dat heb ik al gedaan,' zegt Swenson.

'Het is ongelooflijk dat ik dat heb gedaan,' zegt Angela. 'Bedankt, heel hartelijk bedankt!'

Aangemoedigd kijkt Swenson het manuscript nog één keer door. 'Goed, kijk. Die scène in het busje. Dat gaat een beetje snel. Gelooft ze echt dat hun iets zal overkomen, dat ze in een wrak zullen eindigen? Als hij stopt, is er dus oprechte opluchting vermengd met die nieuwe angst...?'

Angela knikt, houdt vervolgens op met knikken. Swenson ziet haar nadenken.

'Je hebt gelijk,' zegt ze. 'Dat wist ik. Ik jakkerde gewoon te veel door om verder te kunnen gaan met het stuk waarin ze in het bos zijn. Dat korte ogenblik dat ze met hem alleen is, is heel belangrijk voor haar, daarna verandert alles...'

Na een stilte zegt Swenson: 'Heb je hier nog meer lezers voor? Laat je het aan nog iemand anders zien, bedoel ik?' Hij herinnert zich vaag een opmerking dat niemand het had gezien. Maar om een of andere reden wil hij dat zeker weten...

'Niemand,' zegt Angela. 'Ik bedoel niemand behalve mijn vriend. O god, wat betekent het volgens jou dat ik mijn vriend net "niemand" heb genoemd?'

'Ik moet er niet aan denken,' zegt Swenson. 'En wat vindt je vriend ervan?'

'Hij vindt het geweldig.' Angela haalt haar schouders op en draait haar handpalmen naar boven.

'Kijk. Ik heb nog meer bladzijden voor je meegenomen.' Angela pakt een nieuwe oranje envelop uit haar tas en ze wisselen hun oranje envelop uit. Angela laat de hare bijna vallen en giechelt.

Met haar blik op de vloer gericht zegt ze: 'Eigenlijk is het maar één alinea die ik wilde toevoegen aan het slot van wat ik je al heb gegeven. Ik heb nog meer, hele hoofdstukken, maar ik vond dat ik het langzaam moest opbouwen. Ik wil je niet afschrikken. Het is heerlijk om met je te werken. Daardoor wil ik schrijven. Ik kan het niet snel genoeg op papier zetten. Ik moet me dwingen het te herschrijven tot ik me er niet meer voor schaam het jou te laten zien, wat meestal pas na tig revisies is. Wil je een briefje voor me schrijven als iemand beseft dat ik mijn andere colleges niet meer volg en de rector zich ermee gaat bemoeien?'

'Dat kan ik niet maken,' zegt Swenson. 'Maar ik wil graag lezen wat je hebt geschreven.'

'Tot dinsdag,' zegt Angela.

'Tot dinsdag,' zegt Swenson. Hij hoort haar voetstappen de trappen afrennen en maakt vervolgens de envelop open.

De volgende dag kon ik nauwelijks spelen. Ik was vergeten hoe ik me in de muziek moest verliezen. Ik vroeg me af waarom meneer Reynaud in het bos mijn arm had gepakt. En dat werd mijn echte experiment voor de exacte vakken: het analyseren van deze gegevens met meer aandacht dan ik ooit heb besteed aan de arme, hopeloze eieren die ik in onze schuur in de achtertuin probeerde uit te broeden.

Swenson legt de bladzij neer en pakt de telefoon. Maar wie gaat hij bellen? Vorige week heeft hij Len Currie gebeld. Hij heeft geen zin om met Sherrie te praten. Hij draait het nummer van Magda Moynahan.

'Ted!' zegt Magda. 'Hoe gaat het ermee?'

Hij vindt het onder andere leuk van Magda dat ze zo blij klinkt als ze hem hoort, in tegenstelling tot alle onwelkome telefoontjes die ze kennelijk verwacht.

'Ik heb hier een student,' zegt ze. 'Kan ik je terugbellen?'

'Doe maar niet,' zegt Swenson. 'Laten we samen gaan lunchen en dan praten. Wat vind je van morgen?'

'Prima,' zegt Magda. 'De vaste plek, neem ik aan.'

'Precies,' zegt Swenson. 'Zullen we er samen heen rijden?'

'Ik kom van Montpelier. Ik zie je daar om halfeen.'

Omdat Swenson verwacht dat Magda een paar minuten te laat zal komen, arriveert hij een paar minuten later en hij is geïrriteerd als Magda nog later blijkt te zijn. Zonder krant of boek heeft hij alleen zijn glas chardonnay van Chateau Migraine om te bemiddelen tussen hem en de lugubere ambiance van de Maid of Orleans. Het steakhouse zonder ramen en met een donkere lambrisering is aan het eind van de jaren vijftig gebouwd door een familie uit Québec. Ter ere van hun beschermheilige, Jeanne d'Arc, hadden ze het restaurant ingericht als een sm-club: harnassen, gekruiste bijlen, goedendags die aan de hanenbalken bungelen, lussen van de fietsketting die ongetwijfeld is gebruikt om het houtwerk een antiek voorkomen te geven. Waar kóóp je dergelijke dingen? Nergens, niet meer.

Drie generaties eigenaars hebben de harnassen gepoetst en de inrichting in stand gehouden van het restaurant waar het kader van Euston elkaar treft voor een vriendschappelijke, collegiale lunch. Omdat studenten er nooit komen, kun je over hen klagen zonder bang te zijn dat ze aan het tafeltje naast je zitten. Bij de zeldzame gelegenheden dat een instituut nieuw personeel zoekt, worden toekomstige collega's hiernaartoe gebracht, op grond van de overweging dat als ze helemaal naar Montpelier gaan, waar het eten lekkerder is, de kandidaten zullen denken dat je helemaal naar Montpelier toe moet. En men weet de sollicitant voor zich te winnen met een grapje dat op Euston circuleert: alle gerechten van de Maid of Orleans hebben de brandstapel overleefd.

Vandaag is twee derde van de tafeltjes bezet door de voorspelbare combinatie van administrateurs en professoren. Op weg naar zijn plaats heeft Swenson iedereen gegroet. Hij komt hier alleen maar met

Magda. Hier kun je met een vrouwelijke collega lunchen zonder roddels of speculaties uit te lokken. Geliefden gaan er met een grote boog omheen, of ze moeten hun verhouding wereldkundig willen maken. Je zou elkaar net zo goed midden op het binnenplein van Euston kunnen omhelzen.

Desondanks behoort de vriendschap tussen Swenson en Magda tot het type dat zonder een duidelijke reden een paar weken of maanden nerveus op de rand van een flirt kan balanceren, boven een duizelingwekkende afgrond waar ze bij vandaan worden getrokken door de zwaartekracht van het feit dat ze collega's zijn, Swenson getrouwd is, Magda getrouwd is geweest en ze elkaar veel te goed kennen. Er is nog een zweem van romantiek over, zoals blijkt doordat Swenson zich er nu, als Magda naar binnen komt stuiven, als altijd over verbaast hoe mooi ze is.

Swenson komt half overeind. Magda geeft hem een zoen op zijn wang. Hij omhelst haar, klopt onhandig op haar rug. Ze laat haar jas met een schouderbeweging van zich af vallen en leunt naar voren, met haar ellebogen op tafel en haar ogen zo strak op de zijne gericht dat, als dit niet de Maid of Orleans was geweest, een vreemde had kunnen denken dat ze echt geliefden waren.

Vrouwen zijn over het algemeen op Swenson gesteld, voornamelijk omdat hij op vrouwen gesteld is. Hij is geïnteresseerd in wat ze te zeggen hebben, hij gelooft niet dat ze eropuit zijn hem te doden. Daardoor heeft hij een goed huwelijk, daardoor zijn bibliothecaresses en instituutssecretaressen bereid van alles voor hem te doen, daardoor is hij de enige stakker op Euston die nooit met een van zijn studentes naar bed is geweest. Vrouwen hebben hem gezegd dat zijn gebrek aan openlijke vijandigheid hem onderscheidt van de meeste mannen. Misschien bedoelen ze eigenlijk dat ze niet met hem naar bed willen.

Magda misschien wel – ze heeft het eens bijna gedaan, op een avond bij haar thuis. Dat was tijdens zo'n periode waarin ze zich bijzonder tot elkaar aangetrokken hadden gevoeld, dus had Swenson zich er de hele dag op verheugd wat papieren bij Magda te gaan afgeven, waar hij op de complexe nuances van de situatie had gereageerd door binnen twintig minuten een fles wijn leeg te drinken. Hij zakte dieper weg in Magda's bank, dichter en dichter naar Magda toe, en net op het moment waarop ze elkaar hadden kunnen, hadden moeten kussen, had hij beseft dat hij veel te dronken was. Hij was van de bank opgeschoten en de deur uit gevlogen. Er hangt heel veel van af dat ze het nooit – helemaal nooit – over die avond hebben.

'Wat deed je in Montpelier?' zegt hij.

'De boekhandel,' zegt Magda. 'Kijk.'

Hij tuurt naar de titel. '*Great Dog Poems?*'

'Hier staan een stel prachtige dichters in,' zegt ze. 'Echte schrijvers. Ik meen het.'

'Schei uit,' zegt Swenson. 'Eerst neem je een hond. En dan ga je er een gedicht over schrijven.'

'Ted,' zegt ze. 'Ik heb ook een hond.'

'Oké,' zegt hij onzeker. Wat heeft Magda voor hond? Een Ierse setter? Of verbeeldt hij zich dat omdat Magda de kleur en het temperament van een setter heeft? Hij gelooft dat hij de hond misschien eens heeft gezien, die avond bij haar thuis. Hij herinnert zich voornamelijk dat haar wand met boeken was begonnen te slingeren en rond te draaien, van lieverlee sneller en sneller was gegaan.

Swenson zegt: 'Heb ik je hond wel eens gezien?'

Magda zucht. 'Dit gaat niet over mijn hond. Dit gaat over een van mijn eerstejaars die het slechtste wenskaartgedicht dat je maar kunt bedenken heeft geschreven over de dood van een hond. Ik weet zeker dat het zíjn hond is, dus wat moet ik zeggen? Wat naar van je hondje. En je gedicht is trouwens waardeloos. Daarom heb ik bedacht dat ik dat joch een stel goede gedichten over honden of de dood van honden moest laten zien, zodat we in elk geval ergens zouden kunnen beginnen.'

'Je bent een geweldige docent. Weet je dat?'

'Hartelijk bedankt,' zegt Magda.

'Het is waar. Je neemt je vak serieus. Bovendien mogen je studenten je.' Swenson herinnert zich Angela's opmerking dat ze een hekel had gehad aan Magda's colleges.

'Ted? Is er iets?'

'Neem me niet kwalijk. Ik bedacht net dat ze in mijn groep waarschijnlijk verhalen zouden schrijven over iemand die seks had met die dode hond.'

'Hè?' zegt Magda. 'Pardon?'

'Met een dode kip, bedoel ik. Moet je horen, is jouw groep dit semester ook zo vreemd? Wat hebben die jongeren toch? Iedereen schrijft verhalen over vrijen met dieren.'

'Vrijen ze veilig?' zegt Magda weifelend.

'Danny Liebman heeft een meesterwerk ingeleverd over een joch dat na een afspraakje thuiskomt en sodomie bedrijft met een rauwe kip die hij in de koelkast aantreft.'

'Walgelijk,' zegt Magda.

'Ik wou dat je dat tijdens de werkgroep had gezegd.'

'Wat heb jij gezegd?'

'Ik heb voor de technische benadering gekozen. Juiste details. Ik heb gezegd dat kippen in voorstedelijke koelkasten meestal geen kop hebben.' Swenson weet dat hij liegt om een mooier verhaal te hebben voor Magda.

'Kippen. Dat is een enorme zaak van ongewenste intimiteiten die alleen nog maar aanhangig gemaakt hoeft te worden.'

'Vertel mij wat,' zegt Swenson. En ze zwijgen allebei.

Dan zegt Magda: 'Hoe gaat het met Angela Argo?'

Swenson is blij met die vraag. Hij had het onderwerp ter sprake willen brengen. Maar precies op dat moment verschijnt de serveerster. De bruuske, goedgemutste Janet.

'Hoe gaat het ermee?' zegt Janet.

'Uitstekend,' zegt Swenson.

'Met mij ook,' zegt Magda.

'Tuurlijk. Zeker,' zegt Janet. 'Een tien plus.'

Swenson bestelt wat hij altijd bestelt, de keus die elke insider – en wie komt er verder? – zonder enige aarzeling maakt: een broodje biefstuk, perfect dichtgeschroeid (volgens het menu), liefdevol op een besmeerd hard broodje gelegd en geserveerd met aardappelpuree en jus.

'Voor mij hetzelfde,' zegt Magda.

'Waarom vraag ik het nog?' Janet draait zich om en vertrekt, voldaan en teleurgesteld omdat ze haar niet meer verrassen.

Geprezen zij Janet en de Maid of Orleans en het feit dat ze zo snel hebben besteld dat ze verder kunnen gaan met waar ze het over hadden.

'Waarom vraag je dat?' zegt Swenson.

'Vraag ik wat?' zegt Magda.

'Over Angela Argo.' Swenson klinkt als Angela tijdens het eerste college, toen zij haar naam had moeten zeggen en haar ogen zover ten hemel had geslagen dat hij had gedacht dat ze een toeval zou krijgen.

Magda kijkt hem onderzoekend aan. Informatie schiet heen en weer, complex maar onduidelijk. Nou, als Magda zoveel weet, kan ze dat aan Swenson uitleggen. Bovendien slaat ze de plank finaal mis, want ze zegt vervolgens: 'Als je met Angela Argo naar bed gaat, praat ik nooit meer met je, Ted.'

Wat een eigenaardige opmerking van Magda! En hoe zijn ze precies van Danny's verhaal beland bij de mogelijkheid dat Swenson met Angela Argo naar bed gaat? Ze heeft hen laatst samen gezien. Zou Magda soms denken...? Heeft ze een signaal opgepikt dat nog niet zichtbaar is op Swensons mannelijke radar? Zelfs Swenson voelt, ondanks zijn doorgaans warme gevoelens voor vrouwen, een zweem van kou. Ze behoren inderdaad tot een andere soort. Je moet echt uitkijken.

'God, Magda, hoe kom je daar nou bij? Ben je gek? Je bent op die vergadering geweest. Als ik mijn baan op het spel zou zetten, zou ik dat niet voor Angela doen. Maar goed, je weet dat ik daar niet aan doe.'

Dat weet Magda zonder meer. De spanning verdwijnt van haar gezicht. 'En? Wat voert Angela nu in haar schild?'

'Ze schrijft een roman,' zegt Swenson. 'Hij is goed. Echt goed, bedoel ik.'

'Dat verbaast me niets,' zegt Magda. 'Hoewel de dingen die ze voor mij heeft geschreven afschuwelijk waren. Toch wist ik dat ze talent had. Ze is ook een grote lastpost.'

'In welk opzicht?'

'Nou,' zegt Magda een tel later, 'het is net of ze geen... kern heeft.'

'Hoe bedoel je?'

'Ze liegt.'

'Waarover?' Swenson houdt zijn adem in.

'Kleine dingen. Ze had bijvoorbeeld een stel boeken geleend – Rilke, Neruda, Stevens – van een andere student, en toen hij ze terug wilde hebben, zei ze dat ze die bundels nooit had meegenomen. Hij is stiekem haar kamer in geglipt en trof ze op haar bureau aan. Het was een ingewikkelde kwestie, want ik geloof dat hij verliefd op haar was. Maar het was een feit dat ze die boeken wel degelijk had.'

'Boeken stelen? Er zijn ergere misdaden. Ik zou willen dat meer jongeren zo graag boeken wilden hebben dat ze die gingen stelen. En hoe verhoudt dat zich tot het feit dat die jongen stiekem haar kamer in is geglipt? Maar goed... is dat de jongen die nu haar vriend is?'

'Ik wist niet dat ze een vriend had. Ik ben er vrij zeker van dat ze toen geen vriend had... Het was hoe dan ook een ellende. Maar uiteindelijk leidde het tot een soort verbroedering binnen de groep. Volgens mij heeft niemand het verraden.'

Zulke dingen gebeuren nooit in Swensons groep. Niemand 'verbroedert' daar, zoals Magda het uitdrukt.

'Ik weet het niet,' zegt Magda. 'Misschien zat het gewoon in mij. Angela was zo'n student tegenover wie ik voor mijn gevoel altijd tekortschiet. Ik weet dat ik je net heb verteld dat haar gedichten slecht waren... maar eigenlijk waren ze wel sterk. Misschien kon ik er gewoon niet mee omgaan. Ze waren zo... woedend en schunnig.'

'Woedend en schunnig? Sodeju. Waar gingen ze over?'

'Dramatische monologen zal ik ze wel moeten noemen. Of misschien dialogen. Allemaal zogenaamde transcripties van sekslijnmedewerksters die aan het werk zijn.'

Waarom had Magda dát nooit opgenomen in de verschrikkelijke verhalen die ze hem het afgelopen voorjaar tijdens de lunch had verteld?

'Ik heb je erover verteld,' zegt Magda.

'Niet waar.'

'Je herinnert het je gewoon niet meer. Je lette niet op. Het gaat erom dat het eerstejaars waren, Ted. Voor mijn gevoel moest ik heel voorzichtig zijn. Voor mijn gevoel moest ik de gedichten die we in de groep behandelden eerst doorlichten.'

Wat een moment om hun eten te brengen! Maar nu zat er genoeg rek in hun gesprek om een paar happen te kunnen blijven hangen.

Magda slikt het eerst. 'Bovendien... was er nog iets. De sekslijnmedewerkster in de gedichten noemt zich Angela 911.'

'Jezus christus,' zegt Swenson. 'Dus nu laat Euston ook al voormalige medewerksters van sekslijnen toe.'

'Voormalige of nog actieve. Dat is moeilijk te zeggen. Ik had het gevoel dat het waar zou kunnen zijn. Bovendien was er iets met de manier waarop de rest haar behandelde. Angst. Respect. Ik weet het niet. Mijn stelregel luidt: niets vragen, niets zeggen. Je weet het wanneer een student over zijn dode hond schrijft. Maar als ze daar niet uit zichzelf mee aankomen...'

'Precies,' valt Swenson haar in de rede. Het is een opluchting om van Angela's sensuele gedichten over te schakelen op de methode om een werkcollege te geven. Dat herinnert hen aan hun missie hier. Collega's die het over het werk hebben. 'Niets vragen. Niets zeggen. Niets willen weten.'

'Zeker niet hierover. Maar aan de andere kant was ze een eerstejaars. Ik vroeg me af of ik soms iemand moest waarschuwen. Ik heb overwogen het aan Sherrie te vertellen.'

'Sherrie? Heb je dat gedaan?'

'Nee. Ik wilde geen geestelijke problemen in Angela's dossier zetten. En... daar ben ik niet trots op, maar ik wilde er niet bij betrokken raken. Je weet hoe het gaat. Zing het uit, het semester is zo voorbij. In elk geval hoefde ik er niet naar te vragen. Angela zorgde ervoor dat ik het wist. In de gedichten stond heel veel over seksueel misbruik door de vader van de sekslijnmedewerkster. En op een middag zinspeelde Angela er tijdens een bespreking op dat het waar zou kunnen zijn.'

'Wat zei ze?'

'Dat weet ik niet meer. Ik raakte in paniek. De helft van de studenten beweert natuurlijk incest te hebben overleefd.'

'Tegen mij anders niet,' zegt Swenson.

'Bof jij even,' zegt Magda. 'Maar Angela had bepaalde dingen... tja, ik zou het kunnen geloven.'

'Hoe bedoel je?' zegt Swenson op zijn hoede.

'Dat weet ik niet. Het is niet alleen Angela. Het is haar hele generatie. Soms ben ik bang dat er volgens hen gewoon iets mis is met seks. Het is net of ze stiekem geloven dat je door seksuele gedachten of verlangens een vreselijk mens wordt.'

'Of het moet voor een dier zijn,' zegt Swenson. Dan zegt hij: 'Jezus, die arme kinderen.' Hij zwijgt, beseft ineens hoe curieus het is om dit gesprek met Magda te voeren. Ze hebben er allebei tamelijk hard aan gewerkt om de grillige seksuele prikkel te onderdrukken. Misschien had Angela gelijk en heeft Magda een soort... probleem. Het staat in elk geval vast dat Magda Angela's roman niet heeft gelezen. Toch is het voor Swenson op een of andere manier een opluchting dat Magda gelijk kan hebben over Angela en haar generatie.

'De vader in haar gedichten... was dat de vader die er zelf een eind aan heeft gemaakt?'

'Er een eind aan heeft gemaakt? Over zelfmoord heeft ze het nooit gehad. Weet je, Ted, ze bezorgde me een heel raar gevoel. Dat het allemaal wel eens verzonnen zou kunnen zijn, en dat zíj wellicht het verschil niet wist.'

'Die roman is echt,' zegt Swenson.

'Ik ben blij het te horen,' zegt Magda.

'Je hebt zeker niet meer toevallig nog wat van die gedichten?' Swenson staart naar zijn bord. Hij weet dat hij krankzinnig moet klinken. Hoeveel voorbeelden van werk van studenten heeft híj in zijn archief bewaard?

Maar het verbaast Magda kennelijk niet. 'Nou, dat is ook heel vreemd.' Ze neemt een hapje van haar broodje en veegt haar mond af met de rug van haar hand. Swenson staart naar de rug van haar hand. Hij wil zijn hand uitsteken om die te strelen. 'Daardoor zie je hoe gedreven Angela is. Aan het eind van het voorjaarssemester word ik gebeld door Betty Hester. Van de bibliotheek.'

'Ik ken Betty,' zegt Swenson. 'Moeder de Gans.'

'O nee, Ted. Dat is gemeen. Maar goed, Betty vertelt me dat een van mijn studenten – Angela uiteraard – een bundel van haar gedichten heeft uitgeprint, met een mooie lay-out, allemaal vormgegeven op de computer. Ze heeft de bladzijden aan elkaar genaaid, als een echt boek, en aangeboden aan de bibliotheek van Euston, ter herinnering aan haar eerste jaar. Ze vond dat Betty het bij de afdeling moderne Amerikaanse poëzie moest zetten.

Betty had haar bedankt. Ze had het lief gevonden. Maar toen had ze daadwerkelijk enkele regels gelezen en had ze ontdekt hoe de vork in de steel zat. Daarop had ze mij gebeld om te vragen of ze Angela's geschenk soms moest afwijzen. Ik vroeg of Euston een regel had die verbood werk van studenten in de bibliotheek te zetten. Betty zei van niet.

De situatie had zich nog nooit voorgedaan. Ik zei Betty wat ik dacht: dat Angela haar boek kon komen zoeken en dat ze zeer wel in staat was trammelant te veroorzaken bij de administratie als het niet in de bibliotheek stond en evenmin was uitgeleend.'

'Angela?' Swenson probeert de proceszieke harpij die Magda kennelijk voor ogen staat, te rijmen met het opgelaten vogeltje dat hij kent, dat smeekt om brokjes lof.

'Angela,' zegt Magda. 'Ten slotte heb ik Betty gezegd dat als ze dat rotding catalogiseerde en in de bibliotheek zette, niemand behalve Angela dat ooit zou controleren. Niemand zou het ooit zien. Ze kon het boek wegdoen zodra Angela was afgestudeerd. In werkelijkheid... had ík natuurlijk geen behoefte aan problemen met de administratie. De gedichten waren voor mijn werkgroep geschreven. Ik heb geen vaste aanstelling, weet je wel?'

'Dus het boek staat in de bibliotheek?' zegt Swenson.

'Zover ik weet wel.'

'Misschien kijk ik het eens in.'

'Ga je gang,' zegt Magda. Ineens zijn ze zich allebei bewust van hun half opgegeten broodje en ze richten zich schuldbewust op het verorberen van hun maaltijd.

'Ik had honger,' liegt Swenson.

'Ik ook. Denk ik,' zegt Magda.

'O ja, Ted.' Magda duwt haar bord bij zich vandaan. 'Als je toch in de bibliotheek bent, moet je eens kijken naar *My Dog Tulip* van Ackerley. Geef het door aan je studenten. Dat is het beste dat ooit is geschreven over seks met een huisdier.'

'Bedankt,' zegt Swenson. 'Ik wist dat ik op je kon rekenen.'

'We zijn vrienden,' zegt Magda. 'Of niet soms?'

De geest van Elijah Euston was een paar jaren geleden voor het laatst waargenomen, in de bibliotheek. Een eerstejaars die laat aan het werk was geweest bij de afdeling Amerikaanse geschiedenis, had een oude man in een zwarte geklede jas gezien die met zijn gezicht in zijn handen zat te snikken, waardoor alleen zijn gepoederde pruik te zien was. Waarom huilde Elijah? Om het tragische lot van zijn dochters of het verval van de universiteit die hij met zulke hooggestemde verwachtingen had gesticht?

Swenson loopt op een drafje de trap naar de bibliotheek op, een trap die je het gevoel moet geven dat je hem op je knieën moet beklimmen. Of het in de bibliotheek nu spookt of niet, Swenson voelt zich nergens zo verbonden met Elijah Euston als in deze Britse kathedraal die is verplaatst naar het noorden van Vermont. Euston heeft de voltooiing ervan niet meer meegemaakt, maar had gedetailleerde instructies nagelaten aan de steenhouwers, de glasschilders en de houtsnijders voor de bouw van zijn tempel voor het hoger onderwijs.

Vroeger had Swensons geest zich hoog laten meevoeren op de opwaartse stroming van de transcendentie die de gewelfde bogen van de bibliotheek moesten oproepen. Hij krijgt vrij regelmatig nog steeds een kick door de aanwezigheid van tweeduizend jaar poëzie, kunst, geschiedenis en wetenschap – de fluisterende nabijheid van al die geliefde dode stemmen. Maar de laatste tijd voelt hij eerder de duizelingwekkende kloof tussen Elijah Eustons droom en wat er van die droom is geworden, tussen de verheven hoogte van de westerse cultuur en de dagelijkse groezeligheid van het onderwijs op Euston.

Het is dezelfde flauwe duizeling waar Swenson last van heeft als hij de portretten passeert van de voormalige rectoren, of van Jonathan

Edwards, die dreigend neerkijkt vanaf de muur in de Founders Chapel. Dat betekent traditie tegenwoordig: die roerselen van ontoereikendheid ten opzichte van de hoop van onze voorouders. Of misschien is Swenson gewoon nerveus als hij deze heilige hallen betreedt om de schunnige gedichten van een studente te zoeken.

De bibliotheek is, als altijd, verlaten. Waar werken de studenten? Swensons voetstappen weergalmen tegen de stenen vloer van de toegangshal. Hij voelt zich tegelijkertijd heel nietig, overweldigd en storend groot en luidruchtig. Er is in elk geval niemand in de buurt om hem te overvallen met een gekmakend gesprek.

Dan ziet hij Betty Hester bij de uitleenbalie. Betty, een lange, kaarsrechte theemuts van een vrouw, draagt een auberginekleurige, alledaagse jurk met een rok die zoveel ruimte biedt dat haar hele clan – de zes kinderen die ze heeft opgevoed terwijl ze op Euston werkte en de vereiste diploma's voor bibliothecaresse haalde – er gerieflijk onder kan wonen.

'Ted!' sist Betty. 'We hebben je in geen tijden gezien. Te druk aan het schrijven om te lezen?'

'Was het maar waar!' Swenson haalt bescheiden zijn schouders op om Betty's veronderstellingen te ontwijken, maar laat ondertussen de mogelijkheid open dat ze gelijk zou kunnen hebben.

'O, kunstenaars. Hoe gaat het met Sherrie?'

'Prima,' zegt Swenson. 'Met de kinderen?'

'Gewoon top. Nou! Is er iets wat ik vandaag voor je kan doen?'

'Nee, dank je. Ik zit op zo'n dood punt... Ik vond dat ik gewoon even moest binnenwippen om wat rond te snuffelen en te zien of de inspiratie zou toeslaan.'

'O, een echte lezer!' zegt Betty. 'Dankzij mensen zoals jij bestaat dit gebouw nog.'

Met een zojuist verworven behoedzame blik, de paranoia van een perverse figuur, neemt Swenson waar dat Betty vanaf de uitleenbalie de kaartcatalogus kan zien, waar hij nog altijd de voorkeur aan geeft boven de frustrerende computer. Verbeeldt hij het zich dat als Betty hem op de A ziet afgaan, ze zal raden dat hij hier is om *De verzamelde schunnige gedichten van Angela Argo* te zoeken? En nu slaat de inspiratie inderdaad toe. Hij kan naar de A gaan om Magda's suggestie op te zoeken – *My Dog Tulip* van Ackerley – en als hij toch in de buurt is...

Hij krabbelt het booknummer van de Ackerley op een stukje papier en vindt vervolgens met bestudeerde nonchalance 'Argo, Angela. *Angela 911*. Privé-uitgave'.

Het hoeft Betty niet op te vallen dat Swenson sneller begint adem te halen. En nu kan hij slechts hopen dat de geest van Elijah Euston is teruggekeerd naar waar hij zich gewoonlijk ophoudt, terwijl Swenson de stenen trap opgaat die als een kurkentrekker naar de afdeling literatuur voert.

Er is amper genoeg zuurstof in de smog van schimmel hierboven. Hij trekt zijn wijsvinger langs de ruggen van boeken en stopt bij een band die met glanzend rood garen is ingenaaid en naast A. R. Ammons staat. Zijn vingers schieten erbij vandaan alsof hij zich heeft gebrand. Zijn longen lijkten te verschrompelen in reactie op het gebrek aan lucht.

Hij grijpt zich vast, laat het boek – boekje – vervolgens van de plank glijden. Geen wonder dat Betty zich geen raad had geweten. Op de omslag staat in vette rode letters de titel, *Angela 911*. En daaronder staat een foto, gedownload per computer, van de Venus van Milo, met een paar grof getekende armen. Eén hand bedekt het kruis van het beeld. De andere heeft de hoorn van een telefoon vast.

Als Swenson voetstappen hoort – meent te horen? – staakt hij alles om te luisteren. Hij tuurt langs de rijen boekenplanken. Het manuscript beeft in zijn handen. Hij vindt de pagina met de opdracht: 'Voor mijn vader en moeder.' Wat attent om schunnige gedichten over incest en telefoonseks aan je ouders op te dragen. Hij slaat het boek dicht. Komt er iemand aan? Misschien kreunen de boekenplanken van ouderdom, werkt de vloer onder hun gewicht.

Het licht is te flauw om te kunnen lezen, maar hij aarzelt of hij wel naar een studienis zal gaan, waar iemand hem met het boek kan betrappen, te ver bij de andere boeken vandaan om het terug te kunnen schuiven. Hij zet het weer op zijn plaats, loopt weg, vindt het boek van Ackerley, gaat terug en pakt Angela's manuscript, dat hij onder de Ackerley schuift. Dan loopt hij naar het verste bureau, een knus plekje dat in een hoek is geprop – een studienis waar niemand ooit langs zal komen op weg naar iets anders.

Hij bladert naar het eerste gedicht en leest:

Ik ben de vader van vier dochters.

Drie van hen slapen.

Een is wakker en wacht op mij.

Daarom bel ik jou vanavond.

Slaap je? Slaap niet. Luister.

Ik moet steeds denken aan haar harde kleine borstjes.

Mijn vingers tussen haar benen.

Haar heupen die tegen mijn hand drukken.

Slaap je? Luister.

Ik hoor haar kreet.

Het duivengekir dat ze als baby maakte.

Maar nu is die kreet voor mij, van mij.

Haar botten zijn duivenbotjes.

Ik ga voorzichtig, voorzichtig op haar liggen.

Mijn penis tegen haar gladde dij.

Daarom heb ik jou gebeld.

Luister. Slaap niet. Luister.

Ik zei: Ik slaap niet.

Ik lig hier op jou te wachten.

O, wat maak je me geil.

Doe maar of je boven op mij ligt.

Doe maar of ik je dochter ben.

Tja. Ze is geen Sylvia Plath. Het is maar goed dat haar fictie beter is dan haar gedichten. Ondertussen beseft hij dat deze harteloze gedachten louter pogingen zijn om hem af te leiden van het feit dat hij een erectie heeft. Wat is hij voor monster? Opgewonden raken door een gedicht over incest, het misbruik van een onschuldig meisje! Al die jaren heeft hij zichzelf misleid met zijn zogenaamde morele principes, zijn innerlijk leven, zijn plichten als leraar, man en vader – de vader van een dochter. Stel je voor dat iemand zoiets met Ruby deed. Stel je voor dat iemand zoiets met Angela deed.

Swenson is nauwelijks nog een mens. Hij is een dier. Een beest. Hij slaat zijn benen over elkaar, zet zijn voeten weer naast elkaar en haalt diep adem. Hij moet hoesten van het stof. Denk aan longkanker. Al die jaren dat hij heeft gerookt. Kijk aan. Zijn stijve is aan het verdwijnen.

Werkelijk, hij moet rustig worden. Niet zo streng zijn voor zichzelf. Een erectie is geen halsmisdrijf, en is evenmin verkrachting of aanranding. Zelfs katholieken geloven niet dat slechte gedachten even erg zijn als slechte daden. Als hij op de middelbare school tijdens een saaie wiskundeles een erectie kreeg, stelde hij zich voor dat zijn ouders dood waren. En nu zíjn ze dood, en hij zal zelf sterven, net als Sherrie en Ruby. Zo, dat werkt prima. Een paardenmiddel van een lust afremmend middel.

Maar goed, hij heeft geen stijve gekregen van Angela's gedichten, van hun banale erotische inhoud. En evenmin van het feit dat ze zijn geschreven door een studente die hij voor zich kan zien, een meisje met een kant die hij nooit had vermoed, of die hij misschien wel had kunnen vermoeden en wijselijk heeft genegeerd. Hij is zevenenveertig en heeft de noodzaak tot ontwijkende erotische sabotage bijna gehad. Nadat hij zich door geflirt met zo veel knáppe studentes heen heeft gekletst, zou hij wel gek moeten zijn om zo dicht bij de finish alles te verspelen door dat scharminkel van een Angela Argo. Zijn stijve ging niet over het gedicht. Of Angela. Geen sprake van. Het is de hele situatie: de benauwde bibliotheek, de sfeer van een taboe, het lezen op zich van een verwijzing naar seks, hoe afgezaagd ook, in deze... verstilde, ascetische, heilige tempel van geleerdheid en studie.

Hij wil de rest van de gedichten lezen. Maar niet hier tussen de boeken. Thuis zou het anders zijn. Onschuldiger. Minder stiekem en raar. Maar eerst is er nog het probleempje hoe hij het boekje langs Betty Hester moet zien te krijgen.

Vermoedelijk zou hij het gewoon moeten stelen. Daarmee zou hij Betty – en Magda – een dienst bewijzen. Waarom heeft hij zijn tas niet meegenomen? Hij zou het boek onder zijn arm kunnen stoppen en de voordeur uit kunnen lopen. Dan zou het typisch iets voor hem zijn dat het is gemagnetiseerd en het alarm laat afgaan dat een paar jaar geleden is geïnstalleerd op grond van de belachelijk hoopvolle premisse dat studenten boeken willen stelen. Angela steelt boeken, had Magda gezegd. En Swenson nu blijkbaar ook.

Hij wil het boek hebben. Hij hoort het te hebben. Maar hij kan het risico niet nemen om het te lenen, om een blijvend document aan te maken dat in de computer wordt opgeslagen. Waarom fotokopieert hij het niet gewoon? Het zijn maar vijftien tot twintig bladzijden. Hij is zo blij met deze simpele oplossing dat hij haastig naar beneden gaat, om vervolgens te blijven staan als hij zich herinnert dat het kopieerapparaat in de bibliotheek bij de kaartcatalogus staat – in het volle zicht van Betty's bureau. Kopiëren wordt niets. Hij moet het hoofd koel houden. Vermijd elk oogcontact met Betty en maak door middel van een gebaar, of het achterwege laten van een gebaar, duidelijk dat hij het gebonden manuscript mee naar binnen heeft gebracht en het dus weer gewoon mee naar huis kan nemen.

Vanuit zijn ooghoek ziet hij dat Betty niet achter haar bureau zit. Dan roept Betty vanaf de kasten met naslagwerken achter het bureau: 'O, hallo, Ted! Kom eraan!' Wat is er gebeurd met haar beroepsplicht om een doodse stilte te bewaren?

Swenson dwingt zich om te glimlachen. Het is van cruciaal belang om niet in paniek te raken. Hij heeft niet alleen het volste recht om het werk van een student voor een vorige werkgroep te lenen, dat is bovendien een teken van bovenmenselijke toewijding. Wat is er in hem gevaren, een gerespecteerde romanschrijver en professor, die als de dood is dat hij wordt opgepakt omdat hij een stel amateuristische, enigszins pikante gedichten leent? Hij lijkt wel een kind dat wordt betrapt met zijn eerste vieze blaadje.

Als Betty de Ackerley pakt, neemt Swenson Angela's boek heimelijk in zijn andere hand. Dat is van hem. Dat geeft hij niet af. Dat gaat Betty niets aan.

'Ted?'

'Wat?' Hij probeert tijd te winnen. Opgepakt wegens illegaal bezit van schunnige gedichten.

'Je kaart?' zegt Betty beminnelijk.

'O!' Terwijl hij zich opzij draait om *Angela 911* uit Betty's zicht te houden, tast Swenson met zijn vrije hand rond tot hij zijn portefeuille vindt.

Betty zegt: 'Hmm. *My Dog Tulip*. Ik geloof niet dat ik het ken.'

'Professor Moynahan heeft het aangeraden,' zegt hij. En dan overbodig: 'Mijn studenten schijnen te schrijven over mensen die ongepast verliefd worden op hun huisdier.' Waarom heeft hij dát nou toch gezegd?

'Ach, dat zal wel gebeuren.' Als Betty het boek langs de bevende straal rood licht heeft gehaald, wordt ze kennelijk gerustgesteld door wat er maar voor boodschap op het computerscherm verschijnt en geeft ze de Ackerley terug, keurig uitgeleend en klaar voor vertrek.

'Bedankt,' buldert Swenson in een poging er een hartelijk slot aan te draaien.

Dan wijst Betty en zegt op de onmiskenbare toon van een basisschooljuffrouw die een kind gelast haar het doorgegeven briefje te brengen of de verboden kauwgum uit te spugen: 'En dat, Ted?'

O, dat is van mij, had Swenson moeten zeggen. Hij hoeft het haar niet te laten zien. Maar hij overhandigt het boek, een transactie waarbij veel meer wordt uitgewisseld dan Angela Argo's manuscript. Er volgt een stilzwijgend verhoor – louter lichaamstaal en gezichtsuitdrukkingen – over de vraag of hij het louter was vergeten of van plan was het niet te laten zien. Een minieme trilling van argwaan... dan is het moment voorbij. Betty draait het manuscript om en samen bestuderen ze de naakte torso van de Venus van Milo die telefoneert en in haar kruis graait.

'O, lieve help,' zegt Betty. 'Ik geloof dat ik de auteur ken. Is ze een van je studenten?'

'Precies,' zegt Swenson dankbaar.

'Wat een bof voor haar.'

Swensons ogen schieten vol tranen van opluchting. Het is een emotionele dag geweest: de lunch met Magda, dat kleine voorval in zijn eentje, boven tussen de boeken. Hij is die lieve Betty dankbaar omdat ze duidelijk maakt dat het lenen van de gedichten van een student noch een perverse daad noch een strafbaar vergrijp is.

Betty scant het boek en geeft het terug. Hij kan zich er ternauwernood van weerhouden het te grijpen voor ze zich bedenkt.

'Hoe gaat het met Sherrie?' zegt Betty. Dat had ze toch al gevraagd?

'Prima,' zegt Swenson. Opnieuw.

'En met Ruby?'

'Prima.'

'Doe hun de groeten,' zegt Betty.

'En die van mij aan jouw kroost,' zegt Swenson.

Als rector Francis Bentham de deur van zijn victoriaanse huis in Main Street opendoet, komt er een wolk scherpe rook naar Swenson en Sherrie toe drijven.

'Welkom in het crematorium, vrienden!' Francis gebaart hen binnen te komen. 'Betreed het pand op eigen risico. We zitten midden in een crisis. Laten we gewoon zeggen een frontale botsing tussen de hightech en de haute cuisine.'

'Brandt er iets aan?' vraagt Sherrie.

'Het eten,' zegt Francis. 'Ik had de nieuwe Jenn-Aire waarschijnlijk eerst moeten laten proefdraaien. Een proefvlucht moeten maken, hè? Het probleem zit hem in de grill. Die zal wel niet goed worden ontlucht. Zodra ik de worstjes neerleg, barsten ze uit als een stel vulkanen.'

Swenson en Sherrie kijken elkaar even vlug aan. Ze denken allebei: zijn verdiende loon.

Francis maakt er een enorme show van om grote stukken gebraden vlees op tafel te zetten. Dat is deels de Britse traditie waar hij zich zo hardnekkig aan vastklampt in deze wilde vegetarische koloniën, en deels zijn eigen steek onder water naar de gezondheidsbewuste overgevoeligheid van Amerikanen in het algemeen en academici in het bijzonder.

Swenson houdt van rood vlees. Hij is blij als hij het krijgt. Thuis eten ze het zelden. Dat prefereert hij zonder meer boven de uit ectoplasma bestaande stoofschotels met courgette die zo populair zijn bij universiteitsdiners. Maar hij vindt niet dat eten moet worden gebruikt om status en macht te onderstrepen. Wie kan het wat schelen of je een vaste aanstelling hebt? De rector kan je voorzetten wat hij wil.

En je kunt het opeten of je mond houden en honger lijden. Bovendien, bedenkt Swenson, kan hij beter eerst zijn kies laten nakijken voor hij nog veel meer van die vleesfestijnen bijwoont. Hij inspecteert zijn kies met zijn tong. Hij zal aan de andere kant kauwen.

Vroeger waren Sherrie en hij altijd naar de universiteitsdiners gegaan, maar na de geboorte van Ruby was er de klad in gekomen en nu zijn ze niet meer gemotiveerd – en bovendien worden ze zelden uitgenodigd. In een gemeenschap als Euston lijk je heel even aantrekkelijk als je uitnodigingen afslaat. Maar de magie slijt al snel en dan word je niet meer gevraagd.

Het is alweer een tijd geleden dat ze hebben deelgenomen aan dit langgerekte gegluur in de afgrond. Dodelijke gesprekken, ongelooflijk banaal. Heeft mevrouw professor X. vanmorgen werkelijk een echte roodkuifmees bij haar vogelhuisje gezien? Kunnen professor en mevrouw Z. heus een tweepersoonsslaapzak hebben besteld, waardoor ze de eenpersoons- die ze per ongeluk hebben ontvangen, hebben moeten terugsturen? Geroddel, van halfslachtig gemeen tot lasterlijk en wreed. En vies eten, slechts te herinneren in decennia, waarin generaties vrouwen achtereenvolgens de genoegens hebben ontdekt van olijfolie, knoflook, paella, zongedroogde tomaten, rauwkost met een dipsaus op yoghurtbasis, geroosterde kippenborst, falafel – en nu de ascetische veganisten met hun sojakaas en nepworstjes.

Swenson zou hier niet geweest zijn als Sherrie de telefoon niet had opgenomen toen de secretaresse van de rector had gebeld. Sherrie gelooft dat het suïcidaal is om zijn collega's te blijven beledigen. Op een dag moet hij wellicht om een gunst vragen, moet er aan een touwtje worden getrokken, of moet er alleen een klein rukje aan worden gegeven. En dan zal Bentham hem beschouwen als de man die niet wilde komen eten.

Aangezien Swenson was vergeten dat het feestje vanavond was, had hij er in elk geval niet tegenop hoeven te zien, waardoor hij nu wordt overvallen door de volle gruwelijkheid ervan. Hun gastheer leidt Swenson en Sherrie langs de massieve victoriaanse meubelen, waar Marjorie Bentham met de hand geweven lappen stof van hun snoepreisjes naar conferenties in de derde wereld overheen heeft gedrapeerd. Het huis doet denken aan een Engels landhuis, met de obligate slijtplekken die zijn veroorzaakt door de drie zeer grote, uitgelaten kinderen van de Benthams, echte buitenmensen, die nu op Princeton, Yale en kostschool zitten. Vanavond worden de bijzonderheden van die sjofele aristocratie door rook aan het oog onttrokken. Bentham hoest, staat toe – eist bijna – dat Swenson en Sherrie beleefd kuchen nadat ze hun longen hebben gevuld met corpusculaire vlokjes verkoold eiwit.

'Gooi jullie jassen daar alsjeblieft neer,' zegt Bentham. 'Ik zou ze graag willen aanpakken, maar...' Hij toont twee doorschijnende, vlekkerige handschoenen van vet. Vroeger waren de vrouwen verantwoordelijk geweest voor het eten, maar nu is de kok vaak een man, die elk vermoeden van verwijfdheid ontkracht door een felle territoriale bezitterigheid over wat er in zijn keuken gebeurt. Mannen die, als Francis Bentham, de soeplepel gebruiken om hun gasten te herinneren aan de mannelijke genoegens van dierlijke spierkracht.

Waarom is Swenson zo scherp? Wat hebben deze mensen misdreven? Saaie diners zijn geen misdaad. Ze maken geen sensationele films waarin daadwerkelijk een kind wordt vermoord. Waarom bekijkt hij dit tafereel niet als Tsjechov: een bijeenkomst van verloren zielen die doen of ze op hun provinciale buitenpost niet doodgaan van verveling en levensangst? Tsjechov zou mededogen met hen voelen en hen niet veroordelen, zoals Swenson nu wél doet. En wie is hij om een oordeel te vellen? Een kerel die een stijve krijgt bij de erotica van een studente.

Door de herinnering aan zijn middag – het voorval in de bibliotheek – heeft hij het gevoel dat er een dunne laag kleverige lotion op zijn huid zit. Stel je voor dat het roet uit Benthams keuken blijft plakken en hem met een zwarte laag bedekt. Nu ziet hij zichzelf dus als een personage van Hawthorne, wiens zonden zich openbaren tijdens een etentje van de universiteit. Wat heeft hij precies verkeerd gedaan? Gedichten geleend? Hij is niet bepaald naar huis gevlogen en zijn werkkamer in geschoten om ze te lezen. Ze liggen nog waar hij ze heeft neergelegd, op zijn bureau.

Over Hawthorne gesproken... daar heb je Gerry Sloper, meneer Amerikaanse Literatuur, zijn hoogrode gezicht vaag te zien door het miasma van worstdampen. Wie heeft Bentham nog meer uitgenodigd? Swenson bidt dat de gastenlijst zich buiten het Engels instituut heeft gewaagd. Soms doet de rector een poging nieuwe gezichten op te nemen, voor zover die er op Euston zíjn. Op weg naar binnen veroorlooft Swenson zich de hoop dat Bentham Amelia Rodriguez misschien heeft gevraagd, de sexy, strak kijkende Puerto Ricaanse slavendrijfster die onlangs is aangetrokken als hoofd – als de belichaming – van het nieuwe instituut Spaanse taal- en letterkunde. De afkeurende Amelia zou op zijn minst een vaag exotisch gegons kunnen veroorzaken, een belofte van masochistische opwinding terwijl de gasten er om de beurt niet in slagen haar te amuseren.

Maar Amelia zit niet tussen de groep in de woonkamer, de al te bekende lichamen, balancerend op het puntje van de banken en stoelen terwijl de drankjes in evenwicht worden gehouden en er wordt geknabbeld op crackertjes waar een soort fecaal materiaal op is gesmeerd. Wie weet hoe lang ze die wodka's en dubbele whisky's al achteroverslaan. Ze mogen dan geen rood vlees meer eten, maar sommige dingen zijn nog altijd heilig.

'Marmite!' roept de oudere Bernard Levy uit, hun man voor de achttiende eeuw. 'Waarom heb ik geen Marmite meer gehad sinds mijn *Wunderjahr* op Oxford?'

'O, vind je het lekker?' zegt Marge Bentham. 'De meeste Amerikanen houden er niet van.' Aangemoedigd pakt ze nog twee crackertjes en zwaait ermee naar Swenson en Sherrie, biedt hun het lekkers onder voorbehoud aan, want ze moeten naar haar toe lopen om het te halen.

Marmite! Kent Benthams sadisme geen grenzen? Wat zullen ze nog meer voorgezet krijgen – lillende plakken kalfspootjes in gelei? Pastei met rundvlees en niertjes? Als Marjorie weet dat de meeste Amerikanen – de meeste mensen – niet van Marmite houden, waarom is dat dan het enige borrelhapje? Swenson schrokt zijn crackertje in één dappere hap op en probeert geen gezicht te trekken door de scherpe, tarweachtige splinters die met smerige zoute pasta aan elkaar zijn gelijmd. Aandachtig als jonge vogeltjes wachten de andere gasten tot hij het heeft doorgeslikt.

Welk publiek is er voor Swensons goochelnummer? De Benthams. Gerry Sloper. Bernard Levy, de oudere anglofiel, met zijn vrouw, de lankmoedige Ruth. Dave Sterret, hun victoriaanse man, en zijn vriend, de deconstructivist Jamie. De finishing touch is bij wijze van spreken Swensons grootste fan, Lauren Healy, de feministische critica en de voorzitter van de Faculty-Student Women's Alliance. Hij is dolgelukkig als hij Magda ziet, een vriendelijk gezicht waar zijn blik op kan neerstrijken tijdens zijn bezeten rondvlucht door de kamer. Maar zijn vreugde verandert in een flauw gevoel van onbehagen waarvan hij de diagnose pas na enige tijd kan stellen: de lunch vanmiddag. Angela's gedichten.

'Dat moet je ergens mee wegspoelen, oude reus,' zegt Bentham.

'Wodka. Puur. Een dubbele. Alsjeblieft.' Swenson voelt hoe Sherries ogen zich in hem boren. Zíj mag witte wijn drinken.

Het gezelschap bestaat zuiver en alleen uit mensen van het Engels instituut, zoals Swenson al had gevreesd. De matte voorspelbaarheid, het gebrek aan belangstelling of geroezemoes. Geen kunst aan, het is alleen maar een etentje, geen dood en eeuwige verdoemenis. De gastenlijst suggereert dat dit geen 'ontspanning' maar werk is: zo'n periodieke gelegenheid waarbij de rector zich laat informeren over de stand van zaken op zijn diverse instituten. Bentham zal diepzinnige vragen stellen en zachtjes en begrijpend grommen terwijl zij hun eigen glazen ingooien, een voor een, waarbij ze stuk voor stuk te uitgeblust, te naïef, te serieus of te zeurderig klinken, tot zelfs de mensen met een vaste aanstelling zich zorgen gaan maken over hun baan wanneer Bentham naar achteren leunt om te kijken hoe abominabel ze zich gedragen.

De rook is zich aan het verspreiden en er komt een eind aan hun kortstondige joviale verbondenheid tegen de elementen. Ze kijken elkaar aan in het weinig flatterende licht van hun meest gekoesterde rancune.

'Ga ergens zitten,' zegt Bentham.

Er zijn twee plaatsen vrij, een stoel in Queen Annestijl en een grote poef. Swenson en Sherrie duiken op de poef af.

'Dag, Ted,' zegt Bernie Levy met zijn gecultiveerde accent.

Swenson wordt geacht te zijn vergeten dat Bernie twintig jaar geleden, toen hij nog over enige vechtlust beschikte, Swensons benoeming heeft aangevochten, campagne heeft gevoerd tegen het aannemen van een romanschrijver en het opzetten van een afdeling schrijven. Wat een afdeling: Swenson en Magda. Bernie had zich geen zorgen hoeven te maken. O, had Bernie maar gewonnen! Dan was Swenson wellicht in New York gebleven.

'Onze writer in residence,' zegt Bernie. 'Hoe staat het met het leven van de schrijver, oude jongen?'

'Dag, Sherrie,' zegt Ruth Levy bars.

'Hallo, Ruth,' zegt Sherrie.

'Prima,' zegt Swenson. 'Bedankt.'

'Hoe vordert je werk toch?' vraagt Dave Sterret, de aardigste man in de kamer, in wie dagelijks een zachtmoedige houding wordt geslagen door zijn sadistische vriend, de deconstructivist Jamie.

'De ene dag vlug, de andere langzaam.' Is dit echt Swenson die daar praat? Je hoeft hier alleen maar naar binnen te lopen om besmet te worden met een dodelijke dosis banaliteit.

'Wat is het creatieve leven toch een uitdaging,' zegt Ruth Levy. 'Zo zwaar, en zo bevredigend.'

Deconstructivist Jamie werpt vernietigende blikken op de argeloze, getikte Ruth, terwijl Lauren Healy kwaad naar Jamie kijkt, de oudere vrouw beschermt tegen zijn bevoogdende, onderdrukkende mannelijkheid.

'Kun je ons vertellen waar je mee bezig bent?' Heeft Jamie op een of andere manier aangevoeld dat Swenson nergens mee bezig is? En wat zou hem dat kunnen schelen? Jamie verfoeit boeken, of 'teksten', zoals hij ze noemt. En hij verfoeit vooral schrijvers, omdat zij de irritante, boeklange papieren drollen voortbrengen die Jamie moet opruimen.

Sinds Jamie zijn vaste aanstelling heeft gekregen, heeft hij geen geheim gemaakt van zijn minachting voor de rest van het instituut, voor iedereen behalve Dave, op wie Jamie tijdens zijn eerste jaar op Euston verliefd is geworden. Wat vreemd dat Bernie Levy zich heeft verzet tegen de komst van Swenson, maar Jamie, de adder in hun midden, enthousiast heeft verwelkomd. Jamie heeft duidelijk weten te maken dat hij Swensons boeken nooit heeft gelezen en ook niet van plan is ze te lezen, hoewel hij soms informeert naar Swensons beroemdere en succesvollere tijdgenoten. Hij vraagt graag waarom die en die zo overdreven veel lof krijgt toegezwaaid.

Jamie zegt: 'Is het streng verboden om over je werk te praten?'

'Ik ga Marge helpen,' deelt Lauren mee. 'De arme ziel staat er helemaal alleen voor.' Bentham heeft het opruimen van de chaos inderdaad aan Marge overgelaten. Hij leunt parmantig tegen de schoorsteenmantel, laat een drankje in zijn glas rondwervelen.

'Neem me niet kwalijk, Jamie. Wat zei je?' zegt Swenson. Het is tot daaraan toe om even afwezig te zijn voor je groep, maar heel iets anders als dat tijdens het etentje van de rector gebeurt.

'Werk je aan een roman?'

'Geen wonder dat ik het niet heb gehoord,' zegt Swenson. 'Ja. Dat is zo.' Sherrie en Magda kijken toe, wensen dat men het onderwerp laat varen.

'Waar gaat je nieuwe roman over?' vraagt Bentham. 'Heb je ons dat verteld? Het spijt me als ik het ben vergeten.'

Stel nu eens dat Swenson het hun had verteld. Hoe zou hij het dan vinden om te ontdekken dat zijn ijle idee alweer uit het beroemde ijzeren geheugen van de rector was weggedreven?

'Dat geeft niet,' zegt Swenson. 'Ik geloof niet dat ik jullie erover heb verteld. Of iemand anders. Zelfs niet de mensen die me het dierbaarst zijn.' Hij knikt naar Sherrie.

'Bij mij moet je niet zijn,' zegt Sherrie. Gegrinnik aan alle kanten.

'Ik hoor dat dat heel veel voorkomt bij schrijvers,' waagt Ruth Levy. 'Een gesloten aard. Weet je wel.'

'Alsof we allemaal popelen van verlangen om hun ideeën te stelen,' zegt Jamie.

'Zelfs geen titel?' dringt Francis bescheiden aan. 'Wil je ons ook niet vertellen hoe het boek heet?'

'Tja,' zegt Swenson. 'Goed. Het heet *Eieren*.'

Hij voelt zicht net dat meisje in *The Exorcist*. Wat voor demon heeft hem dit laten zeggen? Hij wenst dat hij zijn hoofd kon ronddraaien om te zien waar zijn stem zonet vandaan is gekomen.

'Wat een interessante titel,' zegt Dave.

'Ted?' mompelt Sherrie ongerust. 'Ik dacht dat de titel *Zwart en zwart* was?'

Dave zegt: 'Ik neem aan dat de echtgenote het altijd het laatst hoort.'

'*Zwart en zwart*,' zegt Ruth. 'Alweer zo'n interessante titel.'

'We snappen het,' zegt Jamie.

'Het zijn allebei mooie titels,' zegt Magda.

Swenson vraagt zich af of Magda weet hoe Angela's roman heet. Heeft hij haar dat tijdens de lunch verteld?

'Titels zijn heel lastig,' zegt Swenson.

Hij houdt dit geen minuut langer uit. Hij staat op en begint de kamer uit te lopen met de vage doelgerichtheid van een niet al te dringend toiletbezoek. En waarom niet. Het zou een leuke minivakantie van het feestje zijn om rustig te gaan plassen.

'Neem nog een dubbele op de valreep,' zegt Bentham. Er klokt meer wodka in Swensons glas. Hij slaat de helft met een grote slok achterover, waardoor zijn keel nog brandt als hij op weg naar de wc Lauren Healy tegen het lijf loopt, die de keuken uitkomt met een rotan blad en daarop keurige rijen met nog meer crackertjes met Marmite. Over het algemeen draagt Lauren donkere pakken, maar vanavond heeft ze een jurk aangetrokken van donker katoen, die hoog boven haar taille is aangerimpeld en discreet over haar borsten bloest, zowel moederlijk als meisjesachtig. Swenson neemt Lauren op. Lauren kijkt hoe hij haar opneemt. Nu is hij klaar. Lauren komt dichterbij. Doordat ze half zo lang is als hij, kijkt ze naar hem op met een uitgeput en strijdlustig opgeheven hoofd.

'Ted, wat doe je hier?' Laurens gefluister klinkt eigenaardig samenzweerderig.

'Hoe bedoel je?' vraagt Swenson.

'Je staat niet op de nominatie voor een vaste aanstelling. Je wil niets van Bentham. Je bent toch niet aan het lobbyen voor een sabbatical? Of een nieuw beleid van de faculteit? Of wel soms?'

Zegt Lauren dat hij een laffe flikflooier is omdat hij de uitnodiging van de rector heeft aangenomen? Of iemand met zo'n gebrek aan een sociaal leven dat hij blij is als hij wordt gevraagd, zelfs hier?

'Sherrie heeft de telefoon opgenomen. Anders was ik hier niet geweest, neem dat maar van me aan.'

Lauren krimpt ineen. Het komt te laat in Swenson op dat ze misschien met hem staat te flirten en er niet op uit is hem te kleineren. Nou, daar heeft hij snel een eind aan gemaakt door Sherrie te noemen. En de eenvoudige, kille verklaring van de feiten: ik zou hier niet zijn – waar jij bent, met jou – als ik er niet door mijn vrouw in was geluisd.

Lauren schudt zich als een klein, drijfnat huisdiertje, houdt haar blad met Marmite recht en vertrekt. Swenson gaat verder naar de wc, waar hij volgens plan blijft dralen, hoewel hij niet zo rustig plast als hij had gedacht en het eerder een lange, nerveuze prelude is waarin hij daar maar staat, met een opgelaten gevoel omdat hij zijn lul vasthoudt, verlamd door Marges smetteloze, beschuldigende verzameling opgeschudde, sierlijke, badstof handdoekjes en zeepjes die er eetbaar uitzien. Hij is zo dankbaar voor de paar druppeltjes die hem ten slotte ter wille zijn – zijn prostaat moet er de brui aan hebben gegeven – dat hij zich de vlek op zijn broek vergeeft, hoewel hij weet dat Lauren die zal beschouwen als de zoveelste agressieve verklaring van zijn mannelijkheid.

Hij gaat terug naar de woonkamer, die tijdens zijn afwezigheid is leeggelopen. Na een ogenblik van irrationele paniek hoort hij stemmen uit de eetkamer komen, waar iedereen al zit, behalve de grove, onbeschaafde, dronken romanschrijver.

'Sorry.' Swenson glijdt op de overgebleven stoel, die, dankzij zijn goede gesternte, of misschien dankzij Marges zorgvuldige schikking, naast Francis Bentham en tegenover Lauren staat. Als hij ook maar een beetje lef had, zou hij iedereen laten opschuiven zodat hij naast Sherrie kon zitten, die hem met een enigszins verwilderde blik vanaf het andere eind van de tafel aankijkt. Maar als hij ook maar een beetje lef had gehad, was hij hier helemaal niet geweest. Jaren geleden hadden Sherrie en hij de gewoonte gehad elkaar op zulke etentjes aan te kijken en te blijven aankijken: korte uittredingen waarvan ze verfrist waren teruggekeerd, alsof ze een dutje hadden gedaan. Wie weet of dat nu nog zou werken? Desondanks zou het helpen om onder tafel Sherries hand te grijpen.

De rector geeft schalen met eten door. Op een of andere manier heeft Marge de worstjes gevild, het geblakerde vel weggetrokken en de rest verpulverd tot een soort schenkbare varkensjus – een geïmproviseerde filosoof – op aardappelpuree. Hoewel het bepaald niet het bloedfestijn uit *Beowulf* is waarin de Benthams zijn gespecialiseerd, is de maaltijd gered. De gasten zijn opgelucht. Ze buigen zich over hun bord met dampende prut en duiken af en toe op om Marge te complimenteren met haar kookkunst en haar improvisatietalent, terwijl ze doen of de jus niet rokerig en verbrand smaakt. Ondertussen spoelen ze de hele troep weg met stromen wrange rode wijn die de rector uit een beslagen glazen karaf schenkt.

'Troosteten!' zegt Lauren intimiderend.

'Hmm,' beamen de anderen.

'Heerlijk, Marjorie. Goed, vrienden,' zegt Francis, 'wat gebeurt er in de loopgraven?'

Iedereen eet door. Iemand anders mag beginnen.

'Wat voor indruk hebben jullie van de beste en helderste koppen van Euston? In tegenstelling tot vorig jaar? Vergeleken met elk ander jaar...?'

'Tja,' begint Bernie Levy, 'het zal wel geen schok zijn als ik zeg dat elke volgende lichting eerstejaars minder lijkt te hebben gelezen dan de slechtste studenten van het jaar ervoor.'

'Precies,' hoont deconstructivist Jamie. 'De middelbare scholen zullen het wel erg laten afweten met Dryden en Pope.'

'En hoe zit het met jou, Jamie?' zegt Francis. 'Zijn jouw studenten uit slimmer hout gesneden?'

Is Jamie van plan de rector te vertellen dat de vijf à zes buitenbeentjes onder de vierdejaars die ervoor hebben gekozen zijn werkgroep literaire theorie te volgen, intelligenter zijn dan die van Bernie? Zelfs Swenson, die weinig genegenheid koestert voor Bernie, verstrakt van afwachting.

'Ik heb voornamelijk ouderejaars,' zegt Jamie. 'Tegen de tijd dat ze bij mij komen, kan ik het hun docenten op de middelbare school dus niet meer verwijten. Het zijn deze jongens'– hij gebaart naar zijn collega's – 'die hun geest hebben verziekt.' Jamie lacht. In zijn eentje.

Gerry Sloper zegt: 'Er is laatst toch wel iets interessants gebeurd tijdens een college. Daardoor besefte ik waar de studenten staan... hoeveel ze verschillen van wie ik op die leeftijd was.'

'Ik heb nooit hun leeftijd gehad,' zegt Bernie.

'Dat geloven we graag,' zegt Dave vol genegenheid, die alles weer gladstrijkt na de vernietigende uitwerking van Jamies nonchalante hatelijke opmerkingen.

'"Toch wel" interessant,' zegt Jamie. 'God sta ons bij.'

'Gerry,' zegt Bentham. 'Alsjeblieft. Ga verder.'

'Nou,' zegt Gerry, 'dat was tijdens mijn inleiding tot de Amerikaanse literatuur. We behandelden Poe. Ik wilde hun wat achtergronden geven... eigenlijk... wat roddels, om hem toegankelijker te maken, iets persoonlijks te geven...'

'Iets persoonlijks!' zegt Bernie. 'Dat is er van ons geworden! Voer voor talkshows.'

'Zou dat niet geweldig zijn?' zegt Jamie. 'Poe en zijn dertienjarige kindbruidje-nichtje die hun huwelijksovereenkomst bespreken met Sally Jessie Raphael?'

'Interessant,' zegt Ruth.

'Jezus, nee,' zegt Swenson.

'O Ted,' zegt Lauren, 'wat ben je toch voorspelbaar. Jij kiest altijd partij voor de mannelijke auteur.'

'Maar goed,' zegt Gerry, 'ik vertelde hun van Poes problemen met alcohol en opium. Dat hij in de goot is geëindigd, dergelijke details. Elke verwijzing naar drugs- en alcoholmisbruik weet altijd hun aandacht te trekken. Maar toen ik bij Poes huwelijk kwam, werd het heel stil. Ik bleef maar vragen wat er aan de hand was, niemand wilde antwoord geven. Tot een jonge vrouw ten slotte zei: "Wil je zeggen dat we het werk hebben bestudeerd van iemand die kinderen molesteerde? Ik vind dat we dat te horen hadden moeten krijgen voor we het verplichte werk lazen."'

'Je meent het,' zegt Dave.

'Nou en of,' zegt Gerry.

'Iemand die kinderen molesteerde?' zegt Magda. 'Och, die arme Edgar Allan!'

'Edgar Allan, hè? Moet je Magda horen!' zegt Dave. 'O, die dichters toch! Noemen de doden bij hun voornaam.'

Magda vindt het leuk om dichter te worden genoemd en draait zich naar Dave toe om naar hem te lachen.

'Fascinerend!' De rector houdt zijn kin koket in één hand en draait zijn scheve hoofd in afgemeten bewegingen naar elke gast aan tafel. 'Vinden jullie ook dat er een verhoogd bewustzijn is ten aanzien van deze... kwesties...?'

Alweer een raadsel opgelost! Dit is gewoon een vervolg, een etentje uit een hele reeks om per instituut de basispunten door te nemen die zijn behandeld op de recente vergadering van het hogere personeel. Zijn ongewenste intimiteiten Benthams persoonlijke obsessie? Of zijn beroepsplicht? Niet-aflatende waakzaamheid ten behoeve van de juridische status van de universiteit, haar budget, haar reputatie?

'We moeten allemaal ogen in ons achterhoofd hebben,' zegt Bernie. 'Ik praat nooit in mijn eentje met een studente in mijn kamer zonder de deur wijd open te laten. En ik heb een cassetterecorder in mijn bureau die ik kan aanzetten als het link wordt.'

Iedereen staart Bernie aan, spant zich in om zich een scenario voor te stellen waarin een studente erover fantaseert dat Bernie op het punt staat haar met die vlekkerige, lange, dunne vingers te betasten.

'En hoe zit het met de rest?' zegt Francis. 'Lijkt het hier op Euston een gevaarlijk probleem? Of zijn we gewoon... gevoelig door het huidige academische klimaat?'

'Het is heel gevaarlijk,' zegt Dave Sterret. 'Gevoelig als in... top secret. Gevoelig als in... explosief.'

De gasten verdiepen hun betrokkenheid bij hun verkoolde filosoof.

Voor Jamies komst op Euston had Dave, als adviseur namens de universiteit van de Gay Students Alliance, jarenlang relaties gehad met de knapste jongens. Het instituut had collectief een zucht van verlichting geslaakt toen Jamie en Dave verliefd waren geworden, hoewel iedereen zich tegen die tijd, Jamie kennende, zorgen maakte om de arme Dave. Swenson had zich erover verbaasd dat Dave, een lange, magere, pijnlijk onhandige man met een gezicht vol acnelittekens, zo vaak in actie kwam. Maar Dave Sterret bezit kennelijk een verborgen diepzinnigheid, een bron van integriteit of bravoure die ertoe leidt dat hij de vraag van de rector opneemt, ondanks een verleden waardoor een mindere man zich op zijn aardappelpuree had geconcentreerd.

Dave zegt: 'Vorige week behandelden we *Great Expectations*. En een van mijn studenten – een grote, bier drinkende pummel – vroeg of Dickens bedoelde dat er iets homoseksueels speelde tussen Pip en Magwich. Probeerde dat joch me in de val te laten lopen? Ze weten allemaal dat ik homoseksueel ben. Ik zei dat literatuurcritici bij mijn weten over dat onderwerp hadden geschreven en dat hij dat voor extra punten kon opzoeken. Maar ik had niet het idee dat we van Dickens een onderliggende homoseksuele tekst in het boek moesten lezen. En we moeten tenslotte rekening houden met de bedoelingen van de schrijver.'

'Met de bedoelingen van de schríjver?' roept Jamie uit. 'Ik kan niet geloven dat ik je dat zojuist heb horen zeggen, Dave. Heb je dan helemaal niets van me geleerd?'

Dave is hieraan gewend. Hij gaat vrijwel ogenblikkelijk verder. 'Ik dacht dat de kous daarmee af was. Maar de volgende dag kwam er een jonge vrouw naar mijn kamer – door wat ze tijdens de colleges heeft gezegd, denk ik dat ze wel eens zo'n wedergeboren evangelisch type zou kunnen zijn – om me te vertellen dat ze zich door die discussie heel onveilig had gevoeld. De manier waarop ze dat woord zei... "onveilig"... Ik kan jullie wel zeggen dat de koude rillingen me over de rug liepen.'

'Waarom?' wil Lauren weten. 'Het is een gewoon Engels woord met een volstrekt gegronde betekenis.'

'Lieve deugd,' zegt Jamie. 'Nu is het semantiek!'

'Wat heb je gedaan, Dave?' vraagt Magda.

Dave zegt: 'Ik heb haar eraan herinnerd dat ík die discussie niet was begonnen. Ik zei dat mijn studenten zich vrij moesten voelen om elke vraag te stellen die ze hadden. Ik heb haar een preek van twee minuten gegeven over de academische vrijheid. En vervolgens ben ik naar huis gegaan en in bed gekropen met een zware aanval van de gierende zenuwen!'

'Goeie genade,' zegt de rector. Hij kijkt van Dave naar Gerry en weer terug. 'En deze twee incidenten – met Poe en Dickens – hebben allebei áfgelopen week plaatsgevonden?'

'Nou,' zegt Gerry, 'de afgelopen paar weken.'

Bentham schudt zijn hoofd. 'Statistisch gezien duidt dit er mijns inziens op dat de boel verhit aan het raken is. En hoe zit het met jou, Lauren? Is dit in jouw colleges ter sprake gekomen? Ik kan me voorstellen dat dit een keerpunt is binnen het terrein van de genderstudies.'

Swenson probeert te bedenken hoe Laurens werkgroep voor de

vierdejaars heet. 'Huck als hermafrodiet: gendermaskers en identiteit bij Twain – of was het Samuel Clemens?' Het hele instituut had erom gelachen toen de lijst met werkgroepen voor het eerst was rondgegaan. Maar inmiddels weet iedereen dat Laurens groepen snel vollopen. De herinnering aan Angela's minachting voor Laurens interpretatie van *Jane Eyre* gloeit op een centrale plek in Swensons borst, een heldere, beschermende ster.

'Natuurlijk komt het ter sprake,' zegt Lauren. 'Ik bréng het ter sprake. Ze moeten zeker weten dat ik aan hun kant sta. Ik wil hun het gevoel geven dat ze in het lokaal veilig zijn – het woord waar Dave "koude rillingen" van krijgt. Ze moeten beseffen dat ze met me kunnen praten, dat ze me in vertrouwen kunnen nemen als ze problemen hebben met deze kwesties, met ongewenste intimiteiten of wat dan ook, en dat ik hen serieus neem. Dat beschouw ik als mijn plicht, als een van de paar vrouwen...'

Lauren laat hen nooit vergeten dat ze de eerste vrouw was die bij het Engels instituut een vaste aanstelling heeft gekregen en dat ze nog steeds de enige vrouw met een vaste aanstelling is. 'We kennen allemaal de geschiedenis van Euston, te beginnen met die arme gekwelde dochters van Elijah. In elk geval vind ik dat de hele stemming in het lokaal omslaat als we ons hierdoorheen hebben gewerkt. De lucht hebben laten opklaren. Daarna kunnen we nagenoeg overal – "veilig" – over praten, zonder een gevoel van dreiging of onbehagen...'

Dat had Swenson dus verkeerd gedaan. Als hij hersens had gehad – of een spoor van overlevingsdrang – had hij er bij zijn studenten op aangedrongen hem in vertrouwen te nemen, gezegd dat ze zich veilig moesten voelen. Daarna hadden ze uiterst ontspannen kunnen discussiëren over tieners die seks hebben met hele batterijen kippen.

'Magda?' vraagt de rector. 'Hoe zit het met jouw groep?' Over vrouwen zonder vaste aanstelling gesproken, laten we het aan ons dichteresje vragen.

Op de algemene vergadering had Bentham een verhaal verteld over een sollicitatiecommissie die een oud-student van een mannelijke kandidaat had gebeld om te vragen hoe de kandidaat was omgegaan met de vrouwen in zijn groep. Toen de student zei dat een van die vrouwen – een vriendin – net bij hem op bezoek was en de vraag graag wilde beantwoorden, zei de ondervrager dat er later door een vrouwelijk lid van de sollicitatiecommissie contact zou worden opgenomen met de vrouwelijke studenten. Dit behoedzame verhaal had gelach opgeroepen, of in elk geval ontzet gegrinnik. Er was daarbuiten een tornado op komst. Vlug de kelder in, Dorothy.

Magda zegt: 'Ik weet het niet. Het is moeilijk. Ik blijf maar van die vreselijke fouten maken.'

Er beeft een trilling in Magda's hese stem. Swenson wil haar overeind helpen en bij de tafel vandaan leiden. Magda moet hun dit niet vertellen. Deze mensen zijn niet te vertrouwen. Ze zullen haar meer kwaad doen dan de meest neurotische student.

'Wat voor fouten?' vraagt de rector.

Marjorie vraagt: 'Wil iemand nog een beetje filosoof?'

'Wat voor fouten, Magda?' herhaalt de rector.

'O Heer,' verzucht Magda. 'Ik schat hen verkeerd in. Goed, hier is een voorbeeld. Het viel me op dat mijn studenten er vrij bekrompen opvattingen op na leken te houden over wat je in een gedicht kunt zeggen. Dus heb ik hun dat gedicht van Larkin voorgelezen dat begint met: "They fuck you up, your mum and dad."'

'O, ik ben dol op Larkin!' De heilige Dave komt halsoverkop op de afschuwelijke stilte afvliegen. Verder is iedereen verstijfd. Wíl Magda soms geen vaste aanstelling?

'Ik besefte dat het... gevaarlijk was.' Magda roept haar charme te hulp, wil zich vastberaden presenteren als een docent die nachten opblijft om zich af te vragen hoe ze haar studenten kan helpen. 'Ik heb er lang over nagedacht. Ik wist dat het riskant was. Maar hun reactie was veel erger dan ik had gedacht. Ze werden allemaal lijkbleek.'

Swenson schenkt zijn wijnglas nog eens vol. Hoeveel heeft Magda op? Is dit een zelfmoordactie? Iedereen is hevig met haar begaan, zelfs de harteloze Jamie.

'Misschien zat het probleem niet in de taal,' zegt Jamie. 'Misschien is het Philip Larkin. Over overschat gesproken. Al dat bittere, narcistische, jammerende zelfbeklag uit dat brullende kind dat zich uitgeeft voor een bibliothecaris van middelbare leeftijd!'

'En zijn vrouwenhaat!' zegt Lauren. 'En de volstrekte afwezigheid van ook maar één positieve, verheffende regel in het hele oeuvre van de man!'

Swenson houdt zich met moeite in. Hij houdt van die prachtige gedichten die meer over de waarheid vertellen dan iemand wenst te horen. Het wordt ook niet beter door de gedachte dat dit een van de weinige, zeer weinige eettafels op aarde is waaraan de meeste of althans enkele gasten van Philip Larkin hebben gehoord.

'Mijn beste Magda,' zegt Bernie, 'als je eropuit was dat je studenten zich wat meer zouden "laten gaan", zijn er wel degelijk andere voorbeelden. Swift, bijvoorbeeld. Swift kon zich, zoals je ongetwijfeld weet, heel erg... laten gaan. Kon vreselijk obsceen zijn.'

Swenson drinkt zijn glas leeg. Hij heeft een uiterst vreemde gewaarwording. Zijn verlangen, zijn behoefte om zijn mond open te doen, brandt een gat in zijn hoofd. Is dat de stank van zijn eigen verkoolde grijze cellen of van Benthams worstjes? De druk is explosief, maar hij kan het zich niet veroorloven om uit te barsten. De groep tikt de arme Magda op de vingers omdat ze 'fuck' heeft gezegd, terwijl hij in zijn werkgroep uren besteedt aan plastische beschrijvingen van bestialiteit. Een man die Angela's schunnige gedichten op zijn bureau heeft liggen, hoort hier niet eens in de buurt te komen.

De gedachte aan Angela montert hem op. Die kalmeert hem in zekere zin om zijn ziedende emoties tot rust te laten komen, louter door het feit dat ze bestaat. Het is bijna alsof ze een plek is geworden waar hij zich kan terugtrekken. Ze herinnert hem eraan dat er nog een andere wereld is dan dit diner, dat een aanslag op je ziel is, een wereld met jongeren die dolgraag willen schrijven en van wie sommige dat daadwerkelijk kunnen.

Uiteraard merkt Swenson dat hij zich op dit uiterst ongelegen moment, in deze uiterst ongeschikte omgeving begint af te vragen of hij soms toch een heel klein beetje verliefd aan het worden is op Angela Argo. Hij denkt zonder meer veel aan haar, verheugt zich erop haar te zien. Nee. Hij verheugt zich erop meer van haar roman te lezen.

Hij kijkt naar Sherrie aan het eind van de tafel. Sherrie ziet hem en staart hem ook aan. Sherrie houdt van hem. Sherrie kent hem. Ze hebben een kind, hebben eenentwintig jaar met elkaar doorgebracht, een aanzienlijk stuk van hun leven. Maar Sherrie accepteert dit diner, wat Angela waarschijnlijk niet zou hebben gedaan. Sherrie heeft compromissen gesloten, net als hij, terwijl Angela vermoedelijk nog gelooft dat ze dat nooit zal hoeven te doen. Sherrie wil hier gewoon doorheen zien te komen. Angela zou van leer trekken tegen al die onnozele zelf-genoegzaamheid. Ze zou haar ogen ten hemel slaan en gaten in Benthams glimmende tafel boren.

Swenson is het aan Angela verplicht om te zeggen wat hij denkt. Hij heeft net het gevoel of er ringen door zijn neus groeien, groen haar uit zijn hoofd opschiet. Zijn voorhoofd gloeit, zijn wangen zijn warm en zijn huid lijkt te verstrakken en te krimpen.

'Ik heb een idee,' hoort hij zichzelf zeggen. 'Een nieuwe benadering, bij wijze van spreken.' De andere gasten keren zich naar hem toe en zien zijn gezicht rood worden als een geroerbakte garnaal.

'Wat is het, Ted?' zegt Bentham.

'Ik vind dat we ons zonder enige strijd gewonnen hebben gegeven,' zegt Swenson. Sherrie en Magda wisselen een bezorgde blik. Hij knip-oogt naar hen en gaat gewoon verder. 'We zijn gezwicht voor uiterst neurotische censurerende en onderdrukkende krachten. Eigenlijk zouden we hen moeten helpen over hun problemen heen te komen. We zouden een poging moeten doen om hen te desensitiseren, net zo-als ze bij scientology doen...'

'O, Ted,' zegt Lauren, 'zit je bij scientology? Daar had ik geen idee van. Wat een verrassing!'

'Ted is quaker,' zegt Dave Sterret, de enige die Swensons werk heeft gelezen – die telkens laat merken dat hij het heeft gelezen. Hij verwijst zelfs regelmatig naar bijzonderheden, alsof hij wordt overhoord.

'Niet meer,' zegt Sherrie. 'Ted is geen quaker meer.' Sherrie, de des-kundige ten aanzien van zijn geestelijk leven.

'Natuurlijk zit ik niet bij scientology. Waar zie je me voor aan, Lau-ren? Een idioot? Ik heb alleen over hun proces gelezen. En daar zit wat in. Ze verbinden je met een leugendetector en lezen je een lijst woor-den voor die gegarandeerd een emotionele opdonder opleveren. Moe-der. Vader. Kind. Seks. Dood. En dan herhalen ze die eindeloos, tot de grafiek niet meer uitschiet.

Dus waarom doen wij niet net zoiets met die watjes, die... zeurpie-ten die klagen over ongewenste intimiteiten. Sluit ze op in een kamer en schreeuw ze vieze woorden toe tot ze volwassen zijn. Lul lul lul. Klo-te klote klote. Op die manier. Jullie snappen het wel.'

Ach, nu heeft hij hun volle aandacht. De gasten luisteren allemaal beleefd hoe hij brallend obscene taal blijft uitslaan, als een of andere psychopaat op straat. 'Klootzak. Penis. Zulke woorden. Geen overdreven of geschifte termen. Doodgewone, eerzame Angelsaksische woorden die de tand des tijds hebben doorstaan. We zouden hun een grote gunst bewijzen, hen in educatief, moreel en spiritueel opzicht helpen sneller volwassen te worden dan als we hen koesteren en toegeven aan elke gril en neurose.'

'Ted...' zegt Sherrie. 'Ted heeft het tourettesyndroom. Een verlate volwassen variant van het tourettesyndroom. Een zeldzame kwaal.'

Niemand lacht.

Swenson zegt: 'Dat is een geweldig idee. Huur gehandicapten in. Zoek mensen met Tourette om schuttingtaal te uiten.'

Zijn collega's staren wazig naar hun eten of voor zich uit.

'Goed!' zegt Marjorie Bentham ten slotte. 'Blijf waar je bent! Verroer je niet! Iedereen blijft zitten waar hij zit terwijl ik de tafel afruim.'

'Het was heerlijk, Marjorie,' zegt Magda.

'Weet je zeker dat we je niet even kunnen helpen?' zegt Lauren.

Meer complimenten, er wordt meer hulp aangeboden. Ze zijn geen van allen – zelfs Sherrie niet – opgewassen tegen oogcontact met Swenson. Vanaf het andere eind van de tafel zendt Magda hem zo'n bemoedigende en verslagen glimlach toe dat het hem eindelijk begint te dagen hoe erg hij het heeft verpest.

'Marjorie is de hele dag bezig geweest om het dessert te maken,' deelt de rector trots mee. En Marjorie verschijnt in de deuropening met haar werk van de afgelopen vierentwintig uur: een reusachtige, los staande pudding, waarvan de buitenste laag – gelatinepudding met aardbeiensmaak? – lilt onder de patronen van een lading kleine zilveren suikerballetjes en bonte kleureffecten. Een vlammende giftige regenboog.

'Trifle met jam!' Marge lost het raadsel voor hen op.

De gasten zeggen 'O!' en glimlachen als één man, alsof ze een foto van hen maakt, een formeel groepsportret van volwassen mannen en vrouwen die tegelijkertijd worden gered en bedreigd door een nagerecht.

Een slecht teken: als ze bij de Benthams weggaan, loopt Sherrie haastig vooruit en gaat achter het stuur zitten. Nog een slecht teken: stilte en het feit dat ze allebei hun adem inhouden als ze de oprit afrijden en de voorname huizen in Main Street passeren, waarvan het licht in het voorbijgaan lijkt te doven, huis na huis.

'Jezus, Ted,' zegt Sherrie. 'Wat bezielde je verdorie nog aan toe? Ik bleef maar verwachten dat je hoofd zou ronddraaien en dat je braaksel zou gaan lanceren.'

'Zal ik je eens iets raars vertellen? Ik moest zojuist ook aan *The Exorcist* denken. Ik voelde me net dat kind...' Swenson lacht van ongebreidelde opluchting. Wat voelt hij zich gelukkig dat hij niet het standaardscenario naspeelt: de zure vrouw die haar van het rechte pad afgeweken man de mantel uitveegt omdat hij heeft gezondigd tegen de normen van het sociaal fatsoen en de machthebbers heeft beledigd die zullen besluiten of hij een volgende minieme salarisverhoging krijgt. Sherrie is niet in zijn moeder veranderd, die haar ondeugende kind-man een uitbrander geeft. Ze zijn nog steeds allebei onhandelbare kinderen, zijn nog steeds rebellen, die een spoortje van hun slechtheid uit de grote stad bewaren tussen deze duffe slapjanussen uit New England.

'Fijn dat je het naar je zin hebt gehad,' zegt Swenson. 'Jezus, waarom heb ik dat gedaan? Toen Jamie zo afgaf op Philip Larkin, was ik niet meer te houden.'

Sherrie zwijgt tot ze bij de zuivelcoöperatie van Euston de hoek om is gegaan. 'Magda is stapelgek op je. Dat weet je toch hè, Ted?' Is Sherrie nieuwsgierig? Jaloers? Trots? Of voert ze gewoon een gesprek?

'Magda is mijn type niet,' zegt hij. 'Al die opgefokte Iers-katholieke hysterie. Als ik dat had gewild, was ik met mam getrouwd.' Voor zijn gevoel is hij Magda ontrouw en hij is ook schuldig aan liegen, aangezien hij juist wordt aangetrokken door de eigenschappen die hij net heeft afgewezen. Maar het is een snelle manier om een onderwerp af te handelen dat hij nog niet echt wil laten varen.

'Waarom zeg je dat?' vraagt hij.

'De manier waarop ze naar je kijkt,' zegt Sherrie. 'Totale aanbidding. De stakker. Ik kon haar wel vermoorden.'

'Dat was een projectie,' zegt Swenson. 'Die totale aanbidding.'

'Juist,' zegt Sherrie en lacht.

'Ik ben gevleid. Maar ik geloof niet dat Magda zich tot me aangetrokken voelt. Daar is het te laat voor. Ik ben te oud. Ik ben het kwijt. Niemand wordt meer verliefd op me. Zelfs studenten niet meer. Denk je dat iemand me nog aantrekkelijk zou vinden?'

'Ik.' Sherrie legt haar hand op zijn dij. Swenson legt zijn hand op de hare en laat die dichter naar zijn kruis glijden. O, hij is een enorme geluksvogel, met zo'n mooie vrouw die opgewonden raakt door zijn misdragingen tijdens een etentje van de universiteit.

Hun handen blijven op elkaar liggen tot Sherrie de hare terugtrekt om de oprit op te draaien. Ze is eerder bij het huis dan hij – bij het uitstappen beseft Swenson dat hij dronkener is dan hij had gedacht – en ze staat in de gang op hem te wachten als hij eindelijk binnenkomt. Ze omhelzen elkaar. Swenson laat zijn hand over haar rug naar beneden glijden en trekt haar tegen zich aan.

Hij zegt: 'Wacht even op me. Ik zie je in de slaapkamer. Ik had een idee voor iets waar ik mee bezig ben. Ik moet even een paar aantekeningen opkrabbelen voor ik het kwijt ben.'

'Goed,' zegt Sherrie. 'Blijf niet te lang weg. Ik ben zo vertrokken.'

En nu weet Swenson dat hij zich op een hellend vlak bevindt en al onder het niveau van fatsoen, eerlijkheid en zelfbehoud is gezonken. Zijn aantrekkelijke, volwassen vrouw ligt in bed op hem te wachten, en de rat waarin hij is veranderd, schiet door het donker, rept zich naar zijn rattenhol omdat hij niet tot morgen kan wachten om een smerig gedicht van een kind te lezen.

Swenson vindt *Angela 911* verborgen onder een stel onbetaalde rekeningen. Hij slaat het boek zomaar ergens open en concentreert zich om te voorkomen dat de woorden over de hele bladzij wegglijden.

> Hij zegt: Spreek ik met 859-6732? Spreek ik met Angela 911?
> Ben jij dat, Angela?
> Ik zeg: Wat wil je vanavond graag doen?
> Hij zegt: Sst. Niet praten. Moet je horen wat ik doe.
> Ik kom van achteren naar je toe.
> Mijn hand ligt op je mond.
> Ik zeg: Hoe kan ik in de telefoon praten, schatje,
> Als je hand op mijn mond ligt?
> Hij zegt: Noem me geen schatje.
> Mijn hand ligt op je mond.
> Ik buig je over een vuilnisbak heen.
> Ik trek je rok op.
> Ik sla op je dijen, heel licht.
> Dwing je om je benen te spreiden. Je drukt je kont tegen me aan,
> Helpt me om je kut te vinden.
> Ik zeg: Je weet dat ik niet kan praten, schatje.
> Dag, hoor. Ik hang op.

Swenson legt het manuscript neer, doet het licht uit. Hij wil niet aan het gedicht denken, wil helemaal niet denken.

Terwijl hij zich laat leiden door het flauwe maanlicht, begeeft hij zich stommelend en op de tast naar zijn donkere slaapkamer. Slaapt Sherrie? Hij kleedt zich uit en gaat naast haar liggen. Hij laat zijn hand langs haar dij glijden.

'Ted,' zegt ze slaperig, 'moet je horen.'

Hij legt zijn hand op Sherries mond. Ze wrikt zijn hand weg en likt zijn palm teder met een snelle, zijige beweging die een regen van vonken regelrecht naar zijn onderbuik zendt.

'Niet praten,' zegt Swenson.

'Goed,' zegt Sherrie. 'Geen woord. Dat beloof ik.'

Wanneer Swenson zich eens niet kan herinneren wat er de vorige week tijdens zijn college is gebeurd, kijkt hij rond om te zien welke student een erg gekwetste of verontwaardigde indruk maakt en herleidt hij die informatie tot wiens verhaal ze hebben afgekraakt. Vandaag is het een hele opgave. Iedereen kijkt kwaad, hoewel Courtneys specifieke felheid zoals ze daar zit, met stijve, hoog opgetrokken schouders en haar handen samengeknepen op haar boeken, zijn geheugen behulpzaam opfrist: 'Eerste zoen – Binnenstadblues'.

De rest straalt echter ook massale onvrede uit. Heeft de universiteit een nieuw beleid afgekondigd en bierfeesten en zuippartijen verboden? Misschien is het gewoon het dieptepunt dat je halverwege het semester krijgt, hoewel het daar nog vrij vroeg voor is. Of kunnen ze op een of andere manier allemaal vermoeden dat hun professor de afgelopen week Angela's gedichten heeft herlezen? Dat hoor je toch van stierenvechters en leeuwentemmers? Op de dag van het ongeluk konden ze de dreigende stemming van het dier próéven.

In deze kooi met grauwende beesten ziet Carlos er het bangst uit.

'Carlos,' zegt Swenson. 'Kerel!'

'Hallo,' zegt Carlos somber.

De enige vrije plaats aan tafel bevindt zich tussen Angela en Claris in. Swenson schuift zich precies halverwege hen beiden naar voren, waar hij blijft zitten, zonder adem te kunnen halen, in de hoop dat hij als hij flauwvalt bij Claris op schoot zal belanden en niet de meer bezwarende richting van Angela Argo op zal gaan. Schrikt iemand van de ijzige druppeltjes die op zijn voorhoofd parelen? Valt het iemand op? Kennelijk niet. Nou, dat is mooi. Hij wilde het alleen maar weten. Een onheilspellende inwendige stem doet of hij hem troost biedt door zijn mantra van drie woorden op te dreunen: Niemand weet het. Niemand weet het. Niemand weet dat Angela's gedichten thuis in zijn werkkamer liggen, in zijn dossierkast zijn weggeborgen. Of dat haar smerige vrije verzen in zijn hoofd hiernaartoe zijn getrokken, als een soort malariamug die in de cabine van een vliegtuig stiekem de oceaan oversteekt. De gedichten over de incest, die over de verkrachtingen...

Hier houden ze zich evenwel bezig met het werk van Carlos. Swenson moet gericht blijven op het verhaal dat hij die ochtend veel te snel heeft doorgekeken. Het is niet slecht, maar het is verontrustend, en de studenten willen niet verontrust worden, dus zullen ze dat vermogen om hen van hun stuk te brengen hebben ontkracht tegen de tijd dat ze de ongelukkige titel, 'Toiletpot', hebben afgehandeld.

'Toiletpot' begint met zijn erbarmelijke 'dikke witte vis' van een held, wiens gezicht in het privaat uit de titel wordt gestopt door de andere bewoners van een heropvoedingsgesticht voor jongens. In de rest van het verhaal wordt de held ertoe gedreven er zelf een eind aan te maken, wat de lezer al vanaf de tweede alinea ziet aankomen. En in de hartverscheurende en verrassend goed geslaagde op een na laatste scène wordt de jongen zelfmoord aangepraat door een slapie, die hem een warrig, sadistisch gedetailleerd verhaal vertelt over een hond die uit zijn lijden is verlost en waarom dat zo'n zegen was.

Swenson zegt: 'Lees eens iets voor, Carlos.'

Carlos haalt diep adem. 'O man. Dit is zwaar.'

Jonelle zegt: 'Iedereen moet het doen, Carlos. Vooruit. Jij hebt bij de mariniers gezeten.'

'Bij de marine,' zegt Carlos. 'Als je het niet erg vindt.'

'Vooruit, mensen,' zegt Swenson. 'Het is ook moeilijk. Geef Carlos even de tijd.'

Angela zegt: 'Ja, joh, het is een kwelling. Ik wil maar zeggen dat ik er zo bang voor ben dat jullie het over mijn werk hebben, dat ik dit semester gewoon niets inlever.'

Net als in elke groep is iedereen gericht op minieme verschuivingen in status en positie. Iedereen weet dat Swenson Angela's manuscript leest. Nu geeft ze aan hen door dat haar ogenschijnlijk bijzondere behandeling geen teken is van een superieur talent, maar eigenlijk een concessie is aan haar kinderlijke angsten. Ze is net een harig dier dat in hun felle darwinistische strijd op zijn rug rolt en zich dood houdt.

'Precies!' zegt Nancy. 'Angela is dit voorjaar zo afgemaakt bij Magda's poëziewerkgroep dat ze het risico niet nog eens wil nemen.'

Zo zien ze Angela dus: als een schrijfster van middelmatige pornografische gedichten. Ze hebben in elk geval haar gedichten gelezen, de minst linke klassikaal besproken, dezelfde gedichten waarvoor Swenson zich zo schaamt dat hij ze stiekem leest. Maar zij hadden de opdracht Angela's gedichten te lezen en Swenson is een vrijwilliger. O, waarom kan hij niet gewoon opveren en trots op zichzelf zijn omdat hij zich oprecht interesseert voor een begaafde studente?

'Dat klopt,' zegt Swenson. 'We weten allemaal dat het niet echt leuk is als je werk klassikaal wordt besproken. Laten we daarom nu onze mond houden en Carlos onze zeer grootmoedige aandacht schenken.'

'Oké, Coach. Daar gaan we. We doen het.' Carlos schraapt zijn keel.

'"Eddie was blij dat er geen spiegel zat op de bodem van een toiletpot. Dan had hij moeten zien hoe zijn dikke, bleke, monsterlijke, kwalachtige gezicht als een soort onderwaterdier ronddobberde, hoe bang zijn wazige blauwe ogen keken en hoe hij zijn nek naar achteren draaide om walgelijk poepwater met moeite door te slikken en zijn kwellers om genade te smeken...'

Swenson laat Carlos een tijdje verder gaan. 'Dank je wel,' zegt hij ten slotte. 'Het is een dapper verhaal. Echt. Laten we eens horen wat de rest ervan vindt. Vergeet niet dat we beginnen met wat we mooi vinden...'

'Nou,' zegt Makeesha, 'die eerste alinea is kenmerkend voor het hele probleem. Welke gozer die met zijn hoofd in een wc is gestopt, vraagt zich nou af waarom er geen spiegel op de bodem van de pot zit?'

Danny zegt: 'Makeesha heeft gelijk. Dat gedoe over die spiegel in de toiletpot leek meer op Carlos die de jongen wil beschrijven dan op iets wat die jongen zelf werkelijk zou denken...'

'Werkelijk zou denken?' zegt Angela. 'Hoe weet jij wat je werkelijk zou denken als iemand je hoofd in een toiletpot duwde?'

Zet hem op, Angela, denkt Swenson. Het ergert hem dat Carlos Angela een dankbare blik toe werpt. Hij heeft haar nog nooit zien staan. Alleen daarom zal Swenson de groep er niet aan herinneren dat ze nog steeds zouden moeten praten over wat ze leuk vonden aan het verhaal.

'Eerlijk gezegd...' Als Meg 'eerlijk gezegd' of 'persoonlijk' zegt, kun je beter dekking zoeken. 'Eerlijk gezegd verveelde het hele onderwerp me. Persoonlijk heb ik schoon genoeg van al dat gezeik over mannen die elkaar bijna doden zodat ze niet hoeven toe te geven dat ze elkaar in feite alleen maar willen pijpen.'

'Meg,' zegt Swenson, 'alsjeblieft. We horen te beginnen met wat we léúk vinden aan het verhaal.'

Carlos zegt: 'En ik heb schoon genoeg van jouw gezeik, Meg. Als je denkt dat mannen alleen maar aan elkaars lul willen zuigen, is het geen wonder dat je zo'n pot bent!'

En nu ziet Swenson bijna een filmbeeld voor zich van hemzelf in de kamer van Francis Bentham, waar hij reageert op Megs beschuldiging dat ze tijdens zijn college een pot is genoemd. Maar niet door Swenson. Hij kan er niets aan doen. Hij is onschuldig. Onschuldig!

'Toe jongens,' zegt hij, 'het moet toch mogelijk zijn dit beschaafd en intelligent af te handelen. Ik wil jullie er allemaal aan herinneren dat we het in deze werkgroep over taal hebben en dat sommige vormen van taal niet zijn toegestaan.'

'Hoe bedoel je?' zegt Makeesha. 'Broeders en zusters praten nu eenmaal zo...'

Swenson negeert haar. 'Carlos, hoor jij je mond niet te houden tot de anderen klaar zijn?'

'Sorry, Coach!' Carlos maakt een ritsgebaar voor zijn lippen.

'Claris,' zegt Swenson wanhopig. 'Wat vond jij leuk in Carlos' verhaal?'

'Het heeft wel... goede momenten,' geeft Claris toe. 'Die laatste scène vond ik mooi. Dat stuk waarin die andere jongen, hoe heet hij ook alweer, dat verhaal vertelt over die hond...'

'Doofy,' zegt Nancy.

'Ik vond dat hij een leuke naam had,' zegt Danny. 'Doofy. Dat is lang niet slecht. Vooral omdat hij helemaal geen halfgare sul was. Hij was zeg maar, een soort...'

'Slang,' zegt Meg.

'Doofy,' zegt Claris. 'Dat klopt. Maar goed, leuk vond ik dat malle relaas over het doodschieten van de hond die was overreden door de vrachtwagen. Ik vond het leuk omdat het zo overdreven was, ook al probeerde hij Eddie het gevoel te geven dat hij de hond was.'

'Dat stuk over het bloed, de ingewanden en de hersenen van de hond had wel iets van Quentin Tarantino.' Jonelle bedoelt het niet als compliment.

'Het lag te veel voor de hand,' zegt Courtney. 'Die link tussen dat joch en de hond.'

'Het móést voor de hand liggen,' zegt Claris. 'Maar ik geloof nog steeds niet dat Doofy's verhaal Eddie werkelijk zou overhalen zelfmoord te plegen.'

Claris heeft opnieuw de spijker op de kop geslagen. Het slot is volstrekt ongeloofwaardig. Eddie duikt het raam van de slaapzaal uit en breekt zijn nek op de stoep.

Jonelle zegt: 'Het was te voorspelbaar. Je zag het aankomen. Vanaf de eerste regel wisten we dat Eddie het ging doen.'

'Waar?' barst Carlos uit. 'Laat het me zien, Jonelle. Laat me zien waar dat al in de eerste zin van het verhaal staat.'

'Carlos,' zegt Swenson, 'alsjeblieft. Blijf rustig.'

'Weet je wat ik dacht?' zegt Courtney. 'Ik bleef maar proberen of ik erachter kon komen waar ik het eerder had gelezen. En toen besefte ik dat ik het in een film had gezien, een film die net zo gaat als Carlos' verhaal, behalve dat het soldaten waren, mariniers of zo, een dikke, domme soldaat in een kazerne en iedereen is gemeen tegen hem en dan schiet hij zich in de wc voor de kop en gaan ze naar Vietnam. Zoiets dergelijks.'

'*Full Metal Jacket*!' zegt Danny. 'Kubrick! Een van de beste films aller tijden.'

'Ik vond het een saaie film,' zegt Courtney. 'Maar desondanks beter dan het verhaal van Carlos.'

Op dat moment beginnen de klokken te luiden. Courtneys verklaring hangt in de lucht. En nu – zonder de afleiding om Carlos te moeten beschermen tegen de bloeddorst van de groep – voelt Swenson de vloer beven als Angela's benen onder tafel op en neer springen. Zolang de klokken luiden, denkt hij erover zijn hand uit te steken en tussen Angela's benen te laten glijden. Dat stelt hij zich zo levendig voor dat hij haar tegen zijn hand kan voelen. Het duurt een paar angstige seconden voor hij beseft dat hij het niet heeft gedaan.

De klokken stoppen. 'Goed,' zegt hij. 'Waar waren we?'

Angela zegt: 'Jullie zijn allemaal veel te hard voor Carlos. Er zitten ook goede dingen in het verhaal, en het lijkt absolúút niet op de film. De scène waarin Doofy maar uitweidt over de hond is vrij goed.'

Swenson denkt: Ze heeft het voor mij gedaan. Dat moest ze namens mij zeggen. Carlos staart Angela vol openlijke aanbidding aan.

'Nou,' zegt Swenson, 'zo te zien lopen de meningen uiteen. Ik weet niet hoeveel je hieraan hebt, Carlos. Is er nog iets wat je wilt zeggen?'

'Bedankt, Angela,' zegt Carlos. 'Er is tenminste iemand die me begrijpt.'

Als de groep vertrekt, blijft Carlos bij de deur op Angela wachten. Maar Angela draalt, wacht op Swenson. Wat hier kenbaar wordt gemaakt, had nauwelijks duidelijker kunnen zijn wanneer de begeerlijkste hinde zich schuchter naar de bok had begeven die zojuist de geweienstrijd had gewonnen. Carlos mag dan jonger en sterker zijn, maar Swenson is de professor.

Vanuit de deuropening ziet en begrijpt Carlos alles en vertrekt, maar pas nadat hij Swenson een veelbetekenende – waarschuwende – blik heeft toegeworpen.

Swenson zegt: 'Angela, volgens mij heb je het college opnieuw gered van de ondergang. Ik dacht dat ze de arme Carlos stukje bij beetje zouden vierendelen en zouden feesten op zijn bloedende karkas.'

'Ik heb gewoon de waarheid verteld,' zegt Angela. 'Zijn verhaal was niet zo slecht.'

'Nou, nogmaals bedankt,' zegt Swenson.

'Bedank me niet te snel,' zegt Angela. 'Niets is voor niets, weet je.' Ze richt haar koele blik op hem en ineens kan Swenson alleen maar denken aan de objectieve, ervaren, zombieachtige stem van haar gedichten. Hij heeft het gevoel dat hij met Angela 911 belt en een weerzinwekkende seksuele dienst verlangt. Maar daar is hier geen sprake van, dat is louter zijn eigen projectie...

'Wat gaat het me kosten?' Het komt er flirtender uit dan hij had gewild.

'Tijd,' zegt Angela. 'Zware tijd. Was de alinea die ik je heb gegeven goed?'

'O, prima. Een goede aanvulling. Maar ik ben bereid méér dan een alinea te lezen...'

'Mooi zo. Ik hoopte al dat je dat zou zeggen. Ik heb nog een hoofdstuk voor je. Hier maak ik me een beetje zorgen over. Eigenlijk... vind ik het klote. Ik probeer dit vanuit het perspectief van de moeder te schrijven. Kijk, het was maar een grapje dat je me op deze manier moet terugbetalen. Ik weet dat ik je overstelp met mijn werk, dus als je geen tijd hebt, kan ik tot volgende week wachten, wanneer je er maar aan toekomt.'

'Doe niet zo mal,' zegt Swenson. 'Ik doe het graag. Beloof me alleen dat je niet van streek zult raken als het een paar dagen duurt.'

'Dat zal niet gebeuren,' zegt Angela, die een volgende oranje envelop overhandigt. 'Ik zal naast de telefoon zitten wachten... O, moet je horen, zou ik je nóg iets mogen vragen?'

Swenson verstijft automatisch.

'Mijn moeder en stiefvader komen voor het ouderweekend. Ze zullen wel bij je langskomen. Wil je ze dan alsjeblieft zeggen dat ik hun geld niet zomaar verspil? Ik heb zulke klotecijfers dat mijn stiefvader maar blijft dreigen dat hij me hier zal weghalen en me ergens anders naartoe zal sturen, een hogeschool in de buurt of zo...'

'Zouden ze dat echt doen?' Wat klinkt Swenson bezorgd!

'Waarschijnlijk niet. Op dit moment wil een hogeschool me waarschijnlijk niet eens hebben.'

'Ik zal doen wat ik kan,' zegt Swenson. 'Ik verheug me erop hen te leren kennen.'

Buiten adem door de wandeling over de campus en het gezonde, cardiovasculaire drafje om de vierde verdieping te bereiken maakt Swenson de deur van zijn kamer open, gaat achter zijn bureau zitten en begint te lezen.

Meneer Reynaud was de hele zomer met zijn gezin naar een zomercursus voor muziekleraren geweest. Daar stelde ik me hem voor als ik op een ligstoel in de achtertuin lag te zonnen. Ik zag hem voor me in een gehoorzaal met een lambrisering van glanzend hout en een akoestisch tapijt. Ik verbeeldde me hoe hij zijn heupen tegen de achterkant van zijn bas drukte terwijl de harmonieën van een koraal van Bach langs de trappen van het theater omhoogzweefden.

Toen ik hem bij het begin van mijn vierde jaar in de repetitieruimte zag, was ik even in de war. Wat deed hij daar in het echte leven, buiten mijn verbeelding?

'Hebt u een fijne zomer gehad?' wist ik uit te brengen.

Hij legde zijn hand op mijn bovenarm, waar hij me in het voorjaar had vastgegrepen. Het was net of hij me voor de zomer had losgelaten en me nu met één aanraking weer binnenhaalde. Ik hield mijn arm vast toen ik ging zitten. Ik keek hoe hij elke leerling begroette, de sectieleiders omhelsde, waardoor ik wist dat zijn aanraking niets te betekenen had. Ik was niet de enige.

De meisjes hadden nog een mouwloos T-shirt aan. De armen van de violisten leken op bleke worstjes die trillen in hun vel terwijl ze er met hun strijkstok op los zaagden. De ramen stonden open. De lucht rook naar verbrande bladeren. Kreten van de footballtraining kwamen met de sponzige hitte naar binnen drijven. Ik zweette, plukjes haar plakten op sommige plekken vast als smerige uiteinden van penselen.

Deze keer hoopte ik zowaar dat de les lang zou duren. Nablijven en meneer Reynauds aandacht trekken was het laatste dat ik wilde. Bovendien had ik niet goed geslapen. Ik had me niet lekker gevoeld toen ik wakker was geworden. Ik vroeg me af of ik soms iets had opgelopen in het kippenhok van mevrouw Davis.

Ik pakte mijn klarinet in en wilde al weglopen toen meneer Reynaud me terugriep.

Hij zei: 'Waar zat iedereen vandaag met zijn gedachten?'

Ik zei: 'Ik weet het niet. Het is warm.'

'Is alles in orde?' zei meneer Reynaud.

'Alles is prima,' zei ik. 'Heus, alles is prima. Ik ben gisteravond naar een rare boerderij geweest voor mijn biologiewerkstuk...'

'Wat voor werkstuk?' zei meneer Reynaud.

'Ik broed kippeneieren uit.'

'Door erop te zitten?'

'In broedmachines,' zei ik.

Toen vertelde hij me dat je een ei tijdens de nachtevening en de zonnewende op zijn punt kunt laten staan.

'Jeetje,' kon ik alleen maar uitbrengen.

'Ik ben opgegroeid op een kippenboerderij,' ging hij verder. 'Dus als je hulp nodig hebt, als er iets is wat je niet weet, aarzel dan niet het me te vragen. Ik ben graag bereid de wijsheid door te geven die ik bij elkaar heb gesprokkeld tijdens al die jaren waarin ik mijn hand onder hennen heb gestoken.'

Op dat moment werd ik gered door de bel.

Hij was vergeten me een briefje te geven waardoor ik wat later mocht komen. Ik moest naar mijn volgende les rennen, dus kwam ik er pas na school aan toe om me te verbazen. Had hij echt aangeboden me te helpen met de eieren? Het was ook een beetje vreemd, dat verhaal over de kippenboerderij. Ik herinnerde me dat hij het orkest had verteld dat hij was opgegroeid in de achterbuurten van Chicago.

De laatste zin moet een huivering van onbehagen teweegbrengen, maar Swenson vindt hem, net als het hele hoofdstuk, enorm geruststellend. Nu weet hij weer wat hem in Angela Argo aantrekt – niet die vreselijke schunnige gedichten. Het meisje heeft aantoonbaar talent en hij wordt ervoor betaald dat te stimuleren.

Hij is blij dat hij nog een paar bladzijden over heeft. Hij stelt het lezen ervan voorlopig even uit. Meer krijgt hij deze week niet. Uiteraard kan hij om zoveel van het boek vragen als ze heeft. Ze zou hem maar al te graag ter wille zijn. Maar dan zou hij daarna moeten wachten tot ze meer hoofdstukken heeft geschreven. Bovendien zou het een bedreiging zijn van het broze voorwendsel dat ze misbruik maakt van zijn welwillendheid, om extra gunsten vraagt die zijn pedagogische verplichtingen te boven gaan.

Op de volgende bladzij heeft Angela een geeltje geplakt waarop ze heeft gekrabbeld: 'Dit is het stuk waarmee ik echt in mijn maag zit. Het perspectief van de moeder.'

Pas later, na wat er is gebeurd, begon ik te begrijpen wat er echt speelde tijdens die herfstavonden, toen ze tegen haar vader zei dat ze hem niet in de schuur wilde hebben om haar te helpen met wat ze maar met die eieren deed.

Hij wendde als altijd voor dat iets wat hem pijn deed een goeie mop was. Haha, zijn tienerdochter zei dat ze haar biologiewerkstuk in haar eentje moest doen. Ik keek hoe hij keek hoe ze wegliep.

'Wat een kind,' zei hij. 'De klarinet, de prachtige cijfers en nu dit met die eieren.'

Toen vertrok hij naar zijn medische tijdschriften, zijn enorme glas whisky, zijn dutje bij het avondnieuws. Soms zag ik hem slapen met zijn mond open en zijn bril scheef, en dan vroeg ik me af wat er was gebeurd met de knappe jonge dokter die zijn hand had uitgestoken om me te redden toen ik jaren geleden in elkaar was gezakt en naar de vloer van de spoedeisende hulp toe was gevallen.

Nu huivert Swenson wel, voelt hij zijn hoofdhuid verstrakken. De dokter die de gestage val van de patiënt naar de vloer van de spoedeisende hulp breekt – kan dat gewoon toeval zijn? Wellicht, maar dat is niet aannemelijk. Het is naar alle waarschijnlijkheid regelrecht gestolen, misschien onbewust, uit zijn roman *Blauwe engel*. Wat op zijn beurt weer is ontleend aan zijn leven. Hij leest verder.

Dat was in Boston, in de jaren vijftig. Ik woonde op Copley Square. Ik wilde jazzzangeres worden. Mijn vriend speelde gitaar. Hij zei dat hij zigeuner was. Hij zei dat hij Django heette. Maar op een keer belde er een oude vrouw – zijn oma. Ze klonk Italiaans. Ze vroeg naar Tony.

Niets wees erop dat hij me zou gaan slaan, geen enkel woord of gebaar. Het was nog nooit gebeurd. Hij was in een club gaan spelen, kwam thuis, trok me van de matras en stompte me in mijn gezicht. Ik herinner me dat zijn woede een eigen geur had, de geur van brandende vrachtwagenbanden, van een diesel die zijn profiel in de weg drukt terwijl hij tegen mijn gezicht klapt.

Swenson kijkt van het manuscript op. Goed, ze heeft *Blauwe engel* gelezen. Zijn heldin was een jazzzangeres die aan het herstellen was van een gewelddadige verhouding met een musicus. Hoe gaat hij dit nu aanpakken? Laat hij Angela weten dat hij de opvallende overeenkomsten tussen haar roman en die van hem heeft opgemerkt? Zulke dingen gebeuren – volkomen onschuldig. Een zin, een deel van een beschrijving, zelfs een onbeduidend detail van de verwikkeling blijft in je hoofd hangen en duikt in je werk op zonder dat je weet waar het vandaan is gekomen. Dat zou hij haar kunnen vertellen: hou het heel abstract, theoretisch. Speel leentjebuur bij Francis Bentham – zorg dat je het onbepaalde 'je' gebruikt. Soms zet het werk van anderen zich in 'je' hoofd vast... Maar dat zou alles ook al kapot kunnen maken, zou het vertrouwen tussen hen kunnen vernietigen. Angela is zo schuw, ze zou kunnen denken dat hij haar beschuldigde van plagiaat – dat hij haar ervan beschuldigde dat ze hém plagieerde. Het is beter om het te laten rusten, alleen te zeggen dat het stuk over de moeder irrelevant lijkt, afleidt. Angela heeft gezegd dat zij ook haar twijfels had. Hij zal voorstellen het hele stuk eruit te halen.

Er zit hem nog iets dwars... Goed. Nu weet hij het. Het stuk in *Blauwe engel* over de vriend van de jazzzangeres was losjes gebaseerd op het echte leven. Toen hij Sherrie had leren kennen, had ze zo'n vent net de deur gewezen... Wacht eens even. Dat is vreemd. Sherries echte vriend had gitaar gespeeld. De man in de roman – het personage – was een drummer. En nu had Angela hem weer hersteld tot wat hij echt was. Dat is niet zo vreemd, vooral niet als Angela bewust of onbewust een weerkaatsing is van zijn roman. Dan zou ze hem natuurlijk een ander instrument laten spelen. Hoeveel jazzinstrumenten zijn er?

Hij vindt waar hij was gebleven en leest verder.

Ik was jong. Ik genas snel. De blauwe plekken verdwenen. Maar op een ochtend werd ik wakker, stapte uit bed en viel op weg naar de badkamer. Toen ik probeerde te gaan staan, tolde de kamer rond tot ik me op de vloer wierp. Op dat moment was ik echt bang. Ik dacht dat ik door de aframmeling een hersenbeschadiging had opgelopen. Ik belde een taxi. Ik ging naar het ziekenhuis. De dokter was jong en knap. Ik wilde hem niet vertellen dat mijn vriend me bijna had vermoord. Ik zei dat ik niet wist wat me mankeerde. Ik liet hem in mijn keel kijken. Hij zei dat ik oorontsteking had. Ik was zo dankbaar dat ik opsprong om hem te bedanken...

Ik werd wakker op de grond. Er kwamen verpleegkundigen naar binnen rennen. De knappe dokter voelde mijn pols. Lezer, ik ben met hem getrouwd.

En dat is alles. Hier houdt de tekst op, wat maar goed is ook aangezien Swensons concentratie naar de bliksem is. Deze keer kost het geen tijd om het probleem te ontrafelen. De jazzzangeres in zijn roman had – net als de echte die voor hem op de spoedeisende hulp was geholpen

– keelontsteking. Het was Swenson die middenoorontsteking had gehad, een detail dat niet in zijn boek wordt vermeld.

Dat kon Angela onmogelijk weten. Het lijkt gewoon niet mogelijk – niet logisch – dat ze zo op hem is afgestemd dat ze met een soort schrijversradar bijzonderheden uit zijn verleden oppikt. Maar er gebeuren aan de lopende band wel vreemdere dingen. Hij herinnert zich dat schrijvende vrienden – jaren geleden, toen hij nog schrijvende vrienden had – hadden gepraat over de griezelige toevalligheden die zich zo vaak leken voor te doen. Je verzon een personage, bedacht een gebeurtenis, en binnen enkele dagen ontmoette je die persoon of beleefde je zelf wat je had bedacht.

Er moet een verklaring voor zijn, die minder mysterieus is dan helderziendheid. Heeft hij de groep soms – tijdens zo'n uittreding uit het hier en nu – verteld hoe Sherrie en hij elkaar hebben leren kennen? Heeft hij dat als voorbeeld gebruikt hoe een echt voorval verandert voor het in een boek komt? Swenson gelooft van niet. Hij heeft geleerd ervoor te waken feiten uit zijn verleden in de collegezaal te brengen sinds hij op een beoordeling van een student heeft gelezen dat hij altijd collegetijd verdeed met zinloze persoonlijke anekdotes.

Of heeft hij het verhaal aan iemand verteld die Angela misschien kent? Hij heeft het al in geen jaren meer verteld tijdens universiteitsdiners. Misschien heeft hij het Magda verteld, maar hoe hij ook zijn best doet, hij kan zich geen scène voorstellen waarin Magda aan Angela, als meiden onder elkaar, vertelt hoe professor Swenson zijn vrouw heeft leren kennen.

Het grijpen naar de telefoon is een soort reflex geworden. Het lezen van Angela's werk lijkt een ogenblikkelijke behoefte aan telecommunicatie op te roepen. Maar wie wil hij bellen? Het lijkt niet echt het ideale moment om Len Currie te horen klagen dat hij zo'n geslaagde, goed betaalde, zeer gezochte redacteur in Manhattan is. Hij heeft geen zin om Sherrie te bellen, en hij kan Magda evenmin bellen voor een volgend verhuld verhoor over het onderwerp Angela Argo. Hij is er ook nog niet aan toe om Angela te bellen en dit nieuwe hoofdstuk te bespreken terwijl hij probeert te ontdekken hoe ze aan die intieme feiten uit zijn verleden is gekomen.

Goed dan. Als telefoneren een reflex is, laat die reflex dan ook draaien. Swenson is zich er slechts vaag van bewust dat zijn vingers toetsen indrukken. Hmm... wiens nummer is dit? Ach, hij doet maar wat, maar hé, hij draait kennelijk het nummer van de sekslijn uit Angela's gedichten.

De vraag is hoe hij zich dat heeft kunnen herinneren. Verder vergeet hij bijna alles. Het antwoord luidt: hij weet al dagenlang dat hij het gaat bellen.

Hij voelt even een flauwe ongerustheid opflakkeren, als een bladzij die wordt omgeslagen, met name een bladzij van de telefoonrekening van het Engels instituut. Wat zal een telefoontje met een sekslijn op kosten van de universiteit voor gevolgen hebben voor zijn professionele reputatie? En waarom zou dat er eigenlijk toe doen? Telefoonseks is bepaald geen misdaad. Door het idee dat hij misschien geen sekslijn mag bellen, wil hij er een bellen en aan de lijn blijven tot ze hem komen wegsleuren.

Het is aannemelijker dat hij zijn creditcardnummer moet geven. Het zal nooit zichtbaar worden op de rekening van de universiteit. Maar goed, hij gaat niet praten. Hij kijkt gewoon wie er opneemt. In feite is hij er vrij zeker van dat het nummer is verzonnen. Hij zal een oude vent in Middlebury aan de lijn krijgen, een garage in Plainfield. Hij kijkt gewoon wie er opneemt, biedt zijn excuses aan en hangt op.

'Goedemiddag,' zegt een vrouw op de zakelijke toon van iemand die vliegtickets verkoopt. 'Met Intieme Telefoonvrienden. Wie wilt u vanavond graag spreken?'

Het duurt een hele tijd voor Swenson kan antwoorden. Dat is ze ongetwijfeld gewend. Dan zegt hij, met zijn hand op de hoorn – wat ze ongetwijfeld ook gewend is – bij wijze van proef: 'Angela 911?'

De vrouw zegt: 'Het spijt me, schatje. Zij werkt hier niet meer. Wil je soms met een van de andere mooie dames praten?'

'Nee, dank u.' Swenson hangt op. Er wordt adrenaline door hem heen gepompt. Hij is bijna ziek van opluchting. Waar had hij gedacht dat dit toe zou leiden? Wat had hij zich verbeeld? Wat zou hij hebben gedaan als Angela 911 had opgenomen?

Swenson verlaat zijn kamer en rijdt met een gevaarlijk klein deel van zijn psyche naar huis. De rest heeft andere dingen te doen, probeert bijvoorbeeld de vraag te doorgronden hoe het komt dat Angela zoveel van zijn verleden weet. Naar alle waarschijnlijkheid is het toeval. Dat is het antwoord waarmee hij kan leven. En hoewel hij er de kriebels van krijgt, is het veel minder erg om daarover na te denken dan over het feit dat hij zojuist een sekslijn heeft gebeld met de universiteitstelefoon.

Sinds het feestje bij de Benthams is hij zich er akelig van bewust dat Angela veel meer beslag op zijn denken legt dan haar toekomt. Hij is evenmin vergeten dat hij nog geen uur geleden in gedachten tussen haar benen rondtastte, terwijl hij aan de oppervlakte college gaf. Fantasieën zijn geen daden. Leve de verdringing en leve zijn mooie witte boerderij die om de bocht verschijnt.

Sherrie is nog niet thuis. Als Swenson – heel even – alleen thuis is, voelt hij zich altijd rustiger, bekwamer en volwassener. Hoewel hij zich net een paniekerig kind voelt als het te lang duurt. Hij gaat naar zijn werkkamer, zoekt een nummer op en belt Angela op haar kamer.

Angela klinkt slaperig.

'Ik heb je hoofdstuk gelezen,' zegt Swenson.

'Nu al? Jeetje. Ik voel me gevleid.'

'Dat is niet nodig.' zegt Swenson slap. Hoe zielig is dit wel niet? Toegeven dat hij het werk van een student heeft gelezen zodra het college was afgelopen. 'Het moet een goede roman zijn. De verwikkeling boeit me.'

'Vond je het nieuwe hoofdstuk echt verschrikkelijk? Bel je me daarom zo snel?'

'Geen sprake van. Ik vond het eerste stuk prachtig.'

'Wel stuk was dat?' Is het mogelijk dat ze dat niet weet? Toen ze hem de eerste keer een hoofdstuk gaf, kende ze elke tikfout. Haar stem klinkt hees. Sliep ze? Of heeft hij haar soms gestoord terwijl ze aan het rollebollen was met de vriend over wie ze zich in zijn kamer zo laatdunkend heeft uitgelaten? Hebben die jongelui geen voicemail? Waarom heeft ze opgenomen?

'Je zei dat het eerste stuk prachtig was. Bedoel je daarmee dat het tweede stuk klote was? Het stuk over de moeder? Dat is het stuk waar ik me zorgen over maak.' Swenson hoort hoe de bekende Angela het overneemt van de bedrieger die de telefoon heeft opgenomen.

'Och, dat weet ik niet,' zegt Swenson. Stel nu eens dat het op een dag wordt uitgegeven en dat Sherrie of iemand anders het leest. 'Ik was er niet zeker van. Ik merkte dat ik het vluchtig doorlas om weer bij het verhaal over het meisje en haar... muziekleraar te komen. Het stuk waarin de moeder de vader leert kennen... in het ziekenhuis. Ik was er niet zeker van dat je dat nodig had. Het leek een beetje irrelevant...'

Zijn stem sterft weg. Het ís een goed idee. Laat het verleden van de moeder weg. Het verhaal over het meisje heeft het niet nodig.

Angela's zucht klinkt ongeduldig. 'Misschien kan ik dat stomme *Jane Eyre*-grapje aan het eind weglaten. Maar ik heb het perspectief van de moeder nodig. Voor dingen die later gebeuren. Dingen die de lezer moet horen, maar die niet vanuit het perspectief van het meisje kunnen komen. Het is iets technisch, weet je...'

Iets technisch! Ze hebben het hier over techniek, van schrijver tot schrijver. Swenson drukt tegen zijn kies tot een steek van pijn hem terugbrengt in het echte leven. Een leven met een tandarts. Sherrie. Zijn huis.

Hij zegt: 'Hoe kom je aan dat stuk over de oorontsteking en dat vallen in het ziekenhuis?'

'Hè?' zegt Angela. 'O, dat. Goed. Een vriendin van me op de middelbare school. Ze ging van haar stokje bij de spoedeisende hulp en de dokter vroeg haar mee uit. Tot de zuster hem haar kaart liet zien. Ze liet hem zien hoe jong ze was.'

'Juist.' Om dát verhaal gaat Swenson met een wijde boog heen.

Een stilte in het gesprek. Tijd om afscheid te nemen.

'En... hoe gaat het? Met je studie? Je werk? Het leven in het algemeen?'

Op dat moment kijkt hij op en ziet hij Sherrie in de deuropening van zijn werkkamer staan. Ze heeft haar jas nog aan. Er glinstert regen in haar haar.

'Neem me niet kwalijk. Ik moet ophangen,' zegt hij en voegt de daad bij het woord.

'Wie was dat?' vraagt Sherrie.

'O, dat? Dat was... Magda.'

Sherrie zegt: 'Dat dacht ik al. Je houdt haar aan het lijntje, weet je dat? Of dat moet de bedoeling zijn.'

'O nee,' zegt Swenson. 'Geloof me. Maar goed, dat verbeeld je je allemaal. Ik zou niemand aan het lijntje kunnen houden. Ik bedoel dat niemand door mij aan het lijntje gehouden wil worden...'

'Is alles in orde?' zegt Sherrie.

'Dat kun jij beter zeggen,' zegt hij.

'Ik geloof wel dat je het zult halen,' zegt Sherrie.

'Daar ben ik niet zo zeker van,' zegt Swenson, waarna hij opstaat om haar een zoen op haar kruin te geven.

Op de zaterdagochtend van het ouderweekend passeert Swenson Kelly Steinsalz, die met haar vader en moeder over het binnenplein kuiert. In tegenstelling tot de andere studenten, die in hoog tempo voor hun ouders uit draven, loopt Kelly, misschien doordat ze zoveel ervaring heeft met het geven van rondleidingen over de campus, zo langzaam dat haar vader en moeder haar kunnen bijhouden, wat niet wil zeggen dat haar ouders niet de indruk wekken dat ze de paniek maar net de baas zijn.

'Kelly,' zegt Swenson. 'Dit moeten je ouders zijn!'

'Professor Swenson!' zegt Kelly. 'Dit zijn mijn vader en moeder.' Kelly's ouders grijnzen naar hem en Kelly lijkt te stralen van dankbaarheid voor dit bewijs dat ze hier bestaat: een docent kent haar naam. Ze vergeeft hem ogenblikkelijk dat hij haar verhaal, 'Mabels feestje', niet mooi vond. Wat is een verhaal nu eigenlijk, vergeleken met deze bevestiging? Swenson aanvaardt haar dankbaarheid, knikt en gaat verder met het gevoel dat hij haar eindelijk iets heeft geleerd – iets over macht, plicht en vriendelijkheid.

Door zijn gelukzalige glimlach naar de studenten en hun bezoekers had Swenson wel een acteur kunnen zijn die door een centraal castingbureau is gestuurd om een minzame professor te spelen. Tegelijkertijd heeft hij het gevoel dat hij zijn ego heeft overstegen en louter ziel is geworden, naar buiten is uitgedijd om de pijn te ervaren van de ouders, van de aandoenlijke vrouwen van middelbare leeftijd op hun Birkenstocks en met hun jute tassen, en van hun mannen, uit hun krachten gegroeide jongens die tot hun schrik ontdekken dat zij niet de studenten zijn; de ouders van beursstudenten, de vaders met honkbalpetjes en cowboyhoeden, de mensen van de minderheden en het platteland die de mooie campus opnemen alsof het Jurassic Park is.

Wat voelen ze zich slecht op hun gemak in het gezelschap van hun kinderen! Wie zou kunnen geloven dat deze intimiderende vreemden vastzitten aan een achterwerk waar zij een luier om hebben gedaan, een mond die zij met een lepel hebben opengewrikt? Deze lompe jongens en kauwgom kauwende meisjes konden wel bezoekende hoogwaardigheidsbekleders of belangrijke zakencontacten zijn, zo onderdanig draven de volwassenen achter hen aan, waarbij ze hun verhoor – Hoe is het eten? Je kamergenoot? Je professor wiskunde? – geen moment staken, vragen die hun kinderen negeren door verder voor hen uit te gaan lopen, zodat de ouders hun snelheid moeten opvoeren, geconcentreerd, maar met net genoeg perifeer bewustzijn om zich te vergelijken met de anderen: welke kinderen zijn nog norser – of vals genoeg om te doen alsof ze dit leuk vinden?

Toen Sherrie en hij Ruby vorig jaar augustus naar de universiteit hadden gebracht, hadden ze zich bijna op het dieptepunt van het spectrum van ouder-kindrelaties bevonden. Geen enkele andere dochter was zo gereserveerd geweest, had meer haar best gedaan om zich van hen los te maken, had zich dieper geschaamd voor hun bestaan of meer last gehad van haar eigen bestaan. Ruby's woede op hen had zo intens gesmeuld dat Swenson had gezien dat andere ouders zich hadden omgedraaid om te kijken, waren afgeleid van hun eigen drama door wat voor signalen zijn gezin maar moest uitzenden. Op dat moment had Ruby al wekenlang niet meer met hen gesproken en ze had die hele dag geen woord gezegd. Toen Sherrie Ruby een afscheidszoen was gaan geven, had ze haar gezicht gebogen als een peuter die toestaat dat haar wintermuts wordt opgezet.

En wat hadden Swenson en Sherrie gedaan om zoveel toorn te verdienen? Een verhouding verbroken met een leugenaar, een fraudeur, een vermeende verkrachter. Was de verpeste relatie eigenlijk wel het probleem, of kwam het doordat Ruby zich door hun bemoeienis was gaan zien als zo'n zwakke figuur dat haar ouders haar de tegenovergestelde kant konden laten opgaan van waar haar hart haar naartoe leidde?

Swenson ziet Matt McIlwaine regelmatig met een ander slachtoffer, altijd een eerstejaars. Als ze elkaar van vrij dichtbij passeren, knipoogt Matt soms naar hem. Ruby zou uiteindelijk achter de waarheid zijn gekomen, zou naar Swenson toe zijn gerend, haar vader, haar held, haar beschermer, zoals ze hem als klein meisje had gezien.

Swenson heeft zich met zorg gekleed in een T-shirt en een sportjasje. Jan Professor op zaterdag, een academicus, maar niet afstotend. Hij had twee keer een ander shirt en één keer een ander jasje aangetrokken, om zijn verschijning af te stemmen op de denkbeeldige, uiteenlopende reeks ouders die bij hem kunnen binnenlopen. Er wordt aangenomen dat hij van halftien tot twaalf uur op zijn kamer zal zijn, zodat bezoekers kunnen langskomen zonder dat er een afspraak noodzakelijk is. Hij suggereert dat deze opendeurpolitiek het hele jaar van kracht is voor hun kinderen, wat niet meer dan redelijk is, gezien het bedrag dat hun familie neertelt.

Swenson verspreidt zijn boeken en papieren om de indruk te wekken van een bureau waaraan hij heeft zitten werken, waaraan nog steeds wordt gewerkt, bij wijze van spreken, maar niet door een sloddervos. Hij schuift een tweede stoel van het raam bij, een stoel die voldoende overeenkomsten vertoont met het exemplaar voor zijn bureau om de vaders en moeders de onthullende onderhandelingen te besparen over wie de lekkerste stoel krijgt. Hij kijkt vaak te diep in het huwelijk van de ouders.

Hij staart door zijn raam neer op de groepen die slaapwandelen over het binnenplein. Hij moet de indruk wekken dat hij ergens mee bezig is als de ouders binnenkomen. Nadat hij zijn blik over de stapel boeken op zijn bureau heeft laten glijden, trekt hij er *My Dog Tulip* uit, dat hij nog niet heeft ingekeken sinds hij het heeft gebruikt als dekmantel om Angela's gedichten te lenen. De gedichten liggen thuis in zijn bureau. Hij moet ze daar weghalen. Daar kan hij beter niet aan denken terwijl de ouders elk moment kunnen binnenkomen. Dag, ik ben Ted Swenson. Ik ben een grote fan van de schunnige poëzie van uw dochter. Hij slaat *My Dog Tulip* open.

Zodra hij zijn wensen kenbaar had gemaakt, stond ze hem toe haar te bestijgen, en ze bleef stil staan, met haar poten uit elkaar en haar staart weggedraaid toen hij zijn voorpoten om haar mid-

147

del sloeg. Maar om een of andere reden kon hij zijn doel niet verwezenlijken. Vanaf mijn plek naast hen had ik de indruk dat zijn stoten haar net niet bereikten... Ze probeerden het telkens opnieuw en het ging steeds hetzelfde, zodra hij bij haar naar binnen leek te gaan, protesteerde ze, alsof ze nog maagd was, en trok ze zich los. En nu was het heel akelig om aan te zien dat hij zijn verlangen maar niet kon bevredigen en dat dit tot grote frustratie leidde bij deze twee mooie dieren die wilden paren maar daar niet toe in staat waren. Ik zag evenmin een andere manier om hen te helpen dan om een glijmiddel te gebruiken voor Tulip, wat ik heb gedaan, want ze leken zelf alles te doen wat gedaan kon worden, behalve zich verenigen.

Op dat moment wordt er op de deur geklopt. O, dag. Kom binnen, ik zal u even deze schitterende beschrijving van seksuele frustratie bij honden voorlezen. Hij legt het open boek met de tekst naar beneden op zijn bureau. De professor zit te lezen! Maar stel je voor dat ze het boek herkennen – niet echt het hartverwarmende huisdierenverhaal dat je door de titel zou verwachten. Hoeveel ouders hebben Ackerley gelezen? Swenson kan het risico niet nemen. Hij verstopt het onder enkele andere boeken en roept zwakjes: 'Ja-ah?'

De deur gaat open en een man – een sprietig baardje, een bril met een zilveren montuur, hij lijkt op een professor – steekt met een verlegen grijns zijn hoofd om de hoek. De deur gaat verder open en laat zijn vrouw binnen, lang, eveneens grijs en met een strakke glimlach, vol verlangen het anderen naar de zin te maken.

'Ik ben doctor Liebman. En dit is mijn vrouw Merle.'

De vrouw zegt: 'We zijn Danny's ouders.'

'O ja,' zegt Swenson. 'Kom toch binnen.' O ja, uw zoon heeft onlangs een bijzonder amusant verhaal geschreven over een kip.

'We kwamen gewoon even gedag zeggen!' zegt Danny's moeder.

'Om te zien hoe het met hem gaat,' zegt de vader. 'Gewoon in het algemeen.'

'Hij is dol op uw colleges,' zegt de moeder. 'Dat zijn de enige waar hij over vertelt. Vorige week was hij aan de telefoon helemaal verrukt over een verhaal van een van de andere studenten, een verhaal over een jongen die zelfmoord pleegt.'

'O, het verhaal van Carlos.' Swenson is trots op zichzelf dat hij dat nog weet.

'Als moeder ben je natuurlijk bezorgd als je zoon een verhaal over zelfmoord bewondert.'

'Moeders!' zegt de vader. 'Waar zijn ze niet bezorgd over? Als de jongen *Misdaad en straf* mooi vindt, zijn ze bang dat hij op pad wil gaan om een oude dame neer te knuppelen.'

Om twee oude dames neer te knuppelen, denkt Swenson. 'Ik zou me geen zorgen maken. Danny staat met beide benen op de grond. Hij werkt hard. Hij wil beter worden. We hebben laatst een bijzonder interessante discussie gehad over een van Danny's verhalen.'

'Een van Danny's verhalen?' zegt de moeder. 'Hij heeft het nooit over zijn eigen verhalen.'

'Interessant,' zegt de vader. 'Waar ging het verhaal over?'

'Het leven in de buitenwijken,' zegt Swenson.

'Niet over ons, hoop ik,' giechelt mevrouw Liebman.

'Ik zou me geen zorgen maken,' zegt Swenson.

Danny's ouders bedanken hem uitvoerig en vertrekken. Staat er iemand anders voor de deur te wachten? Kennelijk niet, nee, niemand te zien. Swenson vindt *My Dog Tulip* weer terug en begint met Ackerleys beschrijving van zijn ontmoeting met een oude vrouw die haar ziekelijke, verbonden hond in een kinderwagen door de Fulham Palace Gardens rijdt, een scène die naadloos overgaat in het verslag van de schrijver over zijn verhouding met zijn Duitse herder, een relatie die even teder is als een romance met een mens. Swenson verruilt zijn kamer maar wat graag voor het Londen aan het eind van de jaren vijftig, een wereld die wordt gezien door de stralende lens van de liefde tussen Tulip en Ackerley. Hij verliest zichzelf, verliest elk gevoel van tijd en schrikt van het geluid als er iemand op de deur klopt.

Er stapt een vrouw naar binnen die zegt: 'Ik ben de moeder van Claris.'

Mevrouw Williams, een jaar of vijftig, zonder glimlach, is er niet in geïnteresseerd gebruik te maken van wat er nog rest van de schoonheid van haar dochter. Haar leven als rectrix van een middelbare school heeft haar het gezag gegeven Swenson te veranderen in een gedwee kind dat ze de wet kan voorschrijven. Claris is voorbestemd om medicijnen te studeren en mevrouw Williams wil niet dat haar hoofd op hol wordt gebracht met onzin over schrijfster worden, en Swenson hoeft niet aan te komen met gezeik over Toni Morrison, als één zwarte vrouw een prijs wint, wil dat nog niet zeggen dat die wereld voor je openligt.

Wat moet Swenson daarop zeggen? Ze heeft niets te vrezen. Claris is geen schrijfster. Ze is een scherpe en tactvolle criticus, kan haar vinger goed op de zere plek leggen, heeft een uitstekende houding ten opzichte van de patiënt, is een eersteklas diagnosticus. Maar ze heeft geen talent. In tegenstelling tot Angela.

'De hemel weet waarom Claris deze universiteit heeft gekozen,' verzucht mevrouw Williams. 'Ik heb haar wel een miljoen keer gewaarschuwd. Ze was aangenomen op Yale. Wist u dat?'

'Nee, dat wist ik niet,' zegt Swenson ingetogen. 'Ik kan u in elk geval beloven dat ik alles zal doen wat in mijn vermogen ligt om te voorkomen dat uw dochter haar leven verspilt. Bovendien is Claris veel te slim om schrijfster te willen worden.'

'Ik help het u hopen.' Mevrouw Williams trekt één wenkbrauw op. 'Dank u wel,' zegt ze ijzig, waarna ze opstaat en vertrekt.

Hij kijkt op de klok. Halftwaalf. Zo, dat was dat. Nagenoeg pijnloos. Heus, lang niet slecht. Waarom is hij dan teleurgesteld? Omdat hij zich erop had verheugd Angela's familie te leren kennen. Wil hij nóg een gesprek met ouders voeren? Hij is echt gek geworden.

Swenson hoort iemand tegen het matglas tikken, de scherpe klank van metaal op glas.

Hij weet al dat het Angela's ouders zijn voor de vrouw zegt: 'Bent u professor Swenson? Onze Angela volgt uw colleges...' Ze draagt bijna evenveel metaal als Angela, al is het in haar geval goud. Zware armbanden, kettingen, oorbellen. Ze draagt het gewicht even trots en nederig als een Indiase bruid, elk karaat een teken van de weg die ze heeft afgelegd om hogerop te komen in de wereld. Ze is begin veertig, met grote, donkere poppenogen die verschrikt knipperen, geverfd blond haar, zwarte wenkbrauwen. Een kobaltblauwe jurk met bijpassende pumps, een combinatie die ze naar een bruiloft had kunnen dragen. Haar iets oudere, gedrongen man heeft een glimmend geelbruin poloshirt en een geruit jasje aan. Hij heeft ook een gouden ring.

'Het spijt me dat we zo laat zijn,' zegt Angela's moeder. 'We zijn vanmorgen om halfzes uit New Jersey vertrokken om niet nog een nacht een motel te hoeven betalen.'

Haar man zegt: 'Dat is meer informatie dan waar de professor op zit te wachten.'

'O, is dat zo?' zegt ze. 'Neem me niet kwalijk.'

'Welnee,' zegt Swenson. 'U bent precies op tijd. Die afschuwelijke lunch wordt pas over anderhalf uur geserveerd.'

'O, wordt er een lunch geserveerd?' zegt de moeder. 'Wil jij een bammetje?' vraagt ze aan haar man.

'We kunnen onze lunch zelf betalen,' zegt haar man. 'We zijn hier om over Angela te praten.'

'Ik ben blij dat u bent gekomen!' Swenson schreeuwt bijna. 'Alstublieft. Ga toch zitten.'

De moeder neemt plaats, haakt haar benen bij de knieën over elkaar en zwaait een glimmende blauwe pump heen en weer. Haar man slaat zijn benen over elkaar en zet ze weer naast elkaar, zit te draaien met een hoekige onhandigheid die zozeer aan Angela doet denken dat Swenson zich moet voorhouden dat hij niet haar biologische vader is. De man lijkt op Angela – iets in de vorm van zijn ogen, wat zichtbaar wordt als hij zijn bril afzet om over zijn neusrug te wrijven.

'Acht uur onderweg,' zegt de man. 'Hoe hebben ze deze plek ooit gevonden?'

Hij lijkt meer op Angela dan de moeder. Of misschien lijkt hij op Angela's echte vader. De moeder heeft een eigen type. Ze zijn in elk geval niet de ouders uit haar roman, de afstandelijke, dominante dokter en zijn humeurige vrouw. Aan de andere kant is er geen garantie dat dit niet de man uit de gedichten is, de man die kinderen misbruikt en verslaafd is aan telefoonseks. Swenson is bereid een hekel aan hem te hebben. Maar hij moet zich hoeden voor vooroordelen. Hij waarschuwt juist altijd tegen de veronderstelling dat iets autobiografisch is.

'Nou,' zegt de stiefvader, die zijn armen en benen herschikt tot hij het uiteindelijk opgeeft. 'Hoe doet Angela het? Ze heeft ons gezegd dat we hier in elk geval naartoe moesten. Ze zei dat u de enige docent bent die iets aardigs zou zeggen. Daardoor begon ik me af te vragen, snapt u wel, waarom we niet naar de mensen gaan die géén aardige dingen zullen zeggen. Om onze tijd niet te verdoen aan de vakken waar ze al goed in is... Niet dat we onze tijd hier verdoen. Jezus. Ik bedoelde niet...'

'Ik begrijp het,' zegt Swenson.

'We waren van plan hier op tijd te zijn om de andere docenten ook te spreken,' zegt Angela's moeder. 'Maar de rit duurde heel lang. Op het laatst waren we een uur verdwaald...'

'Wie heeft ons láten verdwalen?' zegt haar man.

'Ik heb ons laten verdwalen. Uiteindelijk kwamen we hier beneden pal voor dit gebouw uit.' Ze houdt een verfrommelde plattegrond van de campus op, die zo te zien al het zweet en alle spanning van hun recente ellende heeft geabsorbeerd. 'Dus besloten we hier als eerste naartoe te gaan.'

'Ik ben blij dat u dat hebt gedaan,' zegt Swenson.

'Dat hebt u al gezegd,' zegt Angela's stiefvader.

'Ze heeft het doorlopend over uw colleges,' zegt zijn vrouw. 'Echt! Ze kan er gewoon haar mond niet over houden.'

'Goede dingen, hoop ik,' zegt Swenson.

'Zonder meer,' zegt Angela's moeder. 'U bent... tja, u bent haar held! Ze vindt u de geweldigste schrijver die ooit heeft bestaan.'

'Juist,' zegt haar man. 'De professor zal het wel heel belangrijk vinden wat een of ander onbeduidend wicht van zijn werk vindt.'

'Natuurlijk wel.' Swenson kan slechts bidden dat zijn vreugde en trots niet van zijn gezicht afstralen. 'Het is altijd vleiend om een fan te hebben. Vooral als die zoveel talent heeft. Ik bedoel dat Angela volgens mij echt schrijfster kan worden.' Dan zwijgt hij. Het komt zo zelden – nooit – voor dat hij dit met enige oprechtheid kan zeggen, dat hij geen idee heeft hoe het klinkt. Waarschijnlijk alsof hij liegt.

'Ze is al haar hele leven schrijfster,' zegt haar stiefvader. 'Toen ze het net begon te leren heb ik een computer voor haar gekocht en begon ze een klein gezinskrantje te drukken. Ze zette er dingen in als hoe lang ze die ochtend had moeten wachten voor ik uit de badkamer was gekomen. Ik wist dat computers een hoge vlucht zouden gaan nemen. Ze hebben mijn bedrijf totaal veranderd... Ik ben apotheker. Ik kan me niet voorstellen hoe we het ooit zonder hebben gered.'

Swenson kan onmogelijk een hekel hebben aan deze man. Hij is evenmin de vader uit de gedichten als de vader uit de roman. Maar er klopt iets niet. Heeft Angela niet gezegd dat haar vader zelfmoord heeft gepleegd toen ze een tiener was? Daarom vond ze *Het uur van de feniks* toch zo mooi, daarom had het toch haar leven gered? Maar deze man praat alsof hij er altijd is geweest. Heeft Angela daar soms over gelogen? Wat zou dat voor zin hebben gehad? Kan hij de man op een of andere manier vragen of hij haar vader of haar stiefvader is, en of de echte vader zelfmoord heeft gepleegd... zonder... nieuwsgierig te klinken? De waarheid – de verklaring – zal wel vanzelf aan het licht komen.

Hij zegt: 'Ze werkt aan een roman. Die is echt heel goed.'

'Waar gaat het over?' vraagt haar moeder.

'Een meisje op de middelbare school,' zegt hij ten slotte.

'Wat gebeurt er met dat meisje op de middelbare school?' zegt Angela's moeder.

'Nou...' Hoeveel wil hij riskeren? Hoe dichter hij bij de rand komt, hoe groter de kans is dat hij eroverheen zal kijken en iets zal zien wat hij wil weten. 'Het gaat over een meisje en een muziekleraar op de middelbare school die niet echt... eh, altijd... professioneel met zijn leerlingen omgaat. Ik denk in elk geval dat het die kant opgaat. Ik heb pas een paar hoofdstukken gelezen.'

Angela's ouders kijken elkaar aan.

'Wat is er?' Swenson is bang dat hij weet wat er gaat komen. De roman is wel autobiografisch: het tragische drama tussen Angela en haar leraar. Hij wil niet dat het waar is, wil niet weten dat hij te maken heeft met een studente die dwangmatig docenten verleidt. 'Wat is er?' herhaalt Swenson. 'Iets wat ik moet weten?'

'In feite...' zegt mevrouw Argo, 'is er op Angela's school zoiets – iets dergelijks – gebeurd. Er was een biologieleraar...'

'Angela was er niet bij betrokken,' voegt haar man er vlug aan toe. 'Maar die vent rommelde met een heel stel meiden. Hij hield er gewoon een harem op na. Ook vriendinnen van Angela.'

'Haar beste vriendin,' zegt Angela's moeder, 'heeft... u weet wel, een verhouding gekregen met de leraar.'

'Maar Angela niet,' zegt haar man. 'Daar is Angela veel te slim voor.'

'Bovendien is ze een grote bangerik,' zegt haar moeder trots. 'Laat u maar niet misleiden door al die piercings. Angela is eigenlijk een schatje.' Er weerklinkt een eigenaardige echo in die laatste zin – een uiterst flauwe zweem van behaaglijk gespin. Ik ben ook een schatje. Of heeft Swenson zich dat verbeeld? Is de neiging om dwangmatig te verleiden een karaktertrek die Angela met de paplepel heeft binnengekregen? Maar wat haalt Swenson zich in zijn hoofd? Hij kent niemand die minder verleidelijk is dan Angela. In werkelijkheid bestaat haar aantrekkingskracht voor een groot deel uit haar roerende inspanning om alles te verwijderen wat wellust zou kunnen opwekken.

'Eigenlijk,' zegt haar moeder, 'heb ik altijd gevonden dat Angela een beetje verlegen was, een beetje... vreemd deed tegen jongens.'

'In welk opzicht vreemd?' zegt Swenson.

'Nou... ze zat achter een jongen aan die ze aardig vond... en zodra hij háár aardig begon te vinden, nam ze de telefoon niet op.'

En dat vriendje dan? Kan hij daar op een of andere manier naar vragen? Swenson probeert een soort tactvolle, half normaal klinkende vraag te formuleren als Angela's vader zegt: 'Jezus christus! Hij is verdorie aan toe haar docent, niet haar psychiater.'

Na een stilte zegt Swenson conventioneel: 'Nou. Ze is hoe dan ook een uitstekende schrijfster.'

'Heel hartelijk bedankt,' zegt haar moeder.

'Ja, geweldig, een schrijfster,' zegt haar vader.

'Dank u wel,' zegt Angela's moeder, die opstaat. 'Dank u voor uw tijd.'

Haar man volgt haar voorbeeld en staat op. Swenson verheft zich.

'Leuk u te hebben ontmoet, mevrouw Argo, meneer Argo.' Als de man niet meneer Argo is, als ze geen van beiden Argo heten, zullen ze hem dat misschien zeggen. En dan zal hij weten dat deze man de stiefvader is – niet Argo, de biologische vader. Maar stel nu eens dat hij Angela heeft geadopteerd en dat ze zijn naam heeft aangenomen?

'Dank u wel,' herhaalt haar moeder.

Haar man knikt en klapt door zijn haast om weg te komen bijna tegen de deur op.

'Oeps,' zegt hij. 'Ik liep bijna tegen de deur op.'

Angela's vader, denkt Swenson.

De bespreking van Makeesha's verhaal verloopt redelijk goed vergeleken met het tafereel dat Swenson voor ogen had gestaan toen hij de afgelopen nacht niet had kunnen slapen en hij zich had verbeeld dat Makeesha de racistische inslag van zijn colleges aan de kaak zou stellen. In werkelijkheid heeft de groep instinctief gereageerd op de weerloze liefheid van Makeesha's onwaarschijnlijke transcriptie van een telefoongesprek tussen een zwarte studente en haar vroegere vriendje van de middelbare school, de blanke jongen die het op de avond voor het schoolbal onder druk van zijn ouders met haar heeft uitgemaakt. Vanaf de eerste zin, 'Ik herkende de stem van de gozer meteen, ook al hadden we mekaar in geen anderhalf jaar gesproken', wisselt het verhaal, net als Makeesha zelf, straattaal en standaardtaal met elkaar af, en het lijkt in alle andere opzichten (de hoofdpersoon is een tweedejaars op een afgelegen universiteit in New England) zo sprekend op de auteur dat Jonelle Brevards opmerking, 'Ik geloofde werkelijk in deze personages', stuit op een koor van 'Ik ook' en iedereen – inclusief Makeesha – blij en opgelucht is.

Hun positieve commentaar gaat nog een tijdje door. Swenson gaat deze warme gevoelens niet laten bekoelen door de lastige vraag op te werpen hoe je ervaringen in kunst verandert, of door erop te wijzen hoe stijf de tekst wordt wanneer een narratieve uiteenzetting zich uitgeeft voor een dialoog. (In het begin van het verhaal zegt Makeesha's heldin: 'Hé joh, waarom bel je me? We hebben mekaar niet meer gesproken sinds je me anderhalf jaar geleden op de avond voor het schoolbal de bons hebt gegeven.') Is Swensons verdraagzaamheid racistisch? Is hij niet eerlijk tegen Makeesha?

Angela zegt in de groep alleen maar: 'Ik vond het een mooi moment toen het meisje en haar vriend niet meer over koetjes en kalfjes praatten en zwegen, en de jongen als een donderslag bij heldere hemel zei dat hij anderhalf jaar onophoudelijk aan haar heeft gedacht.'

Na het college blijft Makeesha rondhangen, hopend op een laatste opmerking van Swenson. Claris staat bij de deur op haar te wachten. Angela blijft op haar plek zitten.

'Mooi werk, Makeesha,' zegt Swenson. 'Zo dacht iedereen er duidelijk over.' Hij glimlacht naar haar, maar zegt verder niets, hoewel ze duidelijk meer verwacht. Als Claris en Angela niet hadden toegekeken, had Swenson uitbundiger kunnen zijn met zijn valse lof. Door hun aanwezigheid is het ook moeilijker voor Makeesha, wil ze liever weggaan nu het nog kan, met haar waardigheid intact, voor ze de kans heeft gehad nog een complimentje van Swenson los te peuteren.

'Nou, bedankt,' zegt ze en loopt haastig naar Claris toe. Bij hun vertrek werpen ze een identieke, minachtende en rivaliserende blik achterom op Angela. Angela ziet hen gaan, draait zich vervolgens naar Swenson toe en zegt: 'Jeetje. Neem me niet kwalijk. Maar wat heb ik gedáán?'

'Het gaat erom wat ik niet heb gedaan.' Het is kennelijk heel normaal geworden dat Swenson zo onprofessioneel en samenzweerderig met Angela over de andere studenten kletst.

'Ik wil je nog bedanken,' zegt Angela. 'Je hebt me een geweldige dienst bewezen.'

'Waarmee?' vraagt Swenson.

'Door tegen mijn ouders te liegen.'

'Te liegen?'

'Door tegen hen te zeggen dat ik kan schrijven.'

'Je kunt schrijven. Ik heb de waarheid verteld.'

'Dat hoef je niet te zeggen,' zegt Angela. 'Ik heb het hele weekend gehuild omdat mijn roman zo slecht is.'

'Daar moet elke schrijver doorheen,' zegt Swenson. Dat wil zeggen, iedereen behalve Swenson, die al zo lang geen woord meer op papier heeft gezet dat een huilbui op dit punt een teken van vooruitgang zou zijn. 'Maar goed, het was leuk om hen te ontmoeten... je moeder en... stiefvader.'

'Leuk? Dat is moeilijk in te denken.'

Swenson zegt: 'Dat wás toch je stiefvader?'

'Ja,' zegt Angela. 'Waarom?'

'Nou, het was heel vreemd. Hij bleef praten alsof hij je al je hele leven kende, bijna alsof hij je echte vader was...'

'Zo lang kent hij me ook al. Hij heeft mijn hele leven naast ons gewoond. Dat wil zeggen, zijn vrouw en hij. Een jaar nadat mijn vader zelfmoord had gepleegd, is onze buurman – mijn stiefvader – met mijn moeder getrouwd. Een groot schandaal in de buurt. Zijn vrouw en kinderen bleven naast ons wonen. Alles was hetzelfde, behalve dat ze niet meer met ons praatten en dat hij met mijn moeder was getrouwd. Ik weet dat het moeilijk is om je een hartstochtelijke romance voor te stellen als je ze nu ziet.'

Swenson probeert hun beelden op te roepen zodat hij hen kan vergelijken met deze nieuwe informatie, maar er verschijnen alleen fragmenten waar hij niets aan heeft – valse wimpers, sieraden, schoenen – details waaruit geen portret is samen te stellen van geliefden die heel New Jersey hebben getrotseerd om bij elkaar te kunnen zijn. Hij is er ook nog niet helemaal van overtuigd dat Angela de waarheid spreekt.

'Ik heb ergens over gelogen,' zegt Angela.

'O?' zegt Swenson. 'Waarover?'

'Mijn echte vader was niet gek. Hij was ziek. Had longemfyseem. Ik weet nog dat hij me een keer meenam om boodschappen te doen voor mijn moeder en dat hij zo buiten adem raakte van het helpen inpakken van de boodschappen dat hij moest gaan zitten. Hij haalde fluitend adem. Hij kon geen lucht krijgen en het zag er een tijdje naar uit dat ze een ziekenwagen zouden moeten bellen. En ik was zeg maar overgeleverd aan de genade van die jongens achter de kassa, mijn vaders léven hing van hen af... Ik zag een van die klootzakken zijn ogen ten hemel slaan tegen de griet die de boodschappen inpakte. Tot dan toe had ik het wel een leuke jongen gevonden. Het ergste was dat ik me vreselijk schaamde. Voor mijn vader, bedoel ik. Na zijn zelfmoord moest ik maar steeds aan die dag denken en dan voelde ik me verschrikkelijk schuldig.' Er wellen tranen op in Angela's ogen. Die boent ze met de rug van haar hand weg. 'Waarom was ik zo kwaad op hem?'

Ze kan niet liegen. Of wel soms? Doordat Swenson dit niet weet, wordt hij zich pijnlijk bewust van de afstand tussen hen.

'Je was niet kwaad op je vader.' Hij had haar op haar schouder moeten kloppen, maar ze worden gescheiden door de tafel. 'Je was kwaad op de situatie. Het leven kan wreed en gemeen zijn.'

Angela doet haar ogen dicht, perst haar tranen terug, met haar vingers om de rand van de tafel geklemd. 'Maar goed, ik heb geen idee hoe ik iets voor je kan terugdoen. Je bent zo aardig geweest, door dat allemaal te zeggen, waardoor mijn ouders me met rust laten. En nu heb ik nog een hoofdstuk voor je meegebracht. Je hoeft het niet te lezen. Ik kan wachten.'

'Geef op,' zegt Swenson.

Alleen op zijn kamer, na de werkgroep, merkt Swenson dat hij doet – alsof er iemand toekijkt – of hij nog allerlei urgentere dingen te doen heeft voor hij zich aan Angela's hoofdstuk kan wijden. Hij moet zijn bureaula opentrekken en vervolgens meteen weer dichtdoen. Hij moet zijn stoel naar achteren en naar voren rijden. Hij moet de hoorn van de haak nemen en weer neerleggen. Hij moet overwegen of hij zal kijken of hij mail heeft en besluiten dat niet te doen. Pas nadat hij over al deze belangrijke taken heeft nagedacht en ze heeft uitgesteld, haalt hij Angela's manuscript uit zijn oranje envelop en begint op de eerste bladzij.

Elke middag vloog ik als ik uit school kwam naar de schuur om te kijken of de eieren al uitkwamen. Ik onderzocht de schalen op barstjes, op de speldenprikjes die de kuikentjes met hun priemende snaveltjes maken. Maar de schalen waren ongeschonden wanneer ik ze op mijn handpalm ronddraaide. Ik wist dat ze dood en koud waren, dat de warmte afkomstig was van de broedmachine, niet van het leven erin.

De broedtijd is eenentwintig dagen. Er verstreken drie weken. Er verstreek een vierde. Ik wist van mevrouw Davis en van de brochures hoeveel er kon zijn misgegaan. Problemen met het erfelijk materiaal van de ouders, oude hanen, ondervoede kippen. Een slecht werkende broedmachine. Een paar graden hier of daar. En toch kon ik me er niet toe brengen om toe te geven dat ze dood waren. Wat zou ik met vijf dozijn rotte eieren moeten beginnen? Zou mijn moeder de kleine dingen moeten koken, de piepkleine, kloppende, bloedrode diertjes die ik me had voorgesteld en die dagelijks stiekem groeiden, zestig broze ovalen waarin ik zestig hartjes had menen te horen kloppen?

Op een avond vroeg ik mijn vader of hij naar de schuur wilde komen. Ik weet nog hoe blij mijn moeder keek toen ik hem er eindelijk bij betrok. Ik vond het vreselijk dat dit haar gelukkig maakte.

Dus zei ik: 'Ik geloof dat ze dood zijn.'

Mijn vader zei: 'Hoe bedoel je, dood?'

Ik zei: 'Ze hadden tien dagen geleden moeten uitkomen.'

'Tien dagen geleden?' zei mijn vader. 'Jezus. Waar was ik?'

Hij schoof zijn stoel bij de tafel vandaan, liet zijn biefstuk en aardappelen koud worden. Ik moest rennen om hem bij te houden terwijl hij naar de schuur rende. Een spoedgeval! Hij gooide de deur open alsof iets zich daarbinnen schuilhield. Maar er was natuurlijk niets anders dan het rode licht, de stille eieren, het gegons.

Mijn vader zei: 'Heb je de kaarten bijgehouden?'

Ik zei: 'Kijk, pap. Moet je zien hoe netjes.'

'Ze zijn geen van alle uitgekomen?' zei hij. 'Niet één?'

Ik gebaarde de schuur rond.

'Dat gebeurt wel meer,' zei mijn vader. 'Het gaat erom te ontdekken waardoor het is gebeurd en het experiment opnieuw op te zetten.' Hij wilde niet dat ik ontmoedigd raakte. Hij wilde dat ik mijn werkstuk leuk bleef vinden.

'Laten we in de eerste plaats,' zei hij, 'onze resultaten controleren.' Hij greep een ei uit de broedmachine en sloeg het tegen het rek.

Het duurde een tel voor de lucht ons bereikte.

'Ik moet overgeven,' zei ik.

Wat moesten we doen met het kapotte ei? Mijn vader bracht de druipende smurrie over naar zijn andere hand en pakte een ei uit een andere broedmachine. Het brak. Het stonk ook. Hij zei dat ik een vuilniszak uit huis moest gaan halen en ik hield de zak voor hem open terwijl hij de eieren erin liet vallen. Eerst was hij gewoon efficiënt. Maar toen werd de stank echt heel erg. Hij begon ze er hard in te kwakken. Hij zei: 'Het gaat er verdomme alleen maar om dat je van je fouten moet leren. Dat je moet ontdekken wat je verkeerd hebt gedaan.' Hij vroeg of ik zeker wist dat de temperatuur juist was geweest. Of ik de eieren wel elke dag had gedraaid. Ik vertelde hem dat ik dat allemaal had gedaan.

Ik wist wat ik verkeerd had gedaan. Maar dat kon ik hem niet vertellen.

Ik had de eieren moeten schouwen. Als ze een week oud zijn, moet je ze voor een felle lamp houden om een geaderde rode vlek te zoeken waaruit blijkt dat ze bevrucht zijn. Als dat niet zo is, gooi je ze weg. De onbevruchte eieren kunnen de andere bederven.

Dat had ik niet kunnen doen. Ik had niet willen zien wat er in de eieren zat. Ik had de dode diertjes niet willen weggooien. Bovendien had meneer Reynaud erop gezinspeeld dat hij me daarbij zou helpen.

Ik had de eieren niet geschouwd, maar was naar de schuur gegaan en had me voorgesteld dat er werd geklopt, had me voorgesteld dat ik de deur opendeed... en daar was meneer Reynaud. Ik zag voor me hoe hij keek: vol vertrouwen, alsof hij het volste recht had hier te zijn, en tegelijkertijd bezorgd dat ik hem misschien niet zou binnenlaten. Ik stelde me voor dat hij zijn jasje uittrok, een van de rode lampen verving door een felle gloeilamp en de eieren voorzichtig stuk voor stuk voor het licht hield. Ik stelde me voor dat hij zou zeggen: 'Kom hier.' En dat deed ik. Ik ging achter hem staan, zo dichtbij dat ik zijn ruwe jasje tegen mijn huid voelde, en ik leunde naar voren, tegen zijn rug, keek over zijn schouder tot ik kon zien wat hij zag: het ei, rood als het bloed in je hand wanneer je die voor een zaklantaarn houdt, de gele dooier diep vanbinnen, en het kleine rode propje.

Inmiddels leunde ik zo dicht tegen hem aan dat mijn borsten tegen zijn rug drukten. Ik voelde het en hij voelde het, we zeiden geen van beiden iets. Hij legde het ei in het rek en wilde een ander pakken, maar toen draaide hij zich langzaam om. Ik was zo dichtbij dat hij me uit mijn evenwicht had kunnen brengen. Hij legde zijn hand op mijn bovenarm en hield me in balans terwijl we naar elkaar toe draaiden en ons verstrengelden, met zijn mond op de mijne. We kusten elkaar. Zijn handen streken over mijn rug. Toen gleden zijn handen onder de taille van mijn spijkerbroek, en ik maakte zo'n laag geluid in mijn keel dat zelfs de ongeboren kuikentjes me moeten hebben gehoord. Wat dachten ze dat het voor een geluid was terwijl ze daar in hun schaal rondzwommen?

Angela denkt aan hem. Dat weet hij met telepathische zekerheid. Ze zit in haar kamer in het studentenhuis te wachten tot hij belt. Hij moet haar bellen. Zeggen dat het een mooi hoofdstuk is, geweldig, ze moet vooral verder gaan met waar ze mee bezig is. Hij neemt de hoorn van de haak. Hij legt hem er weer op. Goed. Hij zal nog even wachten.

Sherrie, die al vroeg was thuisgekomen, was bezig dunne kipfilets klaar te maken, gepaneerd en gebraden in boter en olijfolie, opgediend met schijfjes citroen, gegratineerde aardappelen met prosciutto en sla met walnoten en gorgonzola. Vieren ze iets? Swenson in elk geval: een wonderbaarlijke genezing, de ongevraagde genade om weer bij zinnen te zijn gekomen, zijn herstel van een vluchtige, ongepaste belangstelling voor een van zijn studentes. Het bewijs van zijn genezing is dat hij een reden heeft om Angela te bellen. Maar hij heeft er geen zin in. Het interesseert hem geen zier.

Hij gaat in de keuken zitten, bewondert de ontspannen bekwaamheid waarmee Sherrie de filets keert, de aardappelschotel controleert die in de oven staat te pruttelen. Als hij ziet hoe ze de sla met de hand mengt, de olie luchtig over elk slablad streelt, voelt hij zo'n verlangen in zich opkomen dat hij zich er maar amper van kan weerhouden zijn armen om haar heen te slaan en haar mee naar bed te nemen. Hij kijkt hoe ze haar handen afveegt aan haar spijkerbroek, legt in zijn verbeelding zijn handen op de hare, voelt haar vingers onder de zijne en daaronder haar dijen. Hij blijft stil zitten, om haar niet af te leiden en omdat hij voelt dat hun stilzwijgen samen met de hitte van de oven een vochtige broeikas laat ontstaan waarin zijn begeerte kan gedijen.

Sherrie steekt de lange kaarsen aan en overhandigt hem vervolgens een fles koele witte wijn, een kurkentrekker en twee glazen. Hij schenkt een half glas in, proeft de wijn en drinkt op wat nog in het glas zit. Door een golf van intens welbehagen denkt hij dat de hele geschiedenis en beschaving een voorbereiding zijn geweest voor dit gezegende moment om tegenover zijn vrouw te zitten en de geuren van wijn, kip, citroen en gesmolten kaas in te ademen terwijl er een lichte damp van zijn bord opstijgt.

Ze zetten het eten op tafel. Als Sherrie naar voren leunt om te gaan eten, strijkt ze haar haar bij haar voorhoofd vandaan. De huid tussen haar wenkbrauwen vormt een verticale rimpel die daarin is gegroefd door jaren van geconcentreerde aandacht, door uren te hebben geluisterd hoe studenten hun pijn beschreven met meer gevoel dan ze in de verhalen stoppen die ze voor Swenson schrijven. Hij is diep geroerd door de rimpels van haar frons, door de bekoorlijkheid van zijn vrouw, de schoonheid die in de loop der jaren sterker en onstuimiger is geworden.

Hij neemt een hapje kip, wat aardappel en lacht onnozel terwijl hij de draden kaas losmaakt die zijn mond met zijn vork verbinden. 'En? Hoe is het vandaag gegaan?'

'Eigenlijk wel goed,' zegt Sherrie. 'Er zijn geen al te erge dingen misgegaan. Arlene kwam aan met een verrukkelijk broodje met roomkaas en een soort pasta die ze had gemaakt door rode paprika's in te koken tot er vrijwel niets meer van over was. Ze had het idee uit een tijdschrift. Het broodje was zo heerlijk dat ik het niet eens erg vond dat ze twintig minuten lang het recept heeft uitgelegd en de veranderingen die ze in het recept heeft aangebracht of daarin overweegt aan te brengen, en dat ze nog nooit olijfolie had gebruikt en dat je even aan de lucht moest wennen, en hoe lang het had geduurd om de paprika's te laten indikken tot deze stroperige pasta en dat ze had geweten dat ik het lekker zou vinden omdat ik van exotisch eten houd... Hoe is jouw dag verlopen?'

'Niet slecht,' zegt Swenson. 'We hebben Makeesha's verhaal behandeld. Het had een bloedbad kunnen worden, maar op een of andere manier zijn we door het oog van de naald gekropen.'

Sherrie zegt: 'Alweer. Nou, dat is een hele opluchting.'

'Zijn we zo diep gezonken?' zegt Swenson. 'Geen rampen tijdens de werkgroep en een broodje van Arlene zijn voldoende om een dag "eigenlijk wel goed" te maken?'

Sherrie lacht. 'Nou, bovendien... is de uitslag van Chris Dolans cardiogram binnengekomen. Die hartkwaal blijkt niets te zijn.'

'Hartkwaal? Chris Dolan?' Swenson weet dat hij het hoort te weten.

'Luister je dan nooit ergens naar? Hij is die schat uit het eerste jaar. Zijn huisarts had wat abnormale geluiden gehoord tijdens zijn laatste keuring en had hem gezegd dat hij er hier naar moest laten kijken. Heeft het euvel bij ons gedumpt. En het is echt een heerlijke jongen, heel aardig. We waren allemaal vreselijk ongerust. Ik weet dat ik je over hem heb verteld...'

Hij zou het zich toch nog wel herinneren als ze hem iets had verteld over een 'schat' van een joch, 'echt een heerlijke jongen, heel aardig'? Dan zou hij zijn oren meteen hebben gespitst. Is Sherrie gek op die jongen? Swenson zal hem een hartkwaal bezórgen. Maar wie is hij om de eerste steen te werpen? Een man die de afgelopen maand verkikkerd is geweest op een schrijvende punkmeid. Maar dat is nu allemaal voorbij. Afgelopen. Dus wat haalt Sherrie in haar hoofd?

Sherrie zegt: 'Hij heeft me verteld over een pizzeria waar hij de afgelopen zomer heeft gewerkt voor een krankzinnige Syrische baas die denkt dat Amerika er gewoon op zit te wachten dat hij een meer Amerikaanse pizza bedenkt, een pizza met hotdogs en mosterd, een pizza met pindakaas en jam, en die vent liet zijn werknemers ook de restjes kaas van half opgegeten pizzapunten recyclen...'

Swenson wacht tot Sherrie is uitgelachen. 'Ik neem aan dat je erbij moet zijn geweest.'

'O, toe nou, Ted,' zegt Sherrie. 'Doe niet zo mal. Het is een kind. Hij had grote problemen kunnen hebben. Dat is niet zo. Dan moet ik toch wel opgelucht zijn?'

Swenson neemt nog een hap. Het zoute korstje om de kip barst, spuit olie tegen zijn verhemelte, laat zijn laagje paneermeel onder de krokante knoflook los. Hij is in een openhartige stemming, grootmoedig genoeg om in te zien dat zijn verliefdheid (of wat dan ook) op Angela niet zoveel verschilt van Sherries genegenheid voor die jongen. Het is allemaal zo begrijpelijk, roerend en teder, heus, zoals ze samen de middelbare leeftijd bereiken, terwijl hun eigen kind niet alleen volwassen en weg is, maar nauwelijks nog met hen praat, zich losscheurt uit hun greep, niet meer bereikbaar is voor hun liefde.

Geen wonder dat Sherrie en hij merken dat ze zich aangetrokken voelen tot studenten. Niet dat ze perverse figuren uit *Dangerous Liaisons* zijn, twee oude vampiers die samenzweren om de jeugd uit jonge mensen te zuigen. Hun harten zijn hittezoekende raketten die worden aangetrokken door wat nog brandt. Ze zijn net de oude mannen uit die roman van Kawabata die regelmatig naar het bordeel gaan, waar ze ervoor betalen om zich op te rollen en naast het warme lichaam van een mooie jonge vrouw te mogen slapen. Jezus! Het is allemaal zo deprimerend dat Swenson dadelijk nog in tranen zal uitbarsten. Ouderdom en dood – hoe oneerlijk het is, de dagelijkse vernedering om te zien hoe je kracht verdwijnt als je er net achter bent gekomen hoe je die moet gebruiken.

'Is er iets?' vraagt Sherrie.

'Niets,' antwoordt hij zwaarmoedig. De waarheid kan hij natuurlijk niet vertellen uit angst dat hij Sherrie beledigt door haar op te nemen in de gelederen van bejaarde en afgetakelde lieden terwijl zij zich op dit moment, voor zover hij kan nagaan, niet zo voelt. In theorie staan Sherrie en hij elkaar zeer na. Maar nu beseft hij dat het een leugen is. Op een of andere manier lijkt het eerlijker om in het gezelschap te zijn van iemand met wie geen pretentie bestaat van de intimiteit die een gemeenschappelijk verleden zou moeten opleveren. Vroeg of laat – vroeg – zal hij Angela moeten bellen om haar te zeggen dat hij haar hoofdstuk heeft gelezen. Hij kan het zo lang uitstellen als hij wil, maar het is zijn beroepsplicht.

Hij glimlacht naar Sherrie. 'Als ik werd gedwongen om één maaltijd uit te kiezen die ik de rest van mijn leven elke avond zou moeten eten, zou het kip met citroen en gegratineerde aardappelen met prosciutto zijn.'

'Waarom zou je zo'n keus moeten maken?' vraagt Sherrie.

'Waarom zou ik?' zegt Swenson.

Midden in de nacht voelt Swenson dat Sherrie zich tegen hem aanschurkt. Bij wijze van proef kust hij luchtig haar nek. Ze vrijen dringend, zwijgend, vrijwel zonder te bewegen, net zoals ze deden toen Ruby in de kamer ernaast sliep.

Na afloop slaapt Swenson als een blok en hij wordt 's morgens in zo'n uitzonderlijk goed humeur wakker dat hij na wat koffie als opkikkertje besluit naar zijn werkkamer te gaan om even een steelse blik op zijn roman te werpen.

Het eerste hoofdstuk is lang niet slecht. Hij heeft het manuscript al zo lang niet meer aangeraakt dat het net het werk van een ander is, een ironische, pseudonegentiende-eeuwse beschrijving van een wijk in de binnenstad – Soho – waar Julius Sorley aankomt met dromen van rijkdom en roem. Maar alles verbleekt, stokt, hapert en valt dood op de bladzij neer zodra Julius begint na te denken over zijn vroegere en huidige situatie. Het is nog erger dan Courtney Alcotts 'Eerste zoen – Binnenstadblues'. Swenson dwingt zich om kalm te blijven. Hij gaat meer koffie halen en douchen. Dan zal hij besluiten of hij de rest kan lezen en kan vaststellen hoe groot de schade is en hoe aannemelijk het is dat er nog iets aan te doen valt.

Gedoucht, geschoren en keurig aangekleed heeft hij voor zijn gevoel meer greep op de zaak. Hij keert terug naar zijn bureau, pakt het manuscript op, legt het neer, haalt het huis overhoop om zijn tas te zoeken, vindt die onder zijn jas, haalt Angela's manuscript eruit en gaat terug naar zijn werkkamer. Hij moet haar bellen, ze zit erop te wachten. Het is wreed om niet te bellen.

Er neemt een man op, een jonge man. 'Hallo?' Waarom klinkt die slaapdronken stem zo bekend?

Swenson hangt op. Hij haalt een paar keer diep adem. Adem in. Uit. Hij telt tot vijf.

De telefoon gaat.

'Het spijt me dat ik je thuis bel,' zegt Angela.

Heeft Angela nummerweergave? Kun je dat krijgen in een studentenhuis? Swenson is ontzet door het idee dat Angela en haar vriend kijken hoe zijn nummer op een scherm verschijnt.

'Ik weet dat ik je ochtend verpest,' zegt ze. 'Maar ik hield het geen minuut langer uit. Ik weet dat je het hoofdstuk hebt gelezen en dat je het vreselijk vond, daarom heb je niet gebeld...'

'Ontspan je. Ik vond het mooi. Ik heb het gewoon druk gehad.'

'Kunnen we erover praten?' zegt Angela. 'Ik moet praten. Ik geloof dat ik gek word.'

'Niet gek worden,' zegt Swenson. 'Kom over twintig minuten naar mijn kamer.'

Swenson heeft zich net uit zijn jas en sjaal geworsteld als Angela door zijn deur naar binnen komt vallen. Ze draagt haar gebruikelijke uniform: zwart leren jack, zwarte slobbertrui, zwarte laarzen. Maar vandaag heeft ze er een gestreepte boxershort over haar spijkerbroek aan toegevoegd, die ze schuin rond haar heupen heeft getrokken, als een patroongordel. Ze ploft op de stoel neer en zakt naar voren, met haar ellebogen op haar gespreide knieën, haar kin in haar holle handen.

'Ik wist zeker dat je het nieuwe hoofdstuk afschuwelijk vond,' zei ze. 'Ik wist zeker dat je het had gelezen en het afschuwelijk vond en dat je daarom niet belde.'

'Ik vond het helemaal niet afschuwelijk,' zegt Swenson. 'Ik... vond het heel mooi.'

'Zal ik je eens wat zeggen?' zegt ze. 'Je bent per slot van rekening een man. Niet bellen is iets wat mannen doen.'

Wacht eens even. 'Per slot van rekening' een man? Wanneer was hij géén man geweest? En heeft het feit dat hij een man is er ook maar iets mee te maken? Hij is een docent. Zij is een student.

'Angela, ik weet dat jullie allemaal stiekem denken dat elke professor die het lokaal uit loopt als Dracula terugkeert naar zijn doodskist om pas weer wakker te worden als het tijd is voor het volgende college. Ik moet je echter tot mijn grote spijt zeggen dat we een eigen leven leiden. Ik heb je manuscript gelezen en zoals ik al zei, ik vond het heel mooi. Maar ik moest nog het een en ander afhandelen voor ik de telefoon kon pakken. Ik wilde je bellen...'

'Het spijt me. Wat vond je van het hoofdstuk? Geloofde je dat stuk waarin ze de eieren probeert uit te broeden en alle eieren doodgaan en...'

'Ik geloofde het. Ik was er volledig van overtuigd.'

'Wat dan? Wat vond je van het andere deel?'

Swenson bladert de bladzijden door. 'Laten we er niet omheen draaien. Het is heel... eh... erotisch. Als je daarop uit was.' Wat een idiote opmerking! Wat kan ze anders hebben bedoeld? Angela is geen kind. Ze heeft gewerkt bij een sekslijn.

Angela zit even te draaien op haar stoel. Ten slotte zegt ze: 'Goed, ik zal je dit vertellen. Daarna kunnen we doen alsof ik het nooit heb gezegd. En je moet beloven dat je geen hekel aan me zult krijgen, wat ik ook zeg.'

'Dat beloof ik,' zegt Swenson.

'De afgelopen twee dagen,' zegt Angela, 'heb ik er alleen maar elke seconde van elke minuut van elk uur aan gedacht dat je die nieuwe bladzijden had, terwijl ik me afvroeg of je... Ik bedoel dat ik eraan dacht hoe je dag zijn gewone gang ging, hoe je ontbeet, naar je werk reed, en ik bleef me maar afvragen of je soms las...' Ze zwijgt en staart hem aan met grote ogen van afgrijzen over wat ze zojuist heeft gezegd.

Swenson zegt: 'Ik ontbijt vrijwel nooit.'

'Pardon?' zegt Angela.

'Je zei dat je eraan dacht hoe ik ontbeet. En ik zei: "Ik ontbijt niet."'

Kan hij dit op een of andere manier terugnemen? Swenson denkt van niet. Angela staart hem aan, springt vervolgens op en vertrekt, waarbij ze de deur achter zich dichtslaat. Swenson schudt zijn hoofd alsof hij wil voorkomen dat de herinnering zich in zijn hersenen vastzet. Hij weet alleen dat hij alles heeft kapotgemaakt door zo verdomd geremd en onaardig te doen. Wat heeft hij kapotgemaakt? Wat had hij dan moeten zeggen? Hé, dat is een eigenaardig toeval. Ik heb ook aan jou gedacht.

Even later zwaait de deur open. Angela schiet weer naar binnen, glimlachend.

Ze zegt: 'Ik ben vergeten je dit te geven.'

Ze laat een dunne oranje envelop op zijn bureau glijden en vertrekt weer.

Swenson telt: anderhalve bladzij. Wat bedoelde ze toen ze zei dat ze de hele week aan hem had gedacht? Hij hoopt dat ze terugkomt. Deze keer zal hij de moed hebben om dat te vragen, in plaats van een stomme opmerking te maken over het ontbijt. Ach, hij heeft in elk geval meer bladzijden om te lezen, bladzijden die hem meer kunnen vertellen dan hun verwarrende gesprekken.

Niet lang nadat de eieren waren doodgegaan, kreeg ik mijn nieuwe klarinet. We waren al aan het repeteren voor het kerstconcert. Händels grootste hits, bewerkt voor een sullig schoolorkest. Het was mijn taak om de houtblazers het 'Hallelujah' binnen te leiden. Op een middag pakte ik mijn klarinet, telde de maten en blies, en het afgrijselijke, scheetachtige, snerpende geloei maakte een eind aan de hele repetitie. De andere kinderen begonnen te giechelen. Ze dachten dat ik een fout had gemaakt. Ze konden het niet uitstaan dat ik de eerste klarinet was – het lievelingetje van de muziekleraar.

Meneer Reynaud wist het meteen. De kinderen giechelden niet meer toen hij me net zo aankeek als ik had gedacht dat hij in de schuur naar me zou kijken. Ik liet mijn handen langs de klarinet glijden. Ik hield de klankbeker in mijn hand.

Hij zei dat ik moest nablijven. Hij zei: 'De klarinet kan worden gerepareerd. Maar je bent veel te goed om op zo'n goedkoop rotding te spelen. Ik zal vandaag nog een nieuwe bestellen. Ik zal iets van de basisschool lenen waar je voorlopig op kunt spelen.'

Dat was op donderdag. Op maandag zei hij opnieuw dat ik moest nablijven en hij gaf me een lange, smalle doos.

'Pak maar uit,' zei hij. Hij haalde zijn zakmes tevoorschijn en sneed de doos open. 'Ga je gang.'

Het glimmende goud en het ebbenhout van de buis van de klarinet lagen behaaglijk in een zacht nest van houtkrullen, als het kindje Jezus in zijn kribbe.

'Hij is prachtig,' zei ik. 'Ik weet dat de klarinet van de school is, maar dank u wel dat...'

'Probeer hem eens,' zei hij.

Ik stak de klarinet tussen mijn lippen. Ik keek meneer Reynaud over het instrument heen aan. Hij gaf me een riet en keek hoe ik het in mijn mond stak om het nat te maken. Ik zoog mijn wangen naar binnen, haalde het uit mijn mond. Mijn mond was kurkdroog.

Er waren houtkrullen aan de klarinet blijven zitten en in mijn haar terechtgekomen. Hij stak zijn hand uit om ze weg te vegen. Hij zei: 'Waarom zo treurig?'

Ik vertelde hem dat ik mijn biologiewerkstuk had verknald. Geen enkel ei was uitgekomen. Hij keek even niet-begrijpend. Toen zei hij: 'Zal ik eens langskomen om naar de broedmachines te kijken? Uit te zoeken wat eraan mankeert? Ik ben opgegroeid op een boerderij. Ik heb er verstand van.'

Ik zei: 'O nee, alstublieft niet. Dat hoeft u niet te doen.' Maar dat was

En hier eindigt het manuscript. Swenson draait de bladzij om, kijkt of er iets op de andere kant staat. Hij kan – ineens, onverklaarbaar – wel knarsetanden en huilen. Nou, dat knarsetanden kan hij in elk geval beter laten. Een inspectie van zijn ruwe, broze kies is zowel een afleiding als een genoegen. Hij hoeft deze situatie niet buitensporig op te blazen. Het is een fluitje van een cent om haar te bellen en uit te zoeken wat er aan de hand is.

Maar ze zal nog niet thuis zijn. Ach, mooi zo, dan kan hij ook naar huis gaan.

Hij rijdt naar huis. Hij gaat naar zijn werkkamer. Het antwoordapparaat knippert. Dat had hij geweten. Angela heeft gebeld. Swenson drukt op afspelen.

'Pap? Ben je daar? Met Ruby. Bel me op de universiteit. Alles is in orde. Ik wil je alleen iets vragen.'

Daar heeft Swenson om gebeden. Dit, dít is nou belangrijk, dít is zijn echte leven. En zo'n monster is hij nu: hij is teleurgesteld dat het Angela niet is. Er is kennelijk geen toornige God die klaarstaat om Swenson in de kring van de hel te werpen waar vaders belanden die meer om gekke studentes dan om hun eigen dochter geven. Hij kan niet doen alsof hij niet tot het schuim der aarde behoort, een uiterst erbarmelijk wezen dat voor een mens moet doorgaan.

Dit speelt allemaal door zijn hoofd in de paar seconden die het apparaat nodig heeft om te piepen en nogmaals te spreken, deze keer met de onmiskenbare stem van Angela Argo.

'Dit is Angela. Er is, zeg maar, een probleem met mijn manuscript. Dat zul je inmiddels wel hebben ontdekt. Eh. Dat wilde ik je zeggen. Bel me dus. Tot ziens. Dag.'

Ontsteld over zijn vreugde draait hij haar smekende, enigszins klagende boodschap nogmaals af. Hij denkt dat hij het bandje een tijdje zal bewaren alvorens het te wissen. Hij vindt het leuk dat hij haar stem kan horen wanneer hij wil. Het is net of hij iets wilds heeft gevangen en binnen heeft gebracht, een vuurvlieg in een fles. En zo ontaard is hij nu: met Ruby's boodschap nog op het apparaat – terwijl zijn dochter voor zover hij weet op zijn telefoontje zit te wachten, klaar voor een verzoening, snakkend naar zijn advies en hulp, of gewoon vol verlangen om de klank van zijn stem te horen – draait hij Angela's nummer.

'O, hallo,' zegt ze. 'Ik hoopte dat jij het was. Je zult nog wel geen kans hebben gehad om naar de tekst te kijken die ik je heb gegeven, maar ik wilde je waarschuwen. Ik heb het hoofdstuk afgemaakt. Maar mijn computer heeft de laatste paar bladzijden opgegeten en mijn harde schijf is gecrasht.'

'Jezus,' zegt Swenson. 'Hoeveel ben je kwijt?'

'Eerst moest ik bijna overgeven,' zegt ze. 'Toen besefte ik dat ik een reservekopie had gemaakt. Ik maak elke dag een kopie van mijn bestanden. Die heb ik op een floppydisk staan. Ik kan het alleen niet uitprinten, dat is alles.'

'Dat is een wonder. Niemand maakt elke dag een reservekopie van zijn bestanden. Ik bedoel, we weten allemaal dat we dat zouden moeten doen, maar...'

'Ik wel. Maar goed, ik wilde je laten weten dat ik niet zomaar ben weggedroomd, zeg maar. Ik popelde van verlangen om je de nieuwe bladzijden te laten lezen die ik had. Maar toen kwam ik thuis en begon erover na te denken hoe vreemd het was dat ik beschreef hoe haar klarinet kapotging... en mijn computer ging kapot.'

'Dat gebeurt wel meer,' zegt hij. 'Je schrijft het en vervolgens beleef je het. Of je verzint iets en het blijkt het werkelijke leven van iemand anders te zijn.'

'Juist,' zegt Angela wezenloos.

Het blijft zo lang stil dat hij gelooft dat de verbinding is verbroken. 'Angela?'

Ze zegt: 'Ondertussen kan ik niet schrijven.'

'Kunnen ze de computer maken?'

'In dit gat? Dat denk ik niet. Bovendien maken ze die dingen nooit. Het zijn net dokters, hè? Je krijgt gewoon een vette rekening en de mededeling dat er niets aan te doen is.'

'Je hebt een nieuwe computer nodig,' zegt Swenson.

'Vertel mij wat,' zegt ze. Een volgende lange stilte. 'Moet je horen. Ik

moet vragen of je iets voor me wilt doen, en het gaat erom dat je natuurlijk nee kunt zeggen. Ik verwácht dat je nee zult zeggen. Dat is echt
prima. Ik heb iemand nodig die me naar Burlington rijdt zodat ik een
nieuwe computer kan kopen. Ik heb mijn stiefvader zover gekregen
dat ik hem op zijn creditcard mag zetten. En dank je wel, dat heb ik ook
min of meer aan jou te danken. De leugens die je hun hebt verteld, hebben gewerkt. Ik kan de computer betalen, maar ik moet er een uitzoeken. Het toetsenbord uitproberen en zo. Echt. Je kunt nee zeggen. Ik
vond alleen dat ik het moest vragen...'

Swenson zegt: 'Och, dat is niet onmogelijk. Maar ik probeer te
schrijven en ik ben een beetje overstelpt door wat ik allemaal nog
moet doen.'

'Dat geloof ik graag. Daarom wist ik dat je nee zou zeggen.'

'Ik zeg niet nee,' zegt Swenson. 'Maar... heb je geen vrienden die je
kunnen rijden?'

'Niemand heeft een auto. Sommigen hadden vroeger een auto,
maar ze hebben zeg maar huisarrest van hun ouders. Ik schijn heel wat
mensen te kennen die huisarrest hebben van hun ouders.'

Swenson wrijft over het vel tussen zijn wijsvinger en zijn duim –
een acupressuurpunt waar Sherrie hem over heeft verteld, maar hij
kan zich niet meer herinneren of er een stimulerende of kalmerende
werking van hoorde uit te gaan. 'En je vriend? Heeft hij geen auto?'

'Hij is het die huisarrest heeft gekregen.'

Swenson verzet zich tegen de drang om te vragen waarom. 'Het zou
heel jammer zijn om ermee op te houden nu je net zo lekker aan het
schrijven bent. Oké. Goed. Ik rij je. Wanneer wil je gaan?'

'Morgen,' zegt Angela.

'In de ochtend?' zegt Swenson. 'Een uur of tien?'

'Dat zou fantastisch zijn. O, dank je dank je dank je. Ik woon in Newfane. Op de tweede verdieping. Zal ik voor de deur op je wachten?'

'Tot morgen dan,' zegt Swenson.

Hij legt de hoorn even neer, draait vervolgens Ruby's nummer. Nadat de telefoon twee keer is overgegaan, neemt een antwoordapparaat
het over. Hij wil niet eens nadenken over de mogelijkheid dat hij
Ruby misschien wel te pakken had gekregen als hij haar voor Angela
had gebeld. Er sijpelen een paar flemende maten van Kenny G. uit de

hoorn, gevolgd door een vrouwenstem, niet die van Ruby, die zegt: 'U bent verbonden met het nederige stulpje van Alison en Ruby.' Wat waren Sherrie en hij ongelukkig geweest toen ze hadden gehoord dat Ruby na een jaar studeren niemand had gevonden met wie ze een kamer wilde delen en bijgevolg door middel van de kamerverloting aan haar kamergenote voor het tweede jaar moest komen. Kennelijk een of andere stakker die van Kenny G. houdt.

Swenson zegt: 'Ruby, met pap. Je vader. Die je terugbelt. Bel me als je er weer bent.' Hij legt de hoorn op de haak en wacht gedwee tot hij wordt overweldigd door frustratie en verdriet. Maar eigenlijk is hij heel opgewekt. Alles zal in orde komen. Ruby heeft gebeld. Ze praat met hen. Ze zal over deze fase heen groeien. Het is gewoon een kwestie van geduld, van tijd. De tijd heelt alle wonden.

Swenson doet die nacht nauwelijks een oog dicht. Moet hij Sherrie niet wakker maken om zijn plannen voor de volgende dag te bespreken? Had hij dat niet eerder ter sprake kunnen brengen, in de loop van de avond? Waarom had hij er geen zin in gehad om erover te beginnen? Waar duidt dat op? Is het verkeerd om een student naar Computer City te rijden zonder dat aan je vrouw te vertellen? Of om de hele nacht in je bed te liggen woelen omdat je een ochtend gaat doorbrengen met een tweedejaars van fictie voor beginners? Swenson kreunt van schaamte. Stel je voor dat hij Sherrie wakker maakt en die kreun moet uitleggen. Dan zal hij zeggen dat hij zich net iets van het instituut heeft herinnerd. Hij liegt nooit tegen Sherrie. Hier begint het bedrog.

Maar Sherrie hoeft het helemaal niet te weten. Niet dat ze over het algemeen jaloers is. Maar Swenson is niet vergeten wat voor uitwerking Angela's naam op Magda had. Zelfs als Sherrie begrijpt dat hij gewoon een talentvolle student ter wille is, zal het desondanks munitie zijn waarvan een voorraad wordt aangelegd voor toekomstig gebruik. Hoe bedóélt hij dat hij geen tijd heeft om de rekeningen te betalen of de vaatwasser leeg te halen? Hij heeft wel tijd om een kind negentig kilometer naar Burlington te rijden. Maar het is niet zomaar een kind. Probeer Sherrie dát maar eens duidelijk te maken. Mag hij niet meer naar de stad rijden zonder dat hij eerst haar goedkeuring krijgt? Wat denkt Sherrie eigenlijk dat hij de hele dag doet? En wat doet Sherrie de hele dag? Flirten met leuke studenten die geen hartkwaal blijken te hebben?

Hoewel hij geen oog heeft dichtgedaan, doet hij of hij in zoete rust is als Sherrie wakker wordt en opstaat. Hij negeert de verleiding van koffie en begraaft zich in het beddengoed tot hij haar auto de oprit af hoort rijden. Dan wil hij opspringen en naar buiten rennen om te bekennen wat hij die dag gaat doen, want als hij het Sherrie niet vertelt, zal het net lijken of het tochtje naar Burlington iets betékent, vooral als iemand hem met Angela zou zien en dat aan Sherrie zou vertellen, of als Angela en hij onderweg bij een auto-ongeluk om het leven zouden komen en zijn dood een soort gruwelijke Jackson Pollock-erfenis wordt waar Sherrie eeuwig mee zal moeten verder leven. Hij verlangt ernaar Sherrie achterna te gaan en te roepen wat hij altijd zegt als ze vertrekt: 'Rij niet te snel! Wees voorzichtig!' Ruby zei steevast dat hij eigenlijk bedoelde: 'Ga alsjeblieft niet dood.' Maar druist het niet... tegen je intuïtie in om halfbloot je oprit op te rennen om tegen je vrouw te zeggen dat je van haar houdt en o ja, je bent op een of andere manier vergeten te zeggen dat je die dag met een studente naar Burlington gaat? Waarom zou hij zeggen dat het een studente is? Omdat Sherrie dat tegen die tijd zal vragen.

Met ongebruikelijke, volwassen zelfbeheersing verzet Swenson zich tegen de opwelling. Na een tijdje staat hij op, doucht en laat zich door het warme water prikkelen tot een dampende gelukzaligheid. Zodoende is hij niet voorbereid op de schok om de wasem van de spiegel te vegen en geconfronteerd te worden met het vlekkerige gezicht van een lelijke oude man: grijzend, hier en daar verkleurd, met dunner wordend vastgeplakt haar, kwabben onder zijn kin, dikke bakkebaarden die uit kraterachtige zwarte poriën ontspruiten. Hij buigt de punt van zijn tong naar achteren. Die vulling zit echt los. O, lieve god. Vroeger had hij er redelijk goed uitgezien. Hij pakt een pot gezichtscrème van Sherrie, bestudeert het etiket en huivert. Hij vindt een schone blauwe spijkerbroek, trekt zijn buik in, ritst zijn gulp dicht, trekt een zwart T-shirt en zijn bruine tweedjasje aan. Dat is het. Hij gaat zich niet nog eens verkleden. Geen enkele stiekeme blik meer in de spiegel.

Het is pas kwart voor tien. Hij is vroeg. Hij rijdt langzaam. Hij is nog steeds vroeg. Wie zijn toch al die voyeurs, detectives en spionnen die zich slim hebben vermomd als docenten en studenten en die allemaal een onnatuurlijke belangstelling vertonen voor Swenson door in zijn auto te gluren en hun gesprek te onderbreken om hem te zien langsrijden? Hij voelt zich net een pederast die over het schoolplein slentert. Wat moet hij doen als iemand hem ziet? Stoppen en zwaaien? Hé, het is geen misdaad om een student een lift te geven.

Klokslag vijf over tien draait hij langs Angela's studentenhuis in de overtuiging dat ze er niet zal zijn. Ze zal zich hebben verslapen of het zijn vergeten. Ze zullen een verkeerde afspraak hebben gemaakt. Hij zal haar bellen of zij zal hem bellen. Samen zullen ze alles rechtzetten. Dan zal hij ervan af zijn. Ze zullen geen nieuwe afspraak hoeven te maken.

Zijn adem stokt als hij haar op de motorkap van een geparkeerde auto ziet zitten. Ze draagt haar zwarte leren jack en een kort zwart rokje. Er loopt een enorm groot stuk schokkend wit been in neerwaartse richting naar de bovenkant van haar zwarte veiligheidslaarzen. Er is iets anders. Ze heeft haar haar geverfd tot een onflatteuze, horzelkleurige blauwzwarte tint. Swenson is aangedaan bij het idee dat ze dat misschien voor deze gelegenheid heeft gedaan. Ze trapt met haar hak tegen de zijkant van de auto terwijl ze zit te roken en dreigend naar de straat kijkt. Ze raakt gespannen als ze zijn auto ziet en kijkt behoedzaam naar binnen. Als ze ziet dat het Swenson is, grijnst ze instinctief, als een kind, en compenseert deze vergissing door haar sigarettenpeuk over het dak van zijn auto weg te schieten.

'Goedemorgen,' zegt Swenson neutraal. Stap in, kind.

Angela glijdt van de motorkap af, waardoor haar zwarte plooirokje van een schoolmeisje bijna tot haar middel opkruipt en dezelfde gestreepte boxershort onthult die ze vorige week over haar spijkerbroek droeg. De boxer glijdt een paar centimeter langs haar blote heupen naar beneden. Swenson wendt zijn blik af.

Angela laat zich op de stoel naast hem neerploffen en slaat met haar hoofd tegen de carrosserie.

'Jezus christus.' Ze wrijft over haar hoofd.

'Gaat het?' zegt hij.

'Het gaat goed,' zegt ze. 'Het gaat prima. In feite. Ik had nooit gedacht dat je zou komen.'

'Het is pas vijf over tien.'

'Ik wist niet hoe laat het was. Ik dacht gewoon dat je niet zou komen.'

'Hoe kwam je daarbij?'

'Je bent een man,' helpt Angela hem herinneren.

'Nou, hier ben ik. Man of niet. Waarheen? Computer City?'

'Zet hem op,' zegt Angela. 'Dank je wel. Heus. Ik meen het.'

Swenson voert de auto voorzichtig over de weg die door de verkeersdrempels over het universiteitsterrein golft. Hij hoeft niet lang te wachten voor zijn pech zichtbaar wordt, rijdend in een zwarte sedan, die hem tegemoet komt. Bons bons. Met een beetje geluk zullen ze elkaar midden op een verkeersdrempel passeren, zo langzaam dat de andere chauffeur goed kan zien dat hij een minderjarige van de campus afvoert.

Het is meer dan pech. Moet je zien wie van de hele gemeenschap op Euston is uitgekozen om in die zwarte sedan te rijden. Als het Sherrie niet is, wat vind je dan van Lauren Healy? Hij kan Angela niet vragen in haar stoel weg te duiken. Hij zwaait hartelijk naar Lauren. Hallo, ze hebben elkaar niet meer gezien sinds Swenson zich te schande heeft gemaakt op het etentje van de Benthams. Lauren neemt Angela nauwkeurig op, als om zich ervan te vergewissen dat ze niet het slachtoffer van een ontvoering is dat hulpsignalen uitzendt, vervolgens tuurt ze nieuwsgierig naar Swenson en maakt een flauw stijf gebaartje dat het midden houdt tussen een zwaai en een groet. Swenson zwaait en rijdt verder.

'Poeh,' zegt Angela. 'Dat scheelde een haar.'

'Veiligheidsgordels om,' zegt Swenson. 'Het wordt een wilde rit.'

Angela heeft zijn Bette Davis-imitatie niet door. Die zou Sherrie niet zijn ontgaan. Maar wat zou dat? Er zijn belangrijker dingen dan dezelfde films kennen. Angela doet haar gordel om.

'Dank je wel,' zegt Swenson.

Ondanks de verwarming is het kil in de auto. Angela worstelt zich desalniettemin uit haar leren jack. Swenson steekt zijn hand uit om haar te helpen en de achterkant van zijn knokkels strijkt even langs haar nek. Ze wurmt zich uit de jas, waardoor ze zijn hand langs haar hele arm laat glijden, die bloot is onder het korte mouwtje van haar zwarte T-shirt. Ze krimpt ineen alsof hij haar heeft geslagen.

'Au.' Ze draait wat om hem een verband op haar bovenarm te laten zien. 'Ik heb me laten tatoeëren. Ik zou het je graag laten zien, maar het is nog een beetje gezwollen en walgelijk.'

Het arme kind, daar zit ze nu aan vast. Hij hoopt dat er steriele naalden zijn gebruikt. Waar heeft ze dat trouwens laten doen? In geen geval op de campus. Ze heeft wel een chauffeur gevonden om zich te laten tatoeëren, maar niet om een computer te gaan kopen.

'Wat voor tatoeage?' vraagt hij.

'Ik wilde je verrassen. Eigenlijk is het jouw naam.'

Swenson zegt: 'Je maakt toch een grapje hè?' Is ze helemaal van de ratten besnuffeld? Ze zou gek kunnen zijn zonder dat hij het wist. Hij weet absoluut niets van haar. Gelukkig is de weg zo verlaten dat hij even in paniek kan zijn zonder tegen een naderende auto op te knallen. Angela lacht. Het valt hem op dat ze geen andere gezichtssieraden draagt dan één robijnrood stipje in het witte pluche van haar oorlelletje.

'Grapje,' zegt ze. 'Ik plaag je maar. In werkelijkheid is het een ei. Een gebarsten ei waar een klein kuikentje uit gluurt. Ik heb God gezworen dat ik die afbeelding op mijn lichaam zou laten zetten als Hij me zou helpen mijn roman af te maken.'

Gelooft Angela werkelijk in een God die zo graag wil dat ze zich laat tatoeëren dat hij als ghostwriter voor haar boek wil fungeren? 'Dan is het maar goed dat we een nieuwe computer voor je gaan halen. Anders zou je ten slotte van top tot teen getatoeëerd zijn.' Dit slaat nergens op, maar Angela giechelt beleefd. Ze rijden langs verweerde schuren, kuddes huiverende koeien die kieskeurig grazen in de kale weilanden, en af en toe een vrachtwagen met oplegger die teerachtige rook uitbraakt.

De stilte lijkt ondraaglijk. Swensons hart springt waarschuwend op. Heeft hij te veel koffie gedronken? Hij heeft helemaal geen koffie gedronken. Dát moet het probleem zijn. Misschien zullen ze stoppen bij een eettentje. Hij voelt wel wat voor het idee dat hij eieren en zelfgebakken frites bestelt, terwijl Angela snel de jukebox op de tafel doorwerkt en de boeren aan de bar het gratis vertier opnemen.

Ten slotte vraagt hij: 'En, hoe gaat het met de studie?' Hoe kan hij na Angela's bekentenis dat ze de hele tijd aan hem denkt zijn teruggevallen tot dit punt?

'Voornamelijk vreselijk. Behalve jouw colleges natuurlijk. Maar dat weet je al. Beeldende vorming, dat is pas echt knudde. Vorige week kregen we de opdracht een kleisculptuur te maken van Amerikaanse iconen. Alle anderen kwamen met van die afgezaagde clichés aan – fakkels, adelaars, vlaggen...'

Angela's nerveuze verslag – buiten adem, staccato en razendsnel – stemt Swenson eigenaardig gelukkig. Waarom zou hij de enige zijn die zich zorgen maakt?

'Ik heb een McDonald's voordeelmenu nummer 7 genomen. Dat was heel gaaf, ik heb de cola met het rietje en de frietjes en de hamburger perfect nagemaakt. En die klootzak, neem me niet kwalijk, professor Linder, sprong uit zijn vel. Hij zei dat ik geen respect had en hem probeerde te ergeren.'

Wat is dat voor een docent beeldende vorming? Wat voelt Swenson zich superieur. Hij gelást zijn studenten de regels te overtreden. Hij voelt zich niet bedreigd door hun talent. Hij zou die idioot van een Linder moeten bellen om hem te vragen waar hij mee bezig is, hoewel hij hem eigenlijk zou moeten bedanken omdat Swenson doordoor zo goed uit de bus komt. Dus Angela volgt creatief schrijven en beeldende vorming? Wat kopen haar ouders precies met de lange uren waarin haar stiefvader – of vader – pillen telt en etiketten typt?

'Weet je al waarin je gaat afstuderen?' vraag hij. Alweer een vraag van een stakker. De zin waarmee hij ook al geen meisjes had kunnen oppikken op de informele feestjes uit zijn eigen studententijd.

'Ik heb nog tot het eind van het jaar voor ik het moet zeggen. Ik weet het niet. Wat vind je ervan als ik afstudeer in creatief schrijven?'

'De voor de hand liggende keus. Alleen is er één probleempje. Creatief schrijven is geen afstudeerrichting.' Op instituutsvergaderingen wordt al jaren over dit onderwerp gedebatteerd. De rest van de staf – met name Bernie – verzet zich ertegen, deels om hem op die manier te laten weten wat men werkelijk vindt van zijn zogenaamde specialisatie. Swenson en Magda vechten er niet al te hard voor. Waarom zouden ze naar het extra werk verlangen om de afstudeerromans van studenten te moeten lezen?

'O,' zegt ze. 'Ik dacht dat dat kon. Ik dacht dat ze dat hadden gezegd toen ik me hier inschreef. Ach, tja, dat geeft niet. Ik kies gewoon het gemakkelijkste vak uit zodat ik tijd heb om te schrijven. Dat is het enige waar ik om geef. Ik sta 's ochtends op en als ik die dag kan schrijven, ben ik in een goede bui. Dan ben ik gelukkig!'

Swenson herinnert zich hoe dat voelde: de vreugde, de opwinding om aan een werkdag te beginnen, de bijna lichamelijke gewaarwording om een andere wereld in te glippen, de waanzin in feite om je stemmen voor te stellen, zo'n psychose die het slachtoffer ervan wijsmaakt dat de wereld logisch in elkaar zit.

Ze passeren al het uitgebrande casco van de Wendover Country Inn and Tavern. In zijn vroegere leven als wegrestaurant, altijd meer een kroeg of *Tavern* dan een herberg of *Inn*, had het aangegeven dat ze halverwege Euston en Burlington waren. Als kind wist Ruby dat ze er op hun ritjes naar de stad naar moest uitkijken. Nu, nog altijd dichtgespijkerd, jaren na een vermoedelijk geval van brandstichting, vervult het grillige, dakloze bouwsel Swenson met angst. Is het de gedachte aan Ruby of het feit dat de tocht al half voorbij is?

Angela slaat haar benen over elkaar en zet ze weer naast elkaar. Ze zegt: 'Schrijven is beter dan al het andere. Zelfs beter dan seks, bedoel ik.'

Swenson werpt snel een blik op haar.

'Och, misschien ook niet,' zegt ze. Dan wordt het opnieuw stil.

'Weet je wat voor computer je wilt hebben?'

'Speakers en grafische mogelijkheden interesseren me niet. Al die te gekke videospelletjes. Ik wil alleen maar een groot scherm en heel veel geheugen, zodat ik niet telkens van alles hoef weg te doen om er meer van de roman op te kunnen zetten. Dat is met de laatste gebeurd.'

Swenson zegt: 'Had je het hele geheugen gebruikt?'

'Ik schrijf heel veel,' zegt Angela.

Waarom is Swenson niet eens jaloers? Zij schrijft en hij niet. Waarom? Omdat hij dankbaar is dat ze hem eraan herinnert waar dit uitstapje over gaat. Een schrijvende student en een toegewijde docent die overuren maakt.

Ze rijden in een genoeglijke stilte verder naar Burlington tot Swenson de woestenij van de enorme parkeerplaats van Computer City oprijdt.

'Zijn ze vandaag wel open?' vraagt Swenson.

'Waarom zouden ze niet open zijn?' zegt ze.

De holle hangar van een winkel is nagenoeg verlaten, met uitzondering van een kluitje verkopers in het lichtgroen van Computer City bij de servicebalie, een manager die roept naar een man met een handkar vol dozen, een paar klanten die een vroege lunchpauze hebben genomen om een pc te kopen en twee technische jongens van de middelbare school die spijbelen om het nieuwe materiaal te bekijken.

Swenson draaft achter Angela aan, die fanatiek door de gigantische winkel beent. De verkopers houden op met waar ze mee bezig zijn om de flitsende witte dijen in zich op te nemen, de sleutels die aan een zwaar koord tegen een heup slaan, de zwarte sokken die boven de laarzen uit komen. En wie denken ze dat Swenson is? Een of andere geile oude bok die elektronica koopt voor zijn jonge punkvriendin? Wat voor dwaas zou een poging doen om de genegenheid te kopen van een meid van wie je al winkelpaden bij haar vandaan ziet dat ze louter een houding en een bron van ellende is? Ze denken vermoedelijk dat hij haar vader is. Nou, ze gaan hun gang maar, dat mogen ze. Swenson zou haar vader kúnnen zijn. Hij kan zich net zo goed het genoegen gunnen waarvan Ruby hem heeft beroofd toen ze liever haar schoolcomputer mee naar de universiteit nam dan lang genoeg met hem sprak om te kunnen vragen of hij een nieuwe voor haar wilde kopen.

Er komt een verkoper op Angela af. Tegen de tijd dat Swenson hen bereikt, zijn Angela en de jongeman die volgens zijn naamplaatje Govind heet, diep in gesprek. Het vriendelijke gezicht vol acnelittekens van de Indiase jongen is verstijfd van gêne terwijl hij zijn lange, magere gestalte probeert te laten krimpen tot Angela's formaat. Hij wil behulpzaam zijn, zijn werk doen en niet te kampen hebben met het korte rokje van de klant, haar witte benen en laarzen.

Afgezien daarvan is Angela een ideale klant. Ze weet precies wat ze wil. De hele transactie duurt slechts enkele minuten. Govind komt te weten wat ze nodig heeft en kijkt dan pas naar Swenson – pap – om hem om zijn instemming en toestemming te vragen. Swenson knikt. Natuurlijk. Graag. Mijn dochter heeft dit geregeld.

Wanneer Angela haar creditcard tevoorschijn haalt, trekt Swenson zich discreet terug en laat haar tot zichzelf komen als de verkoper wegvliegt om de printerkabel te halen. Een slimme meid, ze weigert beleefd het onderhoudsabonnement van de winkelketen.

Govind glimlacht. 'Ik heb het geprobeerd,' zegt hij.

'Dat zal ik onder ede verklaren,' zegt Angela.

Hij geeft haar het bonnetje van haar creditcard. 'Veel plezier ermee,' zegt hij.

Hij wijst hoe ze met de auto bij het uitgiftepunt van de goederen moeten komen, drukt Swenson de reçu's in zijn hand en wenst Angela veel succes.

'Je bent een kanjer,' zegt Angela tegen hem.

'Ik doe gewoon mijn werk,' zegt hij, stralend van verlegen trots.

Angela en Swenson verlaten de winkel veel minder snel dan ze er naar binnen zijn gewandeld doordat hun tred wordt vertraagd door een bijna postcoïtale loomheid.

'Dat ging gemakkelijk,' zegt Angela. 'Alles zou zo gemakkelijk moeten gaan.'

Swenson rijdt naar de zijkant van het gebouw. Als circusclowns springen ze allebei tegelijk uit de auto. Angela grijpt een van de kleinere dozen en schuift die in de kofferbak. Al die dozen passen er onmogelijk in, maar het is Swensons taak om dat te proberen. Hij dwingt zich door louter wilskracht tot een zekere fysieke bekwaamheid waarin hij het aan testosteron gekoppelde vermogen kan oproepen om ruimtelijke verhoudingen te beoordelen. Hij is dat verhaal over haar zieke, amechtige vader niet vergeten. Eindelijk kan hij de kofferbak dichtdoen. Zie je wel! Hier had ze hem nodig. Zij kan dan haar weg vinden in deze heerlijke nieuwe wereld van megahertz en RAM, maar hij heeft haar door de eenvoudige, ouderwetse geometrie moeten leiden om grote voorwerpen in een kleine, beperkte ruimte te persen.

'Zo,' zegt hij. 'Dat was dat! Zullen we wat gaan eten?'

'Ik denk het niet,' zegt Angela. 'Ik zou er zenuwachtig van worden als we dit allemaal in de auto lieten staan.'

'Dit is niet echt het zuiden van de Bronx. Het is Vermont, weet je nog wel? Je kunt het op de achterbank laten liggen zonder het portier op slot te doen en het zal er nog zijn als je weer naar buiten komt.'

'Dat is vragen om moeilijkheden,' zegt ze.

'Goed,' zegt Swenson. 'Wat vind je ervan als we alvast een stuk terugrijden naar Euston en dan stoppen bij een restaurantje op het platteland waar we de auto door het raam in de gaten kunnen houden...?'

'Liever niet. Ik zou te ongerust zijn om te eten. Als je honger hebt, kunnen we misschien een McDonald's of een ander drive-inrestaurant vinden.'

'Zoveel honger heb ik niet.' Swenson kan niet geloven dat hij dit aanstootgevende kind smeekt wat met hem te gaan eten nadat hij negentig kilometer met haar heeft gereden en zijn hele dag heeft weggegooid. Desondanks... is hij teleurgesteld. Hij had zich zo duidelijk de schokkende warmte van het restaurant voorgesteld na de kou buiten, de geur van koffie, de kalmerende geuren van gehaktbrood en aardappelpuree, de jukebox. Hij voelt zich net een jongen die van zijn vriendinnetje te horen heeft gekregen dat ze vroeg naar huis wil.

'Hoe eerder ik terug ben, hoe beter het is,' zegt ze.

'Dat begrijp ik.' Hij kan er niets aan doen dat hij geïrriteerd klinkt of het gaspedaal diep intrapt wanneer hij van het parkeerterrein wegrijdt. Angela moet zich schrap zetten om niet tegen hem aan te vallen.

Swenson rijdt het klaverblad op dat bij de winkelboulevard vandaan voert. De snelweg versmalt tot de landelijke tweebaansweg vol gaten.

'Maar goed,' zegt Angela. 'Moet je horen. Je kunt nee zeggen. Maar ik hoopte dat je me zou helpen alles naar mijn kamer te dragen. En me zou helpen bij de installatie. Ik begrijp het als je nee zegt. Ik wil niet je hele dag in beslag nemen.'

Swenson wacht een tel. 'Ik denk niet dat je bij het installeren van een computer iets aan me zult hebben. Mijn vrouw heeft de mijne in elkaar gezet. Ik was volstrekt nutteloos.'

Idioot! Waarom moet hij nu over Sherrie beginnen? Wat probeert hij haar te zeggen? Elke normale man zou de taak op zich nemen om de computer te installeren, of hij nu wist hoe dat moest of niet.

'Dat geeft niet,' zegt Angela. 'Ik kan hem vast wel installeren. Je zou me gewoon moreel kunnen steunen.'

'Dat kan ik wel,' zegt Swenson.

'Dat weet ik. Dat is zo geweldig van je. Niemand heeft er ooit tijd voor uitgetrokken om me aan te moedigen of te helpen.'

Swenson zegt: 'Ik doe gewoon mijn werk.' Was dat Indiase accent een vergissing? Zal Angela zijn imitatie van Govind racistisch vinden? Of is het een teken van een gemeenschappelijk verleden dat van minuut tot minuut groter wordt, hen verenigt, een gezamenlijke achtergrond die al een bron is voor eigen grapjes?

Maar Angela lijkt aan iets totaal anders te denken. 'Weet je... als ik de computer aan de praat krijg, kan ik die ontbrekende bladzijden uitprinten en aan je meegeven voor je weggaat.'

En dit is het laatste dat een van beiden zegt tot ze bijna bij Euston zijn. Als ze het hek van de universiteit doorrijden, voelt Swenson zich uitgeput. Hij wenst dat hij kon terugrijden naar het platteland, langs de weg kon parkeren en een dutje kon doen met zijn hoofd op Angela's schoot.

Angela's overdreven zucht lijkt zo op het geluid dat hijzelf wil maken, dat hij een ogenblik vol schrik denkt dat hij het misschien echt heeft gedaan. Ze zegt: 'Ik heb net het gevoel dat ik voorwaardelijk ben vrijgelaten en dat je me nu weer terugbrengt naar de gevangenis.'

'Zo erg is het nu ook weer niet,' liegt Swenson. Maar dat is precies wat hij ervan vindt.

'Jij hebt gemakkelijk praten,' antwoordt ze. 'Jij hebt een auto. Jij kunt weggaan.'

'Moet je horen... als je echt even weg moet, als je ergens naartoe moet, aarzel dan alsjeblieft niet om me te bellen... We zouden een ritje kunnen maken.' Hij kan niet meer doen alsof dit bij zijn baan hoort.

'Bedankt. Dat is echt ongelooflijk aardig. Misschien moet je uitkijken met die verkeersdrempels, met al die spullen in de kofferbak.'

Swenson gaat langzamer rijden, getroost door de gedachte aan de computer – ontlastend bewijs. Ze moesten een boodschap doen en dat hebben ze gedaan. Het kan hem niet meer schelen of iemand hem met Angela ziet terugkomen. Hij is onschuldig. Ze hebben hun missie volbracht en er heeft zich niets ongepasts voorgedaan.

'Help me eens even. In welk studentenhuis zit je? Ze lijken allemaal op elkaar. Mijn vrouw en ik zijn de ouders geweest van Dover. Prehistorie. Dat is duidelijk.' Daar gaat hij weer, roept opnieuw Sherrie op. Ze zal wel snappen wat hij bedoelt. Hij is getrouwd. Angela, zo valt hem op, heeft het niet over haar vriend. Waarom staat hij niet te wachten om haar computer naar boven te brengen, een of andere sterke, potige jongen met wijd open, kloppende kransslagaderen.

'Newfane. De ene rotnaam na de andere.' Studenten van Euston geloven dat hun studentenhuizen zijn genoemd naar plaatsen in Vermont. Niemand vertelt hun dat de plaatsen zijn genoemd naar vrienden van Elijah Euston. In een poging een open, democratische instelling te lijken, heeft de universiteit het feit gebagatelliseerd dat de stichter en zijn maten ooit het grootste deel van de staat in hun bezit hebben gehad. 'Hier rechts. Die daar is het.'

Maar natuurlijk, dat wist hij. Daar heeft hij haar vanochtend opgehaald. Hij parkeert voor haar huis. 'Is herenbezoek geoorloofd op dit tijdstip?'

'Ben je gek? Het is een gemengd studentenhuis. Er zijn al in geen tijden meer regels voor bezoektijden. Jongens mogen altijd binnenkomen. Bovendien ben jij een professor. Jij kunt doen wat je wil.'

'Gezien het huidige klimaat,' zegt Swenson, 'ben ik daardoor extra verdacht.'

'Hoe bedoel je?' zegt Angela.

'Laat maar,' zegt Swenson.

Angela stapt uit. 'Hé, misschien moet jij bij de auto blijven. Je kunt hier zitten en ervoor zorgen dat er niets wordt gepikt. Ik kan de dozen naar boven dragen.'

'Ik zou het niet prettig vinden om hier maar te zitten terwijl jij druk bezig bent.' Hij zou het nog minder prettig vinden als er iemand langskwam en hem in een geparkeerde auto voor een studentenhuis zag zitten. 'Op de campus zal niemand inbreken in een gesloten kofferbak.'

'Je zult wel gelijk hebben,' geeft Angela toe. 'Maar laten we voorzichtig zijn, goed?'

Swenson loopt naar achteren en maakt de kofferbak open. Ze nemen elk een doos. Angela stevent op de voordeur af en hij gaat haastig achter haar aan, met de doos met de monitor in zijn armen geklemd.

Hij is in geen tijden in een studentenhuis geweest. Ruby's studentenhuis is eerder een vervallen project van de sociale woningbouw. Dat heeft hij alleen gezien toen ze haar er vorig jaar augustus naartoe hebben verhuisd, bij het begin van het studiejaar, wanneer alle studentenhuizen een spookachtige, theoretische aanblik bieden.

Nu hij de hal binnenkomt – een frisdrankautomaat, een mededelingenbord met niets anders dan een lijst met brandvoorschriften –

wordt hij bevangen door de lucht van sportschoenen, zweet en sport-kleren. Hoe kunnen jongeren ertegen om telkens wanneer ze thuisko-men te worden begroet door deze benauwde, sterke stank van verrot-ting, op de grens van zilt bederf? Wat maar weer laat zien hoe ver hij van hun leeftijd staat. Voor hen is het de lucht van het leven zelf. De geuren waar hij de voorkeur aan geeft – knoflook, gebraden kip, wijn, appeltaart, bloemen uit Sherries tuin – stinken voor hen naar ouders en muffe, verstikkende verveling. Avonden waarop ze thuis vastzit-ten, niet bij hun vrienden zijn. De stank van de levende dood.

Ze gaan een trap op, passeren een verlaten televisiekamer met daar-in een pingpongtafel en een paar smerige leunstoelen die kennelijk zijn uitgekozen vanwege de onversneden zuiverheid van hun institu-tionele lelijkheid. Er is geen zweem van huiselijkheid, er hangt geen poster aan de muur, niets duidt erop dat mensen hier hun tijd door-brengen.

Swenson sprint nog steeds achter Angela aan, die de gang in gaat, langs open deuren vliegt, waardoor hij wel even naar binnen moet gluren. Stel nu eens dat hij een van zijn studenten tegenkomt, Ma-keesha, Jonelle of Claris?

Ten slotte komt Angela bij haar deur en vist naar de sleutels die aan het leren koord om haar middel bungelen. Op de deur hangt een poster, een zwart-witfoto van een hell's angel met lang haar, een nazi-helm, een baard en een begroeide borst met een wirwar van dreigen-de kettingen.

'Een vriend van je?' zegt Swenson.

'Avedon,' zegt Angela. 'Is het niet schitterend? Het is net of je een bordje met "Wacht u voor de hond" hebt. Maar dan lang niet zo afge-zaagd.'

Swenson volgt Angela de kamer in en blijft aan de grond genageld staan door de honderden gezichten die hem aanstaren. Elke centi-meter muur – met uitzondering van een paar spiegels, die glinsteren tussen de foto's – is bedekt met kaarten van acteurs, schrijvers, heili-gen, musici, kunstenaars. Aanvankelijk lijkt de volgorde willekeurig, maar na een tijdje ontdekt hij de patronen, gegroepeerd op thema (Janis, Jimi, Jim, Kurt Cobain) of tijdperk (Buster Keaton naast Char-lie Chaplin en Lilian Gish). De oudere Picasso kijkt naar de even losbandige, even kale Jean Genet. Tsjechov en Tolstoj, Collette, Virginia Woolf en... is dat Katherine Mansfield?

Aan de andere kant van de kamer staat een eenpersoonsbed, smal als van een monnik, bedekt met een kloosterlijke bruine doek. Langs de volle lengte van één muur staat een wit formicabureau waarop Angela haar doos zet en ze gebaart Swenson hetzelfde te doen.

'Dit is geen kamer,' zegt Swenson. 'Dit is een... installatie.'

'Vind je het mooi?' zegt Angela trots. 'Iedereen vindt het een zootje. Dat is ook een reden waarom zoveel meiden in de gang denken dat ik knettergek ben. Zij hebben allemaal zeg maar die ene perfecte poster van Brad Pitt boven hun bed hangen. En je zou Makeesha's kamer moeten zien. Die is helemaal ingericht met van die rotzooi van de Zwarte Panters, posters en rastavlaggen, en zo'n enorme vergrote poster van Snoop Doggy Dog. Het punt is dat iedereen weet dat Makeesha's vader professor is aan Dartmouth. Ze zijn veel rijker dan mijn ouders.'

'Tuttut.'

Swenson mag er dan misschien uitzien als een kwijlende geile bok die door de kamer van een vamp sluipt, maar in feite is hij een voortreffelijke academicus die zijn positie nooit vergeet, of de ongepastheid om met de ene student grapjes te maken over een andere, of zelfs maar over de inrichting van een andere student.

'Waar is je oude computer?' zegt hij.

'Dat was een beetje achterlijk,' geeft Angela toe. 'Ik werd zo kwaad toen hij mijn werk had opgegeten dat ik hem uit het raam heb gegooid. Daardoor wist ik dat hij niet meer te repareren was. Alleen was het heel eng dat ik me meteen daarna herinnerde dat ik een vreselijke film had gezien waarin Jane Fonda een schrijfster speelt die haar schrijfmachine uit het raam gooit. Ik kon niet geloven dat ik dat had gedaan.'

'O, die film heb ik gezien. Hoe heette hij? Dat kan ik me niet meer herinneren.'

'Dat weet ik niet,' zegt Angela. 'Laten we de rest gaan halen.'

Dus moeten ze alweer spitsroeden lopen, hetzelfde parcours nog eens afleggen. Swenson kan niet zoveel geluk blijven houden. Deze keer zal hij ál zijn studenten tegenkomen, die zijn samengedromd om te kijken hoe hun professor achter Angela Argo aan rent.

Ze gaan haastig weer naar buiten. Angela is nog steeds bang dat haar spullen zullen worden gegapt uit de gesloten kofferbak van Swensons auto. Het ontroert hem dat ze dat apparaat zo dolgraag, zo hartstochtelijk graag wil hebben. Geen wonder dat haar ouders bereid waren het geld neer te tellen. Als Ruby ook maar iets zo graag zou willen hebben... Hij pakt de doos met de minitoren. Zij grijpt de tas met kabels. Goed, dit is de laatste keer. Hierna zijn ze klaar.

Angela doet de deur voor hem open en loopt een stukje voor hem uit. In de kamer maakt ze ruimte zodat hij de doos op het bureau kan zetten.

'Ik zal je helpen met uitpakken,' zegt hij. 'Heb je een mes? Een scherpe schaar?'

'Probeer dit maar.' Angela haalt een kampeermes uit haar tas. 'Kijk niet zo geschrokken. Ik lift. Een meisje kan niet voorzichtig genoeg zijn.'

'Je moet niet liften,' zegt Swenson. 'Het kan net zo met je aflopen als met die meisjes die pas een paar jaar nadat de seriemoordenaar hen heeft opgepikt door jagers worden gevonden.'

Hij kan zijn ontzetting niet verhullen bij het idee dat haar iets zou overkomen. Ondertussen is hij zich bewust van de ironie dat hij zulke tedere, beschermende gevoelens koestert terwijl hij kijkt hoe ze een jachtmes door dik karton haalt. En voor zo'n tenger ding heeft ze echt een opmerkelijk sterk bovenlichaam, zoals ze de dozen vasthoudt terwijl Swenson worstelt om de monitor en de console uit hun piepschuim vormen te halen.

'Goed,' zegt hij. 'Goed. Goed. Is er een handleiding of zo...?'

'Moet je horen,' zegt Angela. 'Doe me een lol. Ga daar op het bed zitten en wees er gewoon, zoals ik al zei, wanneer ik morele steun nodig heb, wanneer ik door het lint begin te gaan...'

Swenson lacht. 'Hoe weet je dat ik geen idee heb waar ik mee bezig ben.'

'Door het aantal keer dat je "goed" zei.'

Swenson doet wat hem wordt gezegd. Hij gaat op de rand van het bed zitten, schuift vervolgens zijn rug tegen de muur en laat zijn voeten voor zich uitsteken. Angela is te druk bezig om het op te merken. Ze steekt stekkers in stopcontacten, zoekt parallelle poorten, schudt het inktpatroon, sluit de muis aan en beweegt hem voorzichtig over het spiksplinternieuwe muismatje.

De computer is heel gehoorzaam. Op elk kritieke moment wacht Angela gespannen. Als het juiste lichtje gaat branden of iets begint te snorren, steekt ze haar duimen in de lucht en zegt ze: 'Jaaa.'

Wat mag Swenson dit talentvolle, houterige meisje graag! Hij hunkert niet alleen naar haar jeugd, haar talent, haar goede tanden en wat ze verder maar heeft dat hij kwijt is. Het is oprechte genegenheid. Tegelijkertijd is hij zich er scherp van bewust dat hij op haar bed zit. Hij wordt opnieuw overmand door doezeligheid, net als buiten in de auto. Hij kijkt verlangend naar Angela's kussen. Misschien kan hij gewoon even een dutje doen.

Angela zegt: 'Het is ongelooflijk hoe goed het gaat. Het was een rotklus om mijn oude computer te installeren. Het is net of je... me geluk brengt.'

'Ik hoop het,' zegt Swenson.

'Jaaa!' sist Angela. 'Ja, ja, ja. Volgens mij hebben we hem aan de praat gekregen. Ik ga proberen het laatste hoofdstuk uit te printen.'

Angela duwt een diskette in de floppydrive, glijdt met de muis rond en klikt. De eerste vijf bladzijden die de printer uitbraakt zijn op een diagonale zwarte baan na leeg. Dan houdt het apparaat op met printen en begint er een foutlampje te knipperen.

'Kreng!' Ze knipt de schakelaar aan en uit. Even klinkt er een hoopvol gezoem en dan komen er angstaanjagend knerpende geluiden ergens diep uit het apparaat. Het lampje dat aangeeft dat het papier is vastgelopen begint te knipperen.

'Volgens mij zit het papier vast,' zegt Swenson.

'Je meent het,' zegt Angela, die naar hem toe draait.

Wacht eens even! Swenson is geen vriend van haar, en evenmin haar vader of stiefvader of haar vriendje of een andere willekeurige nutteloze man tegen wie ze zo kan praten. Toevalligerwijs is hij haar docent, haar professor creatief schrijven. Hij is haar meer ter wille dan zijn functieomschrijving vereist.

'Het spijt me,' zegt ze. 'Word alsjeblieft niet boos. Ik word helemaal gek van die teringzooi. Ik wilde je zo graag die bladzijden geven zodat je ze kon meenemen. Het betekende heel veel voor me en nu...'

'Dat geeft niet. Probeer het nog een keer.'

Angela haalt haar schouders op en klikt op PRINT. De printer begint. Het papier loopt vast. Ze barst in tranen uit. Swenson staat op en loopt de kamer door om een hand op haar schouder te leggen. Angela steekt haar hand naar achteren en legt de hare op die van hem. Swenson heeft een kleine uittreding waarin hij ziet hoe hun vingers zich verstrengelen, alsof zijn hand een soort spin of een zeedier is dat een eigen leven leidt.

Hij kan niet zeggen dat hij niet weet dat van het een het ander zal komen, dat als hij zijn hand op haar schouder laat liggen, hij hem vervolgens langs haar nek omhoog zal laten glijden naar haar haargrens en dat hij zijn hand door het zachte dons op haar nek zal halen. Hij kan niet zeggen dat hij niet weet dat hij langs haar T-shirt naar beneden gaat, naar de gladde ruimte van haar rug en dat zij, nog steeds op haar bureaustoel, haar rug tegen hem aan kromt. Hij kan niet zeggen dat hij niet weet dat als hij daar blijft staan en niet wegloopt, Angela zal opstaan en zich zal omdraaien en dat ze dan in elkaars armen zullen liggen. Dat weet hij en dat weet hij niet, net zoals hij al de hele tijd wel en niet weet dat elk woord dat ze hebben gesproken, elk gebaar dat ze hebben gemaakt, hiertoe zou leiden. Desondanks lukt het hem om verbaasd te zijn en ziet hij, als het ware vanaf enige afstand, hoe hij Angela Argo kust.

Na een tijdje trekt Angela zich terug. Ze zegt: 'Weet je zeker dat je dit wilt doen?'

Daar is hij inderdaad zeker van, maar alleen zolang hij dat niet hoeft te zeggen, wat zou inhouden dat het echt gebeurde – met zijn volle medeweten en deelname. Hij is net zo'n ongelukkig meisje dat zwanger raakt terwijl ze zichzelf ervan weet te overtuigen dat ze niet echt met iemand naar bed gaat. Hoort hij Angela niet om toestemming te vragen? Swenson kan zich niet veroorloven daarover na te denken, hij heeft al te veel aan zijn hoofd: de uitdaging bijvoorbeeld om terwijl hij Angela nog steeds kust door de kamer naar haar bed te lopen, en wel via de hindernisbaan van weggegooide computerdozen.

Gelukkig loopt Angela soepel achteruit, geleid door een soort sonar. Hij hoeft haar alleen maar te volgen. Hoe kan dit dezelfde persoon zijn die altijd struikelt en om zich heen slaat in een poging lekker te gaan zitten? Ze is in haar element, denkt Swenson, een vis die weer in het water is. Ze trekt hem de kamer door, stuurt hem om dingen heen en duwt hem op het bed neer. Je kunt je onmogelijk tegen haar blik verzetten of die ontwijken. Het is net of hij wordt bezworen door een slang, uiteraard geen koningscobra, maar een taaie kleine adder, die flauw heen en weer zwaait, hem vasthoudt met haar strakke blik. Maar is het niet de slang die wordt bezworen? Waarom kan Swenson niet helder denken? Waarom niet? Omdat Angela kennelijk haar kleren gaat uittrekken, haar armen voor zich kruist en haar zwarte T-shirt over haar hoofd trekt. Haar borsten zijn perfect, net knoppen. De tepels staan overeind van de kou.

Ze stroopt haar minirokje over haar laarzen naar beneden en stapt eruit, laat het op de grond liggen. Ze draagt een kanten, zwarte string. Is dat iets wat jonge vrouwen gewoonlijk dragen als ze een computer gaan kopen? Kan Angela dit hebben gepland? Ze heeft de ringetjes in haar lippen weggelaten, net als andere gezichtssieraden die een probleem zouden kunnen zijn bij het zoenen. Ach, niet dat hij zich die ochtend niet met speciale zorg heeft gekleed.

Ze is naakt, met uitzondering van de leren laarzen. Dat is ongelooflijk sexy. En toch... wat is ze mager. Haar lichaam is totaal anders dan dat van Sherrie, aan wie hij niet zou moeten denken terwijl hij daar zit met zo'n grote erectie dat Angela het door zijn spijkerbroek heen ziet.

'Gaaf,' zegt ze bewonderend, en ze komt naar hem toe en gaat schrijlings op zijn dijen zitten, met haar gezicht naar hem toe. Heel even vangt Swenson in haar ogen iets op wat op angst lijkt. Dan richt ze zich op de gesp van zijn riem, die haar een ogenblik voor een raadsel stelt tot ze hem doorheeft en hem met een dromerige, handige afwezigheid openmaakt. Ze glijdt abrupt van hem af, gaat vervolgens naast hem zitten en buigt naar voren om haar laarzen uit te rukken. Swenson laat een hand langs de tere bobbels van haar ruggengraat glijden, terwijl hij met de andere met zijn spijkerbroek en onderbroek worstelt.

Als Angela haar laarzen uit heeft, steekt hij opnieuw zijn armen naar haar uit, maar ze gebaart dat hij op het bed moet gaan liggen en rommelt in het nachtkastje, waaruit ze een klein in folie gewikkeld pakje haalt. Hij heeft ze al zo lang niet meer gebruikt – Sherrie heeft al jaren een pessarium, sinds ze met de pil is gestopt – dat hij een verwarrend moment denkt dat het een theezakje is. Ach, het is inderdaad een condoom. Dat is nu seks in de jaren negentig, en het is in hun beider voordeel dat Angela voorzichtig is. Niet dat ze van Swenson veel te vrezen heeft. Maar wie weet wat zíj heeft uitgespookt? Wie was die jongen die de telefoon opnam? Swenson is het die gevaar loopt. Het is een ontnuchterende gedachte, maar die is niet macaber genoeg om hem zijn stijve te laten verliezen, die positief lijkt te reageren op het intimiderende feit dat Angela haar condooms zo voor het grijpen heeft liggen. Is dit niet hoe meisjes zich voelden toen Swenson op de middelbare school zat en hun vriendje halverwege spontaan, hartstochtelijk gevrij een koel en weloverwogen kapotje tevoorschijn haalde?

Angela geeft hem het pakje, dat hij uitpakt, enigszins ongerust voor het geval condooms zijn veranderd. Stel je voor dat hij niet meer weet hoe hij er een moet gebruiken. Zijn middelbareschooltijd komt weer terug. Het is net als fietsen. Hij doet hem eroverheen, laat ruimte over en rolt de rest terug.

Hij voelt zich opnieuw zoals de vrouw zich hoort te voelen als Angela zich op hem laat zakken en hij denkt: en hoe zit het met het voorspel? Maar dat is slechts gedurende een fractie van een seconde, voor het genot het overneemt, de warmte vanuit zijn lenden naar boven wordt gepompt. Eindelijk denkt hij zowaar eens niet wanneer hij haar omdraait, waarop haar benen zich spreiden. Hij steunt op zijn armen, laat vervolgens zijn borst tegen die van haar zakken, voelt zijn borst tegen haar borsten, terwijl haar dijen duwen om dichterbij te komen. En nu bevindt zijn gezicht zich tegen het hare, zijn kin tegen haar wang...

Er klinkt een explosie in zijn hoofd. Gekraak, geknerp en vervolgens geknars, alsof steen tot poeder wordt vermalen. Het duurt even voor hij beseft wat er is gebeurd.

'Wat was dát?' vraagt Angela. 'Ik hoorde het in mijn hele schedel.'

'Niets,' zegt Swenson. 'Er is een kies gebroken.'

De kies waar hij al maanden last van heeft, heeft dit moment uitgekozen om zichzelf te vernietigen. Hij besefte niet dat hij met zijn tanden knarste. Dit is afschuwelijk! Niet eerlijk! Op het moment waarnaar hij heeft gehunkerd en waarvan hij heeft ontkend dat hij ernaar verlangde, als hij eindelijk datgene krijgt waarvan hij niet heeft durven dromen, breekt er een kies. Echt iets voor een vent van middelbare leeftijd, heel zielig om te worden ontmaskerd als een geriatrisch geval met dringende gebitsproblemen! Nog steeds verbonden met Angela beweegt Swenson zijn tong naar de achterkant van zijn mond en inspecteert de scherpe chaos.

'Ik ben een vulling kwijt,' zegt hij.

'Dat is niet het enige dat je kwijt bent,' zegt Angela.

Zijn stijve is verdwenen. Voorgoed verdwenen. Hij rolt op zijn zij. Hij kijkt op Angela neer terwijl de begeerte van haar gezicht verdwijnt, haar uitdrukking volkomen vervlakt. Ze knippert met haar ogen, glimlacht vervolgens onzeker.

'Wat een afknapper,' zegt ze. 'Is het pijnlijk?'

'Alleen voor mijn ijdelheid,' zegt hij. 'Mijn ijdelheid is dodelijk gewond.' Het is belangrijk haar niet te laten merken hoe ellendig hij zich voelt. En het feit dat hij haar dat niet kan vertellen, vervult hem met zo'n martelende eenzaamheid dat er tranen in zijn ogen opwellen. Hij weet dat het deels een hormonenkwestie is, de chemie van de frustratie. Toch is hij nog zo helder dat hij zich afvraagt wat hij daar naakt met dat kind, dat vreemde mens doet. Hij zou bij Sherrie moeten zijn, die hij door en door kent. Wat moet hij Sherrie vertellen over de manier waarop hij zijn kies heeft gebroken? Door Sherries meeleven zal dit een nog subtielere kwelling worden, zal het nog meer zijn verdiende loon zijn. Hij wil het uitschreeuwen over zijn eigen stomheid, over deze giftige cocktail van wellust en zelfmisleiding die hij met zulke piepkleine slokjes heeft opgedronken dat hij zich er zelf van heeft kunnen overtuigen dat hij niets dronk.

Ondertussen wil hij eigenlijk alleen maar dicht tegen Angela Argo aangedrukt blijven liggen. Maar ze zit al in kleermakerszit op het bed, met haar rug tegen de muur. Swenson trekt zijn benen op om plaats te maken. Door hun neutrale, aseksuele, ontspannen houding zouden ze twee vriendinnen uit hetzelfde studentenhuis kunnen zijn, die bij elkaar zijn gekomen om hun nagels te doen en te roddelen. Het feit dat ze allebei naakt zijn, doet er verrassend weinig toe. Hij kijkt ontroostbaar de kamer rond en zijn blik wordt aangetrokken door de treurige figuren: Bert Lahr, Harold Lloyd, Buster Keaton. Wat heeft Chaplin voor reden om zo somber te kijken? Hij is met harems vrouwen naar bed geweest!

'Het spijt me van je kies,' zegt Angela. 'Maar wat de seks betreft, geeft het niet. Er gebeuren zoveel rare dingen, bedoel ik. Weet je wat mij eens is overkomen? Ik kreeg een epileptische aanval halverwege het vrijen. Nog een bof dat het een petit mal was. De jongen zou werkelijk hebben gewalgd als ik was gaan stuiptrekken en schuimbekken. Maar ik was alleen even weg, verdween zeg maar.'

Wat lief van Angela om een seksuele blunder te bekennen die nog erger was dan een kies breken. Aan de andere kant... stel je voor dat Angela een toeval had gekregen terwijl ze bij hém was. Wie had hij dan gewaarschuwd? Hoe had hij dat dan uitgelegd?

'Ik wist niet dat je epilepsie had,' zegt hij.

'Ik heb medicijnen,' zei ze. 'Het gaat prima.'

'Net als Dostojevski. Alleen ging het met hem niet prima...' Swenson hoort geluiden op de gang. Hij ligt naakt in een meisjeskamer in een studentenhuis. Hij kent haar niet eens. Ze kan wel een krankzinnige zijn die hem alleen hierheen heeft gelokt om hem erbij te lappen en te zorgen dat hij zijn baan verliest.

'Kan die deur op slot?' vraagt hij.

'Ja,' zegt Angela. 'Ik heb hem op slot gedaan. Gelijk bij het binnenkomen.'

Dus ze heeft dit geënsceneerd. Maar wat is Swenson aan het worden? Een volgende Adam die Eva verwijt dat ze hem de appel heeft laten eten? Hij weet wel beter. Het was ook zijn idee. Hij is de volwassene, de docent. Het is net zo goed zijn schuld als die van haar. Een mooi moment om een bewustzijn te ontwikkelen of, wat dat aangaat, een geweten. Na zijn – mislukte – poging om met zijn kwetsbaarste student naar bed te gaan. Maar was het echt zijn schuld? Dat moet Swenson zich wel afvragen. Wat betekent het dat ze een boek schrijft over een verhouding tussen een leraar en een leerling? Is dit research voor de volgende scène?

Ze klautert naar hem toe, als een aap, en woelt teder – of is het medelijdend? – door zijn haar. Haar tepels strijken langs zijn gezicht. Hij neemt er een in zijn mond, waar ze hem voorzichtig uit haalt met zo'n instinctief, zo'n zeker gebaar dat Swenson eraan moet denken

– God beware hem – hoe Sherrie haar borst terugtrok als Ruby tijdens het voeden in slaap was gevallen.

Terwijl hij zich aankleedt gaat Angela, nog altijd bloot, terug naar de computer. Ze zegt: 'Laten we het nog eens proberen.' Het duurt even voor hij beseft dat ze het over de printer, niet over seks heeft. 'Misschien hebben we een wonder veroorzaakt,' zegt ze en nu heeft ze het wel over seks.

Hij kijkt naar haar lenige, soepele lichaam. Haar onbewuste schoonheid. Ze dubbelklikt met de muis. De printer zoemt. Een voor een dwarrelen er drie bladzijden op haar bureau.

'Bingo,' zegt ze. 'We hebben hem losgeschud. We hebben aan een soort voodoo gedaan.' Ze wacht tot hij helemaal is aangekleed en overhandigt hem dan de bladzijden.

'Het eind van het hoofdstuk,' zegt ze.

'Uitstekend,' zegt Swenson onzeker. 'Ik zal het lezen zodra ik kan.' Voor zijn gevoel is de belofte afgedwongen – de prijs die hij betaalt voor seks. Maar wacht eens even! Hij vindt Angela's roman mooi. Hij deed niet of hij enthousiast was om Angela op die manier in bed te krijgen. In werkelijkheid is het precies andersom gegaan. Hij begon Angela aardig te vinden omdat hij haar roman mooi vond. En daar had het bij moeten blijven en hij had de grens tussen literair enthousiasme en seksuele aantrekkingskracht niet moeten laten vervagen. Maar het is geen ramp, alleen een misverstand... Hij zwijgt even, kan zich er vervolgens niet van weerhouden om te zeggen: 'Je weet dat we dit tegen niemand kunnen zeggen. Het zou een reuzenschandaal zijn.' Nou, het zal in elk geval een hele kluif worden om de colleges te blijven geven alsof dit niet is gebeurd.

'Ja,' zegt Angela. 'Natuurlijk. Ik ga het écht aan iedereen vertellen. Ik wil écht dat we allebei van Euston worden getrapt. Bovendien wil ik niet dat mijn vriend het weet.'

Juist. De vriend. Het zit er dik in dat zijn kiezen niet breken tijdens het vrijen.

'Het is nooit gebeurd,' zegt Angela. 'Later, weet je... zouden we...'

'Dat is een goed idee,' zegt Swenson, hoewel hij niet precies weet wat ze bedoelt. Dit is niet het moment om dat uit te zoeken. Het is tijd om uit haar studentenhuis weg te komen voor hij zijn leven totaal ruïneert.

'Ik bel je als ik dit heb gelezen.' Dat zegt hij altijd. Dus misschien heeft Angela toch gelijk. Ze kunnen op dezelfde voet verder gaan.

'Ik kijk ernaar uit,' zegt Angela. Maar het is niet hetzelfde. Om te beginnen is ze nog nooit spiernaakt naar hem toe gekomen om hem, de ogen ten hemel geslagen – pure ironie – een hand te geven.

'Dag,' zegt ze, en zonder de moeite te nemen om zich aan te kleden gaat ze terug naar haar computer.

Swenson strompelt de gang in zonder te kijken of er iemand is. Het geluk is kennelijk nog steeds met hem, het lot dat uitkijkt voor geliefden, als Angela en hij dat zijn. Nou ja, ze zijn niet meer louter professor en student. Er is iets onherroepelijks gebeurd. Zijn leven zal hierna anders zijn – om nog maar te zwijgen van zijn schrijfgroep. Hij slaat af naar het trappenhuis en botst bijna tegen Claris op.

'Dag, Claris,' zegt Swenson.

'Dag, professor Swenson,' zegt Claris.

Hij waagt zich niet eens aan de joviale verklaring dat hij Angela is komen helpen met haar computer. Hij kan zich er niet toe brengen Angela's naam uit te spreken, deels omdat hij zeker weet dat Angela's naam al door Claris' hoofd speelt, dat ze op een of andere manier weet wat er zojuist is gebeurd. Dat is op zijn gezicht te lezen.

'Nou,' zegt Swenson. 'Tot het volgende college.'

'Tot ziens,' zegt Claris, die kijkt hoe hij met wankele sprongen de trap af gaat.

Swenson kijkt in de brievenbus. Niets. Nou ja, niet echt niets. Een bruine envelop met bonnen die zullen verkommeren op het aanrecht, waar Sherrie en hij er schuldbewust naar zullen kijken omdat ze te lui zijn om tot zulke kleine huishoudelijke besparingen over te gaan, tot een van hen er genoeg van krijgt om ernaar te kijken en hem in de vuilnisbak gooit. Hij denkt aan Len Currie, die zit te kijken naar zijn stapel onbeantwoorde uitnodigingen voor chique feesten en literaire conferenties in Toscaanse villa's en wijngaarden in Sonoma Valley.

Het contrast tussen Lens onverdiende populariteit en zijn eigen onverdiende ballingschap roept een waanidee van ontevredenheid en irritatie op dat zich, bij gebrek aan een ander solide voorwerp, richt op Sherrie, die niets heeft gedaan om dat te verdienen, alleen de pech heeft dat ze in de keuken een kookboek zit door te bladeren, ongetwijfeld op zoek naar een kalmerend gerecht dat ze kan klaarmaken aan het eind van een lange dag die hij heeft gebruikt om haar te bedriegen – dat althans te proberen – met een studente.

Sherrie moet ook een zware dag achter de rug hebben. Het is *De Siciliaanse keuken*, wortels waarnaar ze vaak terugkeert als het niet echt lekker gaat. De keuken van een cultuur waarin de mannelijke familieleden van een onrechtvaardig behandelde vrouw de waakzame huwelijksadviseurs zijn die de ontvoerings- en moordtherapie hanteren.

'Wat willen we?' vraagt Sherrie zonder van haar boek op te kijken.

'Een miljoen dollar. Een nieuw leven. De klok twintig jaar terug...'

'Om te eten?' zegt Sherrie ongeduldig.

'Havermout,' zegt Swenson.

'Pardon?' zegt Sherrie.

'Ik heb vandaag een kies gebroken.' Swenson onderzoekt de scherpe rand met zijn tong. Hij moet naar de tandarts. Misschien heeft hij wel een wortelkanaalbehandeling nodig. Misschien heeft hij wel een zenuw blootgelegd. Maar dat zou hij toch al weten?

Sherrie krimpt in elkaar. 'Ooo. Hoe is dat gebeurd?'

'Een olijfpit,' zegt Swenson.

'Waar heb je een olijf gekregen?' zegt Sherrie. 'Een olijf is veel te exotisch voor de kantine van Euston.'

Zit er niet meer medeleven voor Swenson in? Een huivering, wat gekreun. En nu zijn we bij de olijf beland. De ergste simulanten onder de studenten moeten toch een paar seconden meer krijgen.

Maar goed... Swenson had niet nagedacht over de afwezigheid van olijven. Hij wacht een tel, ziet vervolgens hoe de leugenaar in hem aan de slag gaat. 'O, dat is heel vreemd gegaan. Ik had ineens veel zin in... olijven. Ik ben naar de Minute Mart gegaan om een pot olijven te kopen en heb de hele pot leeggegeten, en je weet toch dat je de pitten in een mondhoek bewaart? En ze dan vergeet? Krak.'

Het is louter adrenaline die aan het woord is, maar dat mag niet hinderen, als het maar werkt. De meest onwaarschijnlijke leugens hebben vaak het beste resultaat.

'Ben je zwanger?' vraagt Sherrie.

'Wat?' zegt Swenson. 'Wát?'

'Dan heb je zin in vreemd eten. Ted? Je zag er even uit alsof je bang was dat je zwanger zou kúnnen zijn.'

'Het is geen lolletje, Sherrie. Een kies breken. Als je tweeëntwintig bent, denk je dat alles kan worden vervangen. Op je zevenenveertigste weet je wel beter.'

'Het spijt me,' zegt Sherrie. 'Je had naar de ziekenboeg moeten komen. We hadden je kunnen helpen.' Sherrie zit met hem te flirten op de automatische, niet serieuze manier van een echtgenote.

'Daar zal ik wel niet aan hebben gedacht.' Swenson is het automatisme kennelijk kwijtgeraakt.

'Doet het pijn?'

'Alleen psychisch. Maar laten we vanavond geen grote, malse biefstuk eten.'

'Wanneer hebben we voor het laatst biefstuk gegeten? Moet je horen, ik heb een idee. Kippensoep met sterretjesvermicelli en ei en spinazie en kaas. Troostend en warm. Geen gekauw. Babyeten. Volgens mij heb ik nog ergens kippenbouillon in het vriesvak staan.'

Kippensoep! De vrouw van de echtbreker kookt kippensoep voor hem. Je zou er commentaar op krijgen als je zo'n voor de hand liggende, geijkte scène schreef, een scène waarin de bedriegende held zich tegelijkertijd wentelt in schuldgevoelens en zwelgt in enorme bewondering voor zijn gade. Vol vertrouwen tikt Sherrie de eieren tegen de rand van de kom, wrikt de schalen uit elkaar en laat de inhoud er met een bevredigende plof uit glijden. Uiteraard moet hij wel aan Angela's roman denken.

Hij heeft iets vreselijks gedaan wat hij nooit meer ongedaan kan maken. Niet alleen verkeerd in moreel opzicht maar stom. Hoe kan hij deze elegante vrouw hebben bedrogen, die kippensoep en spinazie met ei en kaas voor haar gewonde man maakt? En het is niet alleen een kwestie van culinaire vaardigheden maar van schoonheid en ziel. Hij is getrouwd met een combinatie van Florence Nightingale en Anna Magnani.

Waardoor heeft hij zich laten afleiden? Door een in zichzelf verdiept, gekwetst jong vogeltje dat verstand heeft van computers, een neurotisch kind dat een al te gedetailleerd, lief romantisch verhaaltje schrijft over een tiener en haar louche docent. Daarvoor heeft hij een kies vernield en het zal een enorme bof zijn als hij niet zijn hele huwelijk naar de bliksem heeft geholpen.

Nú bedenkt hij pas hoe gemakkelijk – hoe onvermijdelijk – dit allemaal ineens kan misgaan. Angela zou het aan iemand kunnen vertellen. Het zou vreemd zijn als ze dat niet deed. Sherrie zal erachter komen, de universiteit zal het weten en dat is het eind van het leven dat hij kent. Nú, bij zijn vrouw in de keuken, denkt hij hier pas aan. Afgelopen middag in geen geval, toen dacht hij niet na.

Hij gaat aan de keukentafel zitten en slaat de twee dagen oude *New York Times* open die vandaag per post is bezorgd. Op de voorpagina staat een Afghaan met een geweer die van dichtbij een jongen, een tiener nog, neerschiet. Swenson bekijkt vluchtig het bijbehorende artikel, over de opleving van de islamitische rechtspraak en de culturele nadruk op wraak. Alweer die Siciliaanse ooms. Daar heeft Swenson geen behoefte aan. Hij heeft zijn eigen kies die primitief recht verschaft. De krantenfoto's van zijn vaders dood duiken in zijn hoofd op. Vlammen, een kegel van wierook, slierten zwarte rook...

Ineens voelt hij weer wat hij toen voelde, dat intense verlangen om terug te reizen in de tijd en de toekomst te veranderen. Hij had zijn vader niet kunnen redden. Maar hij zou zichzelf wel kunnen weerhouden van zijn poging met Angela Argo naar bed te gaan. Als hij de keuken rondkijkt, kan hij het nauwelijks verdragen om Sherries fel gekleurde kannen van Fiestaware te zien, de kattenklok met de bewegende ogen, het primitieve molentje met de vogel die haar jongen voedt. Hij heeft het gevoel alsof zijn huis is afgebrand, is meegesleurd door een overstroming. Hij denkt aan Emily in *Our Town*, aan Bill in *Carousel*, aan het personage van Jimmy Stewart in *It's a Wonderful Life*. Hij is overleden en een engel laat hem zien hoe soepel het leven zonder hem verder gaat.

Hij is alles kwijt, heeft niets meer, en Sherrie is in gelukzalige onwetendheid – voorlopig – Parmezaanse kaas aan het raspen en spinazie aan het hakken. Wat heeft hij veel opgeofferd voor een kind met een korstige tatoeage waaruit nog vocht onder de pleister door sijpelt. Maar waarom kan hij niet vrolijker zijn? Kerels deden dit vroeger dagelijks zonder er een gedachte aan vuil te maken.

Swenson zegt: 'Hoe laat eten we?'

'Wanneer je maar wilt,' zegt Sherrie. 'Over tien minuten. Wanneer je maar wilt.'

'Ik moet even wat aantekeningen neerkrabbelen. Iets wat ik vandaag heb bedacht.'

'Voor je roman?' zegt Sherrie hoopvol.

'Ja, precies,' zegt hij. 'Voor mijn roman.'

'Jeetje. Sorry dat ik erover begon. Laat me weten wanneer je wilt eten.'

'Over een kwartier.' Swenson rent de keuken bijna uit omdat hij het niet langer uithoudt om daar te zitten praten over olijfpitten en wanneer hij zijn soep wil hebben.

Hij moet Angela bellen. Hij wil weten wat ze denkt. Hij is haar een telefoontje verschuldigd – een zorgzaam en meelevend gebaar. Dat willen vrouwen toch? Hij herinnert zich een stuk uit een verhaal van Isak Dinesen, dat de vrouw bij de seks de rol speelt van de gastvrouw en de man de rol van de gast. De man wil wat een gast wil: een goede indruk maken, zich amuseren, vermaakt worden. En wat wil de gastvrouw? De gastvrouw wil bedankt worden. Prima, maar waar moet hij Angela precies voor bedanken? Bedankt voor de kans om mijn huwelijk en mijn carrière te vernietigen?

Maar goed, hij kan niet bellen. Hoe zou dat gesprekje verlopen? O, hallo, Angela. Ik vroeg me gewoon af... doet de computer het? Vroeger kon hij haar bellen, maar nu is alles vervormd, verdraaid tot kronkels van onbehagen en insinuaties. Eenvoudig communiceren is niet meer mogelijk. Is misschien nooit mogelijk geweest. Misschien hebben Angela en hij nooit een open en eerlijk gesprek gevoerd. Dat kan hij nu net zo goed toegeven. Er is van begin af aan een element van geflirt of aantrekkingskracht aanwezig geweest. Ondertussen is hij kennelijk zo'n kerel die geen idee heeft wat hij doet tot het is gebeurd.

Het enige excuus waarmee hij haar kan bellen, is dat hij haar nieuwe bladzijden heeft gelezen. Daar draait hun verhouding eigenlijk om. Seks was maar een afleiding. Daarom zal ze het hem niet moeilijk maken, daarom zal ze de toon voor hun gesprek zetten zodat ze het niet hoeven te hebben over wat er vanmiddag is gebeurd. Misschien zullen ze het nooit meer noemen. Het zal nooit meer gebeuren.

Hij verlangt er als altijd naar om Angela's werk te gaan lezen. Hoewel nu voor het eerst twijfel om de hoek komt kijken. Zoekt hij louter een reden om haar te bellen? Nee! Hij bewondert haar werk en wil oprecht graag weten of de heldin met haar muziekleraar naar bed gaat.

Swenson legt zijn hoofd in zijn handen. Ik begin gek te worden, denkt hij.

Op zoek naar Angela's envelop haalt hij zijn werkkamer overhoop. Hij moet hem in de auto hebben laten liggen. Heel begrijpelijk, hij was een tikkeltje in de war: iemand die net voor het eerst bijna overspel heeft gepleegd en met een gebitscrisis te kampen heeft.

Het is volstrekt normaal om je huis uit te gaan en iets uit je auto te halen. Desondanks is hij blij dat hij de zijdeur kan gebruiken en niet via de keuken hoeft. Buiten hangt een scherpe zweem van rotte bladeren in de ijzige mist. Hij draait zich om en kijkt naar het huis. Verlicht. Uitnodigend. Stralend.

De bladzijden liggen op de autostoel, precies waar hij ze heeft achtergelaten.

Nadat hij weer naar binnen is geglipt, keert hij terug naar zijn werkkamer en begint boven aan de bladzij, herleest het stuk dat hij al had gelezen en leest deze keer meteen verder.

Er waren houtkrullen aan de klarinet blijven zitten en in mijn haar terechtgekomen. Hij stak zijn hand uit om ze weg te vegen. Hij zei: 'Waarom zo treurig?'

Ik vertelde hem dat ik mijn biologiewerkstuk had verknald. Geen enkel ei was uitgekomen. Hij keek even niet-begrijpend.

Toen zei hij: 'Zal ik eens langskomen om naar de broedmachines te kijken? Uit te zoeken wat eraan mankeert? Ik ben opgegroeid op een boerderij. Ik heb er verstand van.'

Ik zei: 'O nee, alstublieft niet. Dat hoeft u niet te doen.' Maar dat was wat ik wilde. Dat was de enige reden waarom ik de eieren probeerde uit te broeden.

Heb ik hem gezegd hoe hij bij mij thuis moest komen? Dat moet wel. Ik kon het me niet meer herinneren.

Die hele dag en de dag daarna dacht ik doorlopend aan hem, hoe hij ontbeet, naar zijn werk reed.

Die avond klopte er iemand op de deur. Het was meneer Reynaud. Daar stond hij, glimlachend maar serieus. Precies zoals ik het me had voorgesteld. Op een of andere manier werd ik daardoor minder nerveus, alsof het al eerder was gebeurd. Desondanks bonsde mijn hart zo hard dat ik dacht dat ik letterlijk zou doodgaan.

Swenson vindt zijn blauwe potlood, omcirkelt 'letterlijk zou doodgaan' en schrijft 'laat "letterlijk" weg' in de kantlijn. Waar is hij in godsnaam mee bezig?

Meneer Reynaud keek vol zelfvertrouwen, voldaan, maar ook verontschuldigend. Alsof ik boos zou kunnen zijn. Ik was niet boos. Ik kon geen woord uitbrengen. Ik stapte opzij. De broed-machines zoemden. Het was warm en donker in de schuur, met uitzondering van het bloedrode licht. Ik hielp hem om zijn jack uit te doen. Hij pakte een van de eieren.

'Kom hier,' zei hij. Ik ging achter hem staan en leunde met mijn buik tegen zijn rug, en hij draaide zich langzaam naar me toe, nog steeds met het ei in zijn hand. Hij pakte mijn hand met zijn vrije hand en sloot mijn vingers om zijn hand, de hand waar het ei in zat. Hij drukte tot het ei barstte. Het slijmerige, plakkerige eigeel en eiwit gleed over onze verstrengelde vingers, en doordat hij zijn hand langs de mijne wreef, werden we door het ei aan elkaar geplakt. Mijn vingers gleden langs zijn vingers tot onze handen waren verbonden en ik niet meer wist welke vingers van wie waren.

Ik had me voorgesteld dat hij me in het pulserende rode licht zou aankijken, maar niet dat hij me zou blijven aanstaren, mijn ogen met zijn blik gevangen zou houden terwijl hij mijn hand losliet en zijn hand naar beneden bracht om zijn broek open te maken. Toen pakte hij mijn hand opnieuw, nog glibberig van het ei, en wikkelde hem om zijn penis. Ik nam aan dat het zijn penis was. Ik had er nog nooit een gevoeld. Die van hem was glad en al stijf, en hij wreef mijn hand erlangs, sloot mijn vingers eromheen, net zoals hij ze om het ei had gesloten. Eigenlijk voelde het wel prettig aan, fluwelig en warm. En ook nogal walgelijk – ei op iemands penis smeren!

Hij duwde me achteruit tegen de muur en begon me te zoenen. Zijn tong wriemelde in mijn mond rond. Zijn spuug smaakte naar het eten van een oude man. Lever en uien, gebakken vis. Ik slikte zijn borrelende speeksel kokhalzend in. Ik dacht: deze man is even oud als mijn vader. Zijn buik duwde als een kussen tegen me aan. Zijn bakkebaarden schuurden over mijn gezicht. Hij behoorde tot een totaal andere soort dan de gladde jongens met wie ik op school had gezoend. Misschien wist hij wat ik dacht, want hij werd ruwer, bozer, en hij trok mijn rok op en duwde mijn panty naar beneden en drong hard in me, en nu voelde het helemaal niet glad aan, maar was het net schuurpapier en ruw. Ik begon te huilen omdat het pijn deed en het zo'n onromantisch idee was dat er rauw ei op zijn penis in me zat.

Tegelijkertijd voelde ik me blij omdat hij me wilde hebben, omdat hij dit zo graag wilde dat hij alles op het spel had gezet om het te krijgen. Mijn ouders waren aan de overkant van de tuin. Onze school doemde ergens in het donker op. En ik was groter dan dat alles. Ik alleen had de macht om een volwassen man alles te laten riskeren om te doen wat we in het warme licht van de schuur deden, terwijl de rekken eieren om ons heen zoemden.

Swenson legt het manuscript neer met het vaste voornemen er – gedurende een seconde van genade – zuiver literair op te reageren. Nou, seksscènes zijn niet zo eenvoudig en deze is vrij goed... dat detail van het gebarsten ei bijvoorbeeld. Welke zinnen vond hij mooi? 'Ik nam aan dat het zijn penis was. Ik had er nog nooit een gevoeld.' Swenson schrijft 'goed' in de kantlijn.

Ineens hapt hij naar lucht. Waar gaat dit over? Waar is zijn gevoel voor humor? Zijn objectiviteit? Zijn perspectief? Ach, die arme muziekleraar heeft in elk geval geen kies gebroken. Die arme leraar? Het is een perverse kerel. Maar hij heeft in elk geval succes.

Swenson haalt diep adem, telt vanaf tien terug naar één. Angela heeft het niet over hem. Ze mag hem. Houdt misschien van hem. Ze weet dat hij niets – niets – heeft van de walgelijke griezel uit haar roman. Ze heeft het geschreven voor ze met hem naar bed is gegaan of wat er maar is gebeurd. Het zat in de computer toen ze van het bed opstond. Ze heeft alleen maar uitgeprint wat er al was.

Wat zou dat? Wie kan het wat schelen of het leven de kunst navolgt of dat het leven de kunst imiteert?

Swenson wel. Het kan hem heel veel schelen. Hij hoopt dat hij die leraar niet is.

Niemand had gezegd dat het gemakkelijk zou zijn om vijf dagen nadat je met een van je studenten naar bed bent geweest college te geven. Het is maar goed dat Swenson zo'n show heeft gemaakt van zijn miniblackouts. Want nu hij echt schade heeft opgelopen, vertoont de groep enig begrip, gunt hem een ogenblik om tot zichzelf te komen en een poging te doen een eind te maken aan het gepingpong tussen het beeld van díé Angela, naakt op haar laarzen na, en déze Angela, aan de andere kant van de tafel, in volle wapenrusting: ringen, armbanden, een kraag met siernagels, de hele handel. Ze is kennelijk vervallen tot een eerdere, nogal fretachtige incarnatie. Door te draaien en te zuchten maakt ze de groep opmerkzaam op haar aanwezigheid zonder dat iemand naar haar hoeft te kijken, wat prima is. Swenson kan niet naar haar kijken, en hij kan evenmin naar Claris kijken, waardoor zijn blikveld aanzienlijk is versmald.

Ondertussen wordt hij geconfronteerd met een bijeenkomst die ook onder normale omstandigheden zijn pedagogische, diplomatieke en psychiatrische vaardigheden op de proef zou stellen. De bezoeking van vandaag bestaat uit de bespreking van Meg Fergusons verhaal over een man die door zijn vriendin wordt verlaten omdat zij het slachtoffer is geworden van 'huiselijk geweld' (Megs termen), waarna de man wraak neemt door de geliefde kat van de vrouw, Mittens, te ontvoeren, mee te nemen naar Manhattan en uit een raam op de dertigste verdieping te laten vallen. Alles in het verhaal is irritant en vals: de fletse, ongeloofwaardige personages, de krankzinnig simpele moraal, het oneerlijke, veroordelende, schijnheilige geleuter dat voor de vertelling moet doorgaan. Dit is wat Swenson het meest verafschuwt in het werk van bepaalde studenten. Dit ideologische gezever dat sommige collega's van hem zouden schrijven als ze dat konden. Door de felheid van zijn afkeer kan hij van schrik geen woord uitbrengen.

De kip in Danny's verhaal was tenminste al dood. Dat ging in elk geval over een vorm van liefde, niet over mannelijke wreedheid, wraak en moordzucht, hoewel het misschien toch over mannelijke wreedheid ging. Dat joch was niet met de kip aan het vrijen, maar was het dier aan het verkrachten, net zoals de muziekleraar in Angela's roman het meisje verkracht, net zoals de vader in haar sekslijngedichten de dochter verkracht. Dát is seks voor deze jongeren. Verkrachting, misbruik en incest. Dat heeft Magda hem gezegd en Magda heeft gelijk. Waarom heeft Swenson niet geluisterd?

Gelukkig zijn de anderen zo druk bezig Megs verhaal te overpeinzen dat het hun nauwelijks opvalt dat Swenson kopje-onder dreigt te gaan. Zelfs Jonelle en Makeesha, die het volkomen eens zijn met Megs afkeuring van de menselijke aard in het algemeen en de mannelijke seksualiteit in het bijzonder, moeten ontzet zijn geweest over het moment waarop de schurk wenst dat zijn vriendin langskomt en Mittens uiteengespat op het trottoir aantreft. Danny en Carlos kijken Swenson aan alsof ze van hem hopen te horen wat ze moeten doen wanneer ze niet als Mittens willen eindigen.

Swensons eigen ongerustheid bestaat uit zoveel lagen, is zo plakkerig, dat hij Makeesha nauwelijks hoort zeggen dat ze weet waar het verhaal vandaan komt, dat ze weet dat sommige gozers dat zouden doen. Ze was er alleen niet van overtuigd dat déze gozer het zou doen. Carlos zegt dat het louter gelul is, hij kent heel veel slechte rare gozers, maar niemand die zulke dingen zou uitvreten. Dit abstracte, filosofische gesprek over de vraag of een gozer dit al dan niet zou doen, gaat een hele tijd door. Doordat Meg niet onder de literaire loep wordt genomen, zit ze zelfgenoegzaam en hemeltergend te knikken. Zij weet dat gozers dat zouden doen.

Swenson heeft zijn lichaam verlaten. Hij zweeft boven de tafel waaraan Claris zegt dat het er niet toe doet of iemand zoiets al dan niet zou doen, maar dat het erom gaat of Meg hen laat geloven dat de man in haar verhaal het heeft gedaan. Zelfs Claris is bang voor Meg. Ze zegt niet of zij het gelooft of niet. Hoewel Claris verder een normale indruk maakt, dat wil zeggen, niet alsof ze erover piekert dat ze haar professor in het studentenhuis van een medestudente heeft gezien.

Ineens schrikken ze van zo'n hard geluid dat Swenson denkt dat het de klokken zijn, waarna hij beseft dat het holle kabaal afkomstig is van Angela die met haar polsband met siernagels op de tafel slaat.

'Meg,' zegt Angela, 'ik wil je wat vragen. Die man in je verhaal – wat doet hij voor de kost?'

'Dat weet ik niet,' zegt Meg behoedzaam. 'Ik bedoel. Wacht. Hij is aannemer. Dat is het.'

'Staat dat in het verhaal?' vraagt Angela.

'Nee,' geeft Meg toe. 'Nog niet. Ik bedoel, misschien heeft het er wel in gestaan en heb ik het er toen uit gehaald.'

De hele groep wordt gebiologeerd door het schouwspel van Angela die achter Meg aan gaat. Wie had kunnen voorspellen dat die kittelorige Meg die altijd doet of haar verongelijkte houding moreel gerechtvaardigd is, zo gemakkelijk klein te krijgen was?

'Het staat niet in het verhaal. Omdat die mán niet in het verhaal staat, er staat niets anders in het verhaal dan je stomme ideeën dat mannen walgelijke zwijnen zijn. We geloven geen seconde in die vent, of in iets wat hij zegt of doet, en al helemaal niet dat hij de kat meeneemt naar de hoogste verdieping van het gebouw. Heb je wel eens met een kat gereisd?'

Dit is nou precies iets waarvan Swenson heeft beloofd dat hij het niet zou toestaan: iemand als een aanklager naar de strot vliegen, genadeloos op iemand in hakken. Hij moet zich in de strijd mengen, Angela aan haar riem terugrukken en de arme Meg redden, maar hij kan slechts gefascineerd toekijken terwijl Angela exact zegt wat er gezegd moet worden. Wat is hij opgelucht – onmiskenbaar om persoonlijke redenen – als hij haar hoort zeggen dat mannen geen walgelijke zwijnen zijn. Meg beantwoordt al haar vragen met een flauw, bijna onwillekeurig verzoenend en smekend knikje.

'Heb je de moeite genomen om dat uit te werken, Meg? Of was je te druk bezig om iets gruwelijks te bedenken wat die klootzak kon doen? Zo'n man zou een kat misschien kunnen doden, maar dan zou hij in de buurt blijven. Naar alle waarschijnlijkheid zou hij aardiger voor de kat zijn dan hij voor de vrouw is geweest.'

Het is doodstil in het lokaal. Niemand knippert met zijn ogen. Waarom kunnen de klokken eindelijk niet eens op het juiste moment luiden om hen te redden van deze stilte?

Ten slotte zegt Swenson: 'Nou, zo te horen heeft Angela weinig op met Megs verhaal.'

Haha. Na een tel lachen de anderen.

Opnieuw een stilte. Dan zegt Claris: 'Ik ben het met veel dingen eens die Angela... maar... er moet me iets van het hart. Neem me niet kwalijk, professor Swenson, maar ik vind het niet eerlijk dat Angela van leer trekt over het werk van alle anderen, maar dat we nooit over háár werk praten, waardoor het heel veilig voor haar is, zij hoeft niet volgens dezelfde regels te spelen als wij.'

Swenson moet krankzinnig zijn geweest om te denken dat hij ongestraft kon wegkomen met hun ontmoeting in de gang van Angela's studentenhuis.

Carlos zegt: 'Dat klopt, man.' De anderen knikken. Waarom zijn ze er allemaal zo op gebeten zich op Angela te storten en bedanken ze haar niet dat ze hen heeft verlost van een slopende, tactvolle bespreking van Megs verhaal? Heeft Claris de anderen soms verteld dat ze Swenson in het studentenhuis heeft gezien? Swenson probeert een kalmerende glimlach uit. 'Ik heb van begin af aan duidelijk gemaakt dat niemand zou worden gedwongen werk mee te nemen naar de colleges...'

Dit komt niet over. Niemand laat zich overtuigen.

'Best,' zegt Angela. 'Maakt niet uit. Als jullie daar moeite mee hebben, dan is het best, ik wil graag wat van mijn werk meebrengen. Het is niet dat ik bang was. Ik zag er gewoon het nut niet van in. Maar als jullie daar gelukkig van worden, kunnen we het volgende week doen.'

'Dank je wel, Angela,' zegt Swenson. 'Dat je dat uit jezelf aanbiedt. En ons zo redt uit dit kleine imbroglio.'

'Imbroglio,' zegt Carlos. 'Prachtig.'

'Goed,' zeg Swenson. 'Meg? Nog iets over je verhaal?'

'Nee,' zegt Meg vlug. 'Ik denk dat ik het wel zal overleven. Bedankt.'

'Oké,' zegt Swenson. 'Tot volgende week dan maar weer. Angela, blijf even na, dan zoeken we uit wat je moet inleveren.'

Enigszins verdoofd lopen ze achter elkaar het lokaal uit. Voetstappen galopperen de trappen af. Swenson hoort het nauwelijks. Hij kijkt onderzoekend naar Angela's gezicht, speurt naar een teken van wat ze voelt, en of dat... ongelukje in haar kamer een eind of een begin was.

Hij had willen doen of er niets was gebeurd, maar hij is domweg heel blij weer bij haar te zijn. Hij heeft haar gemist. Hij blijft haar maar aanstaren. Dat wat er tussen hen is gebeurd, of niet, geeft hem in elk geval het recht haar in de ogen te kijken. Voor zijn gevoel heeft haar gezicht een kleur van koortsige genegenheid. Nu moeten ze voorzichtig zijn voor het geval haar gevoelens voor hem – hun gevoelens voor elkaar – hen in ernstige problemen zouden brengen.

Ondertussen probeert hij de jonge vrouw aan de andere kant van de tafel te rijmen met het blote meisje dat langs zijn lichaam omhoogkroop, van wie hij een tepel in zijn mond heeft genomen. Het lijkt domweg onmogelijk. Misschien heeft hij alles gedroomd. Hij inspecteert zijn kapotte kies met zijn tong. Het is gebeurd. Het was geen droom.

'O man,' zegt ze. 'Het spijt me vreselijk dat ik zo tekeer ben gegaan tijdens het college. Ik weet niet wat me bezielde. Het ene moment zat ik me hier nergens mee te bemoeien en het volgende boorde ik Meg de grond in.'

'Ach, je had gelijk,' zegt Swenson.

'Maar ik pakte haar veel te hard aan. Moet je zien wat ik me nou op de hals heb gehaald. Ik wilde mijn werk gewoon niet aanbieden voor, je weet wel, schijfschieten...'

'Je kunt je nog terugtrekken. We hoeven je roman niet klassikaal te behandelen. Dat is geen vereiste.' Eerlijk gezegd hoopt hij dat ze zal weigeren. Hij leidt liever niet de bespreking van een roman die over een verhouding tussen een leraar en een leerlinge gaat en is geschreven door een studente voor wie hij (zoals de minst opmerkzame student weet) speciale gevoelens koestert.

'Ik kan net zo goed door de zure appel heen bijten. Ze mogen hem verscheuren. Wraak nemen omdat ik niets van Meg over heb gelaten. Wil je de waarheid weten? Het kwam niet door Megs verhaal. Het kwam door mij – door mijn stemming. Ik was al pissig voor ik hier naar binnen liep.'

'En... hoe kwam dat?' Swenson had niet gretiger, of onwilliger, kunnen zijn om dat te weten.

'Omdat je de hele week niet hebt gebeld.'

Jezus, denkt Swenson, die zich schrap zet. Nou krijgen we het.

'Om me te zeggen wat je van die bladzijden vond,' zegt ze. 'Ik bedoel dat die scène nogal... extreem was. Ik moest weten wat je ervan vond. Dus zit ik hier in de groep zeg maar mannen te verdedigen tegen Megs gezeik, terwijl jij deze week het ergste geouwehoer over mannelijk gedrag in de praktijk hebt gebracht. Eerlijk gezegd had ik liever dat een man mijn kat uit het raam gooide dan dat ik jou zo'n echt zware, moeilijk te schrijven scène geef en dat je me niet eens belt.'

Swenson kan zijn lachen niet inhouden. Wat is ze toch een vreemd wezentje. Ze zal niet eens noemen... wat er tussen hen is gebeurd. Het gaat voor haar alleen maar over haar werk. Het is altijd over haar werk gegaan. Maar heeft de rest dan niets te betekenen?

'Ik beloof je dat ik je kat niet uit het raam zal gooien...'

'Lazer op,' zegt Angela, waar ze allebei van schrikken. 'Is het je ópgevallen dat je niet hebt gebeld?' Haar stem klimt op naar de toonhoogte waarop ze Meg de les heeft gelezen. Rustig aan. Dit gaat te snel. Hoe zijn ze bij het uitmaakstadium beland terwijl ze de tussenliggende fasen hebben overgeslagen? Hoe komt ze erbij dat ze zo tegen een docent kan praten? Dat heeft hij alleen aan zichzelf te danken.

Het spijt hem. Het was verkeerd om niet te bellen. Hij wordt geacht de volwassene te zijn. Het kan voor haar niet eenvoudig zijn geweest, wat er in haar kamer is gebeurd. Eigenlijk is alles daardoor hopeloos ingewikkeld geworden. Hij heeft niet gebeld omdat hij zich niet kon voorstellen dat hij zou zeggen: 'Hé, ik vond die walgelijke seksscène met een oudere man heel mooi.'

'Héb je er eigenlijk over nagedacht?' zegt ze.

'Doorlopend.' Was dit een liefdesverklaring? Swenson voelt zich ineens dapper.

Angela lacht niet terug. 'Nou, dat is alvast iets,' zegt ze.

'In feite wilde ik je zo graag bellen dat ik je niet kon bellen.'

Goed dan. Hij heeft het gezegd. Nu mag de wereld instorten.

Angela is kennelijk niet onder de indruk van wat er zojuist is gebeurd, van de reuzensprong die hij heeft gemaakt over de breder wordende breuk tussen zichzelf en zijn leven.

'Dat slaat nergens, helemaal nergens op. Je kon niet bellen omdat je

wílde bellen? Als je iemand wil bellen, bel je. De rest is gewoon man-
nengezeik.'

Wie ís dit meisje en wat denkt ze dat er tussen hen speelt? Wat is er
gebeurd met de aanbiddende studente die aan zijn lippen hing, de
jonge vrouw die hem haar lievelingsauteur, haar held noemde, die zei
dat hij haar leven had gered en had veranderd? Er begint een uiterst
zacht belletje te rinkelen, hij hoort de stem van Angela's moeder: 'Zodra hij haar aardig begon te vinden, nam ze de telefoon niet meer op...'
Nu ze Swenson met haar naar bed heeft laten gaan, respecteert ze hem
niet meer. Dat is de ellende met de liefde. Daardoor ga je je gedragen
als een meisje. Meg heeft gelijk, Makeesha heeft gelijk, Angela heeft
gelijk met die mannenhaat, hun angst voor de macht van mannen. Hij
zou deze onbenul kunnen laten stralen. Haar een onvoldoende kunnen geven voor het semester.

'Wat vónd je van de bladzijden?' zegt ze.

'Mooi,' zegt Swenson als een idioot. 'Hij heeft in elk geval geen kies
gebroken.'

Angela slaat haar hand voor haar mond, oprecht bezorgd en be-
rouwvol. 'O jeetje, hoe is het met je kies?'

'Te repareren. Vermoed ik.'

'Gaaf. Nou, wat vond je van de bladzijden?'

'Ik... vond ze mooi. Ze zijn gedurfd. Heel dapper. De scène bezorgt
je kippenvel. Ik neem aan dat je daarop uit was.'

'Daar was ik op uit,' zegt ze.

'Het is je gelukt,' zegt Swenson.

Angela hangt naar voren en leunt met een elleboog op de tafel in
een parodie van geboeide aandacht. Haar ogen glanzen en kijken oprecht, maar haar stem klinkt afgemeten en ironisch.

'Zal ik je eens wat zeggen?' merkt ze op. 'Dit heeft allemaal niks te
betekenen. Alles wat op dit kutuniversiteitje gebeurt, heeft geen rot-
reet om het lijf. De groep kan een vreugdevuur aanleggen en mijn roman verbranden of op de knieën vallen om hem te aanbidden, en het
zou nog altijd geen fluit betekenen. Ik geef erom wat jij ervan vindt.
Heel veel. Dat weet je. Uiteraard. Maar ik moet zorgen dat mijn werk
verder komt dan deze... universiteit, de wereld bereikt, en ik moet ontdekken of iemand die me niet kent vindt dat ik moet doorgaan met

schrijven of alles in kleine stukjes moet scheuren en in de vuilnisbak moet gooien.'

'Dat kun je niemand vragen,' zegt Swenson. 'Vooral niet in je huidige fase.'

'In wat voor "fase" zit ik?' zegt ze. 'Moet je horen... zeg het gewoon als dit onmogelijk is. Ik bedoel dat je dit niet hoeft te doen, maar als je de volgende keer met je redacteur in New York praat, zou je mijn roman misschien kunnen noemen en vragen of hij hem wil lezen, gewoon wil bekijken, dertig bladzijden, wat dan ook, genoeg om jou iets te kunnen zeggen en dan kun jij dat mij vertellen.'

Hij had dit moeten zien aankomen, had gewaarschuwd moeten zijn doordat zij de enige student uit de geschiedenis van Euston is die beweerde van *Rood en zwart* te houden. Waar had hij gedacht dat dát op sloeg? Natuurlijk houdt Angela van Stendhal. En nu heeft ze hem de Julien Sorel-behandeling gegeven. Maar zo eenvoudig was – en is – het niet. Er bestaat iets diepers tussen hen dan louter opportunisme en ambitie.

Len Currie zou Angela's boek mooi kunnen vinden – het is jong, sexy, gaat over de schreef, je weet nooit wat de mensen in New York tegenwoordig nalopen. Als dat gebeurde, zou het geweldig zijn – voor haar, voor Swenson, voor Euston. Een geweldige stimulans voor iedereen behalve de andere studenten.

'Daar moet ik over nadenken,' zegt hij.

'Denk erover na,' zegt Angela.

'En hoe zit het met de roman?' zegt hij. 'Heb je nog meer bladzijden voor me?'

'Ja,' zegt ze. 'Maar dat is heel raar. Ik ben vergeten ze mee te brengen.'

'Dat is inderdaad raar,' zegt Swenson.

'Wie zal het zeggen? Misschien was het wel iets freudiaans of zo dat ik ze ben vergeten. Misschien kwam het doordat ik zo aan mijn eind was doordat jij niet belde. Ik dacht dat je de bladzijden die ik je had gegeven misschien helemaal niet had gelezen.'

'Ik heb ze wel gelezen.'

'Dat heb ik begrepen. Nou, ik kan volgende week moeilijk met díé bladzijden bij de werkgroep aankomen.'

Ze heeft gelijk. Ze zou gek moeten zijn om een seksscène mee te brengen naar die bloederige arena van de strijd tussen de seksen. Om nog maar te zwijgen van de opgave om een hoofdstuk over seks tussen een leraar en leerlinge in te leveren terwijl de schrijvende studente met de docent naar bed gaat. Gaat? Is gegaan. Zal gaan? Swenson heeft zich nog nooit zo alleen gevoeld. Als hij dit niet met Angela kan bespreken – aan wie kan hij het dan vragen? Laat het los. Hij gaat Angela niet uithoren over hun... verhouding. Hij krijgt kippenvel van dat woord.

Angela zegt: 'Het zal wel het slimste zijn om dat eerste hoofdstuk te nemen. Dat is redelijk neutraal vergeleken met de rest van het boek. Dan zit er nog niet zo veel leven in de brouwerij.'

Swenson grinnikt. 'Zou dat zin hebben? Dat eerste hoofdstuk is aardig afgewerkt.'

'Niets heeft zin. Het is gewoon een inwijding. Ik moet bij de bende horen. De Latina Diablas.'

'Doe oordopjes in tijdens het college,' zegt hij. 'Negeer alles wat er wordt gezegd.'

'Dat doe ik al. Maar goed, ik beloof dat ik de volgende keer wat nieuwe bladzijden voor je meebreng. Ik weet niet waardoor ik het ben vergeten. Het is een vreemde week geweest, denk ik.'

'Inderdaad,' zegt Swenson.

'Hé, het spijt me echt dat ik naar je redacteur heb gevraagd. Zullen we het gewoon vergeten?'

'Nee,' zegt Swenson. 'Dat is prima. Ik beloof dat ik erover zal nadenken.'

'Goed. Tot volgende week,' zegt ze. En weg is ze.

Swenson staart haar na. Zijn verdriet is heel emotioneel – stuitend. Nou, hij kan hier niet eeuwig blijven zitten, alleen in een leeg lokaal, lusteloos dromend over een tweedejaars met lipringetjes en een tatoeage. Hij rent de trappen bijna af, het binnenplein over en loopt Magda tegen het lijf.

'Ted! Hoe ging je college?'

'Gek,' zegt Swenson.

'Gewoon gek of bijzonder gek?'

'Gewoon,' liegt Swenson. 'Denk ik.'

Kon hij het haar maar vertellen! Wat zou het heerlijk zijn om Magda's pols te pakken, haar haastig mee te voeren naar zijn auto en lang genoeg rond te rijden om haar het verhaal te vertellen over de gesprekken, de colleges, Angela's roman, de seks, de gebroken kies en nu haar verzoek om Len haar roman te laten zien.

Hij zou eindigen met de vragen die nu in zijn hoofd opkomen: Is Angela gek op hem – is ze dat ooit geweest – of gebruikt ze hem alleen vanwege zijn beroepsmatige connecties? Is Angela hem aan het chanteren of vraagt ze gewoon om een gunst? Wat betekent een gunst als je de macht hebt iemand kapot te maken? Magda zou ontsteld zijn als ze hoorde dat hij met een studente naar bed was geweest. Zo worden misdadigers gepakt. Vroeg of laat gaan ze praten. Het zijn niet de agenten die hen ten val brengen, maar het is hun eigen drang om te bekennen of op te scheppen.

'En, wanneer gaan we lunchen?' De joligheid van Magda's uitnodiging slaagt er niet in haar hevige verlangen om hem te zien te verhullen.

'Voorlopig misschien even niet. Ik heb niet zoveel tijd. Ik wil geen ongeluk over mezelf afroepen, maar... ik ben bezig aan mijn roman.'

Welke demon heeft hem dit laten zeggen? Nu zal hij nooit meer schrijven.

'O, dat is fantastisch!' zegt Magda.

'Zal wel.' Swenson heeft zichzelf bijna overtuigd. 'In feite heb ik wellicht al spoedig een stuk dat ik Len Currie wil laten zien.' En nu weet hij waarom hij heeft gelogen. Om te oefenen, voor het geval hij de leugen opnieuw zal gebruiken als hij Len belt en doet of hij werk voor hem heeft – als hij eigenlijk belt voor Angela's roman. En waarom zou hij Len niet bellen om hem Angela's boek aan te smeren, om uit te zoeken of het soms iets is wat hij wil bekijken? Het is prima om je redacteur te bellen en een veelbelovende studente aan te bevelen. Dat is grootmoedig en bewonderenswaardig. De fakkel doorgeven aan de volgende generatie. En het is bepaald geen voorrecht waar Swenson misbruik van heeft gemaakt. Hij heeft Len nog nooit iets voorgesteld en Angela's roman is goed genoeg, waardoor zijn aanbeveling nauwelijks kan worden gezien als een gevolg van zijn... betrokkenheid bij de auteur ervan.

Magda zegt: 'Moet je horen, Ted, ik bedoel... zeg gerust nee. Maar als je Len weer eens spreekt, denk je dat je dan misschien bij hem... een balletje zou kunnen opgooien over mijn nieuwe dichtbundel? Ik weet dat ze poëzie uitgeven.'

Dit is werkelijk te gek. Binnen twintig minuten twee vrouwen die met Swenson aanpappen om zo zijn redacteur te leren kennen.

'Dat zou ik graag doen,' zegt Swenson. In werkelijkheid is het niet aannemelijk dat Len Magda's volgende bundel zou uitgeven, al is er altijd een kans dat hij hem overvalt op een dag waarop hij zich schuldig voelt omdat hij zo weinig echte literatuur uitgeeft. Desondanks kan Swenson het water niet vertroebelen door hem te vragen naar twee boeken te kijken. 'Alleen... meen ik vrij zeker te weten dat Len volgens de laatste berichten geen nieuwe dichters meer aanneemt. Ik kan het hem wel vragen, maar je maakt weinig kans.'

Het winterse middaglicht heeft alle kleur uit Magda's gezicht gebleekt. Ze denkt dat Swenson haar boek heel slecht vindt. Waarom kon hij niet liegen? Over een paar weken had hij kunnen melden dat hij het onderwerp bij Len ter sprake had gebracht, die had gezegd dat zijn lijst met poëzie al vol was...

'Als het aan mij lag, zou ik het uitgeven,' zegt Swenson. 'Ik ben dol op je werk. Dat weet je. Maar Len is een zakenman. Hij heeft andere belangen dan de literaire waarde...' Dit heeft allemaal niets te maken met Magda's bundel. Maar als hij Magda de waarheid vertelde, zou ze zich dan beter of slechter voelen?

'Ik bel je nog wel. Ik moet gaan,' zegt hij en steekt haastig het binnenplein over.

Voor zijn gevoel wordt hij opgejaagd tot hij in zijn kamer is. Hij doet de deur achter zich op slot en pakt de telefoon. Voor hij weet wat hij doet, draait hij Ruby's nummer. Hij probeert haar al dagen te bereiken, sinds ze heeft gebeld en een boodschap heeft achtergelaten en hij haar niet te pakken heeft kunnen krijgen – daar is hij nog steeds van overtuigd – omdat hij eerst Angela heeft gebeld.

De telefoon gaat over. Ruby neemt op.

'Ruby,' zegt Swenson. 'Met pap.' Hij kan wel huilen van vreugde door de klank van haar stem en door het banale genoegen om 'pap' te kunnen zeggen.

'Dag, pap,' zegt ze. 'Hoe gaat het ermee?' Alsof ze normale mensen zijn. Misschien zijn ze dat... eindelijk. Misschien is Ruby hersteld van wat maar die onenigheid tussen hen heeft veroorzaakt gedurende dit afschuwelijke, lange jaar.

'Hoe gaat het met de studie?' vraagt hij.

'Prima. Uitstekend. Heel goed.' Ruby's stem weergalmt alsof ze altijd in tuiltjes opgewekte bijvoeglijke naamwoorden praat in plaats van afgebeten eenlettergrepige woorden. 'Ik heb min of meer besloten dat ik misschien psychologie als hoofdvak neem. Ik volg een vak dat ik echt heel leuk vind over de abnormale persoonlijkheid.'

Heeft iemand zijn dochter prozac voorgeschreven? Hebben ze daar niet zijn toestemming voor nodig? Waarschijnlijk niet. Ruby is boven de achttien. En bovendien vindt hij het best als een schrandere universiteitspsych een manier heeft gevonden om zijn kind weer te veranderen in de montere ziel die ze ooit is geweest.

'Hé,' zegt Swenson, 'met een vader als ik ben moet je volop ervaring hebben met de abnormale persoonlijkheid.'

Er valt een stilte. Dan zegt Ruby: 'Nou, daar heb ik zeg maar over nagedacht. Je weet dat ik niet geweldig in vorm ben geweest...'

Door iets in haar toon – een geprogrammeerde, robotachtige echo – begint Swensons hart te bonzen. Is ze zich soms aan het opmaken om aan te komen met een teruggevonden herinnering dat hij haar in haar vroege jeugd heeft misbruikt? Niets kan verder bezijden de waarheid liggen. In werkelijkheid is het in Swenson opgekomen dat het feit dat Ruby – zo te zien van de ene op de andere dag – volwassen was geworden, hem heeft verbijsterd en gekwetst, en hem met gêne heeft vervuld. Hij had gevoeld dat hij zich tegenover haar inhield, opzij stapte zodat ze elkaar in de smalle gang niet te dicht zouden passeren. Bijna van de ene op de andere dag waren hun ontspannen zoenen en omhelzingen een verplicht nummer geworden waarbij hij zich sterk van zichzelf bewust was geweest. Hoe kan hij haar – of zichzelf – uitleggen wat er is gebeurd? Geen wonder dat ze woedend op hem is omdat hij haar in de steek heeft gelaten toen ze hem het hardst nodig had.

'Ik heb van alles gelezen over onderzoek naar erfelijke ziektepatronen – en je weet dat opa niet echt gezond was.'

Swenson slaakt een diepe zucht. Maar... wie noemt ze opa? 'Opa'? Ze weet hoe zijn vader is overleden. Toen ze tien of elf was, had ze beslist meer willen weten. In een poging geruststellend en kalm te zijn hadden Swenson en Sherrie het haar verteld. Zo ongeveer.

Denkt Ruby dat ze iets heeft geërfd van Swensons gekke ouwe heer? Swenson heeft nooit ook maar de vaagste familieovereenkomst gezien. Maar nu merkt hij dat hij diep geroerd is doordat Ruby zijn vader opa noemt. Het is tijd om echt met haar over haar grootvader te praten – met zelfs nog meer mededogen dan in zijn roman, waarbij ze er nog dieper op ingaan. Het zou Ruby meer aangaan dan iemand anders op aarde.

'Daar kunnen we over praten,' zegt hij. 'Wanneer kom je thuis?'

'Met Thanksgiving,' zegt Ruby. Dat ligt voor de hand.

'Moeten we tot Thanksgiving wachten? Je woont maar zestig kilometer verderop. Ik kan langskomen. We kunnen samen gaan lunchen.'

'Het is al over twee weken Thanksgiving,' zegt Ruby. Goed. Dat kan hij aanvaarden. Ze moet zich een geslaagde, onafhankelijke student voelen die het huis uit is gegaan en alleen met vakanties thuis kan komen. Hij hoopt dat hij niet te veel druk heeft uitgeoefend – haar niet heeft afgeschrikt met zijn enthousiasme. Dat zou de derde keer op één dag zijn dat hij een vrouw in een gesprek buitenspel heeft gezet.

Hij zegt: 'Ik kijk er enorm naar uit.' Er valt opnieuw een stilte. Ruby's boodschap zei dat ze hem iets moest vragen. 'Wat is er?'

'Beloof je dat je niet kwaad wordt?'

'Dat beloof ik.'

'Ik ben gebeld door Matt McIlwaine. Die ken je toch nog wel?'

'Natuurlijk ken ik hem nog. Wat wil hij?' In Swensons stem ligt een ijskoude ironie. Daar moet hij mee ophouden. Nu. Hoe vaak heeft hij geen spijt gehad van de arrogantie waarmee hij Ruby's romance heeft verbroken? Hoe vaak heeft hij niet gezegd dat hij haar beter met Jack the Ripper had kunnen laten uitgaan dan iets te doen waardoor ze zich tegen hen heeft gekeerd?

'Dat weet ik niet,' zegt Ruby. 'Hij heeft een boodschap achtergelaten op mijn antwoordapparaat en gezegd dat ik hem moet terugbellen. Maar zijn oude nummer is veranderd en volgens de studenteninformatie heeft hij een nieuw geheim nummer.'

Kunnen studenten een geheim nummer hebben? Waarschijnlijk, als ze worden gezocht door misnoegde drugscontacten en de vaders van maagden die ze zwanger hebben gemaakt. Genoeg! Dit is de kans waar Swenson om heeft gebeden, de kans om het over te mogen doen en er eindelijk iets van terecht te brengen.

'Ik zie hem op de campus,' zegt Swenson. 'Niet vaak. Af en toe.'

'Alleen?' vraagt Ruby.

'Wanhopig alleen,' liegt Swenson. 'Ik zal zijn nummer voor je te pakken krijgen. Ik zal hem vragen je terug te bellen.'

'Dat zou geweldig zijn. Dank je wel. Hartelijke groeten aan mam. Tot horens. Tot ziens met Thanksgiving.'

'Ik hou van je!' zegt Swenson zo intens dat hij bang is dat ze van mening zal veranderen.

'Goed, tot ziens.'

'Tot ziens,' zegt Swenson.

Als Swenson ophangt, voelt hij zich net een held uit een sprookje die zojuist het betoverde bos is doorgekomen door te luisteren naar een ingewikkelde reeks magische waarschuwingen en taboes. Alles lijkt voorwaardelijk, alsof hij op de proef wordt gesteld, alsof de belofte van Ruby's bezoek in een oogwenk kan worden herroepen.

En daarom is zijn eerste gedachte als hij uit het raam kijkt en Matt McIlwaine over de campus ziet lopen, dat hij hem door een of andere bovennatuurlijke kracht heeft opgeroepen. Door de aanblik van Matt, knap als een filmster – met walgelijk veel geld – schiet er genoeg adrenaline door Swenson heen om hem naar beneden te laten vliegen. Hij is ervan overtuigd dat Ruby het op een of andere manier zal weten als hij niet achter hem aangaat en dat ze dan zal besluiten niet met Thanksgiving naar huis te komen. Als hij boft zal hij net beneden komen als Matt passeert.

Maar Matt is hem al voorbij. Swenson gaat achter hem aan naar de rand van de campus. Het geluk van zijn dochter hangt ervan af dat hij die jongen in het oog houdt. Vanaf de overkant van de straat ziet hij Matt bij de Minute Mart naar binnen gaan en er met een pakje sigaretten uit komen. Hij blijft dicht – te dicht – bij de benzinepompen staan om er een op te steken en loopt verder. Inmiddels bevindt Matt zich tegenover Swenson aan de andere kant van North Street. Swenson duikt bij de drogist naar binnen en houdt hem vanuit de winkel in de gaten.

Matt loopt door naar het ruwe grasveld dat officieel bekendstaat als de North Street Common en dat een paar jaar geleden is teruggewonnen van een met flessen bezaaid veldje in een mislukte poging het dorp een chiquer aanzien te geven. In het parkje staan twee bankjes en een beeld, geschonken door Euston College als een gebaar voor de vriendschappelijke verhouding tussen wetenschap en nabuurschap, een stalen vogelspin van twee ton die is gemaakt door Ari Linder, dezelfde Ari Linder die Angela zo op haar huid heeft gezeten omdat ze voor haar Amerikaanse icoon het voordeelmenu had gekozen. Nou, het was het verdiende loon voor die lul zonder gevoel voor humor dat zijn werk zijn ware bestaansreden had gevonden als het nieuwe traditionele doel waar de dorpskinderen met Halloween eieren tegenaan keilen.

Vanuit de deur van de drogist houdt Swenson Matt in de gaten. Wacht hij op iemand? Waarom zou je elkaar hier treffen als de campus vol staat met bankjes, stuk voor stuk voorzien van een eigen bloemperk en het plaatje met de naam van de oud-student die de middelen heeft geschonken voor deze of gene onweerstaanbare plek om je achterwerk op te parkeren? Daar is geen enkele reden voor – of je zou een afspraakje moeten hebben met iemand met wie je niet wilt worden gezien. Je drugscontact. Je minderjarige liefje.

Swenson zet zijn kraag op en beent met valse nonchalance recht op Matt af. Als Matt hem ziet, kijkt hij zo verschrikt dat Swenson denkt: hij is hier inderdaad gekomen om drugs te kopen of een minderjarig kind op te pikken. Maar hij is natuurlijk op zijn hoede. Je vergeet niet zo gauw een gesprek waarin de vader van je vriendinnetje dreigt je van de universiteit te laten sturen als je het contact met zijn dochter niet verbreekt. Swenson ziet nog Matts glimlach van zijn gezicht druipen toen hij langzaam – het duurde tijden – begreep wat er werd gezegd.

Swenson moet een heel toneelstuk opvoeren, doen of hij Matt nu pas ziet, zijn verrassing en verwarring nabootsen en vervolgens zijn besluit om vriendelijk en vergevingsgezind te zijn.

'Matt!' zegt hij. 'Hoe gaat het ermee?'

'Prima, dank u wel, professor,' zegt Matt. Dat 'professor' maakt Swenson woedend, net als Matts glimlach: deels sullig, deels berekenend charmant, deels dreigend en deels ijzig.

'Hoe gaat de studie?'

'Prima, professor. Heel goed, dank u. En hoe gaat het met u?'

'Uitstekend,' zegt Swenson.

Op dat moment wordt Matts aandacht getrokken door iets achter Swensons schouder. Swenson draait zich om en ziet Angela op hen af-komen.

'Hé, Angela, hoe gaat het?' zegt Matt. 'Hoe gaat het dit semester?'

'Klote,' zegt Angela. 'Het is een rotsemester. Met uitzondering van de colleges van deze man.'

'O ja, dat is waar ook,' zegt Matt. 'Ik weet het weer. U bent schrijver.'

Swenson kan zich er niet van weerhouden om te zeggen: 'Angela is mijn beste student.'

'Tja, ach,' zegt Angela. 'Van de week zal ik ervan lusten.'

'O o,' zegt Matt. 'Sterkte.'

'Och, zo erg is het ook weer niet,' zegt Swenson. 'Het gaat vast pri-ma.'

'Ja, precies,' zegt Angela. 'Nou, ik ga maar weer. Ik ben op weg naar de drogist. Om oordopjes te kopen die ik tijdens de werkgroep in kan doen.'

Matt kijkt Swenson slecht op zijn gemak aan. 'Dat heb ik haar aan-geraden,' zegt Swenson.

'Ik maak maar een grapje,' zegt Angela. 'Ik ga Tampax kopen. Bo-vendien moet ik dit inleveren.'

Ze houdt een videoband op, die Swenson van haar overneemt. *Der blaue Engel.* Zijn hand beeft als hij hem teruggeeft. Angela en hij kijken elkaar onderzoekend aan, wat Matt nog meer moet verbijsteren dan hen.

'Goede keus,' zegt Swenson.

'Het is een gave film,' zegt Angela. 'Maar een beetje saai.'

'Het verbaast me dat de videotheek hem heeft,' zegt Swenson.

'Ben je gek?' zegt Angela. 'Die winkel is het beste van dit kutdorp. Goed... oké. Moet rennen. Tot ziens.'

Ze kijken samen hoe ze wegloopt. Swenson wendt zich tot Matt. 'Mag ik je iets vragen?'

Matt verstijft zichtbaar. 'Natuurlijk,' zegt hij. 'Geen probleem.'

'Waarom wil je hier zitten?' zegt Swenson. 'Het is de lelijkste plek ter wereld.'

Matt grijnst van opluchting, zo oprecht en jongensachtig dat Swenson een flits opvangt van de persoon op wie Ruby gesteld moet zijn geweest.

'Hier kan ik nadenken,' zegt Matt. 'Vraag me niet waarom.'

'Ach,' zegt Swenson, 'nadenken is altijd een goed idee.'

'En je komt hier de leukste mensen tegen. Zoals u en Angela.' Swenson wenst dat Matt dat niet had gezegd.

'Nou, ik moet maar weer eens gaan,' zegt Swenson en loopt North Street in. Nu schiet hem pas te binnen dat hij vergeten is Ruby te noemen.

Swenson rijdt doelloos rond om de adrenalinestoot kwijt te raken die hij aan zijn ontmoeting met Matt en Angela te danken heeft. Ten slotte is hij rustig genoeg om naar huis te gaan, waar Sherrie zit te dommelen bij de houtkachel. Er ligt een open boek op haar schoot en haar hoofd hangt achterover. Hij verlangt ernaar de gladde, blanke welving van haar hals te kussen. Staand in de deuropening kan hij zich er bijna van overtuigen dat hij de persoon is die hij wenst te zijn, de man wiens leven nog op de rails staat, die nog niet de pen uit de granaat heeft getrokken waarmee hij zijn gelukkige gezin finaal in de lucht zal laten vliegen.

Hij verroert zich niet en maakt geen enkel geluid, maar Sherrie voelt zijn aanwezigheid en doet haar ogen open. Ze is blij hem te zien en tegelijkertijd, valt hem met pijn in het hart op, geïrriteerd dat haar dutje wordt onderbroken. 'Raad eens wie ik vandaag heb gesproken?' zegt Swenson stralend.

'Ik geef het op,' mompelt Sherrie.

'Raad eens.'

'Het Nobelprijscomité. Hé, gefeliciteerd.'

Swenson krimpt ineen. 'Au.' Zijn huwelijk is er erger aan toe dan hij had gedacht.

'Sorry,' zegt Sherrie. 'Je weet dat ik kribbig word als iemand me wakker maakt.'

'Eigenlijk was het nog mooier dan het Nobelprijscomité.' Swenson wacht een tel. 'Ruby.' Nu kan Sherrie er spijt van hebben dat ze zo'n gemeen grapje heeft gemaakt. 'Ze komt met Thanksgiving thuis.'

Sherrie zegt: 'Je meent het.'

'Natuurlijk meen ik het. Dat weet je. Hierover maak ik geen grapjes. Maar goed, dat is het goede nieuws. Het slechte nieuws is dat ze om het nummer van Matt McIlwaine heeft gevraagd.'

'Best,' zegt Sherrie. 'Geef het haar. Het moet een goed teken zijn.'

'Zal wel,' zegt Swenson. 'Of ze moet thuiskomen om ons te vertellen dat ze zich zojuist weer is gaan herinneren dat we haar hebben misbruikt bij een satansritueel.'

Sherrie zegt: 'Dat is niet grappig.'

Dat weet Swenson. Hij probeert slechts de last van verdriet en schuldgevoelens te verdrijven die telkens op hen neervalt wanneer Ruby's naam wordt genoemd.

'Ze moest een keer bijdraaien,' zegt Sherrie. 'Ze kon niet eeuwig kwaad blijven.'

Swenson zit naar het vuur te kijken. Sherrie werpt een blik op haar schoot.

'Bladzij honderdzestig.' Ze klapt het boek dicht. 'Help onthouden waar ik ben gebleven.'

'Wat ben je aan het lezen?'

'Jane Eyre.'

'Waarom dat?' weet Swenson uit te brengen.

'Arlene was het aan het lezen. Arlene, die nooit iets anders leest dan van die romannetjes uit de supermarkt. Er zal wel een nieuwe film of miniserie zijn uitgebracht of zo... Ik vond je oude exemplaar in de hobbykamer. En weet je, het is verbazingwekkend. Je herinnert je dat ze met meneer Rochester trouwt, je vergeet dat ze zo alledaags, arm en boos was...'

'Ik zou het eens moeten herlezen,' mompelt Swenson, waarna hij zwijgt, om de paranoia op een afstand te houden. Hij was nooit zo'n man die geloofde in een samenzwering van vrouwen. Maar nu blijft de argwaan knagen: Arlene en Angela die op een of andere manier onder één hoedje spelen en Sherrie aan hun gelederen hebben toegevoegd. Een kliek wraakzuchtige harpijen, die hun woede en wrok voeden door geregeld Jane Eyre te herlezen.

Zodra Swenson het lokaal in loopt, voelt hij dat er iets in de lucht hangt. Er staat iets verfoeilijks te gebeuren. Welke maniak heeft deze marteling, deze straf voor jonge schrijvers bedacht? Stel je voor dat een stel gerenommeerde auteurs zich hieraan zou onderwerpen! Het is geen academisch vak maar een ontgroeningsritueel. En het walgelijkste is dat dit het slachtoffer zogenaamd verder helpt. Het vastgebonden en gemuilbande offerlam wordt geacht dankbaar te zijn.

Maar waarom ervaart Swenson dit intens versterkte mededogen? Omdat zijn gevoelens voor dit specifieke lam ongewoon sterk en complex zijn. Ondertussen moet hij wel denken dat wat in de lucht hangt niet louter de normale, alledaagse klassikale bloeddorst en angst is. Het is anders dan anders. Angela zal er, precies zoals ze heeft voorspeld, van lusten.

'Wiens hoofd ligt vandaag op het hakblok?' vraagt Swenson retorisch.

Angela grijnst naar Swenson en haalt haar schouders op. De anderen smelten weg uit de rand van zijn perifere gezichtsveld. Kan hij het riskeren haar naam hardop uit te spreken? Daar kan hij zich beter niet aan wagen.

'Goed dan,' zegt hij. 'Wil je ons een alinea voorlezen?'

Angela's manuscript ritselt in haar handen. Er trilt een ooglid door een zenuwtrekking. De anderen zijn nooit zo bang. Swenson verlangt ernaar zijn hand uit te steken om de hare te pakken. Ze hoeft haar hart en ziel niet op tafel te leggen om tegemoet te komen aan de zeurderige eis van een eerlijke behandeling door een verwend studentje. En het is allemaal zijn schuld. Door zijn gevoelens voor haar is de hele groep verknipt geraakt.

Angela begint te lezen: 'Elke... ging... na... buiten... om bij de eieren te zitten.'

Het is maar goed dat ze het al hebben gelezen en dat ze meelezen terwijl Angela mompelt en één op de twee woorden inslikt. Ze neemt een teug uit een flesje water.

'Jezus, Angela,' zegt Carlos. 'Verman je, wil je?'

Met een boze blik zegt Angela: 'Goed. Ik begin opnieuw.

"Elke avond ging ik na het eten naar buiten om bij de eieren te zitten. Dat was nadat mijn moeder en ik hadden afgewassen en de afwasmachine hadden ingeladen, nadat mijn vader was ingedommeld boven zijn medische tijdschriften, dan glipte ik de keukendeur uit en liep de ijzige achtertuin door, vochtig en gronderig door de gistende lucht van bladeren die net van kleur begonnen te veranderen, rumoerig door het geritsel ervan terwijl ze in het donker verkleurden."'

De lange zin heeft Angela goedgedaan. Daardoor is ze even naast zichzelf komen te staan en is ze de groep vergeten. Desondanks kan ze niet goed voorlezen. Ze gaat te snel, op een nasale dreun en met een flauw accent uit New Jersey. Desondanks wordt Swenson bekoord door de taal en het beeld van het meisje dat tussen de broedmachines en eieren droomt van haar muziekleraar.

Gedurende een angstaanjagend moment denkt hij: o mijn god, ik ben verliefd geworden. Er is niets meer aan te doen, er zit niets anders op dan alles te proberen, alles te riskeren om bij haar te zijn. Wat een moment om dit te beseffen, halverwege een college! Ondertussen zitten zijn studenten te draaien. Angela leest nog steeds verder.

'Bedankt,' zegt hij. 'Dat was prachtig.' Angela draait zich naar Swenson toe met het knorrige gezicht van een kind dat wakker wordt na een dutje.

'Wat is er?' zegt ze.

'Niets. Dat was schitterend.' Zoiets zegt hij nooit. 'Wie wil beginnen?'

'Ik,' zegt Meg. 'Nou, in de eerste plaats geloofde ik het gewoon niet.'

Prima. Dat kunnen ze afschrijven. Iedereen weet nog hoe Angela Meg vorige week keihard heeft aangevallen. Nu wordt haar dat betaald gezet. Zo werkt het systeem, behalve in het uitzonderlijke geval van een ongewoon grootmoedige, eerlijke of masochistische studente, die de grond in kan worden geboord en de week daarop zijn aanvaller kan prijzen. Maar in deze groep is niemand zo onbaatzuchtig. Geen wonder dat ze allemaal schrijven over seks met lagere levensvormen. Dat bespaart hun de complicaties van liefde voor hun medemensen. Ach, sommige groepen zijn nu eenmaal zo. Het is toeval, afhankelijk van de opkomst, de groepsdynamiek. Wat allemaal inhoudt dat ze Angela het vuur heel na aan de schenen kunnen leggen.

'Wat geloofde je niet, Meg?' Swenson doet zijn uiterste best om zijn minachting uit zijn stem te houden.

'Alles,' zegt Meg. 'Elk woord. Zelfs de lidwoorden waren een leugen. Zoals Mary McCarthy heeft gezegd over Lillian Hellman.'

Swenson vindt het zo belachelijk om Lillian Hellman en Angela Argo met elkaar te vergelijken dat hij bang is dat hij in schaterlachen zal uitbarsten, wat zou kunnen overgaan in hartverscheurend gesnik. 'Tja, ach, voor we het over Hellman en McCarthy gaan hebben, stel ik voor dat... iemand zegt wat er goed is aan het stuk.'

'Ik vond dat gedoe met de eieren hier en daar... niet slecht,' probeert Carlos.

'O, toe nou, Carlos,' zegt Claris. 'Dat was allemaal zo zwaarbeladen. Was zo voor de hand liggend en symbolisch. En vals.'

'Zet hem op, Claris!' zegt Makeesha. 'Je moet bij ons niet aankomen met dat gelul over eieren, Angela.'

Claris kijkt Swenson recht aan en alles wordt duidelijk. Er flikkert een koele taxerende blik in haar geelgroene ogen. Hij kijkt Angela's manuscript door. Wat kent hij die eerste bladzijden goed. Hij kan zich nauwelijks herinneren hoe zijn eigen roman begint.

'Ik geloofde niet in de stem,' zegt Meg. 'Een tiener zou nooit zo denken.'

'Ze gebruikt geen tienertaal,' zegt Nancy. 'Het was zeg maar absoluut niet realistisch.'

'Ik moet zeggen dat ik hetzelfde vond,' zegt Danny. 'Ik bleef maar hopen dat het meisje iets zou zeggen waardoor ik in haar als personage zou geloven, maar in plaats daarvan krijgen we dat rare... oude mens dat maar doorzeurt over dat walgelijke gedoe om eieren uit te broeden.' Vreselijk verheven gevoelens voor iemand wiens held er een tegennatuurlijke verhouding met het familiediner op nahoudt.

Jonelle zegt: 'We horen niets over de verteller. Ik bleef maar wachten tot we iets meer te weten zouden komen over haar... als personage.'

'Ach, het is pas het eerste stuk van het eerste hoofdstuk van een roman,' zegt Swenson.

'Maar toch,' zegt Meg. 'Des te meer.'

'Ja,' zegt Carlos. 'Ik bedoel, een roman moet toch iets hebben waardoor je blijft doorlezen en ik was er niet zeker van dat ik zou meegaan in dit verhaal over een chick, haha, een chick die eieren uitbroedt en zit te fantaseren over haar leraar.'

Swenson bladert het manuscript door, deze keer met de vage bedoeling hun te vragen de stukken aan te wijzen die ze niet geloven. Maar voor hij iets kan zeggen deelt Courtney Alcott mee: 'Ik ben het volkomen eens met alles wat iedereen heeft gezegd. Dit is zeg maar het slechtste dat we dit jaar met elkaar hebben gelezen.'

Er glanzen tranen in Angela's ogen. Rode vlekken komen tot bloei op haar wangen. Ze staat op het punt in te storten en Swenson heeft het laten gebeuren. Ze kan het niet zomaar schouderophalend van zich af laten glijden, zoals de anderen hebben leren doen. Dit is Angela's hartenbloed en Courtney heeft zojuist de laatste druppel laten wegvloeien.

Swenson voelt het gebrom dat aan de klokken voorafgaat. Tijdens het luiden sluit hij zijn ogen en het lokaal verdwijnt. Het geluid vult zijn geest, werkt zich naar binnen in de plooien van zijn hersenen. Er is geen ruimte over voor afleiding, voor onbeduidende, zinloze gedachten. Hij vervalt in een diepe, meditatieve toestand. Hij zou een Tibetaanse monnik kunnen zijn die op zo'n trompet van een kleine twee meter blaast, op zoek naar een moment van verlichting door zuurstofgebrek.

Als de klokken ophouden en hij zijn ogen opendoet, ziet de wereld er schoongewassen uit. Nu voelt hij zich in zijn vervoering niet zozeer een monnik als wel een profeet of een gek of... het orakel van Delfi. Hij hoeft zijn mond slechts te openen en er zal zuivere waarheid uit borrelen. Hij heeft zich nog nooit zo geïnspireerd, zo zeker van zijn taak gevoeld.

'Soms...' Swenson zwijgt even om naar de stilte te luisteren, zo'n diepe stilte dat ze buldert, of misschien is het de echo van de klokken die nog nagalmt. 'Soms gebeurt het dat er iets nieuws langskomt, iets wat fris en origineel is, anders dan wat tot dan toe is geschreven. Eén keer per menseneven of één keer per generatie is er een Proust, een Joyce of een Virginia Woolf. Bijna altijd begrijpt nagenoeg niemand wat de schrijver doet, denken de meeste mensen dat het rotzooi is, en dus leeft de schrijver in een hel.'

Wat steekt hij een banaal en hoogdravend toespraakje af! Elke idioot weet dit. En hoe haalt hij het in zijn hoofd om Joyce en Woolf te noemen? Suggereert hij dat Angela's roman *Remembrance of Things Past* is?

'Hoe goed Angela's hoofdstuk ook mag zijn – en het is heel goed – toch beseffen jullie dat ik niet zeg dat Angela *Ulysses* aan het schrijven is.' Een paar studenten giechelen. Weten ze wat *Ulysses* is? 'Maar wat ze schrijft is origineel, dat moeten jullie inzien, want als er één ding is waarvan ik wil dat jullie dat van deze colleges opsteken, is het wel het vermogen – de grootmoedigheid – om het ware werk te herkennen.'

Er gloeien twee vurige donkere kolen van rancune in het gezicht van elke student. Ze mogen zelf ontdekken dat het leven niet eerlijk is. Talent wordt niet bij je geboorte in gelijke porties aan iedereen uitgedeeld. Bovendien werkt Angela, hoeveel talent ze ook heeft, tien keer zo hard als alle anderen. Hoe wagen die kleine ploerten het haar te vertellen hoe ze moet schrijven. Hij weet dat zijn woede niet zuiver of louter vanwege Angela is. Hij heeft zijn eigen redenen om furieus te zijn: de uren die hij in deze hel heeft doorgebracht, de bladzijden met verschrikkelijk proza die de teksten hebben geleverd voor urenlange klassikale discussies. De jaren die hij heeft opgeofferd! Hoe weinig tijd er nog over is en hoeveel hij daarvan zal moeten verspillen in lokalen als dit – in dít lokaal – om toe te geven aan de dwaze ideeën van deze kinderen over iets wat hem zo ter harte gaat, iets wat hij nu zou kunnen doen als hij niet keek hoe de tijd wegsijpelt in het gezelschap van zijn puberale gevangenbewaarders.

'Wat jullie allemaal volstrekt duidelijk had moeten zijn, is dat Angela's manuscript duizend – een miljoen – keer beter is dan alles wat we dit semester in deze groep hebben gezien.'

'Dat is ook gelul,' zegt Carlos.

De anderen zijn tijdelijk niet in staat commentaar te leveren op de vraag of het gelul is of niet. Swenson staat op, verzamelt zijn papieren en verlaat het lokaal – zonder er een gedachte aan vuil te maken hoe lang het college hoort te duren – voordat iemand hem kan vragen wiens verhaal ze volgende week gaan doen.

Als hij haastig het binnenplein over loopt, voelt Swenson zich vol zelf-vertrouwen, energiek – voor het eerst in weken in staat om Len Currie te bellen. Hij zal niet bellen voor zichzelf, voor zijn boek of het gebrek daaraan, hij zal niet om een gunst of persoonlijke aandacht vragen, om geduld of ongeduld met hem omdat hij zijn roman niet heeft ge-schreven. Hij hoeft niet te flikflooien of zich te verontschuldigen, te manipuleren of op te scheppen, zijn toevlucht te nemen tot de uit-eenlopende strategieën die schrijvers gebruiken tegenover hun re-dacteuren. Nee, meneer. Hij gaat iets edelmoedigs en groots doen, iets wat overeenstemt met zijn status in de literaire wereld en zijn roeping als docent.

Zijn solo-optreden in de groep over het werk van Angela was dui-delijk een generale repetitie voor zijn gesprek met Len. Elk bijvoeglijk naamwoord dat hij heeft gebruikt was een oefening voor wat hij zal zeggen als hij Manhattan belt. Hij maakt de deur van zijn kamer open, gooit zijn jas neer, pakt de hoorn op en draait.

Een hogere macht moet weten dat Swenson op kruistocht is. Lens assistent vraagt hoe Swenson heet en verbindt hem ogenblikkelijk door. Len neemt niet alleen de telefoon op, maar is zo te horen blij dat hij Swenson aan de lijn heeft.

'Hé, man,' zegt hij. 'Hoe gaat het ermee? Dat is eeuwen geleden. Wanneer kom je naar New York? Het zou geweldig zijn om je te zien.'

Dat wordt toch altijd gezegd: bel je redacteur na de lunch. Na twee martini's zijn ze in een meer ontvankelijke stemming. Dat werd vroe-ger tenminste gezegd. Niemand drinkt meer tijdens de lunch. Het is allemaal Perrier en cafeïnevrije koffie. Dat weet zelfs Swenson. Maar is dat wel zo? Wat wéét hij eigenlijk? Hij is al twintig jaar weg. Voor zo-ver hij weet drinken ze weer. Want het is een feit dat Len... dronken klinkt. Of in elk geval in een of andere kunstmatig versterkte goede bui. Misschien onderhoudt hij een lunchverhouding met een mede-werkster van de afdeling publiciteit. Wat wil zeggen dat hij en Swen-

son iets gemeen hebben... In elk geval begrijpt Swenson dat dit een ongewoon en vluchtig moment is. Als hij Len wil zien, moet hij nu op
zijn aanbod ingaan.

'Nou, daarom bel ik je eigenlijk. Ik moet... over twee weken in de
stad zijn.'

'Laat me even in mijn agenda kijken,' zegt Len. 'De week van de drie-
entwintigste? Dat is de week van Thanksgiving. Heus?'

Dat had Swenson absoluut niet bedoeld. Ruby komt thuis voor
Thanksgiving. Het is het enige moment in het hele jaar dat Swenson
niet naar New York kan. Hij zou colleges, universiteitsvergaderingen
en gesprekken met studenten kunnen uitstellen. Maar Ruby's bezoek
afzeggen? Hij heeft gewoon over twee weken gezegd zonder te weten
welke week het was.

Len zegt: 'Maar eigenlijk, zal ik je eens wat zeggen, die vrijdag is ideaal. Het is het enige gaatje voor een lunch dat volgend jaar nog vrij is.
Grapje. Maar het is bijna zo erg. Die vrijdag zou formidabel zijn. Ik ga
niet naar de zaak. Rond lunchtijd zal ik tegen de muren op vliegen om
bij mijn vrouw en kinderen weg te komen.' Hij zwijgt. 'Zeg tegen niemand dat ik dat heb gezegd.'

Misschien, heel misschien, gaat het. Swenson zou vrijdagmorgen
naar de stad kunnen vliegen. Dat zou Ruby wel begrijpen. Ze heeft
waarschijnlijk haar eigen plannen, met Matt. Ruby en Sherrie zouden
wat tijd samen hebben en ze zouden alle drie opgebeurd worden door
dit bewijs dat de man des huizes een eigen leven leidt, een professioneel bestaan heeft buiten Euston.

Het is natuurlijk even goed mogelijk dat Ruby hem zal verfoeien
omdat hij haar in de steek laat op haar eerste weekend thuis in een jaar
en dat Sherrie het hem nooit zal vergeven. Ach, het zij zo. Daar zal hij
mee moeten leren leven. Hij is er in zekere zin blij mee. Als hij iets
verkeerd gaat doen – zijn vrouw bedriegen, zijn dochter in de steek laten – kan hij net zo goed alles verkeerd doen. Laat de wereld maar eens
zien hoe slecht hij in werkelijkheid is: een slechte echtgenoot, een vreselijke vader. Wat is dit voor een ziekelijke hunkering naar boete en
vergelding à la Dostojevski? Wellicht iets wat hij van zijn vader heeft
geërfd, als een soort laat intredende, degeneratieve ziekte die tot de
middelbare leeftijd latent aanwezig is.

'Ted,' zegt Len. 'Ben je daar nog?'

'Sorry,' zegt Swenson. 'Ik was even weg.'

'Jezus,' zegt Len. 'Schrijvers. Goed dan. Tot vrijdag, om één uur. Ken je het Norma? In East Twenty-second Street? Twenty-second en Park Avenue South.'

'Ik vind het wel,' zegt Swenson.

Het protocol voor Ruby's bezoek was even gedetailleerd uitgewerkt als de plannen voor de aankomst van een of ander wispelturig, machtig staatshoofd. Sherrie had hem gezegd dat hij geen vragen mocht stellen over Ruby's besluit om pas op donderdag, de ochtend van Thanksgiving, te komen – ze blijft per slot van rekening tot zondag. Sherrie hoeft er niet op te wijzen dat Swenson het recht om commentaar te leveren op het komen en gaan van iemand anders heeft verbruid doordat hij hem zelf halverwege het lange weekend smeert, kennelijk de enige dag in het hele jaar waarop hij een zakenlunch met Len kan hebben. Sherrie en Ruby hebben elk één keer iets dergelijks gezegd en vervolgens zo snel en soepel met Swensons plan ingestemd dat hij het demoraliserend en een tikje beledigend vond.

Er is besloten dat Sherrie Ruby bij het busstation ophaalt – Swenson is een beetje geïrriteerd dat Sherrie er zo duidelijk geen vertrouwen in heeft dat hij deze delicate eerste stap goed kan afhandelen – om haar naar huis te brengen, waar Swenson zit te wachten en doet of hij leest, doet of hij televisie kijkt.

Eindelijk hoort hij Sherries auto aankomen. Moet hij met zijn krant in zijn stoel blijven zitten en opstaan om haar een zoen te geven, de klassieke, waardige vader? Of moet hij het huis uit rennen en zijn armen om haar heen slaan in een uitbundige papa-beeromhelzing? Waarom kan hij zich niet herinneren wat hij vroeger deed? Hij kiest voor een compromis: buiten, maar op de stoep, met een glimlach, om de keus aan Ruby over te laten.

Ruby is dikker geworden. Haar gezicht is een bleke witte maan en er zit iets wazigs, iets diks om haar kin. In haar wijde spijkerbroek en sweatshirt ziet ze eruit als een student van de universiteit van Vermont, een kind uit de buurt, en dat is ze ook. Als Ruby hem ziet, verschijnt er een blik in haar ogen die hij verkiest op te vatten als genegenheid, hoewel die ook is op te vatten als afstandelijk medelijden. Is hij gekrompen of dramatisch verouderd? De verzwakte papa, die de stoep niet af komt? Ze omhelst hem plichtsgetrouw – ze kan niet langs hem heen komen zonder zich daaraan te onderwerpen – en klopt hem vervolgens ruw op zijn hoofd.

Ze staat in de woonkamer rond te kijken. Wie weet wat ze ziet terwijl ze ongeïnteresseerd de lucht opsnuift. 'Mm, kalkoen,' zegt ze. 'Gaaf. Ik ga mijn spullen opbergen.'

Als ze haar deur horen dichtgaan, zegt Sherrie: 'Dit doet vertrouwd aan.'

'Terug bij af,' zegt Swenson.

'Misschien niet,' zegt Sherrie. 'Misschien is ze gewoon haar spullen aan het opbergen. Maar goed, het is haar kamer.'

Sherrie kiest altijd de kant van Ruby. Maar welke kant is dat eigenlijk?

Als Ruby al bijna twee uur op haar kamer zit, klopt Swenson op haar deur. 'Mag ik binnenkomen?'

Ruby zegt iets wat klinkt als: 'Natuurlijk.'

Ruby zit op haar knieën op haar bureau, dat er gevaarlijk broos uitziet. Swenson stelt zich het scenario voor waarin ze achterovervalt, net zoals hij toen ze klein was dwangmatig, in griezelig filmische beelden voor zich zag hoe Ruby van de trap viel, hoe Ruby's schoolbus verongelukte. 'Alles aan het veranderen?' vraagt hij.

'Dit is allemaal nogal kinderachtig.' Ruby wrikt punaises los, laat haar posters van film- en rocksterren op het bureau neerdwarrelen. Swenson moet wel aan Angela's kamer denken, met zijn uiteenlopende elegante, aantrekkelijke gezichten: Tsjechov, Achmatova, Virginia Woolf, allemaal met prachtig gevormde botten. Ruby en Angela zijn even oud. Het heeft geen zin daarbij te blijven stilstaan. Hij bedenkt ineens dat als Ruby vroeger haar kamer veranderde, dat een teken was van een nieuwe fase die ze binnenging en die ze van alle muren wilde of moest verkondigen. Maar nu wordt er niets opgehangen, worden er alleen dingen weggehaald. Hij denkt: Ze is haar kamer niet aan het veranderen. Ruby is hem aan het leeghalen.

'En... hoe gaat de studie?' vraagt hij.

'Goed,' zegt Ruby. Daar gaat Suzanne Vega, daar gaat Magic Johnson.

'Wat is er aan de hand met de gezondheid van Magic Johnson? Zo te zien gaat het prima met hem.'

'Ja,' zegt Ruby. 'Natuurlijk, pap. Zal wel.' Daar gaat een kind met een wezenloze blik en lang vlassig haar. 'Wie is dat?' vraag hij.

'Beck,' zegt Ruby.

'O ja. Dat was ik vergeten.' Waarom zou hij verder gaan? Swenson wil net vertrekken als Ruby zegt: 'Wil het vlotten met je roman, pap?'

Hij moet haar verkeerd hebben verstaan. Maar wat kan ze anders hebben gezegd? 'Geweldig,' antwoordt hij. 'Het gaat geweldig!' En heel even denkt hij ook dat het zo is. Hij hoeft hem alleen maar te schrijven! 'Ik wilde er eigenlijk net even naar gaan kijken. Roep me als het eten klaar is.'

Jimi Hendrix glijdt op het bureau als Ruby zich naar Swenson toe draait. 'Heeft mam hulp nodig?'

'Waarschijnlijk wel. Ik ga wel even kijken.'

'Ik ga,' zegt Ruby strijdlustig.

'Dat zou mam heerlijk vinden,' zegt Swenson.

'Maakt niet uit,' antwoordt Ruby.

Swenson glipt weg naar zijn werkkamer. *My Dog Tulip* ligt nog in de woonkamer en hij aarzelt om het boek te gaan halen. Hij pakt een stuk van zijn roman en staart naar de eerste bladzij, maar is bang om te gaan lezen. Dat was dus de vastberadenheid die hij voelde toen Ruby vroeg hoe het ging. Hij zoekt Angela's manuscript. Waar heeft hij dat verdorie gelaten? Hier. Het zit in zijn tas, ter voorbereiding op zijn reis naar Len. Hij haalt het uit de envelop en leest een paar bladzijden, ontdekt tot zijn geruststelling dat het echt zo goed is als hij dacht. Hij houdt de bladzijden tegen zijn gezicht, alsof ze een kledingstuk zijn waar Angela's geur nog aan zit. Het is ongelooflijk dat hij dit doet. Zijn geliefde dochter is eindelijk – ten langen leste – weer bij hen thuis en hij zit alleen op zijn kamer te smachten naar een studente die net zo oud is als zijn dochter.

Hij dwaalt naar zijn slaapkamer en valt even in slaap, droomt over flessen olijfolie met vlekkerige, vette etiketten, waarvan hij weet dat hij ze om een of andere reden moet lezen. Dan leest iemand ze aan hem voor, een vrouwenstem, een geest die verschijnt in een wolk van heerlijke geuren... Het is Sherrie, die hem roept voor het Thanksgivingdiner. Die hem roept om de kalkoen aan te snijden die ze met elkaar zullen eten, met hun kleine gezin, zoals ze altijd op Thanksgiving hebben gedaan sinds ze zijn vertrokken uit het studentenhuis van Euston, waar ze de akelige kantinemaaltijden doorstonden met de studenten die op de universiteit waren gestrand.

Vergeleken daarmee is dit niet slecht. In feite is het heel goed. Een warm huis, zijn vrouw en kind. Ze houden van elkaar. Ze zijn samen.

Ruby laadt haar bord vol alsof ze niet meer heeft gegeten sinds ze het huis uit is gegaan. Heeft ze nog nooit van een tweede portie gehoord? Ach, Swenson zou dankbaar moeten zijn; hij heeft een dozijn collega's met kinderen die anorexia hebben. Ruby's manieren zijn er niet op vooruitgegaan. Misschien hoort dat bij het extra gewicht. Er verdwijnt een glibberig stuk vlees tussen haar glinsterende lippen.

'Wanneer heb je vakantie gekregen?' vraagt Sherrie en kijkt Swenson vervolgens in paniek aan. Laat Ruby dit alsjeblieft niet opvatten als kritiek op wanneer ze is thuisgekomen.

'Eigenlijk hebben we de hele week al geen colleges meer gehad.'

'Waarom niet?' vraagt Sherrie.

'Er was een universitair debat,' zegt Ruby.

'Een universitair debat,' zegt Swenson. Dat verklaart wellicht waarom Ruby naar zijn vader vroeg. Misschien ging het universitaire debat over Vietnam. Misschien heeft iemand de boeddhistische monniken genoemd en de mannen, zoals de vader van Swenson, die zichzelf in brand hebben gestoken. 'Waar werd over gedebatteerd?'

'Over de zaak-Mikulsky.'

'O jezus, nee,' zegt Swenson.

'Ted,' zegt Sherrie. 'Laat Ruby haar verhaal doen. Goed?'

'Ik kan niet geloven dat ze colleges laten vervallen om twee dagen te kunnen debatteren of die arme schlemiel al dan niet met zijn lippen heeft gesmakt over een Grieks beeld.'

'Ted,' zegt Sherrie. 'Nu moet je je mond houden. Ik meen het.'

'Het was meer dan dat,' zegt Ruby. 'Hij heeft al eerder dingen ge-

zegd, en er zijn meiden naar hem toe gegaan om te vragen of hij daarmee op wilde houden, of hij op zijn woorden wilde letten, en hij bleef
gewoon doorgaan...'

'Dat is niet wat ik heb gehoord,' zegt Swenson. 'Ik heb gehoord dat
het louter dat ene woord was. Indien "mmm" al een woord is. Of een
letter. Ik weet het niet...'

'Je had naar dat universitaire debat moeten komen,' zegt Ruby.

'Ben jij er geweest? Ben jij...'

'Het is een opdracht,' zegt Ruby. 'Ik volg een vak dat "Huiselijk geweld: slachtoffers en daders" heet, en de docent zei dat we allemaal
meer te weten moesten zien te komen over de misbruikende persoonlijkheid...'

Swenson kan niet geloven dat ze een kind van hem is. 'Huiselijk geweld' is een term van Meg Ferguson. Hij steekt de draak met zulke jongeren. Stel je voor dat Angela haar zou horen.

Hij is geschokt dat hij aan Angela denkt, of eigenlijk geschokt dat
hij haar ruim tien minuten is vergeten. Maar eigenlijk is dat niet zo
verrassend. Je gezin haalt je uit jezelf, verheft je boven je dagelijkse
zorgen. Swenson zat een paar minuten zo vast in een politieke discussie met zijn dochter dat hij de onaangename, riskante, spelende...
kwestie is vergeten. Hier zegt zijn eigen vlees en bloed dat die arme sul
moet hangen vanwege één letter, en Swenson, haar geliefde vader, is
naar bed geweest met een zeer labiele studente wier boek hij weldra
naar zijn redacteur in New York gaat brengen. Wat afschuwelijk, wat
onverklaarbaar dat zijn schuldgevoelens en angst ogenblikkelijk kunnen worden verdreven door de gedachte dat hij morgen bij Len in de
stad zal zijn. Er zal een heel nieuw hoofdstuk beginnen. Eens kijken
hoe het verdergaat.

Swenson vindt het restaurant, precies een halfuur te vroeg, ernaartoe gedreven door een vochtige wind, waarbij hij door zulke griezelig stille straten was gekomen dat de wind hem overal naartoe had kunnen blazen, een ijzige wind, heel wild en guur, maar heel speels met het afval, waarbij verdwaalde stukken krant worden gehusseld als sla die wordt gemengd.

Een halfuur is vróég. Vermoedelijk zou hij nog een rondje moeten lopen van, laten we zeggen, een kwartier, even in een boekhandel moeten snuffelen en dan weer naar het restaurant moeten teruggaan als de hoeveelheid tijd die hij moet zien te doden redelijker is. Maar waarom zou Swenson ook maar één minuut doden? Waarom zou hij als het meisje met de zwavelstokjes door de koude, sombere straten zwerven terwijl het restaurant vol mannen in pak zit, jonge mannen, allemaal jonger dan Swenson? De mensen van middelbare leeftijd en de bejaarden zijn van de planeet weggevaagd. Het is pure sciencefiction. Swenson is de overlevende, de geluksvogel die niet in de stad was toen de buitenaardsen alle mannen van boven de vijfendertig hebben neergelegd om hun sportscholen, fitnesscentra en restaurants te kunnen overnemen. Swenson is de laatste die nog van zijn generatie over is. Maar wat zou dat? Hij is er nog steeds.

Zodra hij naar binnen loopt, kijken zijn ogen recht in de lauw verwelkomende blik van een jonge vrouw in een duifgrijs pakje. Door haar boek en haar verlichte lezenaar heeft het allemaal vaag iets religieus, alsof ze elk moment een preek kan houden. En de vrouw is ook echt een heilige. Ze speurt in haar oplichtende bijbel en vindt niet alleen Lens naam, maar zegt: 'U bent hier het eerst. Zal ik u naar uw tafel brengen?', zonder de geringste suggestie dat Swenson een stakker is omdat hij zo vroeg is komen opdagen.

Ach, het is niet te vroeg voor de andere klanten om reusachtige lappen geblakerd vlees te hebben besteld en vervolgens over hun bord te hangen en de maagdelijk witte tafellakens te besmeuren met het bloederige sap. Swenson heeft het gevoel dat hij door de tijd is teruggereisd naar de jaren vijftig, toen de mensen nog geloofden dat het consumeren van enorme hompen vlees hun verzekerde van een lang, vitaal leven. Aan het eind van het restaurant is een soort kas, waarvan de ramen beslagen zijn door de sigarenrook die de gelukkige menigte erin produceert, elke klant een vervuiler, een fabriek op zich, terwijl de niet-rokers buiten kunnen zien hoe de dappere sigaarpaffers zich langzaam – trots – om zeep helpen, waarbij hun geleidelijke openbare zelfmoord wel iets van vermaak met gladiatoren heeft.

Hebben de buitenaardsen de vrouwen ook ontvoerd? Die ontbreken nagenoeg. Het zou een Marokkaanse soek kunnen zijn. Is dit een soort homobar? Dat zou Len nooit doen. Bovendien draaien er te veel hoofden rond om het bolle, in een grijs pakje gestoken achtereind te volgen van de vrouw die Swenson naar zijn tafel brengt.

Er verschijnt een kelner die Swenson vraagt of hij wat wil drinken. O ja, dank u. Dat wil hij heel graag. Een glas merlot zou perfect zijn. De wijn staat binnen enkele tellen voor hem. Swenson leunt naar achteren, neemt een slokje en geniet van de warmte die zich door hem verspreidt en het geheimzinnige optimisme dat vanuit zijn keel naar zijn hart schiet.

Wie had kunnen denken dat geluk zo gemakkelijk te verkrijgen was, voor de prijs van een ticket van Burlington naar New York? Zodra zijn vliegtuig was opgestegen, had Swenson al zijn moeilijkheden op aarde voelen neervallen. Denkbeeldige ellende! Hersenschimmen, bleek nu. Terwijl de wijn begint te werken en het lawaai in het restaurant vervaagt en vermengt tot kalmerend geroezemoes, lijkt het of Swensons probleempjes gemakkelijk op te lossen zijn. Als Len vraagt hoe het met Ruby gaat of hoe zijn Thanksgiving is geweest, kan hij zeggen dat Ruby thuis is gekomen – hij hoeft niet te melden hoeveel tijd er is verstreken sinds haar laatste bezoek – en hij zal natuurlijk zeggen hoe blij, hoe dolgelukkig ze waren haar weer te zien.

Het mentale plaatje dat dit oproept (vader, moeder, dochter, familie en vrienden vergaard rond de kalkoen, de zoete aardappelen, de spruitjes en de tamme kastanjes) zal geen exacte weergave zijn van de werkelijkheid: het aanzienlijk bedruktere drietal dat ze hadden gevormd, de verbijsterde ouders en de dochter die Swenson – zoals hij midden in de nacht Sherrie had toegefluisterd – deed denken aan een gehersenspoeld lid van een sekte. Sherrie had gezegd dat ze niet moesten klagen. Ruby was bezig haar leven weer op de rails te zetten. Zo had Ruby het tijdens het eten gezegd: ze was bezig haar leven weer op de rails te zetten. Misschien zou ze maatschappelijk werkster worden en gaan werken met vrouwen en kinderen die het slachtoffer waren geworden van huiselijk geweld.

'Dat is een groeimarkt,' had Swenson gezegd. Sherrie noch Ruby had erom gelachen. Maar Len zal wel grinniken, als Swenson eraan denkt het te herhalen. Een laatste toets om het beeld van het gelukkige gezin compleet te maken: de coulante, tolerante moeder en dochter, de zachtmoedig plagende, opvliegende vader.

Wat hadden zijn vrouwen zo te zien blij – opgelucht – toegekeken toen hij die ochtend van huis was weggereden, toen ze de jagende en voedsel verzamelende vader hadden weggestuurd om de sabeltandtijger te bemachtigen. In zijn achteruitkijkspiegel had hij de twee vrouwen met samenzweerderige gratie tegen elkaar aan zien leunen, waardoor hij ineens bang was geweest dat ze het over hem hadden, dat ze zich zorgen over hem maakten en tot de conclusie waren gekomen dat een reisje om zijn redacteur in New York te zien goed zou zijn voor zijn geestelijk evenwicht.

Het had hem dwarsgezeten dat Angela's roman in zijn tas naast hem op de voorbank had gelegen. Stel nu eens dat hij op weg naar het vliegveld bij een auto-ongeluk om het leven zou komen en dat tussen de persoonlijke bezittingen die een speciaal opgeleide politieagent in een plastic zak bij zijn gezin zou afleveren, het bebloede manuscript van Angela's roman zat? Maar er zou geen bloed op zitten. Het zat in zijn tas, dus als de auto niet zou uitbranden, zou Sherrie of Ruby het zomaar ergens kunnen openslaan en kunnen lezen over de verhouding van een meisje met haar leraar. Een roman die Swenson toevallig bij zich had gehad toen hij zogenaamd ging praten over zijn eigen roman, die – als Sherrie of Ruby de moeite neemt om te gaan kijken – nog op zijn bureau ligt.

Hij had zijn eigen roman moeten meenemen. Stel je voor dat Sherrie naar zijn kamer gaat, wat rondneust op het bureau en hem vindt. Dan zal ze denken dat hij een kopie heeft meegenomen. Geen verstandig mens zou vertrekken met het enige exemplaar van zijn roman. Maar goed, ze snuffelt nooit rond op zijn bureau. Zo iemand is ze niet. Maar nu... stel dat er een misnoegde voormalige bordenwasser met een vurende kalasjnikov door de deur van dit steakhouse naar binnen komt en de bebloede bladzijden van Angela's boek te midden van de slachtpartij worden ontdekt? Dat zal niet gebeuren. Het tafereel om hem heen is het tegenovergestelde van geweld en chaos. Alle namen staan op de lijst en er is altijd een tafel. De in een grijs pakje gestoken jonge vrouw begeleidt de ene jonge man na de andere door de groepjes andere jonge mannen.

Het gaat allemaal heel soepel, als vanzelf, en kijk aan, daar komt Len Currie door de deur naar binnen lopen. Wat bizar dat je iemand vanuit een andere staat kunt bellen, iets op een kalender kunt schrijven, de tijd kunt laten verstrijken en dat iedereen precies op de afgesproken tijd en plaats verschijnt. Len speurt de zaak door, zoekend naar Swenson. Het had nauwelijks wonderbaarlijker kunnen zijn als puur toeval hen op hetzelfde moment in hetzelfde restaurant had gebracht.

Door de manier waarop Len op zijn voetzolen terugveert, lijkt hij kleiner en gezetter, jongensachtiger dan hij is. In werkelijkheid is zijn haar grijs geworden en van zijn voorhoofd weggegleden, alsof iemand licht maar gestaag aan zijn karakteristieke staart heeft getrokken. Hoe lang heeft hij Len al niet meer gezien? Swenson kan het zich niet meer herinneren. Hij staat wankel op om hem te begroeten. Jezus, die merlot was sterk. Hij zal eraan moeten denken dat hij het bij één glas houdt. Goed, twee misschien.

'Man!' zegt Len. 'Je ziet er geweldig uit!' Zijn opvallendste kenmerk is de stralende blik in zijn ogen, die dolenthousiast glinsteren achter de ronde brillenglazen in het stalen montuur. Hij geeft Swenson een hand en, alsof de hand te formeel is, geeft hij vervolgens een ironische klap tegen Swensons bovenarm, een stomp die hij ogenblikkelijk laat volgen door een mannelijk kneepje in zijn biceps. Het hele ingewikkelde gebaar heeft flauw iets van een ritueel, iets van een artistiekerige, Afro-Amerikaanse begroeting vol zelfspot. 'Het landleven doet je goed!'

Lazer op, denkt Swenson. Lazer op met je grote biefstukken en sigaren en mooie vrouwen in lichtgrijze pakjes, terwijl ik zit opgescheept met de elanden, de ongetrouwde universitaire docenten en studenten met jeugdpuistjes. Maar waar doet Swenson moeilijk over? Len zegt dat hij er goed uitziet.

'Je bent niet veranderd, man,' liegt Swenson. In werkelijkheid ziet Len er totaal anders uit. Niet ziek of sukkelend of gehavend, maar dramatisch verouderd. Het is net of er een dun laagje fijne as op zijn huid is afgezet.

'Ach.' Len glimlacht stijfjes. 'We worden allemaal een dagje ouder.'

In die joviale stemming nemen ze plaats. Len slaat zijn armen op tafel over elkaar en leunt naar voren, zet Swenson in het licht van zijn verstralers.

'Nog een?' vraagt hij aan Swensons wijnglas.

'Zonder meer,' zegt Swenson.

Len wijst met twee vingers naar Swensons glas.

Hij zegt: 'Kunnen we dat meteen krijgen? Nu bedoel ik?'

De gastvrouw zegt: 'Dat beloof ik.'

'Is dit geen prachttent?' zegt Len als ze weg is. 'Een reis terug in de tijd naar de dagen toen mooie meiden nog mooie meiden waren en mannen nog mannen waren die op hun vijftigste op de golfbaan overleden. Dat is misschien lang geen slechte manier om dood te gaan. Maar genoeg van dat morbide gezeik...'

Even later is de wijn er.

'Op literatuur en handel,' zegt Len.

Swenson heft zijn glas. Op Angela's boek, denkt hij. Hij wordt er rustig van als hij zich Angela voorstelt, net zoals hij er troost uit had geput om tijdens dat etentje bij rector Bentham aan haar te denken. Angela is net een amulet die hij meeneemt voor stressvolle situaties als deze.

Swenson neemt een slokje wijn.

'Wat zeggen ze in Frankrijk?' zegt Len. '*Chin*? Of zijn ze alweer terug bij *Salud*?'

'*A votre santé*,' zegt Swenson.

'Dat was tientallen jaren geleden,' zegt Len.

Maakte Len altijd zoveel oogcontact? Of hoort dat bij de oprecht-heid van de rijpe man en vader van middelbare leeftijd die hij met alle geweld wil uitstralen, samen met de junkieachtige plagerigheid die onlosmakelijk met zijn imago is verbonden: de bosgeest en voor-malige cocaïnegebruiker die er dankzij zijn literaire en commerciële killerinstinct ongestraft mee weg is gekomen.

'Hoe gaat het met de familie?' vraagt Len, net zoals hij altijd deed toen hij nog vrijgezel was en het gerucht ging dat hij elke nacht met een andere groupie van de uitgeverij naar bed ging. In die tijd had hij het met minachting en medelijden gezegd, maar nu bespeurt Swen-son kameraadschap. Len heeft twee kleine kinderen en is getrouwd met een voormalige agent, een huwelijk waarvan niemand had dur-ven hopen dat het stand zou houden.

'Een rustige Thanksgiving,' zegt Swenson.

Len zegt: 'Gefeliciteerd.'

'En die van jou?'

'Dít is rustig. Daarmee vergeleken.' Len doelt op het lawaaiige restaurant. Hij kijkt rond, neemt het op. Iets of iemand (een vrouw?) achter Swenson weet Lens aandacht kennelijk vast te houden, en er verstrijkt een hele tijd voor hij weer terugkomt.

'Sorry,' zegt Len. 'Ik was even weg. Een lsd-flashback. Was het maar waar. Deze tent is een graf vergeleken met mijn huis met de kinderen. En dat is dan als ze slapen.'

'Kleine kinderen,' leeft Swenson mee. 'Je moet jong zijn...' Hij zwijgt. Zal Len beledigd zijn?

Len leunt naar voren. 'Het zijn niet alleen de kinderen. Denny – je weet wel, die van acht – heeft al een tijd wat problemen.'

'Problemen' klinkt onheilspellend. 'Wat akelig,' zegt Swenson.

Op dat moment verschijnt de serveerster. 'Hebt u al een keus ge-maakt?'

'Daarom hou ik van dit restaurant,' zegt Len. 'Geen kelners die Keith heten en lange lijsten met specialiteiten opdreunen. Er is het lenden-stuk van zes ons, van drie ons en van twee ons en er is een ribstuk van lamsvlees. Ik neem die van drie ons. Nog loeiend.'

'Maak er daar maar twee van.' Swenson heeft een hekel aan rauw vlees.

'Goed zo,' zegt Len. 'Eet, drink en wees vrolijk. Zolang we onze tanden nog hebben.'

'Wat is er met Denny aan de hand?' vraagt Swenson.

'ADD,' zegt Len. 'Attention deficit disorder.'

'Ik weet wat het betekent,' zegt Swenson. 'Bij ons in de rimboe krijgen we ook alle nieuwe ziekten.'

'Rustig, grote jongen,' zegt Len. 'Kijk... dit is geen lolletje...'

'Sorry,' zegt Swenson.

'Waar is die serveerster verdomme?' zegt Len. 'Ze stond hier verdomme toch net nog? Het is een hel geweest met dat joch. Ellen en de kleine Andrea komen nagenoeg hun bed niet meer uit. De woonkamer is een slagveld...'

'Wat doet hij?' vraagt Swenson.

'Het gebruikelijke,' zegt Len. 'Wordt door alles afgeleid. Geen greintje geduld, geen enkele beheersing van zijn opwellingen. Kan zich geen seconde concentreren. Breekt de tent af. Het kind ziet alles. En hij moet hebben wat hij wil, zodra hij dat hebben wil.'

Weet Len niet dat hij zojuist zijn eigen gedrag heeft beschreven, de symptomen die hij de afgelopen vijf minuten heeft gedemonstreerd? Swenson gaat hem er niet op wijzen en zal evenmin voorstellen dat Len de medicijnen van zijn kind eens moet innemen. Misschien moet Swenson ze ook proberen.

'Het heeft tijden geduurd voor ze een diagnose hadden gesteld. We hebben het arme kind meegesleept naar allerlei vervloekte specialisten, psychologen en kinderneuropsychologen. Het arme schoffie heeft weken aan de elektroden vastgezeten. Minstens drie kwart van de artsen was ronduit krankzinnig, terwijl wij jaar in, jaar uit verder worstelden met zijn zogenaamde leerkrachten, krengen die niet bij kinderen in de buurt zouden moeten mogen komen.'

'Wat vreselijk.' Swenson is bijna in paniek. Stel je voor dat Len – in zijn nieuwe hoedanigheid van huisvader die volwassen omgaat met het probleem om een bevoorrecht kind uit Manhattan op te voeden – de hele lunch besteedt aan zijn kinderen en ze nooit toekomen aan het oppervlakkige, carrièregerichte, achterhaalde mannelijke onderwerp van de zaken die ze hier komen doen?

'Het heeft nog eens twee jaar klooien gekost voor we de juiste dosering hadden gevonden. Ondertussen vloog hij tegen de muren op. Gooide alle borden in huis aan diggelen. Er moeten ons jaren en jaren van ongeluk te wachten staan door alle spiegels die hij heeft gebroken. Hij nam de barbie van zijn zusje en beukte ermee tegen de spiegel tot het hoofd van de pop explodeerde. Je staat ervan te kijken hoeveel schade een barbie kan aanrichten. Gelukkig zijn er geen doden gevallen. Maar nu lijkt de ritalin aardig te werken, hoewel ik geloof dat de nieuwe dokter het kind genoeg medicijnen voorschrijft om een baby-neushoorn tot bedaren te brengen...'

'Jezus, Len,' zegt Swenson. 'Dat is kindermishandeling.'

Het duurt een tel voor dit tot Len doordringt. Dan schuift er een soort troebele waas voor zijn glinsterende ogen. Inmiddels beseft zelfs Swenson wat hij heeft gezegd. Hij kijkt naar zijn glas en voelt zich net een van de zeven dwergen. Wie heeft mijn wijn opgedronken? Kan hij alweer een glas naar binnen hebben gewerkt? Maar dan nog, hoe is het mogelijk dat een paar glazen merlot een man van ruim tachtig kilo veranderen in een tierende, hatelijke dronkenlap? Of een razende man die de waarheid spreekt, afhankelijk van hoe je het bekijkt.

'Pardon?' zegt Len koud. Swenson heeft altijd geweten dat Len zich binnen een tel tegen hem zou kunnen keren om talloze minder ernstige redenen dan een beschuldiging van kindermishandeling. 'Ik weet zeker dat als jij bij het kind had moeten wonen en had gezien hoe hij lijdt...'

'Het was maar een grapje,' zegt Swenson. Hoe ongeloofwaardig kun je zijn? 'Is het niet griezelig dat alles tegenwoordig kindermishandeling is? De hele bevolking herinnert zich dat het ze is overkomen. Tegenwoordig heb je het gevoel dat je goed met je kinderen kunt opschieten als ze je er niet van beschuldigen dat je ze hebt gebruikt voor rituele bloedoffers...'

Nu glinstert er een kristalheldere fascinatie in Lens ogen, alsof hij zit te kijken hoe Swenson in het openbaar op een heerlijk langzame manier harakiri pleegt.

Geen wonder dat Len van dit restaurant houdt. De serveerster heeft op een of andere manier aangevoeld dat Swenson haar tussenkomst verlangt, wil dat ze met een klap twee enorme lappen vlees voor hem en Len neerzet.

'Wacht!' zegt Len. 'Zullen we een halve fles van iets heel lekkers nemen?'

'Wat je maar wilt,' zegt Swenson. Aan de ene kant moet hij stoppen met drinken. Hij heeft al meer dan genoeg schade aangericht. Aan de andere kant... wat heeft hij te verliezen? Bovendien zou het een groter probleem zijn als hij Len van zich had vervreemd – áls hij dat heeft gedaan – wanneer Swenson hier was gekomen om over zijn eigen boek te praten. Doordat hij hier voor Angela is, schijnt het minder belangrijk, minder relevant te zijn of Len hem mag of niet.

'Wat een geweldige tent,' zegt Len. 'Lekker eten en een snelle bediening. Haal hen binnen, zet hen er weer uit. Eén grote draaideur.'

Swenson kijkt om zich heen naar de lunchende menigte. Niemand schijnt het idee te hebben dat ze in een draaideur eten. Ze lijken er daarentegen de nodige tijd voor te nemen, te genieten van hun biefstuk en al het gespierde gekauw dat rood vlees verlangt. Alleen Len wenst dat het een draaideur is. Wat zegt het over Lens houding ten opzichte van Swenson dat hij hem heeft uitgenodigd voor een restaurant waar je een biefstuk hap slik kunt verslinden en weer met drie kwartier op straat kunt staan? Swenson is hiervoor uit Vermont komen vliegen, heeft zijn dochter achtergelaten, zijn dag opgegeven, en Len probeert snel van hem af te komen, maar niet zo snel dat de training in de Heimlichmanoeuvre van een of andere hulpkelner de ultieme test moet doorstaan.

Ze kauwen een tijdje zwijgend verder.

'En hoe vordert je roman?' vraagt Len.

Swenson wil geloven dat Lens stemming door het eten is opgefleurd. Of is dit ook weer zo'n gecultiveerde hebbelijkheid van Len: de aangeleerde imitatie van de suggestie dat het eten zijn stemming heeft laten opfleuren en hem de energie heeft gegeven de echte wachtende zaken ter sprake te brengen?

'Microscopisch,' zegt Swenson. 'Eigenlijk... in werkelijkheid... om je de waarheid te vertellen... ben ik hier in feite niet gekomen om over mijn roman te praten.'

'Laten we dat dan niet doen!' zegt Len. 'Geen enkel probleem. Laten we gewoon kletsen. Lunchen.'

'Nee!' zegt Swenson, te luid, waardoor Len schrikt. 'Ik ben hier wel degelijk met een doel. Ik heb een roman waarvan ik vind dat je ernaar moet kijken. Geschreven door een van mijn studenten.'

'Studentenwerk,' zegt Len. 'God beware ons.'

'Studentenwerk,' zegt Swenson. 'Het is heel, heel goed.'

'Dat zal best,' zegt Len. Hij neemt nog een hap biefstuk, die hij door-slikt als de sommelier verschijnt met de verlangde halve fles. Len neemt een slokje, laat het door zijn mond kolken, en staart de sommelier zogenaamd dromerig aan. Swenson legt zijn hand op zijn glas.

'Liever niet,' zegt hij.

'Het is te lekker om niet te proberen,' zegt Len.

'Eén glas dan,' geeft Swenson toe.

Len geniet nadenkend van zijn wijn. 'Ik ben blij dat we dit hebben gedaan,' zegt hij. 'Ik zou gek zijn geworden als ik de hele dag thuis had gezeten, en werk is het enige excuus, de enige manier om weg te ko-men. God verhoede dat ik een wandeling zou maken, of nog erger, naar een film zou gaan...'

Als Swenson het onderwerp van Angela's boek nu laat varen, zal hij er nooit meer op terugkomen. 'De roman die deze studente schrijft... het is nauwelijks te beschrijven hoe goed hij is. Als je zegt dat het over een meisje op de middelbare school gaat die een verhouding heeft met haar leraar, doe je nauwelijks...'

'Ach!' zegt Len. 'Geen wonder dat je kindermishandeling in je hoofd had.'

'Nee,' zegt Swenson. 'Geloof me. Het is totaal anders. Het meisje wil dat het gebeurt. Zij verleidt hem. Daar wordt zelden over geschreven, het is altijd de man die een soort perverse figuur is, maar in dit geval is het meisje... Het is net of *Lolita* is herschreven vanuit het perspectief van Lolita.'

'Dat is niet niks wat je daar zegt,' zegt Len.

'Ach, misschien overdrijf ik. Maar moet je horen...'

'Wat is het voor iemand?' valt Len hem in de rede.

'Het personage?' zegt Swenson.

'Alsjeblieft,' zegt Len. 'De schrijfster.'

'Bizar. Punkerig. Met gezichtspiercings. Je weet wel.'

'Kijk uit voor de bizarre types,' zegt Len. 'Bij schrijfsters, bedoel ik. Die zijn levensgevaarlijk. Zonder echt veel moeite te doen zouden we met de namen van een stuk of vijf vrouwen kunnen aankomen die iedereen kent en van wie je zou zweren dat ze stroop in plaats van hersenen hebben, tot ze achter een computer gaan zitten – dan kan de wereld beter uitkijken. Hou je ballen vast. Zei ik "computer"? Schrijf-machine bedoelde ik. De helft van die vrouwen wil je wijsmaken dat de elektrische schrijfmachine hun technische vaardigheden nog ver te boven gaat, dus moeten ze hun ganzenveren in kleine potjes gif dopen.'

Het is niet dat Swenson niet graag zou ingaan op dit moment van mannelijke verbondenheid ten koste van die beroemde schrijfsters, wie het ook mogen zijn. Maar hij is hier voor Angela's boek, heeft zijn dochter laten zitten omwille van een kind dat het zonder hem prima zal redden.

'Ze is niet alleen bizar,' zegt hij. 'Het is veel raarder. Ze zou wel eens een ziekelijke leugenaar kunnen zijn. Over de vreemdste dingen. Waarom zou iemand je vertellen dat haar vader haar stiefvader is en dat ze epilepsie heeft als dat niet zo is? Ik weet niet of ze het wel of niet heeft. Waarom zou een kind daarover liegen?'

'Komt ze uit Californië?' vraagt Len.

'Nee, waarom? Uit New Jersey,' zegt Swenson.

'Je vrouw komt toch uit New Jersey?'

'Brooklyn,' zegt Swenson.

'Neuk je haar?'

'Mijn vrouw?' zegt Swenson op zijn hoede.

'Haha, heel grappig,' zegt Len. 'Ik bedoel het meisje. De studente. De schrijfster.'

'Geen sprake van!'

'Dat spijt me,' zegt Len, die niet wil horen dat Swenson op het vlak van de ongewenste intimiteiten binnen de politiek correcte grenzen blijft. Hij zou Swenson meer respecteren als hij de hele vrouwelijke studentenpopulatie neukte.

'Maar dat wil je wel,' zegt Len.

Swenson drinkt de laatste druppel wijn uit zijn glas.

'Len,' zegt hij vermoeid. 'Het gaat niet om seks. Het kind heeft talent. Neem dat maar van me aan.'

'O, dat geloof ik graag,' zegt Len. 'En ik weet zeker dat ze heel goed is. Het punt is, als ik volkomen eerlijk tegen je ben, dat ik domweg geen tijd heb om naar een vrouwenroman te kijken over een kind op de middelbare school dat verkikkerd is op haar leraar.'

'Alsjeblieft,' zegt Swenson. 'Lees alleen de eerste paar bladzijden...'

Hij is aan het smeken. Het staat dus vast. Wat hij wil, zal nooit gebeuren. Swenson pakt de oranje envelop van de stoel naast zich en steekt hem Len toe, die hem luchtig wegduwt, alsof het een creditcard is waarmee Swenson aanbiedt voor de lunch te betalen. Swenson legt de envelop neer.

'Ted,' zegt Len. 'Doe jezelf een lol. Neem het manuscript mee terug. Zeg tegen het kind dat je het mij zult laten zien als je met haar mag neuken. Daarna... ach, dan kun je haar vertellen dat ik je heb gezegd dat ik niet naar debuutromans kijk. Nog wat wijn?'

'Graag,' zegt Swenson.

Len schenkt twee glazen in. Swenson leegt het zijne in drie slokken.

'Maar hoe zit het met jóúw boek?' zegt Len. 'Laten we even serieus worden. Want als er echt een probleem is met de roman... Weet je, ik heb over je werk nagedacht. Ik heb er zelfs veel over nagedacht.'

'O ja?' zegt Swenson. 'Heus?'

'Heb je wel eens overwogen je autobiografie te schrijven?' zegt Len. 'Ik hoef je niet te vertellen dat je tegenwoordig het pikante schijnsel, de bloederige geur van de waarheid nodig hebt om iets te verkopen. En met de helft van de mensen die zulk soort werk schrijft, is, tja, nog nooit wat gebeurd. Misschien is mam een of twee keer dronken geweest, waardoor haar handen wat los zaten. Maar jij, beste vriend, hebt op de televisie gezien hoe je vader zichzelf in brand stak. Schrijvers met een jeugd die niet half zo disfunctioneel was als de jouwe, zetten haar om in een goudmijn.'

'Ik heb de roman al geschreven.' Niet zomaar een roman, denkt Swenson. Angela's lievelingsroman. Wat zou hij Angela moeten zeggen? Wat zou Angela denken als hij alles waarin ze geloven verraadde om een prullerige autobiografie op te hoesten? En hoe zit het met al die andere Angela's, zijn ideale lezers, die zijn vastgelopen, net als Angela ooit is overkomen, en die zich verbeelden dat niemand ooit zulke ellende heeft meegemaakt als zij? 'Die heb jij uitgegeven, weet je nog wel?'

'Waarom zou dat je weerhouden? Het is niet hetzelfde. Laten we er niet omheen draaien, Ted. Van romans krijgt de lezer gewoon niet dezelfde soort stijve. Weet je hoeveel mensen een roman lezen? Tienduizend is goed voor een roman. Acht-, negenduizend in de winkels en we ontkurken de champagne. En van die tienduizend – ach, laten we zeggen vijfduizend – mensen die je roman hebben gelezen, zijn er waarschijnlijk tweeduizend dood en zijn drieduizend hem vergeten. Je kunt weer opnieuw beginnen. Je boft. Het is beter om helemaal opnieuw te beginnen. Liever een succesvolle nieuwe autobiografieschrijver dan een romancier van middelbare leeftijd die matig verkoopt.'

Swenson duwt zijn mes en vork naar de zijkant van zijn bord. Kauwen is uitgesloten. Hij heeft al moeite met slikken. Een homp biefstuk zou zelfmoord zijn.

Len staart Swenson met glanzende ogen aan. 'Ik doe dit niet voor de uitgeverij. Ik doe dit als vriend.'

'Dat waardeer ik,' zegt Swenson.

'Je hoeft nu geen antwoord te geven,' zegt Len. 'Denk erover na. Kijk. Zo goed ken ik je niet. We zijn het contact kwijtgeraakt. Maar het zou het beste – het zou echt heel goed – zijn als er sinds het overlijden van je vader iets had gespeeld, een telkens terugkerend probleem, een recentere versie, een prijs die je later hebt betaald voor...'

'Wát voor iets?' zegt Swenson.

'Misdragingen. Drank, drugs, gokken, mishandeling van je vrouw. Een seksverslaving. Het dwangmatig neuken van studenten. Dat zou geweldig zijn. Misschien kun je het verzinnen. Omdat het zogenaamd een autobiografie is, wil dat nog niet zeggen... Maar goed, iets wat rechtstreeks te herleiden is tot je disfunctionele jeugd. En iets waarvan je uiteraard bent genezen.'

Wat zou Hemingway hebben gedaan? Zijn drankje in Lens gezicht hebben gegooid. Swensons glas is leeg. Maar goed, zo'n gebaar ligt toch absoluut niet in zijn aard.

Hij laat de stilte voortduren. Dan leunt hij naar achteren en zegt: 'En Len, werken de medicijnen nog steeds? Gaat het beter met Denny?'

In de vertrekhal van LaGuardia maakt Swenson zijn tas open om *My Dog Tulip* te pakken en weet het meteen: er ontbreekt iets. Zijn hart begint te bonzen terwijl hij als een bezetene zijn papieren doorwerkt. Dat onderbreekt hij even om een boze blik te werpen op een ouder echtpaar dat het door hem geboden vermaak verkiest boven hun saaie tijdschriften, waarna hij zijn zinloze zoektocht hervat. Hij is Angela's manuscript kwijt. Hij kan het nergens vinden. Hij moet het in het restaurant op de stoel naast zich hebben laten liggen.

Hij heeft nog twintig minuten voor zijn vlucht – genoeg tijd om een telefoon te zoeken, inlichtingen te bellen, het nummer van het restaurant te achterhalen en te vragen of ze het willen opsturen. Dan zal hij de post in de gaten moeten houden om te voorkomen dat Sherrie achteloos een pakje uit New York openmaakt.

Terwijl de telefoon eindeloos overgaat, stelt Swenson zich het verlaten restaurant voor, badend in het gouden licht van de namiddag. Eindelijk zegt een mannenstem: 'Goedendag' en Swenson legt buiten adem zijn probleem uit in de stilte voor een bandje hem met een ongehaaste bas vertelt wat het adres, de openingstijden en het rookbeleid van het restaurant zijn. Dat weet Swenson allemaal al en nee, dank u, hij wil niet de één indrukken om een tafel te reserveren. Hij blijft de hele dag aan de lijn tot hij iemand te pakken krijgt die kan helpen.

Er neemt een jonge vrouw op. Ten slotte. Een meelevende stem. Ze vraagt wat er in de envelop zit. Wat gaat haar dat aan? Hij neemt aan dat ze erin moet kijken om uit te zoeken welke van de tien feloranje enveloppen die de afgelopen dag zijn achtergelaten van hem is. Hij moet zeggen dat het een contract is, iets belangrijks, officieels. Maar stel je voor dat ze inderdaad in de envelop kijkt...

'Het is mijn roman,' zegt hij.

'O lieve help. Uw roman! Even kijken.' Hij hoort hoge hakken tikken en vervolgens niets. Het duurt tijden! Hij zal zijn vliegtuig missen en hier de nacht moeten doorbrengen terwijl zij staat te flirten met de barkeeper. Maar nu is ze, eindelijk, terug met de mededeling: Het spijt me, er is niets van dien aard gevonden. Wil hij zijn telefoonnummer soms achterlaten? Nee, dat wil hij niet, hij wil niet telkens een paniekaanval moeten afslaan wanneer Sherrie de telefoon opneemt.

Hij hangt op en gaat ontmoedigd aan boord van het vliegtuig, met de gebruikelijke fantasie over zijn naderende dood, het verdriet van zijn geliefden. Vandaag breidt die zich uit tot het tafereel van Len die aan het graf verschijnt om Sherrie te vertellen hoe edelmoedig en onbaatzuchtig wijlen haar man was. Toen ze elkaar voor het laatst hadden gesproken, had hij geprobeerd hem een roman van een of ander meisje aan te praten. Dat zou Len nooit zeggen. En wat zou het als hij het wel deed? Dat zou Swensons probleem niet meer zijn. Hij zou in de hel zitten, een zegen vergeleken met dit.

Halverwege New York en Burlington verdwijnt het licht ineens uit de lucht. Swenson schrikt, weet het dan weer. Winter. Zonsondergang. De tijd verstrijkt snel als je je leven aan het vergooien bent. Hij is bang om naar huis te gaan, bang om te ontdekken dat Ruby tot de conclusie is gekomen dat hij niet naar New York had moeten gaan. Met pure wilskracht bereikt hij een soort trance waardoor hij in staat is het vliegtuig te verlaten, zijn auto te vinden en te rijden.

Het huis is donker. Waar zijn ze? Heeft er een tragedie plaatsgevonden? Wacht. Er brandt licht in Ruby's kamer. Iets leukers is toch niet denkbaar? Swenson stelt zich voor dat de twee vrouwen op Ruby's bed zitten te praten, waarbij het gemompel van hun alten af en toe omhoogschiet tot spetters van gelach.

Wat is hij dankbaar voor zijn gezin, voor zijn solide, uitnodigende huis, voor het feit dat hij niet meneer Eenzame Jongen is die loopt te ijsberen door de naargeestige, gebarsten verlatenheid van die winterse straten in Manhattan. Wat is hij dankbaar en wat is hij ervan doordrongen dat hij dit allemaal niet verdient. Hij is in elk geval zo volwassen dat hij de regie niet is kwijtgeraakt en Len niet volledig van zich heeft vervreemd – dat wil zeggen als je die ongelukkige opmerking over de overdosis medicijnen van dat kind tenminste niet mee-telt. Waarom denkt hij dan dat er iets vreselijks is gebeurd? Omdat er iets vreselijks is gebeurd.

Hij heeft Angela's manuscript in het restaurant laten liggen. Over je laten kennen gesproken! Waarom zou je je overspelige liefdesbrie-ven niet op de keukentafel laten liggen? Maar nu, met de veilige haven – de schuilplaats – in zicht, schiet het Swenson te binnen dat hij niet zo overstuur hoeft te zijn. Iemands verloren manuscript vinden is niet echt hetzelfde als die persoon in bed aantreffen met de auteur van het werk.

Terwijl Swenson zich op de tast een weg zoekt door de woonkamer, heeft hij het gevoel dat hij inbreekt in zijn eigen huis. Hij doet het licht aan en schrikt zich lam als hij Sherrie in haar stoel ziet zitten.

'Wat ben je aan het doen?' zegt hij.

'Dat weet ik niet,' zegt ze. 'Hier zitten, denken.'

'Is alles in orde? Met Ruby?' Wat zou het ironisch, wat zou het per-fect zijn als er een of andere ramp had plaatsgevonden toen hij weg was om te proberen of hij de roman van zijn studerende liefje aan ie-mand kon slijten.

'Het gaat prima,' zegt Sherrie. 'Alles is prima. Ik dacht dat je van het vliegveld zou bellen.'

'Ik was maar net op tijd om mijn vlucht te halen,' liegt Swenson, en nu lijkt het een wonder dat er niet een of andere catastrofe heeft plaatsgevonden om hem te straffen voor al die kleine, zich van liever-lee ophopende leugens zoals deze. Swenson inspecteert zijn kies met zijn tong. Hij moet naar een tandarts.

'Is er echt niets met Ruby?' zegt Swenson. 'Vond ze het niet erg dat ik ben weggegaan?'

'Er is niks met haar,' zegt Sherrie. 'Dat heb ik al gezegd. Iedereen wil graag dat je dat boek af krijgt, Ted. Neem dat maar van me aan. O... Ru-by vraagt of je wat voor haar wilt doen. Ze heeft een nieuwe computer nodig. Die kunnen wij toch voor onze rekening nemen? Ze wil graag dat je met haar naar Burlington gaat om haar te helpen er een uit te kie-zen.'

Het duurt even voor Swenson begrijpt wat er wordt gevraagd. Hij zegt: 'Natuurlijk. Dat zou geweldig zijn. Nu ben ik aan een drankje toe.'

Hij bedoelt dat hij aan de bezigheid toe is, de kurkentrekker, fles en glazen, een adempauze, een reden om de kamer te verlaten.

'Ik ook,' zegt Sherrie.

Hij wrikt een fles los uit het rek in de voorraadkamer, trekt vervolgens de keukenla open en rommelt rond op zoek naar de kurkentrekker, waarbij hij ondertussen doet of hij een gewone echtgenoot is die wijn inschenkt, in plaats van een gek die onherroepelijk wegglijdt in de waanzin. Zou hij niet blij moeten zijn dat zijn verloren dochter zijn gezelschap, zijn advies, zijn tweeduizend dollar wil hebben, dat ze hem de kans geeft haar liefde terug te winnen, terug te kopen voor de bescheiden prijs van wat huiselektronica?

Wat maakt het uit dat hij hetzelfde ritje heeft gemaakt met Angela? Is hij bang dat hij zal worden betrapt? Waarop? Niemand zal je bij de overheid aangeven omdat je voor twee jonge vrouwen een computer koopt. Bovendien heeft hij Angela's computer niet gekocht. Hij is alleen meegegaan om haar te rijden. Het is goed dat hij er met Angela is geweest. Een oefening, in zekere zin. Oneffenheden gladstrijken voor hij de rit – de echte – met zijn dochter gaat maken.

Hij schenkt twee glazen vol, neemt een grote teug uit het zijne. Geen moment te vroeg. Zijn hand houdt net op met beven als Sherrie in de deuropening van de keuken verschijnt. 'Wat is er met de computer die ze al heeft?'

'Jezus, Ted. Ze gebruikt haar pc al vanaf de middelbare school. Ze heeft me verteld dat het een kwartier duurt om een document op te slaan.'

Swenson vindt het een leuk idee dat Sherrie en Ruby over zoiets normaals praten als het opslaan van een document. 'Prima. Ik doe het graag. Ze zijn morgen toch open? Of niet?'

'Ze zijn zaterdag open,' zegt Sherrie met de irritatie die in haar stem moet kruipen als een student haar laat herhalen hoe de medicijnen moeten worden ingenomen. 'Een van je studenten heeft trouwens gebeld.'

'O? Wil je wat wijn?' Swenson geeft haar een glas zonder zich om te draaien, zodat hij haar niet hoeft aan te kijken, en hij rechtvaardigt dit ontwijkende gedrag door te doen alsof de kurk dringend uit de kurkentrekker moet worden gedraaid. Geen reden om aan te nemen dat 'een van je studenten' Angela betekent.

'Ze klonk overstuur,' zegt Sherrie. Dat beperkt de lijst met verdachten. Maar het zou... Jonelle Brevard kunnen zijn, die het verhaal niet heeft ingeleverd dat ze na de vakantie zouden behandelen; Claris heeft moeten aanbieden in plaats daarvan iets van haar mee te brengen. Hij hoopt dat het Jonelle is geweest. De reikwijdte van wat Jonelle zou kunnen willen is veel beperkter dan de mogelijkheden van Angela's telefoongesprek met zijn vrouw.

'Heeft ze gezegd wie ze was?' vraagt Swenson.

'Nee,' zegt Sherrie. 'Dat heeft ze niet gedaan. Ze zei alleen dat ze een van je studenten was en dat ze met je moest praten over haar roman.'

'Geweldig,' zegt Swenson mat. 'Haar roman.' Hij dreigt weg te vliegen op een onverwachte opwaartse stroom van geluk. Hij hoopte niet echt dat Jonelle had gebeld. Dan denkt hij: ik ben Angela's roman kwijtgeraakt.

'Ze heeft een nummer achtergelaten,' zegt Sherrie. 'Haar nummer thuis. In New Jersey. Ze zei dat je haar vanavond moest bellen. Wanneer je maar wilt. Is zij het die zoveel talent heeft?'

Swenson zegt: 'Studenten! Ze zuigen je leeg, bellen op elk uur van de dag of de nacht, op vrijdag, in het weekend van Thanksgiving, je bent doorlopend in dienst, mag hen op hun wenken bedienen...'

Het zou een buitengewoon vreemde indruk maken als hij wegvloog naar zijn werkkamer om het telefoontje van een studente te beantwoorden. Bovendien wil hij niet met Angela praten. Hij is alleen blij dat ze heeft gebeld. Als hij haar te pakken krijgt, zal hij haar moeten vertellen dat Len haar boek niet wil zien, en o ja, hij heeft het trouwens ergens in Manhattan laten liggen.

'Ze kan tot maandag wachten,' zegt Swenson.

'Dus je kunt er morgen met Ruby naartoe gaan?' zegt ze.

'Waarnaartoe?' Swenson weet dat hij het weet. Hij kan het zich alleen niet herinneren.

Sherrie fronst haar voorhoofd. 'Computer City.'

'Natuurlijk,' zegt Swenson.

In Swensons droom staat hij voor een tafel midden in het niets, een leegte die een zekere gelijkenis vertoont met een schilderij van De Chirico. Op de tafel bevinden zich twee bokalen, een kam, een veer, een boek en een ei. Hij weet dat hij iets moet uitkiezen en hij pakt het ei op en het ei explodeert in een hagel van vuur en pijn die hem vanuit zijn nachtmerrie naar zijn bed lanceert, waaruit hij opkijkt en Sherrie ziet, die over hem heen staat gebogen en zegt: 'Ze zit buiten te wachten.'

'Wie?' vraagt Swenson slaapdronken.

'Jezus, Ted. Ruby zit in de auto. Het is al over negenen. Je hebt uitgeslapen.'

Swenson kijkt door zijn slaapkamerraam naar de oprit. 'Het is zaterdagmorgen. Hebben we een overladen programma?'

'We volgen Ruby's programma,' zegt Sherrie. 'Alsjeblieft.'

Daar zit ze op de passagiersplaats door de voorruit te staren. Het heeft geen zin om te vragen of ze binnen wil komen voor een kop koffie terwijl hij onder de douche springt. Ruby zal het uiteraard doen, maar met een zekere teleurstelling, een beschuldigende gelatenheid. Swenson zal voor de zoveelste keer zakken voor de baan om haar vader te zijn.

Maar waarom zou hij zich schuldig voelen? Hij geeft zijn zaterdag op en spendeert een klein fortuin. En om zijn offer nog te vergroten ziet hij af van douchen en scheren. Het is een wonder dat hij zijn rug niet forceert terwijl hij hinkend dezelfde broek aantrekt die hij naar New York heeft gedragen en zich vervolgens in een zwarte trui wurmt die hij op een stoel heeft gevonden.

Toen hij gisteravond in de koelkast keek, viel hem op dat Sherrie bagels en gerookte zalm had gekocht, waar hij in gedachten van had genoten, een beloning vooraf omdat hij naar Burlington toe moest. Ach, nu is er geen tijd om te ontbijten. Bovendien verdient hij het niet. Hij had geen ontbijt als troost nodig toen hij er met Angela Argo naartoe ging.

Hij schiet in zijn jack, vliegt naar buiten en springt achter het stuur. Ruby draait zich naar hem toe om hem aan te kijken. Ze heeft haar haar met elastiekjes bij elkaar gebonden, een klein toefje boven elk oor. Staartjes – net varkensstaartjes gezien haar ronde roze gezicht, een ongelukkige keus. Swenson ziet te veel van zijn eigen gezicht in het hare terug en niet genoeg van dat van Sherrie, en dan nog die konijnachtige onderbeet die hem altijd aan zijn moeder doet denken. Desondanks zou Ruby er leuk uit kunnen zien als ze er eens mee ophield haar verlangen om te verdwijnen uit te seinen. Ze draagt een blauwe spijkerbroek die haar een paar maten te groot is en een ruim sweatshirt.

Ruby zegt: 'Je had je niet hoeven te haasten.'

'Dat heb ik niet gedaan,' liegt Swenson.

'Dank je wel dat je dit doet, pap,' zegt Ruby.

'Graag gedaan,' zegt Swenson tegen haar. En vervolgens buigt hij zich, deels om de holle echo van zijn woorden te verbergen, naar haar toe om haar een zoen op haar wang te geven. Die smaakt parfumachtig, naar make-up. Ruby verstijft en krimpt ineen.

Goed. Laten we het op Ruby's manier doen. Hij geeft haar deze dag. Het idee overstelpt Swenson met de vrede die mensen vermoedelijk voelen wanneer ze besluiten hun problemen over te dragen aan Jezus.

'Kil.' Swenson huivert.

'Ja,' zegt Ruby. 'Akelig koud.'

Ze rijden Route 2A op, die hen het bos in voert. Boven hun hoofd stromen de zwarte takken langs, waar minieme ijsdruppeltjes van af vallen.

'Hoe gaat het met de studie?' Dit heeft Swenson dit weekend natuurlijk al veertig keer gevraagd. Maar dat is het voorrecht van het gezinsleven: het recht om goede manieren te negeren, evenals de vrees om anderen te vervelen en om dingen te herhalen en hetzelfde antwoord te krijgen. 'Afgezien dan dat iedereen een proces aan zijn broek krijgt?'

'Vrij goed.'

'Het wordt gemakkelijker,' zegt Swenson. 'Heb je een leuke tijd?'

'Een leuke tijd?'

'Je weet wel. Vriendinnen. Samen optrekken.'

Ruby zegt: 'Ik werk op een crisiscentrum voor verkrachtingen, pap. Dat noem ik niet echt leuk.'

'Ik ook niet,' zegt Swenson.

Het is vijftien tot twintig kilometer stil, tegelijkertijd gespannen en saai. In tegenstelling tot zijn rit met Angela: eveneens gespannen, maar fascinerend. Swenson haalt diep en hoorbaar adem.

'Is er iets, pap?' vraagt Ruby.

'Kiespijn,' zegt Swenson.

'Wil je naar huis terug?'

'Nee, het gaat prima.' Na een volgende pauze zegt hij: 'Wordt er zoveel verkracht op de campus dat er een heel centrum van kan draaien?'

'Niet echt. We houden ons ook bezig met dienstverlening aan vrouwelijke slachtoffers van huiselijk geweld in de plaats zelf. We proberen hun gewoon een plek te bieden waar ze zich veilig kunnen voelen en hun verhaal kunnen delen.'

Zich veilig voelen? Hun verhaal delen? Wie ís dit? Ze klinkt als Lauren Healy.

'Maar er is één incident geweest... Het is nogal weerzinwekkend. Weet je zeker dat je het wil horen?'

Ach, nu ze het vraagt, is hij daar niet zo zeker van. 'Ja, natuurlijk.'

'Er was een feestje van een mannelijke studentenvereniging. Het hele lacrosseteam was er. Het was Vatendag, wat een heel stomme traditie op onze universiteit is, waarbij er zeg maar wordt verwacht dat je zodra je 's morgens opstaat bier achterover begint te slaan en blijft drinken tot je in slaap valt of buiten westen raakt of zo. Maar goed, een van die jongens had een afspraakje. Zogenaamd met zijn vriendinnetje van de middelbare school. Ze kwam een weekend logeren, maar eigenlijk was ze gekomen om hem te zeggen dat ze het uit wilde maken. Dus... verzamelt die jongen al zijn vriendjes van de studentenvereniging, en ze doen drugs in het drankje van het meisje en leggen haar languit neer in de woonkamer van de studentenvereniging en ze gaan om de beurt op haar pissen.'

'Jezus,' zegt Swenson. 'Dat arme kind.'

'Ik bedoel het écht.' Door de harstocht van haar vaders woede loopt Ruby warm voor haar onderwerp. 'En het was pas echt walgelijk dat het meisje het niet eens wilde aangeven – vrouwen geven zichzelf altijd de schuld en melden dergelijke situaties niet – maar twee vriendinnen van haar waren getuige geweest van het misdrijf en hebben haar ervan overtuigd dat haar genezingsproces sneller zou verlopen als ze die jongens aan de kaak stelde.'

'Ze hadden ongetwijfeld gelijk,' mompelt Swenson, die heel goed weet dat hij medelijden moet hebben met het slachtoffer en niet met Ruby en zichzelf. Hij kan niet geloven dat zijn enige dochter, zijn oogappel, naar een universiteit gaat met studenten die een vrouw onder kunnen pissen. Zulke dingen gebeuren niet op Vassar of Harvard. Of op Euston, wat dat betreft. Hoe kan zijn dochter zijn opgesloten bij die beestenboel terwijl jongeren die niets meer of minder zijn dan Ruby, meiden als Angela Argo, slechts een paar kilometer verderop de vrijheid genieten om hun onbedorven gevoelens te cultiveren? Carlos en Makeesha zitten op de universiteit om hun ruwe kanten te laten wegschuren, om hen voor te bereiden op een gemakkelijk leven, een goede baan, cocktailparty's, terwijl zijn dochter wordt geschoold in een neerwaartse mobiliteit, wordt aangeleerd om haar ellebogen tegen zich aan te trekken en haar ogen neergeslagen te houden tijdens de glijpartij door de stortkoker naar banen op een bestaansminimum.

Waar zijn Sherrie en hij ten opzichte van haar tekortgeschoten? Ruby had zelf niet naar Euston willen gaan. Dat zou een ander soort ramp zijn geworden. Het was Ruby's besluit geweest om naar de universiteit van Vermont te gaan. Ze hadden haar nooit op andere gedachten kunnen brengen. Hij houdt zich voor dat de toekomstige meesters van het universum in feite eerder beesten van de studentenvereniging van de universiteit van Vermont zullen zijn dan studenten creatief schrijven van Euston. Maar waarom denkt hij hier eigenlijk over na? Het verhaal dat Ruby hem net heeft verteld is veel ernstiger en verontrustender dan de vraag naar welke universiteit zijn dochter gaat.

Er flitst een grijze schim over de weg. Swenson geeft een ruk aan het stuur. Door de haal slaat Ruby tegen het portier. Ze laat haar handen over haar bovenarmen glijden – neemt de schade op, denkt Swenson. Hij herinnert zich een toneelstuk op de basisschool waarin Ruby een mannelijke rol had. Koning Midas? De reus in *Sjaak en de bonenstaak*? Joost mag het weten. Hij herinnert zich echter wel dat iets in haar vertolking hem raadselachtig vertrouwd was voorgekomen, en later had Sherrie hem erop gewezen dat Ruby al zijn gebaren had geïmiteerd.

'Pap? Weet je zeker dat alles in orde is? Wil je soms dat ik rij of zo?'

'Het gaat prima,' zegt hij. 'Prima en opperbest. Oké?' Inmiddels zijn ze bij de Wendover Inn en hij is ontsteld door het contrast tussen de opluchting die hij voelt – de helft zit erop – en zijn teleurstelling, om dezelfde reden toen hij met Angela deze kant op ging. Hij verdient het om in deze auto met een snelheid van bijna honderd kilometer per uur over een veredeld koeienpad voort te stuiven, om een zelfmoordtocht te ondernemen met deze norse, ongelukkige jonge vrouw die doet of ze een oudere versie is van het blije kleine meisje dat altijd in het autostoeltje naast hem op en neer had gesprongen en haar onbegrijpelijke liedjes had gezongen. Het is allemaal zijn schuld. Hij weet hoe slecht – hoe onvergeeflijk – het is om voor het eerst in ruim een jaar een dag met zijn dochter door te brengen en heimelijk te wensen dat hij bij zijn sletje, zijn studerende vriendinnetje was. Laat komen wat komt. Laat de wereld maar instorten.

'De universiteit wilde geen aanklacht indienen,' zegt Ruby. 'Het Instituut Vrouwenstudies moest namens de groep met een proces dreigen voor de zaak zelfs maar werd onderzocht.'

Alweer een symbool van de brede kloof tussen zijn dochter en zijn studenten: op haar universiteit wordt een meisje bepist en de universiteit doet niets. Op Euston worden vergaderingen belegd om het wetenschappelijk en onderwijzend personeel ervoor te waarschuwen een onvriendelijk of dubbelzinnig woord te gebruiken.

Swenson zegt: 'Het is niet meer dan juist. Iemand moet de verantwoordelijkheid op zich nemen.'

'Het gaat niet over verantwoordelijkheid,' zegt Ruby. 'Het gaat over geen geheimen hebben. Iedereen weet dat geheimen dodelijk kunnen zijn...'

Zeg dat wel! Het geheim dat Swenson bewaart is toevallig heel dodelijk. Stel je voor dat hij het Ruby vertelde, het de revue liet passeren, alleen om de druk te verlichten? Hé, zal ik je eens wat zeggen, de laatste keer dat ik hier was, reed ik rond met een studente, en we hebben een computer voor haar gekocht en zijn daarna teruggegaan naar haar kamer en met elkaar naar bed geweest. Hebben geprobeerd met elkaar naar bed te gaan...

'Pap,' zegt Ruby beverig. 'Vind je niet dat je je ogen moet opendoen?'

Swenson had zich niet zoveel zorgen hoeven te maken over dit tweede bezoek aan Computer City. De zaak is onherkenbaar. Het duurt vijf minuten voor hij een parkeerplaats heeft gevonden. Het iriserende verlaten terrein is veranderd in een gonzende bijenkorf van winkelaars, die karretjes en kinderwagens voortduwen, ruziemaken, discussiëren en brullende baby's troosten. Swenson ziet een peuter meppen naar een keurig opgestapelde piramide van doosjes met diskettes. Het kind ziet Swenson kijken, wacht even en deelt een volgende dreun uit.

Het verschil heeft niets met Angela en Ruby te maken. Hij is hier met Angela op een doordeweekse dag geweest en nu is het de zaterdag van het Thanksgivingweekend, de drukste winkeldag van het jaar. Gedeeltelijk opgerold patriottistisch dundoek meldt speciale aanbiedingen.

Ruby blijft in de buurt van de ingang staan, neemt wanhopig de menigte in zich op. Als Swenson op de computerafdeling afgaat, komt ze een paar stappen achter hem aan. Ze gaat ervan uit dat hij, de volwassene, weet waar hij naartoe moet, wat toevallig klopt, al heeft dat een andere oorzaak dan ze denkt. Ze staart naar de rijen toetsenborden en schermen, maar kan zich niet echt concentreren of zich ertoe brengen er een uit te proberen. Ze ziet er autistisch uit, denkt Swenson.

Er verstrijken verscheidene slopende minuten. Alle verkopers zijn bezig of mijden welbewust elk oogcontact. Eindelijk komt er een nerveuze jongen op hen af. Zijn angst voor Ruby lijkt seksueel van aard te zijn, en de gevoelens zijn duidelijk wederzijds. Ze heeft geen idee wat ze wil of nodig heeft of wat de verwarrende specificaties betekenen. Swenson denkt aan Angela, die er gigabytes en RAM uitgooide. Waarom weet Ruby dat niet?

Ruby kijkt het joch aan, vervolgens Swenson. Ze kan elk moment in tranen uitbarsten. Zelfs de verkoper zonder zelfvertrouwen wordt bewogen tot opgelaten hoffelijkheid. Met een lieve, broederlijke geruststelling die, dat weet Swenson zeker, niets te maken heeft met het opschroeven van zijn commissie en alles met het voorkomen dat Ruby voor hun ogen instort, laat hij haar een computer zien die volgens hem misschien zou kunnen zijn wat ze nodig heeft, alsof ze had geweten wat ze nodig had en in staat was geweest hem dat duidelijk te maken. Het is de op twee na goedkoopste computer. Swenson kan het joch wel omhelzen, hoewel hun collectieve onbehagen daardoor, zoals hij weet, alleen maar verder zou toenemen.

Op een of andere manier lukt het om de koop te sluiten met een minimum aan gêne en ze voegen zich bij de lange rij die op de kassa af schuifelt, winkelaars die zwijgend voortsjokken, als ballingen. Toen hij hier met Angela was geweest, had er geen rij gestaan. De verkoper had haar creditcard meegenomen en was de winkel door gevlogen, terwijl Angela bij de computers had rondgesnuffeld en Swenson had toegekeken. De kaart was teruggevlogen en Angela had getekend.

Deze keer gaat niets zo eenvoudig. Het apparaat wijst Swensons kaart twee keer af terwijl hij het met groeiende paniek volgt, in de overtuiging dat zijn leven zonder dat hij er iets van vermoedde is neergestort en in vlammen is opgegaan, een nieuwe ramp die verband houdt met Angela of zijn reisje naar Manhattan.

De tiener achter de kassa zegt: 'Dit is me nog nooit overkomen.'

Swenson zegt: 'Probeer het nog een keer.'

Als het voor de tweede keer mislukt, zegt Swenson: 'Wat ís dit?'

De derde keer zegt hij: 'Wat ís dit verdomme?' Het meisje achter de kassa kijkt hem niet aan, maar staart strak naar het LCD-scherm. Eindelijk grijnst ze. De kaart gaat erdoor. Swenson tekent het bonnetje en vertrekt met Ruby.

Als ze staan te wachten in de lange rij auto's die langs het uitgiftepunt kruipt, zoekt hij de radiozenders af. Ruby zegt: 'Pap, zou je hem wat zachter willen zetten?' Geërgerd zet hij hem uit.

'Sorry,' zegt Ruby.

'Dat is niet nodig,' zegt Swenson.

De mannen bij het uitgiftepunt kunnen Ruby's bestelling niet vinden. Er verstrijken vijf, tien minuten. Swenson probeert rustig te blijven ondanks de toenemende druk achter zijn ogen. Hij tikt met zijn handpalm op het stuur. Een klein, kinderachtig stukje van hem wil Ruby laten begrijpen dat dit reuze ongelegen komt. Ze mag zich eindelijk wel eens schuldig voelen.

Ruby staart recht voor zich uit terwijl Swenson zit te draaien, woedende blikken door het loket naar het depot werpt. Hij wil haar in zijn armen nemen en zweren dat alles in orde komt, dat Sherrie en hij van haar houden, dat ze altijd van haar zullen houden. Eindelijk komt iemand met hun dozen aan en hij gaat zo ver met zijn verontschuldigen dat hij een jonge bodybuilder naar buiten stuurt om ze in de kofferbak te laden.

Als ze weer op de weg zitten en een fatsoenlijke vaart hebben, voelt Swenson zich pas in staat een poging tot een gesprek te doen. 'Volgens mij heb je een goede keus gemaakt,' zegt hij. 'Volgens mij zul je er veel aan hebben, zal het gemakkelijker zijn om je scripties te schrijven...'

'Anamneses,' verbetert Ruby hem.

Hij denkt: ik moet Angela bellen.

'Anamneses,' herhaalt Swenson.

Drie staccato tikken laten het glas van zijn kamerdeur rinkelen. Hij zou Angela's klopje overal herkennen.

Na zijn bezoek met Ruby aan Computer City had hij Angela 's middags op haar kamer in het studentenhuis gebeld en op haar antwoordapparaat de boodschap achtergelaten dat ze maandagochtend naar zijn kamer moest komen. Als hij haar thuis te pakken had gekregen, had hij aan de telefoon moeten uitleggen wat er met Len was gebeurd. Dat kon hij beter persoonlijk doen. Op dat moment had het een verstandige oplossing geleken. Maar nu wil hij de benen nemen en het op een lopen zetten, in het eerste vliegtuig naar Tahiti springen. Of waar dan ook naartoe. Het centrum van Seattle! Hij ziet zich al, ingeschreven onder een valse naam, in een sjofel hotel boven een videotheek met seksfilms op een bobbelig bed zitten – gelukkig vergeleken met nu.

Angela komt struikelend binnen. Wat heeft ze met zichzelf gedaan? Ze heeft haar Thanksgiving gewijd aan gevorderde gezichtspiercings door de toevoeging van een klein balletje ergens in het midden van haar onderlip, nog een ringetje in een neusvleugel en een driehoekig zilveren sikje dat aan haar kin blinkt. De gaatjes moeten er al hebben gezeten. Ze moet de extra sieraden voor de vakantie hebben ingedaan, als een verrassing voor haar ouders. Haar *Mad Max*-uiterlijk wordt nog benadrukt door haar vampiermake-up: witte rijstpoeder, zwarte lippenstift, roetzwarte kohl op haar oogleden. Eigenlijk heeft de totale uitwerking minder van *Mad Max* dan van *La strada*. Hij ziet een zweem van angst in haar ogen, alsof ze wordt achtervolgd. Is er thuis iets traumatisch gebeurd? Hebben haar ouders hem misleid met hun mallotige hartelijkheid?

Angela laat zich op de stoel vallen. En dan zegt ze met een ongewoon harde, schelle stem: 'Ik vind het vreselijk als je zo naar me kijkt.'

Is ze gek geworden in de Thanksgivingvakantie? Door een weekend bij haar ouders is de kolder in haar kop geslagen. De extra gezichtspiercings zijn louter een uiterlijk symptoom. Swenson heeft erover gelezen dat schizofrenie bij jongvolwassenen ineens, onvoorspelbaar kan toeslaan, vaak in combinatie met het huis uitgaan. Er moet iets afschuwelijks zijn gebeurd. Swenson verlangt ernaar haar schouder aan te raken, haar op een of andere manier te troosten, maar herinnert zich hoe van het een het ander is gekomen toen hij dat de vorige keer heeft gedaan. Door hun verleden is een eenvoudig bezorgd gebaar onmogelijk te onderscheiden van een seksuele uitnodiging.

'Hoe ik naar je kijk?' zegt Swenson.

'Alsof ik een lekker ding ben,' zegt Angela.

'Neem me niet kwalijk,' zegt Swenson. 'Geloof me maar. Ik dacht niet dat ik naar je keek alsof je een lekker ding bent.'

Misschien is ze gewoon opgewonden omdat Len haar roman heeft gezien. Misschien voelt ze aan dat Swenson haar thuis zou hebben gebeld als hij goed nieuws had gehad. Haar bestemming staat op een kruispunt en op hem rust de heerlijke taak haar te vertellen dat het de verkeerde kant op is gegaan. Eigenlijk zou hij gewoon tegen haar moeten liegen. Hij is zo goed geworden in liegen.

'Ik heb je manuscript achtergelaten bij Len Currie. Hij zei dat hij het vreselijk druk had, maar dat hij zal proberen ernaar te kijken. Hij kan het natuurlijk té druk hebben en doen of hij het heeft gelezen en het gewoon terugsturen.' Het is geen echte leugen. Hij heeft haar manuscript bij Len achtergelaten. Of ergens.

'Wanneer kan ik hem bellen?' zegt Angela.

'Heb je een leuke Thanksgiving gehad?'

'Afgrijselijk. Maar hoe snel kan ik je redacteur bellen? En zeg maar vragen of hij het heeft gelezen?'

'Zo gaat dat niet!' zegt Swenson. 'Ik denk niet dat hij dat op prijs zou stellen. Ik ben bang dat hij dan zou kunnen besluiten je boek helemaal niet te lezen.'

Als Angela haar hoofd vragend achteroverkantelt, meent Swenson iets metaalachtigs hoog in een neusgat te zien glinsteren. De energie stroomt zo snel uit hem weg dat hij het gevoel heeft dat hij leegloopt. Hij had haar meteen de waarheid moeten vertellen. Het lijkt nu alleen maar des te eigenaardiger.

'Moet je horen, ik heb gelogen. Ik heb het niet bij Len achtergelaten. Len leest geen debuutromans. Het is dus niets persoonlijks. Het is niet dat hij het heeft gelezen en het niet mooi vond...'

'Ik wist het,' zegt Angela. 'Ik wist dat je me zou hebben gebeld als je goed nieuws had gehad. Ik wist dat er iets vreselijks was gebeurd.'

'Er is niets vreselijks gebeurd. Toe nou. Je bent jong, het boek is nog niet eens af. Bovendien weten jij en ik dat het daar niet om gaat. Gepubliceerd worden, je reputatie, roem, dat is allemaal lang niet zo belangrijk als het werk...'

'Sodemieter op,' zegt Angela.

'Ho even,' zegt Swenson. Hoe durft ze? Hij heeft zijn gezin verlaten en is naar New York gevolgd – wat hem persoonlijk het nodige heeft gekost – om te proberen iets voor haar te doen, en dat kreng zegt 'Sodemieter op'? 'Jij kunt opsodemieteren. Ik heb me verdomme voor je uitgesloofd, ben helemaal naar Manhattan gegaan om met mijn redacteur te lunchen, zodat hij me als oud vuil kon behandelen, zodat hij me kon vertellen dat ik een autobiografie over mijn jeugd moest schrijven, over alles wat ik al in *Het uur van de feniks* heb behandeld, maar deze keer zou ik zogenaamd de waarheid vertellen...'

'Wat heb je hem gezegd?' vraagt Angela.

'Natuurlijk schrijf ik dat boek niet,' zegt Swenson. 'Ik ben een romancier. Een echte auteur. Ik heb nog steeds enkele... maatstaven.' O, moet je die stompzinnige, irritante dreun in zijn stem horen!

'Ik zou die autobiografie wel hebben geschreven als iemand zei dat die zou worden uitgegeven,' zegt Angela. 'Als iemand zei dat hij me ervoor zou betalen. Jij kunt er gemakkelijk maatstaven op na houden, met je lekkere vette professoraat, je vaste aanstelling voor eeuwig en altijd. Jij hoeft nooit meer een letter te schrijven, je hebt nog steeds tijd om te schrijven, maar als ik uiteindelijk in een apotheek terechtkom – en gezien de connecties van mijn ouders zou dat nog het beste scenario zijn – zal ik geen tijd meer hebben om te schrijven, terwijl jij hier kleinzielig moreel onderscheid zit te maken om je fantastische talent niet te verraden.'

Angela komt op zijn bureau af, leunt zo dicht naar Swenson toe dat hij de rode vlekken ziet die haar gezicht marmeren onder het wit van de rijstpoeder.

'Ik kan niet geloven dat je dit hebt laten gebeuren,' zegt ze. 'Ik kan niet geloven dat je niet harder voor me hebt gevochten. Je hebt me alleen mogen neuken omdat je me dan zou helpen deze roman bij iemand te krijgen die iets zou kunnen doen...'

Swenson voelt hoe zijn geest zijn lichaam verlaat. Nu weet hij wat hij vreesde, maar dit is erger dan alles waar hij bang voor is geweest. Hij heeft hetzelfde gevoel als wanneer hij zich bezeert, in zijn vinger snijdt of zijn teen stoot, en ogenblikkelijk begrijpt dat de echte pijn nog moet komen, er alle tijd voor neemt, wacht tot de adrenaline is verdwenen en hem onbeschermd heeft achtergelaten.

'Ik wist niet dat het daarom ging,' zegt hij. 'Ik had niet de indruk dat ik je "mocht" neuken. Ik dacht dat het iets was wat we allebei wilden en dat we dat steeds hebben geweten.'

'Nou, laat het me weten als je eruit bent,' zegt Angela en ze vliegt zijn kamer uit. Swenson hoort haar laarzen de trap af stampen. Even later houdt het geluid op. Is ze halverwege blijven staan? Overweegt ze terug te rennen om hem te zeggen dat het haar spijt? De voetstappen gaan verder, vervagen tot hij ze niet meer kan horen.

Op dinsdag zit Angela niet in het lokaal. Swenson verwachtte al half dat ze er niet zou zijn. Maar als hij naar binnen loopt en ziet dat ze ontbreekt, schrikt hij ervan hoe hevig teleurgesteld hij is.

'Wie missen we?' zegt hij met onvaste stem.

'Angela,' zegt Makeesha. Ze weten dat hij dat weet, dat staat op zijn gezicht te lezen. Niemand is het college voor de Thanksgivingvakantie vergeten: Swensons hartstochtelijke redevoering over Angela's talent. En nu schijnen ze haar afwezigheid met een zure triomf te aanvaarden. Angela heeft de lof gekregen waar ze op uit was, heeft gehoord wat ze wilde horen. Waarom zou ze nog meer kostbare tijd verdoen door met haar minderen op te trekken?

Swenson haalt diep adem. 'Weet iemand waar ze is?'

'Ik heb haar tussen de middag in de eetzaal gezien,' zegt Carlos. 'Ze heeft niet gezegd dat ze ging spijbelen.'

Claris zegt: 'Ik heb haar vanmorgen het studentenhuis uit zien gaan.' Is haar staalharde, betekenisvolle blik een verwijzing naar de keer dat ze hém het studentenhuis uit heeft zien gaan?

'Ach, dat is jammer,' zegt Swenson opgewekt. 'Het was leuk geweest om te horen wat Angela van Claris' prachtige verhaal vindt.'

Hij wordt niet geacht 'prachtig' te zeggen, zijn goedkeuring kenbaar te maken voor ze allemaal hun onbevooroordeelde, kritische mening hebben laten horen. Maar waarom zou hij hun niet laten weten dat Claris iets goeds heeft geschreven – dat wil zeggen goed voor Claris? Swenson houdt niet alleen van het werk van Angela.

Het verhaal van Claris gaat over een eerstejaars op een kostschool, een rijk blank meisje uit het vermogende Bloomfield Hills, dat een kamer heeft gekregen met een zwarte leerlinge, de dochter van een plastisch chirurg uit het even welvarende Brentwood. Ze kunnen het goed met elkaar vinden. Maar als het blanke meisje in de vakantie naar huis gaat, onderwerpen haar ouders haar aan een kruisverhoor over haar kamergenote, een pseudoliberale, pseudobezorgde uiting van belangstelling voor het leven van hun dochter, maar eigenlijk een poging om zich ervan te vergewissen dat ze niet achtentwintigduizend dollar per jaar betalen om hun lieveling een kamer te laten delen met een bendelid uit een beruchte achterstandswijk. Ten einde raad vertelt het meisje wat haar ouders volgens haar willen horen, een verhaal dat haar kamergenote een voormalig bendelid is, die eruit is gestapt toen de bende iets vreselijks had gedaan. Het is natuurlijk een verzonnen verhaal, maar als ze het heeft verteld, beseft het meisje pas dat ze haar kamergenote nu nooit meer in de vakantie mee naar huis kan nemen. Haar ouders zullen nooit geloven dat ze heeft gelogen, dat het bendeverhaal niet het echte verhaal is.

'Lees eens een alinea voor, Claris.' Swenson begint het gevoel te krijgen dat hij dit wel aankan. Het uur zal voorbij zijn voor hij het beseft en dan kan hij dit lokaal verlaten waar Angela vroeger in heeft gezeten, dit lokaal waar Angela niet meer in zit.

Claris bladert het manuscript door om het verhaal binnen het verhaal te zoeken, de leugen die het meisje aan haar ouders vertelt.

Dus vertelde ik hun dat mijn kamergenote op een avond in tranen was uitgebarsten en me had verteld over een jongen die ze aardig had gevonden, de eerste jongen met wie ze ooit had gezoend, en dat hij bij een bende had gezeten, en dat de anderen hadden gewild dat zij er ook bij kwam en dat ze volkomen bereid was geweest het gevaarlijke, walgelijke inwijdingsritueel te ondergaan, tot ze er op een avond achter was gekomen dat de bende iets zo ergs had gedaan dat ze het mij niet eens had willen vertellen.

'Weet je zeker dat ze dat niet wilde?' zei mijn moeder. 'Of is het soms dat jij het niet aan ons wilt vertellen?'

Ik vertelde haar dat ik het niet wist. Ik had het kunnen verzinnen, net als de rest. Maar dat wilde ik hun niet geven.

Claris zegt: 'Ik zal hier maar stoppen met lezen.'

Na de verplichte stilte zegt Makeesha: 'Nou, ik zal de sprong wagen. Ik vind het vet gaaf, man. Heel écht. Je snapt me toch wel? Blanke lui die dat gezeik over een zuster willen horen.' Makeesha bedoelt het als lof. Heel jammer dat die zich richt op het slechtste aspect van Claris' verhaal: het voor de hand liggende politieke motief.

'Wat vindt de rest ervan?' zegt Swenson.

'Het was nogal hatelijk,' zegt Carlos. 'Dat vond ik wel mooi.'

'Ik vond het heel mooi tegen het eind,' zegt Danny. 'Toen ze terug moest en haar kamergenote onder ogen moest komen nadat ze haar ouders al die leugens had verteld.'

'Dat vond ik ook mooi,' zegt Nancy, die alles mooi vindt wat Danny mooi vindt.

Courtney steekt haar hand op en wriemelt met haar vingers. Haar nagels zijn parelmoerpaars gelakt, als druiven die getroffen zijn door een soort zilverkleurige schimmel.

'Courtney,' zegt Swenson, 'kom maar tussenbeide. Je hoeft je hand niet op te steken.'

'Ik heb een piepklein puntje van kritiek,' zegt Courtney. 'Dit verhaal gaat over de bende. Misschien zou die wat meer bijzonderheden kunnen krijgen om er zeg maar een specifieke bende van te maken en niet zomaar een bende in het algemeen.'

Weet Courtney niet dat ze letterlijk herhaalt wat de groep haar over haar eigen verhaal heeft gezegd? Het komt wel vaker voor dat studenten adviezen napraten die ze zelf hebben gekregen: het bewijs van een met succes gehersenspoelde overlevende van een gevangenenkamp. Het is des te pikanter dat Courtney kennelijk niet beseft dat de leugen die het rijke meisje aan haar ouders vertelt, de lullige blanke borrelpraatversie van het zwarte bestaan, een samenvatting – een bewuste parodie – is van Courtneys verhaal. En het is nog vreemder dat dit Swenson nu pas opvalt. Hij is ontzet, en het is tegelijkertijd wel grappig. De andere studenten werpen stiekeme bezorgde blikken op Swenson en Courtney. Laat hen maar bezorgd zijn. Laat hen maar kijken. Wie kan het wat schelen hoe het college nu verder gaat? Waarom zou hij niet meteen een eind maken aan deze farce? Wat heeft het voor zin om te doen alsof Claris' redelijke maar middelmatige poging – die om totaal verkeerde redenen is geschreven – voor grote verbeteringen vatbaar is? Hij pakt Claris' manuscript op en legt het weer neer.

'Nou, dat zal het dan wel zijn,' zegt Swenson. 'Nog iemand?' Het is noch een vraag, noch een uitnodiging. De discussie is gesloten. 'Tot volgende week.' Hij vraagt niet wiens verhaal ze dan bespreken. De studenten zijn van streek, en terecht, vooral Claris, die ergens hard aan heeft gewerkt en het goed heeft gedaan, en voor wie hij niet doet wat er van hem wordt verwacht.

'Bedoelt u dat dit álles is?' zegt Carlos. 'We zijn hier pas een minuut of twintig, Coach.'

'Dit is alles,' herhaalt Swenson. 'Maak dat je wegkomt. Wat mankeert jullie? Als een docent mij vroeger had gezegd dat ik eerder kon vertrekken, had ik hem niet met open mond zitten aanstaren.'

Langzaam, aarzelend, ritsen ze een voor een hun rugzak dicht, staan op en trekken hun jas aan.

Carlos zegt: 'Haal wat slaap in, Coach.'

Claris' 'Bedankt' klinkt ijzig.

'Da-ag,' zegt Courtney.

Verdoofd sjokken ze het lokaal uit. Swenson moet denken aan een verhaal dat hij heeft gehoord toen hij pas op Euston was, een waarschuwend verhaal over een docente die de hebbelijkheid had gekregen dronken in de collegezaal te verschijnen en om middernacht besprekingen met studenten af te spreken in een Mexicaans restaurant in Winooskie. Dat had haar studenten zo gefrustreerd dat ze ten slotte, toen de docente tijdens een college buiten westen was geraakt, bij het verlaten van het lokaal een papieren zak op haar hoofd hadden gezet. Hij had altijd troost geput uit dat verhaal. Hij dacht: zolang ik maar zonder een papieren zak op mijn hoofd door de colleges heen kom, heb ik alles in de hand. Maar nu zijn studenten achter elkaar langs hem heen lopen, weet hij dat als ze een zak hadden gehad die groot genoeg was geweest, ze niet zouden hebben geaarzeld die te gebruiken.

Weer in zijn kamer merkt Swenson dat het lampje van zijn telefoon knippert. Angela natuurlijk, die belt om uit te leggen waarom ze er niet was. Hij drukt het knopje in en begrijpt even niet waarom Angela met een mannenstem spreekt en een Brits accent heeft.

Het is Francis Bentham die zegt dat hij hem moet spreken, vraagt of hij zijn secretaresse wil bellen. Z.s.m. Waarom wil de rector met hem praten? Hij heeft niets verkeerd gedaan. Misschien is hij uitgeroepen tot docent van het jaar. De rector popelt van verlangen om hem dat te vertellen. Of hij is in een of andere commissie gezet, wat zogenaamd een hele eer is, en dan zal hij een manier moeten vinden om dank je wel te zeggen, maar dat hij het voor zijn gevoel niet waard is. Desondanks staat de klank van 'moet' hem niet aan. Ik moet je spreken. Niemand 'moet' je spreken om je te vertellen dat je tot docent van het jaar bent uitgeroepen. Dat z.s.m. staat hem ook niet aan en evenmin, wat dat betreft, dat Francis Bentham hem op zijn kamer belt. Zou Claris de rector soms hebben verteld dat ze hem in Angela's studentenhuis heeft gezien?

Swenson draait het nummer. Door de manier waarop Benthams secretaresse 'Oo' zegt als hij meldt wie hij is, neemt zijn ongerustheid nog verder toe. Ze zegt: 'Morgenochtend om negen uur? Kun je dan komen?'

Dat staat Swenson evenmin aan.

'Is halftien beter?' zegt de secretaresse.

'Negen uur is uitstekend,' zegt Swenson.

De kamer van de rector doet Swenson altijd denken aan een exclusief Londens bordeel waar parlementsleden om een fantasiekamer kunnen vragen. Het scenario dat hier moet worden vertolkt, is 'de kamer van de bovenmeester', en alles wat zich er afspeelt tussen het stoute jongetje en de straffende directeur, of, in het andere geval, het straffende meisje en de kruipende bovenmeester, voltrekt zich te midden van rekwisieten die de genoeglijke illusie moeten versterken: leren stoelen, spookachtig licht, boekenplanken, een enorm mahoniehouten bureau dat ideaal is om je overheen te buigen, allemaal bewaakt door de trouwe spaniël die uit het schilderij staart dat zijn glans heeft verworven in zijn vorige leven in een herensociëteit. Zit het niemand dwars dat de rector van een opleiding in de geesteswetenschappen en schone kunsten geen andere kunst aan zijn muren heeft hangen dan het portret van de hond van een ander?

Bentham staat op om Swenson een hand te geven, waarna hij de deur dichtdoet en tegen zijn secretaresse zegt dat ze niemand moet doorverbinden. 'Ted. Alsjeblieft. Neem plaats.' Hij gaat weer achter zijn bureau zitten. 'Ik ben blij dat je al zo snel kon komen.'

Swenson zegt: 'Geen probleem. 's Morgens om deze tijd heb ik weinig op het programma staan.'

'Ja, goed. Tja. Welnu... misschien moeten we de koetjes en kalfjes maar achterwege laten en ter zake komen. Ik zal je laten zien wat we hier hebben en dan gaan we van daaruit verder.' Bentham doet zijn bovenste la open, haalt er een cassetterecorder uit en zet die op het bureau, precies tussen hen in. Swenson denkt even dat hij hun gesprek wil opnemen. Dan drukt Bentham op een knop en schuift hem dichter naar Swenson toe. Geruis, vaag gegons van stemmen. Ten slotte duikt er een vrouwenstem op uit de witte ruis.

'Ik vind het vreselijk als je zo naar me kijkt.'

'Hoe ik naar je kijk?' zegt een mannenstem.

'Alsof ik een lekker ding ben.'

'Neem me niet kwalijk,' zegt de man. 'Geloof me maar. Ik dacht niet ik naar je keek alsof je een lekker ding bent.'

In het harde geruis staart Bentham Swenson aan. Zijn gebruikelijke houding van ironische verbijstering is gestold tot minachting. Goed, als Swenson niet anders kan, zal hij het toegeven. Het is zijn stem. En die van Angela Argo. Hoe zijn ze opgenomen? Hij luistert met voyeuristische fascinatie, alsof hij geen idee heeft wat er gaat komen.

'Ik heb je manuscript achtergelaten bij Len Currie,' zegt Swensons stem. 'Hij zei dat hij het vreselijk druk had maar dat hij zal proberen ernaar te kijken. Hij kan het natuurlijk té druk hebben en doen of hij het heeft gelezen en het gewoon terugsturen.'

'Wanneer kan ik hem bellen?' zegt Angela.

Getemperd hard geruis. Daar is iets gewist. Vermoedelijk de cruciale woorden waaruit ogenblikkelijk zal blijken dat dit gesprek totaal anders is dan het lijkt.

'Sodemieter op,' zegt Angela.

'Ho even,' zegt Swenson. 'Jij kunt opsodemieteren. Ik heb me verdomme voor je uitgesloofd, ben helemaal naar Manhattan gegaan om met mijn redacteur te lunchen, zodat hij me als oud vuil kon behandelen, zodat hij me kon vertellen dat ik een autobiografie over mijn jeugd moest schrijven, over alles wat ik al in *Het uur van de feniks* heb behandeld.'

Opnieuw een gat. Dan zegt Angela: 'Ik kan niet geloven dat je dit hebt laten gebeuren. Ik kan niet geloven dat je niet harder voor me hebt gevochten. Je hebt me alleen mogen neuken omdat je me dan zou helpen deze roman bij iemand te krijgen die iets zou kunnen doen...'

'Ik wist niet dat het daarom ging,' zegt Swenson. 'Ik had niet de indruk dat ik je "mocht" neuken.'

Op de band: meer geruis, de klap van een dichtslaande deur. Dan voetstappen die de trap af rennen. Wat vreemd dat een bandje zo gevoelig is dat die voetstappen in de gang worden opgenomen. Dan begint het Swenson pas te dagen dat de cassetterecorder aan Angela vastzat.

De voetstappen houden op. Swenson herinnert zich dat hij had gedacht dat ze op de trap had geaarzeld om te overwegen zich om te draaien en terug te komen. In werkelijkheid was ze alleen blijven staan om het apparaat uit te zetten.

Bentham schakelt de cassetterecorder uit.

'Godallemachtig,' zegt Swenson. 'Dat kleine kreng is voorzien van opnameapparatuur naar de bespreking gekomen.'

Dit slaat allemaal nergens op. Waarom was Angela eropuit hem te pakken? Hoe kon ze zich wreken voor iets wat nog niet was gebeurd? Voor hun gesprek wist ze niet dat het hem bij Len niet was gelukt, dus was het maken van het bezwarende bandje een tikje... voorbarig. Maar nu herinnert hij zich haar opmerking dat ze het wel had geweten, dat het feit dat hij niet had gebeld een teken was geweest. Desondanks zou niemand zo harteloos zijn om het allemaal te hebben uitgedacht – om te hebben beraamd dat ze dit handige bewijs zou hebben, voor het geval dat later nodig zou blijken te zijn. Handig voor wat? Bewijs waarvan? Waar was Angela mee bezig? Wat chantage aan het organiseren om Swenson te dwingen het vol te houden en niet op te geven – het nog eens te proberen bij zijn redacteur? Maar waarom heeft ze hém dan niet gechanteerd? Waarom heeft ze Bentham het bandje gegeven?

'Dat kleine kreng,' herhaalt Swenson – de enige woorden die hij lijkt te kennen. Bentham rilt even fijngevoelig. Met zijn ogen ten hemel geslagen zegt hij tegen het plafond: 'Ted, misschien is het wat voorbarig om je te waarschuwen dat alles wat je zegt tegen je kan worden gebruikt. Maar...'

'Juist,' zegt Swenson. 'Dus ik sta onder arrest? Je deelt me mijn Miranda's mee?'

'Miranda?' Denkt Bentham dat het een vrouwennaam is? Een andere studente met wie Swenson iets heeft?

'Mijn rechten. Het is dat probleempje dat wij Amerikanen hebben met onze grondwettelijke waarborgen.'

'Ha ha,' zegt Bentham. 'Natuurlijk. Ted. Nou, het bewijs...' – hij wijst naar de cassetterecorder met een zowel spijtig als beschuldigend gezicht – 'ziet er nogal belastend uit.'

'Waarmee je wilt zeggen?'

'Tja, dat hangt van jou af.' Bentham tikt zijn vingertoppen tegen elkaar aan. 'We hebben diverse opties. Kijk, dit is niet leuk, laat ik er dus meteen mee voor de dag komen en het zeggen. De studente heeft een klacht tegen je ingediend wegens ongewenste intimiteiten. Ze dreigt met een proces tegen de universiteit. En als je in aanmerking neemt wat ze ons heeft gegeven, denk ik werkelijk dat je zou kunnen overwegen – in het belang van iedereen – om ontslag te nemen. Ik zou dit nooit alleen voor de universiteit van je verlangen, ouwe jongen. Dan zou ik zeggen: zet hem op en vecht het uit als je wilt. Maar je moet ook aan je gezin denken, en aan je reputatie als docent.'

Ouwe jongen! Nu beseft Swenson pas wat een bloedhekel hij aan dat academische Britse Engels heeft, met die valse, met Marmite besmeerde vormelijke 'beleefdheid'. Wat verwacht Bentham dat hij zal zeggen? Ja, meneer, ik vertrek ogenblikkelijk, geef me een seconde om mijn kamer te ontruimen. En hoe zit het met een eerlijke behandeling? Swenson is onschuldig. Het was Angela die hém naar Computer City heeft gesleept, Angela die hém in haar kamer heeft gelokt, Angela die haar rok opschoof. Hoewel hij het aanbod natuurlijk had kunnen afslaan. Gewoon nee had kunnen zeggen. Hij kent het machtsverschil tussen professor en student. Maar dit ging niet om macht. Dit ging om lust. Ze hadden elkaar verleid, dat kunnen ze op zijn minst zeggen. Hij geneert zich te veel om zich de gedachte te veroorloven: dit ging om liefde. Dat gaat hij niet denken, niet terwijl Bentham toekijkt!

'En mijn zogenaamde opties?' Hij vouwt zijn handen in een ongewilde nabootsing van Bentham.

'Nou,' zegt Bentham, 'ik neem aan dat we een commissie in het leven zullen moeten roepen om deze zaak te onderzoeken. Getuigenverklaringen verzamelen. Studenten ondervragen. De wetenschappelijke staf. Een rapport samenstellen. Aanbevelingen doen. Dan, indien noodzakelijk, een hoorzitting houden. Ik neem aan dat het noodzakelijk zal zijn.' Opnieuw een knikje naar het bandje. 'Enzovoort.' Bentham huivert.

'En als die commissie tot de conclusie komt dat ik schuldig ben. Wat dan?'

'Dan zullen we je moeten wegsturen, Ted. Dit is reden voor ontslag.'

'En hoe zit het met dat verwachte proces? Moet ik mijn advocaat bellen?' Wat voor advocaat? Hij heeft geen advocaat.

'Dit is geen rechtbank,' zegt Bentham vermoeid. 'Het is strikt intramuraal. Het is nauwkeurig omschreven in het handboek van de faculteit, onder ongewenste intimiteiten.'

'Wacht godverdomme eens even!' zegt Swenson. 'Dit waren geen "ongewenste" intimiteiten. Ik heb die meid niet gedwongen met me naar bed te gaan om in ruil daarvoor met haar roman te gaan leuren.'

'Eigenlijk klinkt het als een schoolvoorbeeld van ongewenste intimiteiten.' Bentham knikt op de bekende manier naar de cassetterecorder. 'En o ja... Juffrouw Argo heeft me gevraagd jou te vragen geen contact meer met haar op te nemen tot deze kwestie is geregeld.'

Juffrouw Argo? En op dat moment besluit Swenson de hele universiteit met zich mee te sleuren. Hij zal niet gedwee verdwijnen. Hij zal ervoor zorgen dat de schade zich uitbreidt tot niemand die meer kan indammen. Eens zien wat dat voor gevolgen heeft voor de schenkingen aan Euston! Hij verdomt het zich zomaar gewonnen te geven. Ondertussen beginnen de implicaties door te dringen. Zijn leven is verwoest, zijn huwelijk is voorbij. Sherrie zal bij hem weggaan, hij zal helemaal alleen zijn, zonder baan op straat staan. Het huis verkopen, een advocaat nemen.

'Wat vind je ervan, Ted?' vraagt Bentham.

'Laten we dat maar doen. Laten we die hoorzitting maar houden. Hoe lang zal dat gedonder in beslag nemen?'

De rector kijkt op zijn kalender, maar alleen als onderbreking. Hij weet welke dag het is. 'Nou... de kerstvakantie nadert, dan de studietijd. Ik vind dat we snel moeten handelen en er geen slepende zaak van moeten maken. Misschien de tweede week van het volgende semester.'

'Uitstekend,' zegt Swenson.

Bentham zegt: 'Je weet dat zoiets als dit in de gemeenschap kan werken als een... boosaardig gezwel, allerlei vormen van verderf kan verspreiden. Spoor het snel op en je bent snel genezen. Ondertussen zal je salaris natuurlijk blijven binnenkomen. Maar het is voor iedereen wellicht beter als je het doceren even staakt. Ik zal Magda Moynahan vragen of ze je colleges wil overnemen. Ik geloof dat er nog maar drie colleges zijn tot het eind van het semester. Beschouw het als een minisabbatical. Schrijf wat.'

Bij deze joviale toon van valse luchthartigheid staat Bentham op en steekt zijn hand uit. Swenson weigert hem te schudden. Hij staat Bentham woedend aan te staren. Eén hoek van Benthams smalle mond vertrekt, omdat hij dit pas echt stuitend vindt, deze schending van de goede manieren, van beschaafd gedrag. Een studente neuken is niets vergeleken met een collega geen hand willen geven.

Swenson weet dat het kinderachtig is om Bentham geen hand te willen geven. Maar dat is nog lang niet zo regressief als het feit dat hij, ondanks de moeilijkheden waarin hij verkeert, dolgelukkig is omdat hij drie hele weken geen college hoeft te geven. Hij heeft de rest van het semester vakantie! Of... wellicht voorgoed. Swensons kinderlijke opgetogenheid gaat over in sombere voorgevoelens en volwassen spijt.

'We spreken elkaar binnenkort, Ted,' zegt Bentham.

'Dat vrees ik ook,' zegt Swenson.

Swenson komt tot de bovenste tree van het administratiegebouw, waar verbijstering en verlamming hem volledig tot staan brengen. Het is werkelijk een uiterst vreemde gewaarwording. Hij weet niet waar hij zou moeten zijn. Hij zal een tijdje geen college geven. Wat doet hij dan op de campus? Hij kan niet naar zijn kamer gaan, waar zijn telefoon hem er alleen aan zal herinneren dat er niemand is die hij kan bellen om te praten over wat er zojuist is gebeurd.

Hij zou weg kunnen gaan. Ze zouden graag willen dat hij een tijdje wegging. Maar dit is wellicht de eerste keer sinds hij hier is gekomen dat hij juist niet weg wil. Hij wil alleen maar naar huis, maar hij kan niet naar huis, waar elke kamer, elk ding hem zal confronteren met het bewijs hoe roekeloos, hoe zinloos hij alles heeft vernietigd, met het feit dat hij het aan Sherrie moet vertellen – en hoe zou hij dat moeten doen?

Hij blijkt echter in staat te zijn om in de auto te stappen en te rijden. Hij rijdt de campus een paar keer rond. Dit moeten mensen bedoelen als ze het over een fugue hebben. Hierdoor word je wakker en merk je dat je in Caracas bent. Hij gaat naar huis en stapt volledig gekleed in bed. Hij komt er twee keer uit om te pissen, trekt zijn schoenen uit, valt in slaap, wordt om twaalf uur wakker, slaapt weer, wordt om drie uur wakker, doucht en rijdt naar de ziekenboeg.

Arlene Shurley zit achter de receptie.

'O, hallo, Ted,' zegt ze. De zee van tranen in haar stem is naar een nieuw niveau gestegen en Swenson denkt heel even dat ze op de hoogte is van zijn problemen. Dat is louter paranoia. Arlene is niet echt iemand die exact weet wat er op de universiteit gaande is. En toch kan ze nauwelijks een woord uitbrengen als ze hem wuivend naar de behandelkamer stuurt, waar Sherrie kaarten zit in te vullen. Als hij haar ziet, wil hij zich aan haar voeten werpen en haar ter plekke de waarheid vertellen, haar plechtig zijn eeuwige, onsterfelijke liefde verklaren en haar om vergeving smeken.

Hij zegt: 'Heb je zin om uit eten te gaan?'

Er glinstert een sprankje behoedzaamheid in haar ogen. Zover is het dus al gekomen. Hij kan zijn vrouw niet eens meer mee uit eten vragen zonder in haar het vermoeden te wekken dat hij er geheime motieven voor heeft.

'Vieren we iets?' vraagt Sherrie.

'Een dag zonder ramp.'

'Dat moet gevierd worden.'

'Maybelline's?' zegt Swenson.

'Getsie,' zegt Sherrie. 'Burlington? Dat kunnen we bewaren voor een maand zonder ramp.'

'Zulke maanden zijn er niet,' zegt Swenson. 'We kunnen net zo goed vanavond gaan. Zullen we nu gaan?'

'Ted, het is vier uur 's middags.'

'Oeps,' zegt Swenson. 'Alzheimer. Neem me niet kwalijk.'

Sherries dienst zit er bijna op. Arlene kan het overnemen. Ze spreken af dat ze elkaar thuis zullen treffen, zodat Sherrie kan douchen en zich kan verkleden. Swenson vliegt naar huis met het vaste voornemen daar als eerste te zijn, alsof er sporen van wangedrag zijn die hij snel moet opruimen. Hij voelt zich net een kind dat een feestje heeft gehad terwijl zijn ouders niet thuis waren, alleen is hij een man van middelbare leeftijd die een dag in bed heeft doorgebracht. In zijn eentje. Dat hoeft Sherrie nog niet te weten. Wie kan zeggen waar die onthulling toe zou kunnen leiden?

Hij maakt het bed op, trekt het los en maakt het opnieuw op, maar het ziet er nog steeds niet overtuigend uit. Hij voelt zich net het slachtoffer van een dwangneurose. Hij stapt weer in bed, nog altijd gekleed, hoewel hij deze keer zijn schoenen uitdoet. Dit dutje kan hij toegeven, maar dat daarvoor niet, hoewel dit het nepdutje is: dichtgeknepen ogen, een waakzaam bewustzijn, luisterend of hij Sherries auto hoort, een toestand waarin hij merkt dat hij versteent als hij Sherrie zijn naam hoort roepen. Ze spoort hem op in de slaapkamer. Hij houdt zijn ogen stijf dicht.

Sherrie gaat naar de badkamer. Hij hoort de douche stromen. Hij wacht een paar minuten, volgt haar dan. Hij klopt, zorgt dat ze weet dat hij er is. Sherrie vindt het vreselijk om te worden verrast.

Door de sluier van het douchegordijn en de wolk stoom heeft het lichaam van Sherrie zijn uitwerking op hem: die oude pavlovmagie. Ze kijken elkaar door de nevel aan. Sherrie stapt uit het bad. In de seconden voor alle bedenkingen ophouden, voor hij helemaal ophoudt met denken, overpeinst Swenson hoe dit eruit kan zien voor iemand die van buitenaf toekijkt: een man die met zijn vrouw naar bed kan gaan op de avond waarop hij haar gaat vertellen dat hij vermoedelijk zijn baan kwijtraakt omdat hij met een studente naar bed is geweest. Maar het zou voor de ogen van zo'n vreemde veel moeilijker zijn om de diepe, wanhopige liefde te zien die Swenson voor Sherrie koestert.

Op een doordeweekse dag is Maybelline's om zeven uur 's avonds nagenoeg verlaten. Toevalligerwijs worden Swenson en Sherrie echter neergezet naast een jong stel dat zo smoorverliefd is dat het eten onaangeroerd blijft en ze nauwelijks een woord kunnen uitbrengen of zich kunnen verroeren, maar elkaar alleen bevend over hun wijnglas kunnen aanstaren, al te zeer van elkaar vervuld om iets te drinken.

Zouden ze het merken als Swenson de wijn van hun tafel griste en de fles leegdronk voor de serveerster tijd heeft hem zijn eigen fles te brengen? Hij heeft hem harder nodig dan zij. Over het algemeen brengt de stereo-installatie van Maybelline's de vaste mengeling van Chuck Berry en Vivaldi ten gehore, het zoveelste symptoom van de bipolaire stoornis die het redelijk nieuwe, succesvolle restaurant ertoe heeft bewogen zijn dure, door een chef-kok bereide opvattingen over boerenvoedsel uit Vermont te serveren. Maar vanavond zwijgt de cd-speler, is hij misschien kapot, wat Swenson berooft van de beschutting van achtergrondlawaai waarbij hij in zijn verbeelding alles aan Sherrie zou opbiechten.

Door zijn angst en verwarring is Swenson vervallen tot de conventionele wijsheid dat als je verbijsterende informatie moet overbrengen aan een geliefde, je dat het beste in een openbare ruimte kunt doen om tranen, verwijten, hysterische scènes en pogingen tot moord en dergelijke te voorkomen of in elk geval uit te stellen. Hij ziet ogenblikkelijk de talloze valkuilen van het plan. Maar het is te laat. Hij heeft zijn besluit genomen. Hij zal moeten doorzetten. Als hij het nu niet doet, zal hij het uiteindelijk toch moeten doen en hoe langer dit voortduurt... Hij had er al maanden geleden mee voor de draad moeten komen.

Hoeveel geluk kan een man hebben? De serveerster had de iets oudere zus van Angela kunnen zijn. Als ze een magere hand uitsteekt om de menukaarten uit te delen, vangt Swenson een glimp op van een bloem die tussen haar duim en wijsvinger is getatoeëerd.

Swenson bestudeert het menu. Alles kost een fortuin. Als Sherrie hem ooit niet meer zou haten door wat hij haar zo gaat vertellen, kan ze hem weer opnieuw gaan haten omdat hij zoveel geld heeft uitgegeven om het te doen. In het voorjaar en de zomer specialiseert Maybelline's zich in moeilijk te vinden ingrediënten – morellen, nog opgerolde jonge varenscheuten – verzameld door plaatselijke hippies die tegen een vergoeding de bossen uitkammen, maar nu, midden in de winter, bestaan de 'seizoensgerechten' voornamelijk uit geschoten vogels en bosdieren die zijn geglaceerd met ahornsiroop.

'Zijn er nog speciale dagschotels?' vraagt Sherrie.

'Nee.' De serveerster haalt haar schouders op. 'Ik geloof het niet.'

'Geloof je dat of weet je dat?' vraagt Swenson.

'Nee,' zegt het meisje. 'Die zijn er niet.'

'Goed,' zegt Swenson. 'We nemen een fles chardonnay. Nu.'

'Biologische?' zegt de serveerster.

'Giftige,' zegt Swenson. 'Alsjeblieft.'

De serveerster glimlacht ongelukkig. De meelevende blik waarmee Sherrie kijkt hoe ze zich stilletjes uit de voeten maakt, verhardt als ze hem weer op Swenson richt. 'Jezus, Ted, je hebt het beloofd.'

'Wat beloofd?'

'Mensen met rust te laten. Dat kind had wel een van je studentes kunnen zijn.'

Swenson kijkt haar doodsbang aan. Maar dit gaat niet over Angela. Sherrie zegt gewoon wat voor de hand ligt.

'Misschien is dat het probleem.' In elk geval kan hij zich niet herinneren dat hij iets dergelijks heeft beloofd.

'Je wist dat ze bedoelde dat er geen speciale dagschotels waren. Ze wilde ons gewoon niet teleurstellen.'

'Ze "gelooft" niet dat er speciale dagschotels zijn. Lijdt iedereen aan hersenverweking? Je "gelooft" toch niet dat een kind keelontsteking heeft? Probeer dat maar eens ongestraft te doen. Iemand moet het ronduit zeggen. Voor één keer.'

'Mijn god,' zegt Sherrie. 'Je klinkt of je tachtig bent.'

'Dit is geweldig,' zegt Swenson. 'We geven honderd dollar uit en praten erover of de serveerster wel of niet "geloofde" dat er speciale dagschotels waren.'

Op het juiste moment brengt de serveerster hun wijn, schenkt in en laat wat ijswater uit de emmer klotsen als ze de fles erin kwakt. 'Wilt u al bestellen?'

'Ik neem het wild,' zegt Sherrie.

Alstublieft, bidt Swenson, laat het hertenvlees taai zijn en zoveel van Sherries aandacht vergen dat ze hem niet eens aankijkt als hij zegt wat hij moet zeggen. Swenson bestelt zalm, beseft zodra hij dat doet hoe ver die heeft moeten zwemmen om Vermont te bereiken. Hij heeft de fut niet om zich te bedenken of zijn bestelling te veranderen.

Sherrie heft haar glas: 'Dat niets veel erger mag worden.'

'Dat is vermoedelijk onmogelijk,' zegt Swenson. 'Laten we drinken op... laten we drinken op geduld.'

'Zonder meer.' Sherrie klinkt. 'Op geduld.'

Ze drinken snel en zonder te praten, glimlachen dan dankbaar naar elkaar. Er heerst een bijna ontspannen stemming als Swenson nog twee glazen inschenkt en zegt: 'Moet je horen, ik heb vandaag in het wetenschappelijk katern van de *Times* een raar verhaal gelezen over een nieuwe ziekte, het had te maken met de hersenfuncties.' Ondanks al zijn goede bedoelingen en goede voornemens is hij kennelijk weer aan het liegen. Hij heeft het in de krant van gisteren gelezen. Vandaag heeft hij geen krant ingezien, had hij het te druk met de ontdekking dat zijn leven voorbij is. Hij zit te wachten op een opmerking van Sherrie dat het wetenschappelijk katern er gisteren bij zat, maar gelukkig laat ze het zitten, en hij gaat verder met zijn verhaal, hoewel hij zich absoluut niet meer kan herinneren waarom hij het vertelt. 'Maar goed, een of ander deel van de hersenen wordt beschadigd of zo en het gevolg is dat de patiënt voortdurend vis ruikt.'

'Vis?' vraagt Sherrie.

'Vis.'

'Dat geloof ik niet,' zegt Sherrie.

'Geloof je dat niet? Het stond in de *Times*. Waarom geloof je het niet?'

'Omdat vis zo voor de hand ligt. Waarom kan het geen... dieselolie zijn? Koffie? Nagellakremover? Lelies?'

Als Sherrie dit voor de hand vindt liggen, wat zal ze er dan van vinden dat hij haar mee uit eten neemt om te bekennen dat hij een verhouding heeft gehad met een studente? Nou, niet echt een verhouding, een onderscheid dat haar misschien zal ontgaan, vooral als ze te horen krijgt dat er een klacht is ingediend tegen de universiteit.

Sherrie zegt: 'Ik vond dat Thanksgiving vrij goed is verlopen. Met Ruby bedoel ik. Wat denk je van kerst?'

'Ik kan me Thanksgiving nauwelijks meer herinneren,' mompelt Swenson duister. 'Ik kan me nauwelijks iets herinneren.' Swenson vindt het vreselijk om iets te weten wat Sherrie niet weet, iets wat alles zal veranderen. Het is net of hij ziet hoe ze, als een personage in een film, zo dadelijk de hoek om zal gaan waarachter de moordenaar wacht; hij wil als een kind roepen om haar te waarschuwen, ook al is hij zelf de moordenaar die om de hoek op de loer licht.

'Dit gaat niet over het verleden,' zegt Sherrie. 'Dit gaat over de toekomst. Kijk in je kristallen bol. Denk je dat ze met kerst thuiskomt?'

'Ik hoop het,' weet Swenson alleen maar uit te brengen.

Even later zegt Sherrie: 'Ik ben zo blij dat we dit samen doen.'

Swenson moet het haar nu vertellen. Maar hij dwingt zich om te wachten tot hun eten er is. Hij hoopt dat het eten Sherries gevoel van welbehagen zal versterken en de schok op een of andere manier zal verzachten. Hij is blij als hij hun borden ziet komen, niet omdat hij honger heeft, maar omdat dit hem vast verzekert van een flinke tijd voor de serveerster hen weer zal komen lastigvallen. Hij walgt van het vette gemak waarmee de lagen zalm uiteenvallen. Hij prikt een klein stukje op zijn vork maar krijgt het nauwelijks weg.

'Doet je kies nog pijn?' zegt Sherrie.

'Soms.'

'Je moet er iets aan laten doen. Ik kan je niet eens iets van dit wildbraad aanbieden. En het is echt verrukkelijk.'

'Ik beloof je,' zegt Swenson, 'dat ik morgen de tandarts bel. Nu ik het toch over beloften heb...' Hij haalt diep adem. 'Ik moet je iets vertellen. Beloof je dat je geen hekel aan me zult krijgen, wat ik ook zeg?'

Sherrie zegt: 'Ik kan nog wel een afspraak herkennen die alleen in mijn nadeel kan uitpakken.'

'Ik meen het.' Door Swensons toon legt Sherrie de rib neer die ze aan het afkluiven is.

Ze kijkt hem koel en strak aan. 'Ga je met een studente naar bed?'

Ach, dat lost in elk geval het probleem op hoe Swenson het onder woorden moet brengen. En doordat Sherrie het zelf heeft gezegd, klinkt het op een of andere manier minder ernstig. Ze weet het al.

'Ik ben niet echt met haar naar bed geweest,' zegt hij, en ziet te laat in dat ze het nog niet wist.

'En waarom niet... "echt"?'

'Mijn kies brak.' Het is het ergste dat hij had kunnen zeggen, zijn zonde koppelen aan een specifieke tijd, een herinnering, een specifieke leugen, aan iets wat Sherrie wel weet en waarmee ze tot nu toe heeft meegeleefd.

'Laat ik de feiten even op een rijtje zetten,' zegt Sherrie. 'Je zou met haar naar bed gaan, maar toen brak je kies.'

'Zoiets,' zegt Swenson.

'Wat heeft ze gedaan? Een klap tegen je bek gegeven?'

'Nee,' zegt Swenson. 'Dat had ze moeten doen.' Misschien had ze er dan geen behoefte aan gehad die klap door rector Bentham te laten uitdelen. Nu begrijpt hij pas dat hij een kardinale fout heeft gemaakt door het Sherrie op een openbare plek te vertellen, alsof het om een nieuw vriendinnetje gaat van wie hij niet weet hoe stabiel ze is, waardoor hij het risico niet durft te nemen het onder vier ogen te doen, waar Sherrie op zijn minst een zweem van waardigheid en gratie zou hebben weten te bewaren. De drastische vaart waarmee alle sporen van vreugde en ontspanning uit haar gezicht verdwijnen, is even opvallend, even moeilijk te negeren als een schreeuw, waardoor zelfs de gebiologeerde geliefden naast hen opzij kijken naar de ontsporing die zich aan de tafel naast hen aan het voltrekken is.

'Hoe wist je het?' vraagt Swenson.

'Je denkt dat ik dom ben,' zegt Sherrie. 'Je hebt altijd gedacht dat ik dom was.'

'Nooit,' zegt Swenson. 'Dat is niet waar. Ik ken niemand met zo'n enorme intuïtie als jij.'

'Lazer toch op!' zegt Sherrie, en nu staart het gelukkige jonge stel openlijk naar het pijnlijke melodrama van verzuurde ware liefde.

'Kijk mij aan, verdomme!' zegt Sherrie. 'Waarom kijk je naar hen?' Het stel speurt rond naar de serveerster. 'Je moet me iets vertellen. Eén ding. Was zij het die heeft gebeld op de dag waarop je zogenaamd in New York zat?'

'Ik geloof het wel,' zegt Swenson. 'Ik wás in New York.'

'En "geloof" je dat je naar haar toe ging toen je Ruby en mij vertelde dat je naar New York ging?'

'Ik was in New York. Heb geluncht met Len.' Wat is hij blij met elke kans om de waarheid te vertellen. 'Over zoiets zou ik nooit liegen. Daar ben ik veel te bijgelovig voor. Stel je voor dat mijn vliegtuig was neergestort...'

'Jammer dat het niet is gebeurd.' Sherrie is het punt allang gepasseerd waarop een persoonlijke hebbelijkheid haar kan amuseren, iets wat haar wellicht ooit – tien minuten geleden – een glimlach had kunnen ontlokken. 'Is ze mooi?'

'Absoluut niet.'

'Wat is het dan? Jeugd? Een prachtig lijf? Wat?'

'Dat is het allemaal niet. Ze... kan schrijven.'

'Ze kan schríjven? Gaat dit over schríjven? En is het geen moment in je opgekomen dat je verlangen om met dat kind naar bed te gaan wellicht je... literaire oordeel heeft verduisterd?'

'Zo is het niet gegaan,' zegt Swenson. 'Volgens mij zou ik haar geen tweede blik hebben waardig gekeurd zonder dat boek dat ze aan het schrijven is.' Hij had het niet over een 'tweede blik' moeten hebben. Eén blik is al meer dan Sherrie kan verdragen, meer dan hij van haar kan verlangen om te verdragen.

'O, ik snap het,' zegt ze. 'Je hebt geen studente geneukt. Je hebt een boek geneukt. Je bent net zo'n groupie, zo'n meid die na lezingen naar je toe kwam en niet van je af kon blijven omdat ze dacht dat je een beroemde schrijver was.' Nu had Sherrie niet 'dacht' moeten zeggen. 'Je bent nog erger dan een groupie. Je bent net een soort vampier, die het bloed uit dat kind zuigt. Een vent met wie zijn eigen dochter niet eens meer wil praten omdat hij is vergeten dat ze bestaat, die zo in zichzelf verdiept was, zo verliefd was op zijn eigen problemen, zo geïnteresseerd was in zijn eigen ideetjes over wat waardeloos geouwehoer, dat ze alleen zijn aandacht weer kon trekken door uit te gaan met een jongen met zo'n slechte reputatie dat zelfs haar vader er wel van moest hebben gehoord, ook al kon de rest van de wereld voor zijn part doodvallen.'

Dit was niet Swensons versie van Ruby's puberteit. Maar zoals Sherrie het zegt, klinkt het logisch. Simpel gezond verstand.

'Je hoeft geen Sigmund Freud te zijn om te zien dat dit met Ruby te maken heeft.' Sherrie heeft haar vork neergelegd en omklemt haar biefstukmes. 'Dus zorg je voor een vervangende dochter. Daarom gebeurt het nu. En ik dacht dat het juist niet zou gebeuren vanwege al die keren dat het bijna is gebeurd en toch niet is doorgegaan, al die keren dat je op een zielige manier een beetje verliefd was op een studente, en dan begon je onnozel te grijnzen omdat de kleine juffrouw Die-en-Die echt heel veel talent had en dan begon je mij te vragen of iemand jou nog aantrekkelijk zou vinden, alsof je dat niet telkens had gevraagd als een of andere jonge meid, een of ander kind je ook maar een halve seconde had gevleid... En telkens wisten we de dans te ontspringen. Je praatte het jezelf uit het hoofd, nam een koude douche, ik weet niet hoe je het deed. Maar ik wist wat er speelde. En omdat het nog nooit was gebeurd, dacht ik dat het deze keer ook niet zou gebeuren. Maar ik had beter moeten weten. Want telkens wanneer je van dat afgezaagde gezeik over mannen hoort, moet je jezelf niet op de mouw spelden dat jouw man dat niet zal doen. Het is juist zo'n cliché omdat jullie het vroeg of laat allemaal doen. Mannen blijken nou eenmaal mannen te zijn.'

'Je zult het wel op die manier kunnen bekijken...' Als je wreed en simplistisch wilde zijn. Want zo was het helemaal niet gegaan. Het had niets te maken met Ruby of dochters of jeugd of zelfs maar met seks. Het ging volgens hem om liefde. Wat uiteraard het enige is dat hij Sherrie nooit kan vertellen. Geen enkel verlangen om alles op te biechten en het weer goed te maken zou hem ertoe kunnen verleiden haar dat aan te doen. En in ruil voor dat grootse gebaar wil hij iets wat nog grootser is. Vergeving, een soort goddelijke alwetendheid. Dat moment in een verhaal van Tsjechov, waarop een personage ziet dat God en tijd eeuwig, groter en bestendiger zijn dan welke menselijke problemen ook.

'Hoe heet ze?'

'Angela,' zegt Swenson behoedzaam. 'Angela Argo.'

'Dat meen je niet,' zegt Sherrie. 'Je moet een grapje maken.'

'Ken je haar?' vraagt Swenson zo nieuwsgierig en enthousiast dat zijn gevoelens voor Angela ineens opvallend duidelijk zijn.

'Natuurlijk ken ik haar,' zegt Sherrie. 'Ze zit de helft van de tijd in de ziekenboeg.'

'O ja? Is het heus?' Swenson heeft moeite om adem te halen. 'Heeft ze iets?'

'Ze is suïcidaal,' zegt Sherrie. 'O, Ted. Jezus. Hoe heb je er in vredesnaam het zwakste, kwetsbaarste en labielste meisje op de campus uit kunnen pikken? Hoe heb ik zo lang met iemand kunnen samenleven zonder hem te kennen, zonder ook maar iets van hem te weten...'

Swenson zegt: 'Dat arme hulpeloze kleine meisje gaat een aanklacht tegen me indienen wegens ongewenste intimiteiten.'

'Mooi zo,' zegt Sherrie. 'Ik mag lijden dat ze je aan het kruis nagelen. Ik hoop dat ze je laten bloeden.'

Ze eten hun bord zwijgend leeg. Ten slotte zegt Swenson: 'En wat gaat er nu gebeuren? Blijven we getrouwd?'

'Laten we eens kijken wat er gebeurt.' Sherries antwoord vervult hem met paniek en de bijna niet te stuiten opwelling om als een kind uit te roepen: 'Hoe bedoel je, we zullen wel zien. Ik wil het nú weten!' En dat te herhalen tot de volwassene zwicht... Om een of andere reden merkt Swenson dat hij aan zijn vader denkt, voor wie tegen het eind zelfs de taal uiteenviel, doordat woorden veranderden in louter geluiden waarvan hij de betekenis kon negeren, wat hem in staat stelde een parallel onzingesprek van woordspelingen en dubbele bodems te horen. Swenson was tenminste oud genoeg geweest om geen moeite te verspillen aan pogingen om wijs te worden uit wat zijn vader zei.

Het stel naast hen is kennelijk opgestaan en vertrokken. Op een gegeven ogenblik, toen Sherrie en hij zowel volkomen in hun gesprek opgingen als volkomen afwezig waren, moeten de geliefden zich hebben teruggetrokken in hun cocon van bescherming, licht en genade, van uitverkoren en uitgekozen zijn en de uitzonderlijke zegen om te mogen leven in een wereld waarin hun nooit zou overkomen wat zich tussen Sherrie en Swenson voltrok.

Sherrie blijft twee weken, veertien dagen die langer lijken te duren dan hun hele leven met elkaar tot dan toe, doordat de tijd zich uitstrekt in een reeks discrete, afschuwelijke momenten, geen grote uitbarstingen, verbazend genoeg, maar een gestage dodelijke beleefdheid. Elke overdreven voorzichtige gedachtewisseling is een rotsblok op hun weg, waar ze zich omheen moeten wurmen of onbevallig over moeten struikelen. Elk gesprek loopt dood, elke poging die ze doen – Sherrie die een verhaal vertelt over de ziekenboeg, Swenson die iets samenvat wat hij heeft gelezen – vereist een heldhaftige, zinloze inspanning om natuurlijk en normaal te lijken. Als Swenson zijn hand uitsteekt naar die van Sherrie, weerhoudt hij zich daarvan en trekt zijn hand terug; elk instinctief liefdevol gebaar is gaan lijken op een berekenende zet of, nog erger, een harteloze belediging.

Lachen is onmogelijk. Elke beweging kost moeite: wakker worden, koken en de post openmaken lijken op oefeningen op een toneelschool. Ze blijven het gevoel houden dat ze op de planken staan, zelfs als ze samen zijn. Sherrie, die doorgaans de confrontatie aangaat, doet overduidelijk haar best hier zonder openlijke vijandschap doorheen te komen, wat inhoudt dat ze niet over zijn verhouding met Angela of de naderende hoorzitting begint. Maar er is geen ander onderwerp, alles gaat daarover.

Daarom heeft God alcohol geschapen. Hoewel talloze mensen, de gasten bij de Benthams, misschien Len – en Sherrie voor zover hij weet – vermoedelijk denken dat Swenson al een hele tijd een drankprobleem heeft, is Swenson het daar niet mee eens. Nu zou een drankprobleem echter een heel stel grotere problemen oplossen. Dit is het ogenblik waarvoor God drankproblemen heeft geschapen. Swenson

ziet hoe de kisten wijn leeg raken en de wereld om hem heen wordt gewikkeld in piepschuim, waar meer stemmen en voorwerpen worden
bekleed als om hem te beschermen tegen de schok van een beweging,
een veerkrachtige bufferzone tussen Swenson en zijn leven. De alcohol houdt hem verdoofd en paradoxaal genoeg energiek door een eigenaardig prettige woede: witte ruis die de gevaarlijke fluisteringen
van pijn, angst en verdriet overstemt.

Daarom is hij er niet zo volledig met zijn aandacht bij als had ge-
kund wanneer Sherrie thuiskomt en hem vertelt dat ze naar de bibliotheek is geweest en dat er op de trap een betoging werd gehouden door
de Faculty-Student Women's Alliance, die met allerlei borden eiste
dat Euston een veilige plek wordt voor vrouwen. Ter voorbereiding op
die gelukkige dag zijn ze alles aan het versieren. Er zijn spandoeken gedrapeerd langs de vrouwenhuizen. STOP ONGEWENSTE INTIMI-
TEITEN NU. GEEN REHABILITATIE VOOR PLEGERS VAN ONGE-
WENSTE INTIMITEITEN. Het geeft het naargeestige, winterse binnenplein een toets van carnavalskleuren.

De arme Sherrie had pal langs de demonstratie heen moeten lopen.
Ze had staan kijken hoe de sprekers tekeer waren gegaan op die schril-
le, gespannen, kwelende toon waardoor je volgens haar nog zou gaan
begrijpen waarom mannen vrouwen haten. Swenson vraagt zich af:
was Angela er ook bij? Toen Sherrie de demonstranten passeerde – ze
blokkeerden de trap – had Lauren Healy haar uitgenodigd naar voren
te komen om iets te zeggen en de andere vrouwen hadden gejuicht.

Sherrie zegt: 'Ik kon daar niet naar voren gaan om met hen te redetwisten alsof ik aan jouw kant stond. Maar ik sta al zo lang aan jouw
kant, ik heb er zoveel ervaring mee om aan jouw kant te staan, dat ik
niet kon bedenken aan wiens kant ik stond of hoe ik aan de kant van
een ander zou kunnen staan.'

Wijn of niet, dát hoort Swenson Sherrie wel zeggen. Hij staat nog te
tollen, is nog niet helemaal op adem gekomen als Sherrie hem vertelt
dat ze er genoeg van heeft, ze gaat weg, ze gaat in de grote boerderij wonen waarin Arlene Shurley in haar eentje heeft gewoond sinds haar
man er lang genoeg mee is opgehouden haar alle hoeken van de kamer
te laten zien om een bocht in de weg te missen en tegen een schuur van
B-2-blokken op te knallen.

Sherrie heeft gelijk. Je kunt tijden met iemand samenwonen zonder hem of haar te kennen. Persoonlijk is hij verbijsterd door de ontdekking dat de vrouw met wie hij zijn leven heeft gedeeld Arlene verkiest boven hem. Als, zoals Sherrie zegt, mannen altijd weer mannen blijken te zijn, blijken vrouwen misschien vrouwen te zijn, met hun *Jane Eyre* en hun heksensamenkomsten.

Op de avond na Sherries vertrek is Swenson een beetje teut als Ruby belt. Maar hij hoort haar duidelijk zeggen: 'Ik vind het klote wat je mam hebt aangedaan.'

Dan vertelt ze hem dat ze niet heeft gebeld om daarover te praten. Ze belt om te zeggen dat ze met kerst niet thuiskomt. Ze heeft besloten de vakantie met Sherrie bij Arlene Shurley door te brengen. Prima. Ze mogen hun eigen blijf-van-mijn-lijfhuis beginnen. Ruby kan stage lopen bij haar moeder en haar moeders huilerige vriendin. Bovendien weet hij dat Ruby de laatste is die hij met logica of overredingskracht op andere gedachten zou pogen te brengen.

Swenson probeert een paar avonden iets te koken wat Sherrie zou hebben gemaakt, een eenvoudige omelet of spaghetti carbonara. Maar de saus blijft niet op de pasta zitten en plakt aan de pan, korrelige klonten boter en kaas, een dikke laag spekvet. Elke culinaire poging leidt tot minstens één moment van paniek – hij kan de pastalepel niet vinden, de boter rookt onder de omelet – en ten slotte geeft hij het op. Waarom zou hij niet net zo leven als de rest van de wereld? Diepvriesmaaltijden voor in de magnetron. Eigenlijk zijn ze lang niet slecht. Dat hadden Sherrie en hij eerder moeten doen, in plaats van een hele show te maken van hun gastronomische bestaan op middelbare leeftijd. Maar de exotische charme van de diepvriesafdeling slijt en na een tijdje houdt hij op met eten, hoewel hij af en toe een blik witte bonen in tomatensaus of maïs in roomsaus opentrekt, gezond vegetarisch voedsel.

Op de meeste middagen drinkt hij pas na vijf uur, hoewel het soms dichter bij vier uur is. Overdag leest hij. Verdiept in zijn boek vergeet hij te luisteren of hij Sherries auto hoort, of er geluiden zijn die zullen aankondigen dat ze zich heeft bedacht en terugkomt. Hij wacht niet meer op Magda's telefoontje om hem gerust te stellen dat ze nog steeds zijn vriendin is, hoewel het stom was om iets met een kind te beginnen. Hij is niet meer bang dat Magda van het bandje zal horen, of nog erger, dat ze zal ontdekken dat hij geprobeerd heeft Angela's manuscript aan Len Currie te geven.

Voortgedreven door een wending in de handeling of de openbaring van een personage kan hij zijn verdriet vergeten over Sherrie en wat hij dwaas genoeg als zijn leven had beschouwd, en kan hij zich er bijna van overtuigen dat deze ogenschijnlijke vloek in feite een zegen is. Hij kan lezen zoveel hij wil, hij hoeft geen college te geven, hij is de beker aan het vullen die zal overvloeien in wat hij gaat schrijven! Ondertussen moet hem wel opvallen dat hij de grote klassieken van het overspel aan het lezen is, of, afhankelijk van je persoonlijke interpretatie, de grote klassieken van de ongepaste, tragische, louterende, alles veranderende liefde. Hij duikt in *Anna Karenina*, herleest zijn lievelings-scènes, kijkt *Madame Bovary* in, probeert *The Scarlet Letter*, waar hij absoluut niet doorheen komt. Hartstocht en de bestraffing ervan: gif, gevangenis, een trein. Weinig consideratie met de zondaars. Tolstoj zou zeggen dat Swenson de dichtstbijzijnde trein moest zoeken om ervoor te springen. Wat wellicht geen slecht idee is. Maar zover zal Swenson het niet laten komen – zover als zijn vader het heeft laten komen.

Niemand vergeeft de leugenaars, de bedriegers. Behalve Tsjechov natuurlijk. Daar verlangt Swenson naar: het slot van *De dame met het hondje*. Goerov en Anna die hun wederhelften bedriegen, geen van beiden volmaakt, ondanks hun grote transformatie door de liefde, de liefde die hen uit de ondiepe vijver heeft getild waarin ze al hun hele leven op zijn hondjes rondploeteren. Goerov is nog steeds een bedrieglijke aansteller, Anna is nog steeds een passieve zeur, maar ze zijn niet louter klein en belachelijk in hun goedkope lusten, maar mensen die handelen vanuit hun sterflijke verlangens, dromen en angsten, waardoor je van hen kunt houden en hen kunt vergeven. Het moeilijkste moet voor hen nog komen. Het kost Swenson geen moeite om te geloven dat het moeilijkste voor hém nog moet komen.

Misschien hebben Tolstoj en Flaubert gelijk en moet hij voor een trein springen of gif innemen waardoor hij zal opzwellen en blauw zal worden. Maar als hij zich laat gaan in de fantasie dat dit allemaal wordt waargenomen en vergeven omdat hij ook maar een mens is, met al zijn fouten en gebreken, ach, dan kan hij zich er zowaar toe brengen van de bank op te staan en een soort symbolische poging te wagen de controle over zijn dag te ontworstelen aan de suïcidale zelf-moordpiloot die meestal achter het stuur schijnt te zitten.

Tijdens één zo'n poging om zich te gedragen als een volwassene wiens toekomst op het spel staat, brengt Swenson Angela's dichtbun-del terug naar de bibliotheek. Hij weet niet, en het laat hem ook vol-komen koud, of dit positieve of negatieve gevolgen voor zijn zaak zal hebben. Het is louter een uitdrijvend instinct. Hij wil het boek niet langer in huis hebben. Hij gaat om acht uur, als de bibliotheek open-gaat, een tijdstip waarop geen enkele zichzelf respecterende student van Euston aan het studeren zal zijn en waarop zelfs de leden van de Women's Alliance nog behaaglijk in hun bed liggen te dromen van een utopie voor Amazonen. Zelfs Betty Hester is nog niet op haar werk, maar probeert zich thuis los te maken van het half dozijn kinderen dat onder haar rokken nestelt.

Verbazingwekkend genoeg zit er niemand achter de balie. Het hei-ligdom wordt niet bewaakt. Iedereen zou van alles uit het rek met tijd-schriften kunnen stelen. Swenson vliegt de bibliotheek uit, put zoveel energie uit het gemak waarmee hij deze gevaarlijke missie heeft vol-bracht, dat hij zich dapper genoeg voelt voor een poging om Main Street door te lopen. Sinds Sherrie is vertrokken, heeft hij het dorp ge-meden, niet uit vrees iemand tegen te komen die hij kent, maar eerder door een irrationele angst voor kerstversiering. Als hij thuis blijft, ra-dio en televisie mijdt en zich beperkt tot boeken waarvan de auteurs dood zijn, lukt het hem over het algemeen om niet te merken welke tijd van het jaar het is. Niet dat hij ooit bijzonder gehecht is geweest aan de feestdagen – integendeel zelfs – maar hij weet zeker dat zijn toch al neerslachtige stemming nog verder zal versomberen als hij zich herinnert dat zijn vrouw en dochter vlak voor kerst bij hem zijn weggegaan.

Daar komt Euston opnieuw aan. Zijn geliefde plattelandsdorp! Wat verbeeldde hij zich wel – de opzichtige pracht en praal in de eta-lages van warenhuizen aan Fifth Avenue? Een snoer lichtjes knippert zwakjes rond de rand van de luifel bij de nachtwinkel. Op het stukje bevroren gras voor de congregationele kerk wordt de aanbidding van de wijzen uitgebeeld door een groep etalagepoppen met gouden kronen en paarse badstof badjassen. Niet echt een tafereel waarvan de tranen in je ogen schieten en Swenson loopt er ongedeerd langs, wordt hier zo door opgebeurd dat hij besluit bij Video Village langs te gaan. Wonderbaarlijk genoeg – dit is echt zijn geluksdag – is de winkel al vroeg open, wellicht voor niet-werkende moeders die hun kroost hebben afgeleverd bij de crèche en geconfronteerd worden met de naargeestige uren die voor hen liggen.

Swenson ontwijkt de blinkende verlokkingen van wat pas is verschenen, zeilt langs de sirenenzang van de deprimerende romantische komedies en stevent af op de hoek met klassieken. *Brief Encounter*, *Rules of the Game*... zijn keus wordt kennelijk ruwweg door dezelfde principes bepaald als die waardoor hij zich bij zijn keus aan leesmateriaal laat leiden. Hij pakt *Der blaue Engel* van de plank en overweegt die te huren, zet hem vervolgens weer terug met een soort huivering, niet van afkeer maar van aantrekkingskracht. Hij houdt zich voor dat hij hem zal bewaren voor wanneer hij hem echt nodig heeft, als hij moet zien hoe een andere aandoenlijke, zichzelf vernederende sukkel door de magie van de kunst wordt getransformeerd tot een tragische held.

Maar ondanks alle zorg die Swenson eraan besteedt om zijn broze psyche te behoeden voor de schok van de opgewekte decemberstemming en de barse werkelijkheid van het familiefeest, weet hij toch, zou hij zelfs in de ruimte hebben geweten, wanneer het kerstavond is. Hij koopt vierenhalve liter goede rum en diverse pakken alcoholvrije eierdrank van supermarktkwaliteit, die hij in een kristallen punchkom door elkaar mengt – als hij het doet, kan hij het maar beter goed aanpakken –, maar omdat hij de lepel niet kan vinden, dompelt hij vervolgens zijn koffiemok in de eierprut. Na diverse mokken merkt hij dat hij vermaakt terugdenkt aan alle verschrikkelijke kerstfeesten die als een soort bizarre snoepketting aan elkaar zijn geregen en teruggaan tot zijn kindertijd. De kerst dat zijn vader hem geen ander cadeau had gegeven dan een indrukwekkende verzameling lelijke oude flessen met specimina van algen uit de kustwateren, de kerst dat Ruby's spiksplinternieuwe pop kapot uit de winkel was gekomen en het had vertikt om te praten of in haar broek te plassen of iets anders te doen, waarop Ruby de hele dag had gejammerd dat ze een nieuwe pop wilde hebben, nu metéén.

Wat was dit een stuk beter! Privacy, vrede en rust, genoeg eierdrank met rum om hem aan het kotsen te krijgen, een bibliotheek met troostende, geschikte boeken. *A Christmas Carol* had hij al in geen jaren meer ingekeken. Waarom zit hij dan zo dicht bij de telefoon voor het geval Sherrie of Ruby besluit hem te bellen om hem een fijne kerst te wensen en meer geluk in het komende jaar? Hij veroorlooft zich de fantasie dat Angela zal bellen om hem te zeggen dat ze aan hem denkt. Waar moet ze anders aan denken, opgescheept met haar ouders in New Jersey? Natuurlijk denkt ze aan hem – aan haar getuigenverklaring tegen hem. Zelfs de eierdrank doet hem aan Angela's boek denken.

De tijd begint weer te vertragen. Swenson voelt zich net een hopeloos verliefd wicht van de middelbare school dat zit te wachten tot ze iets van een jongen hoort. Hij is inderdaad veranderd in de heldin uit Angela Argo's roman. Voor de eierdrank met rum zijn wonder verricht – hij kan nog net rijden – begeeft Swenson zich naar buiten, op de ijzige, verlaten weg tussen zijn huis en de videotheek.

De rum heeft gelukkig de randen van zijn perifere gezichtsveld vervaagd, waardoor hij geen oog heeft voor de eenzame mannen die op kerstavond op de door een gordijn afgezonderde ruimte met films 'voor boven de achttien' af schuifelen. Hoewel hij zelf net zo goed kinderporno had kunnen zoeken, zo schuldig voelt hij zich als hij heimelijk over de paden naar de klassieke afdeling gaat. *Der blaue Engel* is er niet, staat nergens. Hij zoekt bezeten de planken af. Wie kan die vervloekte film hebben meegenomen? Die is in geen jaren gehuurd, behalve door Angela Argo. Misschien heeft ze hem voor de vakantie mee naar huis genomen en kijkt ze er eindeloos naar, terwijl ze aan hem denkt, aan... O, wat heeft hij gedaan om dit te verdienen? Hij heeft haar geholpen met haar werk.

Hij vliegt naar de kassa, waarachter een mooi meisje met blond haar en blauwe ogen, een cherubijn van Botticelli, stiekem op chips zit te knabbelen uit een zak die onder de toonbank is verstopt. Als hij toch iets met een studente had moeten beginnen, waarom dan niet met zo'n lieverdje als dit in plaats van een haaibaai met gezichtspiercings die uit is op publicatie voor het grote publiek?

Swenson zegt: 'Is *Der blaue Engel* er ook?'

'Jeetje, dat weet ik niet,' zegt de cherubijn. '*Der blaue Engel*... Hé, wat vindt u van *It's a Wonderful Life*? Hebt u die gezien? Dat is de beste engelenfilm die er is. We hebben er tien exemplaren van, alleen vanwege kerstavond. En ze zijn allemaal verhuurd, maar iemand heeft er al een teruggebracht. Ze zullen wel niet langer hebben kunnen wachten.'

En nu weet Swenson het weer: waarom Angela en niet dit meisje. Hij zegt: 'Het is een Duitse film. Uit de jaren dertig.' Het is heel belangrijk om zichzelf te zien als iemand die *Der blaue Engel* wil zien en nooit naar *It's a Wonderful Life* zou kijken. Maar wat maakt dat uit? Wie kan het wat schelen van wat voor films hij houdt? Hij heeft alles verziekt, voor niets, door een gênante, zinloze obsessie voor een lastige, saaie meid, een immoreel, ambitieus kind dat letterlijk over hem heen is geklauterd...

Het meisje zegt: 'Ik heb in de krant gelezen dat negentig procent van de Amerikanen in een persoonlijke beschermengel gelooft.'

'Dat lijkt me vreselijk hoog,' zegt Swenson. 'Een hoog percentage, bedoel ik.'

'Ik weet wel dat ík erin geloof,' zegt het meisje. 'Jaren geleden had ik een vriendje dat agressief werd als hij dronken was. En op een avond kwam hij met een groot stuk hout op me af. En ik zag een engel in een lang wit gewaad de caravan in vliegen en in zijn hand knijpen tot hij het liet vallen.'

'Het is niet waar,' zegt Swenson. Waar was de engel met het vlammende zwaard geweest die de toegang tot Angela Argo's studentenkamer versperde? 'En... is de band er?'

'Hij moet er zijn,' zegt de cherubijn. 'Ik heb het op de computer opgezocht.'

Swenson rent bijna terug naar de schappen met klassieke films, en deze keer vindt hij de band ogenblikkelijk, voor zijn ogen verborgen door de alledaagse zwart-witte doos van melamine, te eerbiedwaardig en beroemd om zich te verlagen tot een sexy foto van Marlene Dietrich om zich zo aan de man te brengen.

'Veel plezier ermee!' zegt juffrouw Botticelli. Swenson en zij kunnen geen van beiden hun opluchting en vreugde verhullen over deze transactie die zo gemakkelijk verkeerd had kunnen aflopen doordat de engel op kerstavond een vreemdeling had moeten teleurstellen, misschien wel met ijselijke gevolgen.

'Gelukkig kerstfeest,' zegt het meisje.

'Insgelijks,' mompelt Swenson.

Maar eerst nog veel meer eierdrank met rum. Een dronk op Sherrie, Ruby, Angela, Magda en, nu hij toch christelijk bezig is, op rector Bentham en Lauren Healy en al zijn studenten. Het is een bewijs van Gods bestaan dat hij niet alleen niet op zijn knieën op de badkamervloer ligt, met zijn hoofd boven het toilet, maar dat hij zelfs nog de videorecorder kan bedienen. En daar heb je de beverige, met de hand geschreven titelrol waar geen eind aan komt. Die kan hij vlug doorspoelen, maar hij moet zich voorbereiden op de eerste scène: de kwakende ganzen en eenden in hun kooien. Dan komt de overgang naar het leslokaal, de rumoerige leerlingen die ogenblikkelijk stil worden als Herr Professor Rath naar binnen wandelt (Swenson wenst dat híj zo'n reactie opriep), vervolgens de geconfisqueerde schunnige ansichtkaarten van Lola Loa in haar veren rokje, dat donzige onderrokje van erotische snit dat de professor ertoe brengt de draagster ervan op te sporen in dat broeinest van verdorvenheid, die slangenkuil, de nachtclub Der blaue Engel.

Swenson nestelt zich in zijn stoel en vult een volgende mok met eierdrank en rum ter voorbereiding op de ontmoeting achter de schermen tussen Rath, die zich voorstelt als: 'Ik ben leraar aan het gymnasium', en Marlene Dietrich, ook wel bekend als Lola Lola, die hem koel opneemt – wat maakt het uit dat hij een overjas draagt en zij een directoire met kant – en zegt: 'In dat geval zou u moeten weten dat u uw hoed hoort af te nemen.' En dat is genoeg voor de Herr Professor. De macht wordt heel even omgedraaid, een klein sm-rukje, en hij is verloren voor ze zegt: 'Gedraag u... en u mag blijven', wat allemaal wordt waargenomen (dit stuk kan Swenson nauwelijks verdragen) door de leerlingen van de Herr Professor, die zich in Lola Lola's kamer schuilhouden.

Hij heeft er evenveel moeite mee om getuige te zijn van Lola Lola's weigering om haar gunsten voor geld aan een klant te verkopen. 'Ik ben artiest!' zegt ze. En hij gluurt tussen zijn gespreide vingers door als ze haar beroemde lied zingt, 'Ich bin von Kopf bis Fuß auf Liebe eingestellt', een lied over de hulpeloze hartstocht van een vrouw die overduidelijk de touwtjes in handen heeft, maar het brengt desondanks het hele publiek aan haar voeten – de professor en Swenson incluis. Wat laat Swenson zich toch inpakken door zulke vrouwen en hun... kunst. En nu hebben Rath en Lola Lola – heeft hij iets gemist? – kennelijk samen de nacht doorgebracht, en zelfs die bespottelijke, blufferige, onaantrekkelijke professor heeft blijkbaar een liefdesnacht doorstaan zonder een kies te ruïneren. Daarom moet Swenson ermee ophouden zich zo alwetend en superieur te voelen.

Als Lola Lola tegen Rath zegt: 'Je bent heel lief', grijpt Swenson de afstandsbediening en speelt de scène opnieuw af, zoekend naar een aanwijzing. Waarvoor? Houdt Lola van de professor? Is die tederheid oprecht? Het is net alsof de ordinaire, onelegante, jongensachtige, sexy Lola de jongensachtige, onelegante, sexy Angela is en de film – dat wil zeggen Swensons vermogen om hem opnieuw af te spelen – op een of andere manier het raadsel kan oplossen van zijn zogenaamde echte leven, dat te snel voorbij is gegaan, en maar één keer, waardoor hij het nu nooit meer zal weten.

De slingerweg waarover hij Angela heeft nagejaagd, lijkt te zijn afgebogen van de route die professor Rath en Lola Lola samen volgen: ze zijn getrouwd. Het duurt niet lang voor de professor die pikante foto's van de zangeres verkoopt. Verschilt dat zoveel van zijn poging om Len Currie naar Angela's boek te laten kijken? Ja, dat is totaal anders! Wat haalt Swenson zich nou in zijn hoofd? Hij heeft nooit op zijn knieën gelegen om in een gebaar van zelfvernedering, intimiteit en overgave Lola's kousen aan te trekken, heeft nooit als een haan gekraaid, heeft nooit de paljas uitgehangen, de goochelaar eieren op zijn hoofd laten stukslaan.

Vol verdriet denkt hij aan de gebroken eieren in Angela's roman. O, dus hij heeft niet, hij heeft echt niet de paljas uitgehangen, en dat doet hij, dat doet hij dus nog steeds niet? Daarom gaat hij door met deze hoorzitting en dient hij niet zijn ontslag in zoals hem betaamt. Hij weet dat het uitgesloten is om te winnen, zijn onschuld te bewijzen. Hij verlangt naar die openbare vernedering, die eenmansorgie van schaamte en berouw. Hij heeft zijn kwartier nodig om Hester Prynne of Herr Professor Immanuel Rath te kunnen spelen, de tragische figuur vol groteske, masochistische zelfvernedering. En dat heeft de film bewerkstelligd, dat is de kracht van de kunst: hem ertoe brengen zichzelf te erkennen, te begrijpen en te vergeven. Hij heeft nooit geweten dat hij een masochist was, maar klaarblijkelijk is dat zo. Hij heeft nooit echt nagedacht over de manier waarop Angela zich kleedde, maar misschien werd een geheim deel van hem aangetrokken door die hele ijzerwinkel. Hij heeft zichzelf nooit als een paljas gezien. De wereld zit vol verrassingen.

De film gaat verder. Professor Rath is, in zijn clownspak, teruggekomen om in zijn oude woonplaats op te treden. Daar wordt hij door een woedende menigte in elkaar geslagen omdat hij Lola Lola aanvalt als hij haar betrapt in de armen van die gladde, zogenaamd Europese slijmbal Mazeppa, de Sterke Man. Gekneusd en vernederd wankelt Rath weg naar de plek waar hij vroeger heeft gewerkt en werd gerespecteerd, glipt midden in de nacht stiekem zijn oude lokaal in en zakt in elkaar, sterft achter zijn bureau. Swenson hoopt beslist dat hem dat niet zal overkomen.

Zijn leven is anders dan dat van professor Rath. Het verhaal van een leraar die alles weggooit voor een of andere harteloze slet van lage komaf is niet zijn verhaal. Raths dood zal niet zijn dood zijn. We weten al hoe Raths verhaal eindigt. De jury is nog aan het beraadslagen over Swensons afloop. Hij zal Angela in elk geval nog één keer zien, op de hoorzitting...

Met de laatste woorden, 'The End', nog op het scherm wordt de deken van de film ruw van Swenson afgetrokken en de kou van zijn situatie stormt op hem af en doet hem besluiten de film nog eens van voren af aan te bekijken, waarbij hij deze keer in zijn achterhoofd houdt dat Angela hem nog niet zo lang geleden heeft bekeken. Hij is haar tegengekomen toen ze de band terugbracht, in dat verloren, zoete andere leven.

De avond voor de hoorzitting belt Sherrie en zegt: 'Dit is geen echt gesprek. Dit is om je succes te wensen.' Dit bewijst dat Sherrie alles welbeschouwd een goed mens is, een edelmoedige, groothartige vrouw die haar man belt aan de vooravond van zijn openbare vernedering. Daardoor voelt hij zich alleen maar des te beroerder door de wetenschap dat hij zoiets vreselijks heeft gedaan dat iemand met zo'n voortreffelijk karakter nog steeds heel boos op hem is. Massa's mannen hebben ergere dingen gedaan, doen het jarenlang. Swenson is niet vroeg genoeg begonnen. Misschien is dat zijn grote fout geweest.

Hij gaat naar bed in de hoop dat de slaap dit cynische gemopper zal vervangen door stralende, zuivere gedachten over misleide maar oprechte liefde, in de hoop te worden vergeven voor wat louter een misverstand was. Als het al een misverstand was, waar hij het eigenlijk niet mee eens is. Hij gelooft dat het allemaal iets te betekenen heeft gehad, dat Lola Lola van haar professor heeft gehouden, dat Angela van hem heeft gehouden. Ooit. Ook al is Angela, in tegenstelling tot Lola, voorzien van opnameapparatuur naar haar geliefde toe gegaan.

Dat is een te grote taak voor de slaap, en hij kan de slaap niet vatten, ligt uur in, uur uit in het donker de commissie toe te spreken en is druk bezig met het samenstellen en herzien van zijn toespraak over wat hij meent te hebben gedaan, over zijn respect voor Angela's roman, over het erotische aspect van het lesgeven en het gevaar dat je je student als een echt mens gaat zien. Haar als een echt mens gaat zien... Daarmee zal hij de harten van de vrouwen in de commissie toch zeker voor zich weten te winnen en zal hij Angela er misschien zelfs toe bewegen nog eens na te denken over wat ze heeft gehad en is kwijtgeraakt. Maar als hij om zeven uur uitgeput wakker wordt, nadat hij omstreeks vijf uur in slaap is gevallen, kan hij zich er geen woord van herinneren.

Hij trekt zijn donkere pak aan. De kleren van een verdachte. Wees realistisch. Dit is een proces, niet Jan Professor die zich ontspant met zijn academische maatjes. Niet een of ander comité, een interdisciplinaire brunch die is verzonnen door een ambitieuze voorzitter. Dit is zijn toekomst. Waarom zou hij het onvermijdelijke niet voor zijn en zich kleden voor het graf? De kast heeft een kalkachtige streep op allebei zijn schouders achtergelaten. Swenson wrijft erover. De streep wordt breder. Lastig. Wie ziet de bovenkant van zijn schouders – als hij niet door de knieën gaat?

Swenson rijdt de oprit af zonder om te kijken, de vrouw van Lot, die zelfs niet heel even een blik in de achteruitkijkspiegel mag werpen. Hij weet dat het zinloos is om zichzelf als een Bijbelse figuur te beschouwen wanneer hij in werkelijkheid gewoon een professor Engels is die berecht en schuldig bevonden zal worden door een jury van zijn gelijken. Hij zou zich veel liever een tragische martelaar voelen, die de pop van zijn oude leven achter zich laat terwijl hij zich voorbereidt op zijn berechting en die daar heel zuiver, heel rechtschapen uit tevoorschijn komt – hij zou Jeanne d'Arc kunnen zijn.

In de auto, halverwege zijn huis en de universiteit, beseft hij dat hij zich niet heeft geschoren. Waarom zou hij hun niet de grijze oude pedofiel bieden, de kinderverkrachter die ze verwachten? Als Sherrie er was geweest, zou ze hem hebben gezegd: 'Diep ademhalen. Stap voor stap.' Alsof zijn persoonlijke tragedie zwangerschapsgymnastiek voor yuppen is. Angst en paniek lijken tenminste eerlijke instincten.

Maar wat heeft instinct te maken met wat hem te wachten staat in Cabot Hall, dat van begin af aan een monument is geweest van het anti-instinct, een lugubere, voor meerdere doeleinden te gebruiken puriteinse hel, nu eens een kapel, dan weer een auditorium voor hoorcolleges of een martelkamer, en nu, in zijn laatste vermomming, een rechtszaal? Dit zal vaker en vaker gebeuren. Het is beter er nu alvast aan te wennen. Hoewel Cabot misschien al eerder het decor is geweest voor een heksenverbranding, de crematie van een puriteinse studentassistent die op heterdaad was betrapt op het lezen van Shakespeare op zondag.

Hij kan niet geloven dat ze de hoorzitting in Cabot houden. Dat is zo theatraal, zo overdreven. Waarom hebben ze een klein amfitheater nodig dat geschikter is voor het ontleden van een lijk dan voor een beschaafd onderzoek naar Swensons professionele optreden? Voor Swenson niet de clubachtige warmte van Benthams kamer, met zijn collegiale belofte dat de zaak vreedzaam kan worden afgehandeld in de raadkamer. Ze hebben de voorkeur gegeven aan de ijzige openbare ruimte om hem à la Kafka volledig weg te maaien. Hoeveel mensen komen er? Voor zover hij weet de hele universiteit. Waarom hebben ze de sporthal niet genomen?

De kracht en de genade van de ontkenning zijn zo groot dat het pas eindelijk tot Swenson doordringt hoe weinig hij weet als hij op de parkeerplaats bij Cabot uit zijn auto stapt. Hoeveel mensen zullen er komen? Wie zit er in de commissie? Hoe lang zal het duren? Had hij inderdaad een advocaat kunnen meebrengen? Dat zou iedereen hebben gevraagd, maar Swenson kennelijk niet, wiens poging om de controle over zijn leven weer terug te krijgen niet verder is gegaan dan het inleveren van Angela's schunnige gedichten en het bekijken van de amoureuze perikelen van een pompeuze oude vent die in een Duitse filmklassieker zijn veranderd. Hij had de secretaresse van de rector om meer informatie kunnen vragen toen ze belde, maar dat had hij niet willen, niet kunnen doen, en zij was blij toe geweest. Hij had alleen gevraagd waar en wanneer de hoorzitting zou worden gehouden. Hij had zijn huiswerk moeten doen, de levens en persoonlijke hebbelijkheden van alle commissieleden onder de loep moeten nemen bij het berekenen van zijn kansen, het voorbereiden van zijn verdediging. En hoe zou hij zich hebben verdedigd? Het bandje was bewerkt. Een beetje.

Swenson arriveert exact op het moment waarop de universiteitsklokken tien uur slaan en hij zoekt zich zorgvuldig een weg over het pad vol verraderlijke stukjes ijs die deze zondaar regelrecht naar de hel zouden kunnen sturen. Hij stelt zich voor dat hij valt, met zijn hoofd tegen de stenen slaat en dood op het wandelpad blijft liggen, terwijl de commissie binnen zit te wachten in de veronderstelling dat hij te laat is. Dan hoort men het tragische nieuws. Hoe kunnen ze met zichzelf in het reine komen als ze weten dat ze bijeen waren gekomen om het leven van een dode te verwoesten?

Hij moet proberen dit als een lange tandartsafspraak te beschouwen. Het kan niet eeuwig duren. Op een bepaald ogenblik moet er een eind aan komen. Wat hem er natuurlijk aan herinnert: hij had naar de tandarts moeten gaan om zijn kies te laten repareren toen hij nog een tandartsverzekering had. Houdt hij aan zijn kapotte kies vast als aan een soort sentimenteel aandenken, een bewijs dat er iets is gebeurd tussen Angela Argo en hem? Dat is wat hij wil bewijzen en een andere reden, vermoedt hij, waarom hij dit ondergaat, dit onderzoek naar het raadsel van wat er is gebeurd en waarom. Als hij gewoon ontslag had genomen en het dorp had verlaten, zoals elke volwassene zou hebben gedaan, zou zijn kinderlijke behoefte om te weten wat Angela had gevoeld nooit worden bevredigd. Het is duidelijk dat zijn motieven niet meer zouden kunnen verschillen van die van de commissie...

Hij bereikt het smaakvol verschoten bakstenen gebouw, verwacht half een meute aan te treffen. Maar er is niemand als hij naar binnen gaat, waar hij even blijft staan om de ascetische soberheid te bewonderen waardoor de zaal bijna intiem lijkt, ondanks zijn holle afmetingen en de lange trap die naar het kleine voortoneel beneden voert, als een soort puriteinse arena. De damp die opstijgt van de sneeuw achter het oude, vertekenende glas, vult de collegezaal met poederachtig wit licht.

Aan een lange houten tafel helemaal beneden in het amfitheater vult de commissie – met zes leden – alle stoelen op een na. Een paar toeschouwers, getuigen misschien, bezetten de eerste rij.

Swenson loopt de trap af en blijft vervolgens staan, drie rijen voor hij beneden is. De altijd hoffelijke Bentham staat op van de tafel en komt met veerkrachtige tred naar boven om Swenson een hand te geven en – altijd een goede gastheer – te gebaren dat hij daar moet plaatsnemen, op de derde rij van beneden, op de hoek.

Willen de anderen hem geen hand geven? Wie zijn het trouwens? Drie vrouwen en drie mannen. Francis Bentham. En is dat niet... Lauren Healy? Een derde van de commissie minacht hem al. Wordt de jury niet gemanipuleerd, is het geen grote belangenverstrengeling als de leden onder meer bestaan uit de eerste persoon die het belastende bandje heeft gehoord en de voorzitter van de Faculty-Student Women's Alliance?

Vermoedelijk zou je kunnen beweren dat Bentham bijzonder goed op de hoogte is. En het is logisch dat Lauren er is. Haar troep onrust-stokers moet tot bedaren worden gebracht. De hoorzitting zou misschien niet eens tellen als Lauren niet aanwezig was om ervan getuige te zijn dat men recht had laten wedervaren. Maar is het dan van geen enkel belang dat een van de rechters hem met Angela in een auto heeft zien zitten op de noodlottige dag waarop hun affaire is begonnen en geëindigd? Het onschuldige tochtje naar Burlington, vlak voor alles instortte. Hij was net Adam geweest, die de appel afwezig in zijn handen ronddraaide.

En kan die andere vrouw aan de commissietafel werkelijk Magda Moynahan zijn? Is Magda hier om zijn kant te vertegenwoordigen? Als tegenwicht tegenover Francis en Lauren? Wat geeft het dat ze geen vaste aanstelling heeft? Wat geeft het dat hij tegen haar heeft gelogen, tegen zijn zogenaamde beste vriendin op de campus, en dat hij Angela's boek persoonlijk naar de redacteur heeft gebracht aan wie hij Magda's gedichten niet wilde laten zien?

En daar zit Amelia Rodriguez met opeengeklemde lippen, het knappe hoofd van Spaanse taal- en letterkunde. Misschien is dat een goed teken. Ze komt in elk geval uit Puerto Rico en heeft wellicht, hoopt hij, een Latijns-Amerikaanse, antipuriteinse laissez-fairehouding ten opzichte van de betrekkingen tussen de seksen. Swenson herinnert zich zijn wens dat ze was uitgenodigd voor dat etentje bij de Benthams, en nu hij het er toch over heeft: de helft van de commissie was aanwezig bij een sociale gebeurtenis waar de beklaagde zich te schande heeft gemaakt en de hele avond heeft verpest. Jammer dat je er die avond niet bij kon zijn, Amelia, fijn je hier nu aan te treffen, in je sobere zwarte pakje, met je zwarte haar dat zo glad en strak naar achteren is gekapt dat het lijkt of er aan je ogen wordt getrokken, met je keurige handen geduldig gevouwen, streng, elegant, als een lid van de inquisitie, een rechter aan het hof van Filips II in een gesoigneerd kloffie van Armani, de boze ongetrouwde zus uit een tragedie van García Lorca. Wat doet Amelia hier in dit New Englandinterieur dat is ontworpen door en voor dode blanke mannen, John Winthrop en Cotton Mather?

En, wie zijn Benthams mannelijke maatjes? Wat typisch dat Swenson alle vrouwen kent en de twee mannen naast Bentham nauwelijks kan thuisbrengen. Dat is Swensons hele probleem hier: niet genoeg banden met andere mannen. Goed, dat is... Bill, Bill Grissom van antropologie, een aardige, zonderlinge man die nog steeds munt slaat uit de paar jaar die hij begin jaren zeventig in een Navajoreservaat heeft doorgebracht. Nuchter, net maf genoeg om zich niet te laten intimideren of meeslepen door de huidige stemming op de campus. En de andere is – dat duurt opnieuw een minuut – Carl Fenley, van scheikunde. Allebei redelijke, rationele mannen, een tikje aan de sullige kant. Eerlijk, braaf. Swenson was beter af geweest als de coach van het footballteam erbij had gezeten.

Deze zes hebben zijn lot in handen, dus waarom kan Swenson zich dan niet op hen richten of doen of hij werkelijk in hen is geïnteresseerd of in iemand anders, maar niet in Angela Argo?

Ze zit op de voorste rij. Hij neemt tenminste aan dat zij dat is. Het is Angela. Maar anders. Ze heeft haar haar geverfd, het inktzwart vervangen door een glanzende, echt aandoende kastanjebruine tint. Wat ziet haar hoofd er kwetsbaar uit, als een ei en vreselijk broos. En wat is ze bizar gekleed, dat wil zeggen bizar voor Angela's doen. Een keurige kakikleurige broek, een rode velours trui, de 'nette' kleren van een gewone studente. Voor zover hij weet waren de piercings en het zwarte leer altijd een kostuum en is dit de echte Angela, die weer zichzelf is geworden. Voor zover hij weet. Hij weet niets. Goed. Dat begint hij door te krijgen.

Zelfs haar lichaam is anders. Ze zit rechtop op haar stoel, een welgemanierd meisje dat vol verwachting op de vriendelijke, ouderlijke commissie is gericht. Haar vader en moeder zitten aan weerszijden van haar. Het kalende hoofd en het platinablonde hoofd teder naar Angela toe gebogen, twee bleke bollen die over haar waken, op hun hoede en beschermend. Ze hebben bij het nieuws en bij rechtszaken op de televisie geleerd hoe ze dit moeten doen, hoe dit eruit hoort te zien.

Swenson wenst dat ze zich omdraaien om hem aan te kijken. Iets op hun gezicht zou moeten verraden dat ze zich het gesprek herinneren waarin ze hem hebben verteld dat Angela het doorlopend over hem had, dat ze hem aanbad, dat ze hem de grootste schrijver vond die ooit had geleefd. Maar stel dat ze dat met succes uit hun hersenen hebben gewist, dat Swenson als enige op aarde nog weet wat er echt is gebeurd. Hij kan het risico niet nemen om hen recht aan te kijken. Swensons hart bonst. Pijn in zijn borst. Ademnood. De gêne, de chaos, de razendsnelle tocht naar de ziekenboeg van de universiteit, en zo zal Sherrie, die vandaag dienst heeft, hem voor het laatst zien...

Francis Bentham glimlacht en zegt: 'Dag Ted. Bedankt voor je komst.'

'Dag Ted,' zeggen de anderen in koor. Dag Ted. Dag Ted. Dag Ted. Bedankt. Wat moet Swenson daarop zeggen? Het is niets? Graag gedaan? Alsof hij hun feestje vereert met zijn door hemzelf gewenste aanwezigheid. Er is niets dat hij kan zeggen. Hij knikt, maar zegt geen woord. Zal dat worden uitgelegd als een vijandige daad?

Francis Bentham werpt een blik naar Lauren, dezelfde blik die Swenson hem Marjorie heeft zien toewerpen. De gastvrouw mag de honneurs waarnemen, proberen of ze de namen nog kent.

Lauren zegt: 'Bedankt dat je bent gekomen. Je kent Magda, Amelia, Francis en mijzelf, Bill en Carl. Ik dank jullie allemaal dat jullie zijn gekomen. En jij ook bedankt, Angela. En u, meneer en mevrouw Argo. Nou, iedereen zal de gang van zaken wel kennen. De commissie zal de lijst met overeengekomen getuigen afwerken.' Wie is dat overeengekomen, zou Swenson wel eens willen weten. Wie staan er in de rij om hem om de beurt zwart te maken? 'Een kruisverhoor is niet toegestaan. Dit is per slot van rekening geen proces.' Dus hoeven ze zich niet druk te maken om lastige heikele punten als een juiste rechtsgang.

Angela knikt heftig. Overdrijft, denkt Swenson, die precies op het juiste moment kijkt om te zien hoe Angela's vader zijn hand op de hare legt, waarop hij jaloers is op die kerel die haar kan aanraken wanneer hij wil. Als hij haar vader al is. Hoe kan Swenson ín een vrouw zijn geweest die hij zo weinig kende en vertrouwde? En weet haar 'vader' dat hij het onderwerp is van een gedichtencyclus over een dochter die hij zo erg heeft misbruikt en beschadigd dat ze uiteindelijk beland is in een veelbelovende carrière als medewerkster van een sekslijn?

Swenson knikt flauw, speelt zijn rol mee: de norse, schuldige geile bok. Laten we verder gaan. Hij popelt van verlangen om te zien wie zich vrijwillig heeft aangemeld om te zorgen dat hij wordt ontslagen.

Toen Benthams secretaresse hem belde, vroeg ze of hij een lijst met getuigen had die hij wilde laten voorkomen om zijn zaak te verdedigen. Welke zaak? Wie kon hij te hulp roepen om een universiteitscommissie ervan te overtuigen dat hij, bandje of niet, zo'n geweldige docent was dat het misleidende bewijs waaruit zou blijken dat hij een studente onder druk had gezegd om seksuele gunsten te ruilen voor zijn bereidheid haar roman aan de man te brengen, door de vingers moest worden gezien? Misschien had hij Govind, de verkoper bij Computer City, moeten dagvaarden om hem te vragen of Angela Swensons ineengedoken seksslavin had geleken. In feite voelt Swenson meer voor de versie van de commissie – dat beeld van hem als een roofzuchtige kerel die vrouwen lastigvalt – dan voor het ware verhaal van zijn obsessie en ontaarding, de vernederende, uit het leven gegrepen, moderne versie van *Der blaue Engel*.

'Goed, dan,' zegt Lauren. 'Waarschijnlijk moeten we maar beginnen. Ted, we moeten uitzoeken wat zich hier precies heeft afgespeeld. En we weten zeker dat jij dat ook wilt.'

Het lijkt al minder op een proces dan op een clichéversie van het oertafereel uit de puberteit: pap en mam die je confronteren met de drugs of je slechte rapport. Dat heeft Swenson nooit meegemaakt. Zijn vader was veel te gek, tierde eerder dan dat hij zijn schoolrapporten bekeek. Zo lang heeft het geduurd voor Swenson is veranderd in een zich misdragende tiener, die op het matje wordt geroepen bij Bentham en Lauren, de onbuigzame, streng straffende ouders.

'Goed, dan,' zegt Bentham. 'Laten we beginnen. We weten allemaal waarom we hier zijn, om de aanklacht van... eh... ongewenste intimiteiten te onderzoeken' – hij spreekt snel, weet op een of andere manier zowel zijn wereldwijsheid van de oude wereld over te brengen als zijn bereidheid dit zo serieus te nemen dat hij Swenson de laan uit zal sturen – 'die juffrouw Angela Argo heeft ingediend tegen professor Theodore Swenson.'

Dus nu is het Theodore. Na al die jaren van Ted.

'De commissie heeft al een aantal getuigenverklaringen gewikt en gewogen.' Welk aantal? En waar was Swenson toen dit allemaal gebeurde? O, juist, hij keek naar Duitse videobanden, bracht Angela's gedichten terug, dronk eierdrank met rum en vergat op een of andere manier ook maar één persoon te vinden die bereid was voor zijn goede naam in te staan.

'Heb je nog vragen, Ted?'

'Nee,' zegt Swenson. In werkelijkheid heeft hij meer dan genoeg vragen, die de commissie geen van alle, weet hij heel zeker, wil gaan stellen.

'En u, juffrouw Argo?'

Angela draait zich om, speurt de zaal rond. Het ronddraaiende baken van haar bleke, geboende gezicht glijdt zomaar over Swenson heen. 'Ik vind het best,' zegt ze.

'Mooi zo,' zegt Lauren. 'Is Dave klaar?'

'Ik geloof het wel,' zegt Bentham.

Bentham knikt even en iedereen kijkt op als de deur opengaat en Dave Sterret resoluut naar beneden komt lopen. Door zijn keurige kaki broek, zijn sportschoenen en zijn iets te kleine marineblauwe blazer is Dave het prototype van een specifieke homoseksuele man van rond 1960, een man die in je fantasie een vriend van Frank O'Hara had kunnen zijn. Wat komt Dave hier over hem zeggen? En wie is Dave om dat te zeggen? Dave, die affaires heeft gehad met alle knappe jongens van de Gay Students Alliance, komt hier tegen Swenson getuigen omdat die een poging heeft gedaan Angela Argo te versieren. Maar Dave heeft dat allemaal gedaan voor het verkeerd is geworden, voor iemand er een gedachte aan vuil maakte. Bentham geeft Dave Sterret een hand en leidt hem naar de lege stoel aan het eind van de commissietafel.

Lauren zegt: 'Bedankt dat je bent gekomen, Dave. We waarderen de tijd die je ons geeft.'

'Dat is niets,' zegt Dave. 'Al kan ik niet zeggen dat ik hier graag ben.'

Lauren bijt op haar lip en knikt. Amelia en de twee mannen trekken een treurig gezicht. Magda bladert haar papieren door. Waarom wil zíj Swenson niet aankijken? Waarom zwaait ze niet, geeft ze geen knipoog?

'Dave,' zegt Lauren, 'waarom vertel je ons niet in je eigen woorden wat er op de avond van 18 oktober bij rector Bentham thuis is gebeurd.'

'Ach, het was een doodgewone avond,' zegt Dave. 'Een heel gezellig etentje. De avond verliep nagenoeg zonder haperingen. Er was wat misgegaan met het nieuwe fornuis van de rector...'

'O, beste kerel,' zegt Bentham flirterig. 'Vertel hun dát alsjeblieft niet...'

Dave glimlacht. 'En Marjorie heeft een wonderbaarlijke reddings-operatie uitgevoerd, een soort filosoof met aardappelpuree, echt troosteten van een Britse kinderjuffrouw, als je een Britse kinder-juffrouw hebt gehad... en dan nog dat extravagante dessert, ronduit dickensiaans, vernuftige Britse zoete kost met alles erop en eraan.' Dave vergeet de Marmite nog!

'Was professor Swenson er ook?' vraagt Carl Fenley. Lauren, Mag-da en de rector – de halve commissie – weten dat al.

'Ted was er ook. Met Sherrie.'

Stilte. Daar waagt niemand zich aan.

'En hoe gedroeg professor Swenson zich?' vraagt Bill.

'Prima,' zegt Dave. 'Heus. Het grootste deel van de avond... onberis-pelijk.'

'De hele avond?' helpt Lauren hem verder, die heel goed weet wat er is gebeurd. Maar dit is niet voor Lauren. Dit is om het vast te leggen, voor de commissie.

'Bijna de hele avond. Het was al laat, we waren moe, we hadden al-lemaal hard gewerkt. Er was heel wat wijn gedronken.' Dave glimlacht opnieuw. 'We hadden ons allemaal kunnen misdragen. Toevallig was het Ted.'

Wat is Dave Sterret een flinke kerel! Dave wil dit niet doen. Hij doet erg zijn best om Swenson er gemakkelijk af te laten komen. Het was inderdaad laat. De wijn stroomde. Maar wat Dave wil, doet er niet toe. Wie weet wat voor funeste informatie Bentham over Dave heeft? Om te beginnen over jaren van gestoei.

'We begrijpen allemaal hoe deze dingen kunnen gebeuren.' Daar begrijpt Lauren helemaal niets van. Ze gelooft niet dat enige stof haar superego kan inmaken.

'En wat heeft professor Swenson gedaan waarvan je vindt dat de commissie het moet weten?' vraagt Amelia. Swenson speurt zijn ge-weten af. Wat heeft hij haar gedaan? Die paar onbevredigende ge-sprekken tijdens plenaire vergaderingen kunnen niet de vonk van woede hebben laten ontbranden die in haar antracietkleurige ogen glanst. Amelia doet gewoon haar werk, speelt het spel volgens de regels van deze sekte waaraan ze zich met huid en haar heeft overgeleverd.

'Nou, het was eigenaardig,' zegt Dave, 'in het licht van wat er sindsdien is gebeurd, het was werkelijk ironisch dat de problemen ontstonden tijdens een gesprek over ongewenste intimiteiten. Dat herinner ik me omdat... ik nog weet dat ik later tegen Jamie heb gezegd dat ik me door Teds extreme gedrag afvroeg of Ted soms problemen had met ongewenste intimiteiten.'

Er kolkt een vulkanische woede in Swenson, die wordt gevoed door het idee dat Jamie en Dave uitvoerig zijn 'problemen' bespreken. Bovendien zou hij graag bezwaar aantekenen tegen deze hele kant van het onderzoek. Een etentje is privétijd. Laten we ons beperken tot de collegezaal, de vijandige omgeving op de werkplek.

Dave zegt: 'We wisselden ervaringen uit die we tijdens colleges hadden gehad met betrekking tot de problemen tussen de seksen. Spanningen. Zware momenten. We weten allemaal hoe de zaken er de laatste tijd voor staan.' De commissie knikt. Dat weet ze. 'En ineens begon Ted uiterst verontrustende taal uit te slaan...'

'Wat voor taal?' vraagt Lauren vriendelijk. 'Weet je dat nog?'

'Ik wil het liever niet weten,' zegt Dave. Lauren, Magda en Francis glimlachen om Daves verwijzing naar *Bartleby, the Scrivener*. De jongens van scheikunde en culturele antropologie kijken louter perplex.

'Dat begrijpen we,' zegt Magda. Magda's eerste bijdrage aan dit alles had moeilijk welwillender kunnen zijn, want ze helpt Dave uit een lastig parket door een eind te maken aan dit deel van het verhoor. Desondanks vindt Swenson het verontrustend haar de meervoudsvorm te horen gebruiken.

'Bedankt, Dave,' zegt Lauren. De commissie stemt met haar in. Ja, bedankt bedankt bedankt. Bentham geeft Dave nogmaals een hand en als Dave Swenson passeert, zegt hij met een knipoog: 'Succes, man.'

Iedereen kijkt hoe Dave de trap op loopt. O, waren zij maar vrij om te vertrekken! De deur boven aan de trap slaat dicht. Worden de colleges hier telkens onderbroken als er iemand vertrekt? Bentham moet Gebouwen en Terreinen op hun huid zitten in plaats van Swenson vervolgen.

'Wie is de volgende?' vraagt Bentham aan Lauren. Lauren kijkt in haar aantekeningen.

'Betty Hester,' zegt Lauren.

Als Betty de trap af komt, krijgt haar wijde rok de vorm van een parachute. Wat heeft Betty kleine voetjes! Hoe is het mogelijk dat Swenson dat nog nooit heeft opgemerkt? Ineens ziet hij in Betty het kleine dikkerdje dat dapper op weg gaat naar de kwelling van de balletles. Elke cel in Betty's lichaam wenst dat ze weer in de bibliotheek achter de balie zat en niet hier was, blootgesteld aan een commissie die kijkt hoe ze het ervan afbrengt bij deze veeleisende afdaling, een mijnenveld van mogelijke struikelpartijen. Betty blijft staan om Ted een hand te geven. Haar zachte gezicht zweeft voor hem. Tot zijn woede brengen de tranen in haar ogen bijna tranen in Swensons ogen.

'Ted,' zegt ze. 'Hoe gaat het ermee?'

Hij wil zich tegen het kussen van haar borst werpen. Hij kan haar wel vermoorden omdat ze dat vraagt.

'Het gaat prima,' zegt hij. Ronduit geweldig, Betty. Eerlijk gezegd heb ik me zelden zo goed gevoeld.

Betty zwijgt even, buigt dan impulsief naar hem toe en fluistert: 'Ik wilde dat dit niet gebeurde!'

'Ik ook,' zegt Swenson. 'Neem dat maar van me aan.'

Betty glimlacht en zucht, gaat vervolgens verder en geeft Bentham een hand, houdt zorgvuldig haar broze glimlach in stand als ze neerzakt op de getuigenbank. Toe nou. Betty kan hier niets aan doen. Ze heeft een baan. Kinderen die ze moet onderhouden.

'Bedankt dat je bent gekomen, Betty,' zegt Lauren.

Betty zucht dramatisch. 'Ik vind het een schande,' zegt ze.

Een schande! Wat vindt ze precies een schande? Dat Swenson naar bed is geweest met een – vermeend – onschuldige studente? Of dat Swensons leven wordt verwoest door een niet zo onschuldige studente? De commissieleden bestuderen hun dossier weer.

'Goed, Betty,' zegt Lauren. 'Je hebt ermee ingestemd de commissie iets te vertellen over het boek dat professor Swenson op de middag van 1 november uit de bibliotheek van Euston heeft meegenomen.'

'Dat klopt,' zegt Betty.

Lauren zakt weer in zichzelf terug, geeft de andere commissieleden te kennen dat een van hen het moet overnemen. Na een korte pauze zegt Amelia: 'En welk boek heeft professor Swenson geleend?'

Magda houdt het niet langer uit en kijkt Swenson onderzoekend aan, haar knappe, gespannen gezicht een paar graden strakker dan normaal. De overspannen, aantrekkelijke Magda ziet er nu gewoon uit als een wrak. Magda houdt van hem, min of meer. En zij weten als enigen in deze zaal hoe die uitlening tot stand is gekomen, tijdens de emotionele lunch voor twee, toen Magda hem heeft verteld dat Angela's boek bij de afdeling poëzie was ondergebracht. Moet Magda niet bekennen dat zij Swenson erover heeft verteld? Waarom was Magda over het boek begonnen? Alleen om iets te zeggen te hebben, om zichzelf interessanter te maken? Swenson weet dat dat gemeen is. Ze hadden het over een student gehad. Hij maakt zijn blik los van die van Magda. Als hij haar te lang aankijkt, zal de commissie nog denken dat hij ook met haar naar bed gaat.

'Kun je het boek omschrijven?' helpt Lauren Betty verder.

'Nou...' zegt Betty. 'Het is een dichtbundel. Een pamflet eigenlijk. Uitgegeven in eigen beheer.'

'Wat voor gedichten?' vraagt Lauren.

'Tja...' zegt Betty. 'Ik zou zeggen dat ze een nogal sterke... seksuele inhoud hebben.'

'Neem me niet kwalijk!' Bill Grissom schraapt zijn keel. 'Misschien ben ik maar een simpele nuchtere ziel van sociale wetenschappen, maar ik snap niet precies wat dat boek met studentengedichten op de planken van de bibliotheek van Euston College doet.'

Dat is een heel goede vraag, Bill! Waarom vertelt Magda hun dat niet? Ze heeft het Swenson allemaal heel goed uitgelegd. Ellende was het laatste wat Magda wilde – precies zulke ellende als dit – over werk dat Angela voor haar vak had gemaakt.

'Het was een geschenk aan de bibliotheek,' zegt Betty. 'Ze wilde heel graag dat wij het hadden. Uit beleefdheid heb ik het niet kunnen weigeren. En het is beslist niet het enige gewaagde werk dat we hebben...'

Beleefdheid. Daar weet Swenson alles van. Beleefdheid houdt hem op zijn plaats en voorkomt dat hij Francis Bentham buiten westen slaat. En als altijd zijn de onbeleefde mensen aan de winnende hand.

Het feit dat Angela de arme Betty Hester zo hardhandig heeft aangepakt dat die haar schunnige gedichten in de bibliotheek heeft gezet,
zou hun iets over Angela moeten zeggen, een pornoschrijfster, een
terroristische carrièrejaagster, een ambitieuze maniak die door middel van chantage op die heilige planken is komen te staan. Zo'n slang
zou uiteraard ook in Swensons hart naar binnen kronkelen om hem
ervan te overtuigen dat hij haar roman moest gaan slijten. En heeft
Angela dat gedaan? Swenson wilde dat hij het wist.

'Ik heb het boek hier bij me.' Betty haalt het ingenaaide manuscript
tevoorschijn uit haar enorme, auberginekleurige boodschappentas.
Ze houdt het een armlengte bij zich vandaan als ze het aan Lauren
overhandigt, die vol walging snuift en het aan de anderen doorgeeft.
Swenson had het niet terug moeten brengen. Maar was het niet erger
geweest als het nog steeds als uitgeleend te boek had gestaan en ze het
hadden gedagvaard voor de hoorzitting? Hij wacht tot Lauren een
dapper commissielid vraagt voor de notulen een vers van Angela voor
te lezen. Maar dat doet ze haar collega's niet aan.

'Leg vast,' zegt Lauren, 'dat het manuscript van juffrouw Argo is
overgedragen als bewijsmateriaal.'

Bewijsmateriaal? Tegen Swenson? Natuurlijk. Tegen wie anders?
Een studerende seksdichteres van negentien is per definitie onschuldig vergeleken met een professor van zevenenveertig die haar gedichten gebruikt om klaar te komen. Maar waar klaagt Swenson over? Hij
zou zijn goede gesternte moeten bedanken dat niemand Angela's gedichten hardop voorleest, of ze de tafel laat rondgaan om ontzet door
de groep te worden geïnspecteerd. Hoewel het, als hij er afstand van
zou kunnen nemen, vermakelijk zou kunnen zijn om te kijken hoe elk
commissielid het boek heel behoedzaam doorbladert en besluit hoeveel vunzigheid hij of zij moet bestuderen alvorens het door te geven.
Magda zou het niet hoeven in te kijken. Zij weet wat erin staat. Lauren
laat het boek in een map glijden alsof het een gebruikt condoom is. En
het boek verdwijnt. Wat is dit voor alle betrokkenen mooi op zijn
pootjes terechtgekomen. Het is de ideale oplossing voor Betty's akelige probleempje hoe ze Angela's boek van de planken in de bibliotheek
moet weggoochelen. Waarom had ze het niet gewoon door Swenson
laten stelen toen hij dat probeerde?

Dan zegt Lauren: 'Betty, kun je de commissie... voor de notulen... iets gedetailleerder vertellen... wat voor gedichten het zijn?'

Wat haalt Lauren in haar hoofd? Weet ze niet wat voor indruk dit wekt? Dit harteloze verhoor dat telkens weer nieuwe tranen oproept in Betty's ogen? Suggereert Lauren dat Betty Hester de pikantste passages van Angela's obscene seksgedichten moet opdreunen?

Betty wordt gered door haar wanhoop. Ze zegt: 'Nou, eigenlijk heb ik alleen de kans gekregen ze even door te kijken. Ik geloof dat professor Moynahan met de studente heeft gewerkt en zij weet waarschijnlijk...' Betty aarzelt en haar stilzwijgen dwingt Lauren Magda aan te kijken.

'Magda?' zegt Lauren.

Natuurlijk. Magda is de ideale keus. Die beste Magda kan hier gewoon zonder kwelling of gezeik doorheen scheuren, domweg zeggen waar die vervloekte gedichten over gaan zodat deze poppenkast weer kan worden hervat.

Magda zegt: 'Het gaat om een cyclus verwante gedichten over een jonge vrouw die werkzaam is bij de telefoonseksbranche, met onderliggende thema's als kindermisbruik, incest...'

Kindermisbruik. Incest. Swenson ziet een dunne waas verschijnen op de gezichten van de mannelijke commissieleden. Vreemd genoeg wil hij de gedichten verdedigen en het ergert hem dat Magda verzuimt te melden dat de gedichten een zekere... intensiteit bezitten. Intensiteit. God beware hem.

Ondertussen zal Lauren de commissie niet laten geloven dat Angela's gedichten slechts doodgewone uitingen van de romantische levensangst van een studentje zijn.

'Professor Moynahan, zou u de gedichten als expliciet willen betitelen?'

'Expliciet?' Magda glimlacht. Niemand lacht terug. 'Ik zou zeggen dat ze die kant aardig opgaan.'

'Die kant aardig opgaan' is kennelijk een teken dat ze Swenson allemaal moeten aanstaren. Waarom kijken ze niet naar Angela en haar ouders om te zien hoe die de informatie verwerken dat hun dochter een bundel choquerende verzen over incest en kindermisbruik heeft geschreven? Hoe moet het de hooggeachte commissie lukken Angela's kant uit te kijken als ze Swenson praktisch inspecteert op een bult in zijn broek? Nou, sorry. Die is er niet. Vandaag niet.

Lauren zegt: 'Dank je wel, Magda. En jij ook bedankt, Betty. Is er nog iets wat je de commissie graag zou willen vertellen?'

'Nou...' Swenson is verontrust door wat hij in Betty's stem hoort: de toon van iemand met zo'n sappige roddel dat die zich niet laat onderdrukken.

'Ja, Betty?' vleit Francis Bentham.

'Nou, toen professor Swenson het boek leende, moest het me wel opvallen dat hij zich tamelijk vreemd gedroeg.'

'In welk opzicht vreemd?' zegt Bentham.

'Weet u, ik had het rare gevoel dat hij het probeerde te, tja, niet echt te stélen. Gewoon niet... normaal te lenen.'

'Heeft professor Swenson iets gedaan om je dat gevoel te geven?' vraagt Amelia.

'Nee,' zegt Betty. 'Het was alleen een gevoel. Maar goed, misschien heeft hij zich bedacht, of misschien had ik het mis. Hij heeft het me gegeven en ik heb het aan hem uitgeleend.'

Wat had hij Betty gedaan? Even later weet hij het.

'Het andere punt is dat... professor Swenson het boek pas ongeveer een week geleden weer heeft ingeleverd.' Daar is het dan. Zaak gesloten. Hij is schuldig aan de ultieme bibliotheekzonde: een boek houden dat al moet zijn ingeleverd. Betty is achteraf gezien toch niet een vriendelijke, grootmoedige Moeder de Gans van een bibliothecaresse, maar een boze heks van een bibliothecaresse met het geheugen van een olifant, die je graag op de elektrische stoel wil zien als boete voor het te laat inleveren van een boek. Maar wacht eens even. Hoger wetenschappelijk personeel mag boeken eindeloos houden. Stapels boeken die al ingeleverd hadden moeten zijn en ongelezen kranten behoren tot de vaste inrichting van de werkkamer van elke professor. De zonde moet er dus uit bestaan dát hij het heeft geleend. Niet zomaar een boek. De uiterst kostbare eerste uitgave van Angela's schunnige gedichten.

'Dank je wel, Betty,' zegt Lauren. Betty staat op en vertrekt, deze keer zonder een beverige pauze voor een gesprek van hart tot hart met Swenson. Hij zal het haar nooit vergeven, zal nooit meer naar de bi-

bliotheek gaan en doen of er niets is gebeurd. Niet dat het Betty zal opvallen, want dit zal naar alle waarschijnlijkheid het eind betekenen
van zijn bibliotheekbezoek op Euston.

Bentham wacht een paar tellen en zegt vervolgens vermoeid: 'En nu
we het toch over telefoonseks hebben... dient er in de notulen te worden opgenomen dat professor Swenson een... 0900-nummer, een...
sekslijn heeft gebeld. Met de telefoon vanuit zijn werkkamer.'

Swenson balanceert heel even op de rand van hysterie. Hoe zit het
met zijn privacy? Zijn rechten volgens het eerste amendement, waarin zijn burgerlijke vrijheden worden gewaarborgd? Sinds wanneer
heeft deze commissie een mandaat om zijn telefoonrekening te controleren? Nou ja, hún telefoonrekening eigenlijk.

'Volgende getuige,' mompelt Bentham.

Carlos Ostapcek komt de trap af rennen – een omgekeerde Rocky
Balboa. In het voorbijgaan geeft hij een stomp tegen Swensons arm,
een verklaring van broederlijke solidariteit. Carlos is geen Betty
Hester, die onder druk slap de weg van de minste weerstand volgt.
Carlos is hier voor Swenson, heeft partij gekozen voor zijn coach. Aandoenlijk genoeg heeft Carlos een pak aangetrokken. Hij heeft zich
meer opgedoft dan Swenson, die half verwacht dat Carlos zijn handen
in de lucht zal steken als hij eindelijk beneden is. Maar hij gaat gewoon
zitten en plant zijn ellebogen met een klap op tafel.

'Welkom, meneer Ostapcek,' zegt Lauren, en de commissieleden
mompelen hun begroeting, een proces dat ze inmiddels hebben afge-
vlakt tot een zachte massale uitademing.

'Kan niet zeggen dat ik blij ben om hier te zijn,' zegt Carlos met een
venijnige blik in de richting van Francis Bentham.

'Dat zijn we geen van allen,' zegt Bentham. 'Neem dat maar van me
aan, Carlos.' Het ontgaat Carlos niet dat de rector hem met zijn voornaam aanspreekt.

Klootzak, denkt Swenson. Zelfs hij had er geen vermoeden van dat
Bentham zo'n gladde aal was. Maar hoe word je anders rector van zo'n
zogenaamd universiteitje? Deze hoorzitting is een leerschool in de
ware aard van zijn collega's.

'Carlos,' zegt Lauren, 'ik weet dat het moeilijk voor je is. Maar in het
belang van de universiteit en je medestudenten moeten we bepaalde

vragen stellen. En een aantal andere studenten uit je groep heeft jou uitgekozen als hun woordvoerder.'

Dit nieuws bemoedigt Swenson. De studenten – van wie vele naar hij vreest al het hele semester een hekel aan hem hebben – hebben een vertegenwoordiger gekozen van wie het heel aannemelijk is dat hij hem zal verdedigen. Swenson denkt met tederheid en spijt aan hen terug, aan elke student op zich. Het is zijn groep. Ze blijven een geheel. Swenson is te streng voor hen geweest – en voor zichzelf. Hij heeft hun duidelijk iets bijgebracht. Ze hebben met elkaar iets opgestoken.

'Van dat woordvoerderschap weet ik niks,' zegt Carlos. 'Ik weet alleen wat ik weet.'

'En meer vragen we niet van je,' zegt Amelia. De aristocratische señorita spreekt de domme kleine campesino bevoogdend toe.

'Goed dan,' zegt Lauren. 'Heeft professor Swenson tijdens de colleges iets gedaan wat je eigenaardig voorkwam of waardoor je je op een of andere manier slecht op je gemak voelde?'

'Nee, mevrouw,' zegt Carlos. Dat 'mevrouw' is onbetaalbaar, werkelijk. Al die jaren op een tuchtschool en bij de marine hebben Carlos de kracht gegeven het domweg niet met haar eens te zijn en niet te bezwijken onder martelingen door Lauren Healy en consorten.

'Helemaal niets?' dringt Bentham aan.

'Niets, nee,' zegt Carlos.

Staat Swensons manier van lesgeven hier terecht? Hij heeft nog steeds de verkeerde indruk dat ze bij elkaar zijn gekomen om zijn seksuele betrekkingen met Angela Argo te bespreken. De seks heeft niet in het lokaal plaatsgevonden, hoewel Swenson nu bedenkt dat wat zich tijdens de colleges tussen Angela en hem heeft afgespeeld, heel wat bevredigender was dan wat ze uiteindelijk in haar bed hebben gedaan.

Hij doet zijn ogen even dicht en in het donker hoort hij iemand vragen: 'Is je ooit iets ongewoons of verrassends opgevallen, iets onprofessioneels in professor Swensons gedrag ten opzichte van juffrouw Argo?' Het duurt even voor hij beseft dat het de stem van Magda is. Magda klinkt anders dan anders. Waarom wil Magda dat weten? Is haar iets opgevallen op die allereerste dag, toen ze Swenson en Angela is tegengekomen bij het oversteken van het binnenplein? Als dat zo is, zou ze het hém dan alsjeblieft willen vertellen. Híj zou graag willen weten wat ze heeft gezien. Want ondanks alles wat Angela heeft gedaan, verlangt Swenson ernaar Magda te horen zeggen dat ze een soort stroom van... wederzijdse aantrekkingskracht tussen hen bespeurde toen ze Angela en hem samen zag.

'Nee, niet dat ik weet,' zegt Carlos.

'En wat voor houding had hij ten opzichte van haar werk?' Die lieve brave Magda, die haar best doet alles weer op het juiste spoor te zetten. Lesgeven. Leren. Werken.

'Hij vond het mooi,' zegt Carlos. 'En ik begreep wel waarom. Het was lang niet slecht. Goed. Ze heeft het tijdens de werkgroep nogal zwaar te verduren gehad. Maar volgens mij vond iedereen haar werk stiekem mooi.'

'Waaruit bestond het werk van juffrouw Argo?' zegt Bill.

'Een hoofdstuk uit een roman,' zegt Carlos. 'Dat is ons tenminste verteld.'

'En waar ging de roman over?' Dat weet Lauren toch al: de onderdrukking van het vrouwelijke geslacht door de fallocentrische mannelijke overheersing.

'Nou,' zegt Carlos, 'het ging over een meisje. Een meisje op de middelbare school. En ze is eieren aan het uitbroeden voor haar werkstuk voor biologie.' Carl en Bill veren even op bij het noemen van iets wat zo tastbaar, zo geruststellend concreet is als een werkstuk voor biologie.

'En verder?' zegt Lauren. 'Kun je je er nog meer van herinneren?' Lauren weet wat ze zoekt. Ze heeft over het boek gehoord. Wie heeft haar dat verteld? Magda? Angela? Heeft Lauren het gelezen? Swenson hoopt van wel. Hij hoopt dat ze het allemaal hebben gelezen. Want daardoor zullen, zoals ze het zelf zouden uitdrukken, de verhoudin gen binnen dit beraad veranderen.

Carlos zegt: 'Een bepaald stuk ging erover dat het meisje gek was op haar leraar.'

'En vond je dat vreemd?' zegt Bentham. 'Gaf het iemand een onbehaaglijk gevoel dat Angela schreef over een leerlinge die gek was op haar leraar?'

'Nee,' zegt Carlos. 'Absoluut niet. Professor Swenson heeft ons zeg maar geleerd, vrijwel meteen bij het eerste college, dat we nooit moeten aannemen dat iets, u weet wel, autobiografisch is.'

Wat is Carlos toch een goeie jongen! In dit gezelschap lijkt hij wel een steunpilaar van morele rechtschapenheid, zoals hij iedereen op de hoogte brengt van de ware toedracht, de kleine Jezus die de schriftgeleerden in de tempel onderwijst.

'Juist,' zegt Bentham, terechtgewezen. 'Ja, dat zal wel een verstandig idee zijn.'

'En bovendien,' voegt Carlos eraan toe, 'schrijft de helft van de meiden op de universiteit over hun liefde voor een docent. Ze zijn nog nooit ergens geweest, hebben niks gedaan. Waar kunnen ze anders over schrijven?'

Goed, Carlos. Zo is het genoeg. Meg Ferguson zal je, waar ze ook is, het recht ontnemen om namens haar en de anderen te spreken.

'En, Carlos...' zegt Lauren, 'hadden jij en de anderen enige reden om te vermoeden dat professor Swenson betrekkingen onderhield met juffrouw Argo?'

'Nee,' zegt Carlos. 'Maar nu wel. En zal ik u eens wat zeggen? Ik snap niet waar iedereen zo moeilijk over doet. Je hebt altijd van dat gedonder. Mensen voelen zich aangetrokken tot andere mensen. Dat stelt niks voor.'

Carlos' morele gezag is hem aan het ontglippen. De commissie zal zich er niet van laten overtuigen dat haar ethische maatstaven – de principes die ze met behulp van zoveel tijd en energie probeert hoog te houden – kunnen worden betwist door Carlos' dwaze gezonde verstand.

'En ik neem aan dat de groep inmiddels ook weet,' houdt Bentham vol, 'dat professor Swenson juffrouw Argo wellicht heeft overgehaald met hem naar bed te gaan in ruil voor bepaalde gunsten.'

'Wat voor gunsten?' vraagt Carlos.

'Hij heeft beloofd haar roman aan zijn redacteur in New York te laten zien. Ervoor te zorgen dat haar roman wordt uitgegeven.'

Nee, meneer. Daar weet de groep niets van. Absoluut niets. Hier hoeft Carlos geen antwoord op te geven. De waarheid straalt van zijn gezicht af.

Zo wordt het Swenson betaald gezet dat hij een sadistisch systeem heeft doorgedreven waarbij de studenten hun mond moeten houden terwijl hun hart en ziel ritueel worden verscheurd. De commissie had zo vriendelijk moeten zijn Swenson een muilband aan te bieden om te voorkomen dat hij zou uitroepen: 'Luister niet naar hen, Carlos! Dat is niet gebeurd.' En wat zou hij dan zeggen? Wat is er wel gebeurd? Ik heb mijn redacteur haar werk laten zien omdat het zo'n stuk beter was dan dat van jou, Carlos. In elk geval is het niet meer duidelijk of hij nog een redacteur in New York heeft, en bovendien zou hij nooit hebben voorgesteld een professionele introductie te ruilen voor seks. Niet alleen vanwege zijn eigen morele scrupules, waarden, ijdelheid en trots, maar ook omdat hij, zoals is gebleken, nooit zeker zou weten of hij het seksuele deel van de overeenkomst zou kunnen opeisen.

'Nee,' zegt Carlos. 'Dat wisten we niet. Tjonge. Laat me dit even verwerken. Sorry. Ik wilde niet...' Iedereen kijkt hoe Carlos' besef van een oneerlijke behandeling – Angela heeft een bijzondere kans gekregen die de rest van de groep is onthouden – strijdt met zijn geloof in trouw en het principe dat je je kapitein niet verraadt. Swenson wil hem vertellen dat de ware oneerlijkheid schuilt in de verdeling van talent en niets te maken heeft met wat er tussen hem en Angela Argo is gebeurd. Maar daarmee zou hij zich niet echt geliefd maken bij de commissie, of bij Carlos.

'Dat geeft niet, Carlos,' zegt Bentham. 'Neem er de tijd voor. Vertel eens, ben jij ook schrijver?'

'Ik hoop het wel,' zegt Carlos.

'Nou, ik heb de indruk,' zegt Bentham, 'dat schrijvers over het algemeen een uitstekend geheugen hebben. Dat vereist hun vak.'

'Dat zal wel,' zegt Carlos.

'Speur je geheugen dan af,' zegt Bentham, 'en vertel ons of er dit semester tijdens de colleges iets is gebeurd wat ook maar enigszins... vreemd of... ongewoon was.'

Carlos' totale training en levenservaring sporen hem aan de rug recht te houden en niets anders te vertellen dan zijn naam, rang en nummer. Maar niets heeft hem erop voorbereid de verleiding te weerstaan om door de rector van zijn universiteit een schrijver te worden genoemd en te zien hoe een half dozijn mensen van de faculteit aan zijn lippen hangen. Hoe kan hij hen teleurstellen? Hoe kan hij hun niet een flard informatie aanbieden die hij zich kan herinneren?

'In de groep ging een grap rond. Ik bedoel dat we heel wat verhalen kregen over mensen die...' Carlos schudt zijn hoofd. Hij houdt het niet voor mogelijk. Zelfs bij de marine is hij nooit zoiets mafs tegengekomen. 'Eh, er waren heel wat verhalen over mensen die seks hadden met, u weet wel, eh, dieren.'

Ja, en Carlos is ermee begonnen met zijn stuk over de jonge voyeur, diens klikkende buurjongen en de Duitse herder. Laten we dat in de notulen opnemen.

'Met dieren?' herhaalt Bentham op de mierzoete toon van ironisch Brits ongeloof.

Daarop komt Bill, de antropoloog – net waarneembaar – tot leven. Wat voor gemeenschap tussen de soorten maakt deel uit van de geheime rituelen van deze stam van creatieve schrijvers?

'Met wat voor dieren?' zegt Bill.

Carlos schudt nogmaals zijn hoofd. 'Eigenlijk met een kip, meneer.'

Bentham heeft er lol in. 'Wil je me zeggen, Carlos, dat een student in de werkgroep van professor Swenson een verhaal heeft ingeleverd waarin een personage – een mens – seks had met een kip?'

'Een dode kip.' Carlos kan zich niet bedwingen. Iedereen grinnikt, ontzet. Bentham kijkt Swenson aan, die zijn hoofd schudt. Hij snapt er verdomme ook niets van. Eerst telefoonseks, nu seks met dieren. Hij heeft duidelijk een interessant semester achter de rug.

'Juist,' zegt Lauren. 'Er komt een thema naar voren.'

'Wat is dat?' zegt Carlos argwanend.

'Heb je ons niet verteld dat de roman van juffrouw Argo over eieren gaat?' Lauren is er door haar jarenlange postdoctorale werkzaamheden in getraind terugkerende metaforen te zoeken. 'En nu kippen...?'

'Niemand had seks met de eieren in Angela's roman,' zegt Carlos.

Niet in het stuk dat jij hebt gelezen, denkt Swenson. Zijn trots op het feit dat hij meer van Angela's boek heeft gelezen dan iemand anders van zijn werkgroep of de commissie is het zoveelste teken hoezeer hij de weg kwijt is.

'Je had het over "dieren"... meervoud,' zegt Bill, de statistisch bewuste, zich in getallen uitdrukkende stem van de sociale wetenschappen. 'Dus er waren... ándere dieren.'

'Een koe,' zegt Carlos. 'En een hond.'

'In hetzelfde verhaal of in afzonderlijke verhalen?' zegt Amelia.

'In afzonderlijke verhalen,' zegt Carlos.

'Van andere studenten?' vraagt Carl.

'Ja,' beaamt Carlos. 'De hond zat eigenlijk in mijn verhaal.' Eindelijk de waarheid.

'Allemaal in één semester?' zegt Bentham.

'In dit semester. Ja.'

'En je vertelt de commissie dat studenten in de werkgroep van professor Swenson in één semester fictie hebben geschreven waarin mensen seksuele betrekkingen onderhielden met koeien, kippen en honden.'

'Met één koe,' zegt Carlos. 'Eén kip. Eén hond.'

'Dat is opmerkelijk,' zegt Bentham.

'Dat zal wel,' zegt Carlos. 'We zeiden onderling dat we eindelijk doorhadden wat professor Swensons aandacht trok.'

Dachten ze dat dát zijn aandacht trok? Er bestaat een gigantisch misverstand over de moerassen van verveling waar Swenson zich doorheen heeft geploeterd bij het lezen van hun erbarmelijke verhalen, gelardeerd door de vrees om te moeten uitzoeken hoe hij college kon geven zonder een aanklacht wegens ongewenste intimiteiten aan zijn broek te krijgen, wat nu toch is gebeurd, dus was hij terecht ongerust. Zijn aandacht werd getrokken door Angela Argo's roman.

Het is een paar minuten stil terwijl ze Carlos' laatste onthullingen overwegen. Lauren zoekt genadeloos oogcontact met haar collega's tot ze zeker weet dat niemand meer iets te vragen heeft.

'Dank je, Carlos,' zegt Lauren. 'We waarderen het dat je hier vandaag bent gekomen en zo rechtdoorzee en eerlijk bent geweest.'

'Kijk,' zegt Carlos. 'Laat ik dit even rechtzetten. Persoonlijk vind ik het absoluut niet verkeerd om verhalen te schrijven over seks met dieren. Ik vind dat studenten moeten mogen schrijven wat ze willen!'

Het is echter een tikje aan de late kant voor Carlos' hartstochtelijke verdediging van het eerste amendement.

'Daar zijn we het mee eens,' zegt Bentham. 'Natuurlijk. Bedankt voor je hulp.'

Hoeveel van Swensons trouwe studenten en verdedigers zullen

nog voor de commissie moeten aantreden? Misschien wel allemaal. De hoorzitting is nog niet voorbij. Carlos gaat op een drafje naar boven, mijdt Swensons blik.

Na een pauze vliegt de deur open. Claris Williams zweeft de trap af, transformeert de kille collegezaal tot een catwalk waar de beeldschone Claris overheen glijdt, vrijwel zonder de grond te raken, terwijl ze haar giraffennek naar denkbeeldige flitslichten toe buigt of er juist bij vandaan draait. Swenson meent de collectieve adem van de commissie te horen stokken als de leden zich afvragen waarom zulke studenten zich niet aanmelden voor hun vakken.

'Dank u dat u bent gekomen, juffrouw Williams.' Zelfs Bentham is onder de indruk van Claris' schoonheid.

'Graag gedaan.' Claris verraadt niets. Geen spijt. Geen boosaardig genoegen.

'Ik weet dat dit moeilijk voor je kan zijn,' zegt Lauren, 'dus zullen we ons best doen alles zo snel en gemakkelijk mogelijk te laten verlopen. Als je tijdens de colleges en daarbuiten met professor Swenson te maken had, leken zijn daden tegenover jou dan ooit... ongepast?'

'Nee.' Claris schudt haar mooie hoofd. Ze neemt het voor Swenson op en brengt tegelijkertijd haar eigen getuigenverklaring in diskrediet, want niemand in de zaal kan geloven dat een normale, gezonde man Angela Argo zou gaan versieren als er een vrouw als Claris in de buurt is. Ze liegt duidelijk of anders is Swenson krankzinnig. Zou er bij zaken over ongewenste intimiteiten geen verdediging op grond van krankzinnigheid moeten worden toegestaan?

Swenson en Claris weten dat het waar is. Swenson denkt: wat aandoenlijk. Wat mankeert hem toch? Hij heeft zelfs nooit een seksuele gedachte aan Claris gewijd en heeft maandenlang lopen dromen over Angela Argo. Wat verachtelijk, wat bespottelijk. Hij is geen normale man.

Bentham gaat erop af om de zaak af te maken. 'En heeft professor Swenson ooit iets gedaan om uw vermoeden te wekken dat hij ongepast omging met een andere studente?'

'Hoe bedoelt u?' vraagt Claris.

Bentham zegt: 'Hebt u professor Swenson ooit met juffrouw Argo gezien in een... omgeving die u verbaasde?'

'Eén keer,' fluistert Claris, en ze leunen allemaal naar voren, behalve Swenson, die naar achteren leunt. 'Ik kwam professor Swenson tegen toen hij in het studentenhuis Angela's kamer uitkwam.'

'Juffrouw Argo's kamer uitkwam?' herhaalt de ongelovige rector.

Swenson verwacht nu nog dat de waarheidsgetrouwe Claris haar verklaring zal rectificeren door te zeggen dat ze hem niet daadwerkelijk uit Angela's kamer heeft zien komen. Ze heeft hem alleen op de trap gezien en heeft aangenomen dat hij in Angela's kamer was geweest. Indirect bewijs!

'Ja,' zegt Claris. Heeft Swenson Claris dan niet geleerd dat details van essentieel belang zijn?

'Weet je nog wanneer dat was?'

'Toevallig wel, ja. Het was vlak voor Thanksgiving, omdat ik even dacht dat professor Swenson iemands vader was, die hielp om de auto vol te laden, spullen voor de vakantie mee naar huis te nemen. Daarom was het een hele schok toen ik zag dat het professor Swenson was.'

Hij is trouwens ook iemands vader. Alleen niet die van Angela Argo.

'Hebben professor Swenson en jij nog iets tegen elkaar gezegd?' zegt Lauren.

'We hebben elkaar alleen gegroet,' zegt Claris.

'Heeft hij je gezien?' vraagt Bill.

'Ja,' zegt Claris.

'En heb je dit aan iemand verteld?' zegt Lauren.

'Nee,' zegt Claris. 'Waarom zou ik?'

Waarom zou ze? O, waarom zou ze dat inderdaad doen? Die vraag is werkelijk te gek voor woorden. Alleen een heilige zou zo'n roddel geheimhouden. Hoe wist Bentham dan genoeg om het Claris te vragen? En dan bedenkt Swenson dat Claris het hun moet hebben verteld, dat ze zich vrijwillig heeft aangemeld toen ze hoorde dat de commissie informatie zocht. Nu weet hij hoe erg het is en dat het verder bergafwaarts zal gaan, een snelle neergang van Carlos' onwillige verraad naar het schouwspel van studenten die in de rij staan om hem nog een trap na te geven terwijl hij al op de grond ligt.

'En hoe zou u professor Swenson willen omschrijven tijdens die gelegenheid dat u hem de woning van juffrouw Argo hebt zien verlaten?'

'Ik zou zeggen... slecht op zijn gemak,' antwoordt Claris.

'Zou u zeggen... schuldbewust?' dringt Bentham aan.

'Ik zou zeggen slecht op zijn gemak!' herhaalt Claris.

'Dank u, juffrouw Williams,' zegt Bentham ijzig. Hij is niet gewend om door mensen als Claris te worden verbeterd. 'De commissie is u erkentelijk voor uw hulp.'

Nu laat de golf van kwellers en aanklagers zich niet langer indammen door het keurige protocol dat tot dan toe de volgorde en het tempo van hun verschijning heeft bepaald. Claris wordt bijna de trap afgegooid door Courtney Alcott die naar binnen komt stormen. Net als Angela en Carlos heeft Courtney haar uiterlijk veranderd, heeft ze de lippenstift en oorbellen, de ruime broek en slobbertrui van iemand uit een achterstandswijk laten liggen. Ze draagt een soort marineblauw pakje dat haar moeder moet aantrekken als ze ermee instemt haar huis in Boston te verlaten voor de dameslunch in het Ritz.

Courtney werpt zich in een stoel. Ze wil niet bedankt worden voor haar komst en wacht evenmin tot er een vraag wordt gesteld. Er barst een stortvloed van woorden uit haar mond los als schuim uit een fles champagne.

'Niemand zal dit zeggen,' begint ze. 'Ik weet dat niemand naar voren zal komen om dit te zeggen, dus vond ik gewoon dat iemand dat moest doen. We wisten allemaal dat er iets aan de hand was. Want we werden tijdens de colleges allemaal afgekraakt. Professor Swenson kraakte ons werk af of hij moedigde de anderen aan het de grond in te stampen. Vooral Angela... hij liet haar alle gemene dingen zeggen die hij eigenlijk zelf wilde zeggen. Maar toen háár verhaal aan de beurt was, het hoofdstuk uit haar roman of zo, mocht niemand er een kwaad woord over zeggen, en toen we erover probeerden te praten, kregen we gewoon van hem te horen wat een stel debielen we waren en dat Angela een genie was. Dus begrepen we allemaal dat hij wel met haar naar bed moest gaan of zo...'

'Pardon,' zegt Swenson. 'De commissie beseft toch zeker dat er nog andere redenen kunnen zijn om het werk van een student te bewonderen.'

Het is Courtney die hem heeft weten te raken, door de ultieme marteling om veroordeeld en aangeklaagd te worden door deze stomme, hardvochtige meid. De commissie moet toch inzien dat hij zijn zelf-beheersing heeft verloren doordat hij moest aanhoren hoe deze dwa-ze jonge vrouw zijn professionele gedrag besprak. Toch schrikt Bent-ham zo van Swensons uitbarsting dat hij even niet lijkt te weten wie Swenson is.

'Dat begrijpen we,' zegt hij. 'Maar, Ted... als je je commentaar ge-woon voor je zou kunnen houden tot we klaar zijn...'

'Sorry,' zegt Swenson. 'Dit werd me gewoon te veel.'

'Dat geeft niet,' zegt Courtney vergevensgezind. 'Meer heb ik niet te zeggen. Ik wilde het vooral zeggen omdat ik wist dat niemand anders het lef zou hebben.'

'Dat waarderen we,' zegt Lauren. 'Dank je voor je moed, Courtney.'

Bij het passeren van Swenson kijkt Courtney hem aan met een ver-blindende glimlach van rechtschapenheid en triomf. Waarom zou ze niet gelukkig zijn? De waarheid heeft haar bevrijd. Ze kan verder haar sentimentele overwegingen over het leven in de zwarte achterstands-wijken schrijven zonder dat iemand haar zal zeggen daarmee op te houden. Swenson heeft zijn lesje geleerd. Hij zal nooit meer kritiek hebben op een student. Niet dat hij nog de kans zal krijgen.

Stilte. Volgende getuige. Is het mogelijk dat Courtneys achterlijke uitbarsting de laatste stem is die ze zullen horen – het eindpleidooi is van de aanklagers? De commissie controleert de mappen, de lijsten. Angela heeft ook lijsten. Iedereen heeft lijsten, behalve Swenson. Bent-ham kijkt op zijn Rolex. Swenson werpt een blik op zijn Casio. Er is een uur verstreken. Lauren trommelt met haar vingers. Iedereen beeldt ongeduld uit. Swenson wenst dat er iets gebeurt. Elke vertra-ging in het drama veroorzaakt een gat waarin hij geconfronteerd kan worden met de verontrustende vraag wat er van hem wordt als deze hoorzitting voorbij is. Geen vrouw, geen baan, geen huis. Hij rekt zijn nek uit en ziet alleen Angela's achterhoofd.

Bentham zegt: 'Volgens mijn lijst is de volgende die met ons wil praten een zekere... Matthew McIlwaine. Misschien is hij het vergeten of heeft hij zich bedacht...'

Matt McIlwaine? Wat heeft Matt te zeggen? Hij is Swenson en Angela voor de videotheek tegengekomen. Swenson neemt aan dat de commissie iedereen moet horen die hen ooit op dezelfde tijd op de-

zelfde plek heeft gezien. Matt zou kunnen zeggen dat hij hen is tegengekomen in North Street, waar ze elkaar met een hartstochtelijke zoen
hebben begroet en arm in arm zijn weggekuierd. Matt heeft een miljoen redenen om te willen dat Swenson wordt verneukt.

'Ik ga kijken of hij er is,' zegt Bill Grisson met de weergalmende te-
nor van een akela. Hij staat al voor iemand anders het kan aanbieden
en loopt de trap met twee treden tegelijk op. Bill blijft een hele tijd weg.
De bofkont is aan het pissen.

Hij komt niet terug met Matt, maar met Arlene Shurley, die hij bij
haar arm vasthoudt, deels alsof hij haar ondersteunt, deels als een
agent die iemand inrekent. In haar blinkende uniform krimpt Arlene
huiverend in elkaar. Wat doet ze hier? Dit komt veel te dicht in de
buurt van Sherrie.

Bill moet Arlene min of meer in haar stoel persen. Ze is absoluut
niet in staat iemand aan te kijken als Francis Bentham haar een hand
geeft. De rituele dank voor haar komst gaat aan Arlene voorbij, die
schuldbewust en met gefronste wenkbrauwen naar haar knokkels
staart.

Bentham weet dat hij uit haar buurt moet blijven. Dit is er een voor
Lauren.

'Arlene,' zegt Lauren, 'zou je ons alsjeblieft willen vertellen of
juffrouw Angela Argo ooit in de ziekenboeg is geweest?'

'Diverse keren,' zegt Arlene.

'Wat waren haar klachten?'

'Ze... had medische problemen.'

'Wat voor medische problemen?' Lauren zal er zo nodig de hele dag
voor uittrekken.

Nu pas kijkt Arlene vragend naar Francis Bentham, zoekt ze het alfamannetje op om te kijken of dit is toegestaan. Hoe zit het met de ver-
trouwensrelatie tussen verpleegkundige en patiënt?

'Betty...' zegt Bentham vriendelijk.

'Ik ben Arlene,' zegt Arlene.

'Betty was de bibliothecaresse,' zegt Lauren. Zij mag Francis Bentham evenmin. Maar ze mag Swenson nog minder.

'Arlene dan,' geeft Bentham toe. 'De medische dossiers van onze
studenten behoren tot het archief van de universiteit...'

Is dat waar? Wat zouden advocaten daarvan zeggen? Arlene gaat het niet vragen en ze zal de rector evenmin tegenspreken.

'Nou, in de eerste plaats had ze epilepsie. Een lichte vorm van epilepsie, maar toch... Dat werd aardig onder controle gehouden met behulp van medicijnen. Maar een van de bijwerkingen is depressiviteit. Op een keer kwam ze binnen, toen Sherrie Swenson en ik dienst hadden...'

Door het noemen van Sherries naam zwijgt Arlene abrupt. Het zet een domper op de hele voorstelling. De commissie weet wie Sherrie is. De spanning en emoties in de zaal schieten een aantal graden omhoog. Het valt Swenson ineens op dat hij al even geen adem heeft gehaald.

'En de patiënte zei...' – Arlenes vibrato neemt toe – 'en ze zei dat ze suïcidale gedachten had. Dat vond ik eng, dat kan ik u wel zeggen. Ik heb Sherrie erbij geroepen. Sherrie heeft voor iedereen cola gehaald. Ik weet nog dat Angela het erover had dat ze zo bang was dat ze nooit een man zou vinden van wie ze zou kunnen houden en dat ze nooit kinderen zou krijgen en dat het allemaal nog erger zou worden doordat ze epilepsie had.'

Dit klinkt niet naar Angela. Swenson kan zich niet voorstellen dat de stoere, onafhankelijke jonge vrouw die hij heeft gekend zo vastzat – of deed of ze zo vastzat – in puberaal meidengeouwehoer. Maar de tiener in haar roman wel. Was Angela gewoon bezig met research? Was Swenson research voor het personage van de muziekleraar? Heeft hij zijn eigen les niet geleerd over vasthouden aan het onderscheid tussen fictie en autobiografie?

'En wat hebben jullie haar gezegd?' vraagt Lauren.

'Het is heel raar,' zegt Arlene. 'Ik herinner me dat Sherrie en ik erover hebben gepraat hoe we ónze man hebben leren kennen. In een poging haar te troosten. U weet wel.'

De commissieleden werpen een blik op Swenson of, om precies te zijn, op zijn omhulsel. Hij heeft zijn lichaam verlaten. Zijn geest pauzeert even om deze informatie te verwerken.

Er is een raadsel opgelost. Op die manier is het verhaal over hoe hij Sherrie heeft leren kennen dus in Angela's roman terechtgekomen. Hij was niet gek en leed evenmin aan achtervolgingswaan. Alles was te verklaren. Nou ja, niet alles. Sommige dingen. Wat Swenson allemaal interessant vindt en wat vrijwel geen pijn doet vergeleken met bijvoorbeeld de kwellende gedachte aan die lieve, grootmoedige Sherrie, die het romantische verhaal over hoe ze haar man heeft leren kennen, vertelt aan een meisje voor wie haar man toevallig een romantische obsessie koestert.

'En toen?' zegt Lauren. Goede vraag. Híj zou hun kunnen vertellen wat er toen is gebeurd. Angela is naar huis gegaan en heeft een scène geschreven die gebaseerd was op hoe Sherrie en Swenson elkaar op de spoedeisende hulp van het St. Vincent's hebben leren kennen. Maar hij is de enige die dat weet, de enige die zich daar om bekommert. Ze zouden er geen van allen enig idee van hebben hoe dit zich verhoudt tot de aanklacht die tegen hem is ingediend. Angela zoog details op uit zijn leven, gebruikte die in haar werk. Wat bewijst dat ze om hem gaf, dat ze oplette. Swenson zelf is enigszins duizelig door de idiote snelheid waarmee zijn hartstocht heen en weer schiet tussen Angela en Sherrie.

'Daarna ging het kennelijk goed met Angela,' zegt Arlene.

'Neem me niet kwalijk,' valt Bentham haar in de rede. 'Wil je zeggen dat als een student van Euston met zelfmoordneigingen naar de ziekenboeg gaat, je collega's en jij een cola drinken en jullie romantische verleden bespreken?'

'We zijn onderbezet,' zegt Arlene. 'Goeie genade. We hebben Angela wel doorverwezen naar de psycholoog in Burlington.'

'In Burlington? Vertel je ons dat we onze suïcidale kinderen aanraden zelf naar Burlington te gaan?' Benthams toon is dreigend. Als ze deze troep van Swenson hebben opgeruimd, zullen ze de ziekenboeg onder de loep nemen. Zo zullen ze Sherrie er vervolgens uit werken. O, wat heeft Swenson gedaan? Hij heeft niet alleen zijn eigen leven verwoest, maar ook dat van Sherrie, die niets, niets heeft gedaan om dit te verdienen!

'En heeft iemand ooit nagegaan of juffrouw Argo contact heeft opgenomen met die therapeut?'

Waarom heeft Sherrie dat niet gedaan, vraagt Swenson zich af. Omdat ze allemaal – behalve hij – wisten dat Angela loog. Sherrie, Magda, zelfs Arlene. Vrouwen wisten het blijkbaar. Magda heeft hem nog gewaarschuwd.

'Je kunt niet doorlopend hun hand vasthouden!' snauwt Arlene. Is het behalve Swenson nog iemand opgevallen dat er zojuist een klassenstrijd is uitgebroken? Arlenes heftige boerse arbeidersgevoelens zijn eindelijk geprikkeld door deze verwende snotapen die ze al jarenlang vertroetelt, en door deze snobistische Britten die haar regio zijn binnengevallen en denken dat ze haar kunnen rondcommanderen.

'Natuurlijk niet,' zegt Lauren.

'Is dat alles?' zegt Arlene kregelig. Ja, dat is alles en toch ook weer niet. Dat is alles wat Arlene gevraagd wordt te zeggen, maar het is niet alles wat ze heeft gedaan. Door haar getuigenverklaring is de morele afkeer van de commissie jegens Swenson verder toegenomen, want hij heeft niet alleen een studente de kans gegeven om in ruil voor seks te worden uitgegeven, maar hij heeft een suïcidale studente de kans gegeven om in ruil voor seks te worden uitgegeven.

'Nog meer vragen voor mevrouw Shurley?' Nee, die zijn er niet, hier wil niemand zich mee bemoeien. Behalve Amelia, die kennelijk niet de zure toon van de klassenstrijd heeft opgemerkt waardoor het korte gesprek tussen Arlene en Bentham zo fel en vals was.

Amelia zegt: 'Heeft juffrouw Argo het ooit over haar verhouding met professor Swenson gehad?'

Arlene kijkt perplex. 'Dat lijkt me niet aannemelijk als Sherrie... als Teds vrouw erbij is. Of wel soms?'

Amelia haalt haar schouders op. Een poging om uit te leggen wat Latijns-Amerikaanse vrouwen wel – of niet – tegen elkaar zouden zeggen, is te veel moeite.

'Goed dan!' zegt Lauren. 'Arlene, is er nog iets wat we volgens jou moeten weten?'

'Misschien één ding?' zegt Arlene, wier stem op dit moment een dunne, scherpe naald is geworden om de juiste dosis venijn toe te dienen. 'Ik vind gewoon dat u moeten weten hoe erg dit is voor Sherrie.' Arlene kijkt Swenson recht aan. Hij begraaft zijn hoofd in zijn handen, hoewel hij eigenlijk zijn vingers in zijn oren wil stoppen en onzinnige lettergrepen wil opdreunen om het geluid van haar stem te overschreeuwen die zegt: 'Sherrie is sterk. Ze is heel sterk.'

Swenson heeft het gevoel dat hem hoorns zijn opgezet! Sherrie heeft hem verlaten voor Arlene. En nu heeft Arlene, niet Swenson, het recht om tegen deze zaal vol vreemden over Sherrie te praten – over wat Sherrie prettig vindt. Hij wil naar Angela toe gaan om haar vast te grijpen en haar te laten zien wat ze heeft gedaan! Maar hij weet dat het erom gaat dat híj het heeft gedaan. Daar gaat dit onderzoek om. Als hij zijn hoofd in zijn nek gooit en het op een huilen zet, kunnen ze er dan allemaal gewoon mee ophouden en naar huis gaan?

'Dank je wel, Arlene,' zegt Lauren.

'Graag gedaan,' zegt Arlene. Ze kijkt naar Bill, alsof ze verwacht dat hij haar op dezelfde manier de zaal uit zal helpen als hij haar naar binnen heeft geholpen. Maar Arlene mankeert niets: een gezonde verpleegkundige van een jaar of zestig die zojuist blijk heeft gegeven van grote vitaliteit toen ze een volgende nagel in Swensons doodskist heeft geslagen. Ze kan op eigen kracht vertrekken, overeind krabbelen en weggaan. Als Arlene langs Angela en haar ouders loopt, kijkt Swenson om te zien wat voor uitwerking het nieuws van Angela's 'suïcidale' gedachten op haar vader en moeder heeft gehad. Geen klaarblijkelijk. Ze zijn veel te veel gericht op hun missie. Ze zijn hier om hun dochter te ondersteunen en ervoor te zorgen dat het recht zijn loop zal hebben.

De commissie kijkt Angela aan, dat wil zeggen Angela en haar ouders. Niemand is ergens verbaasd over. Het is allemaal van tevoren afgesproken.

Lauren zegt: 'Angela, ben je er klaar voor? Voel je je sterk genoeg om de commissie toe te spreken?'

Angela, ben je er klaar voor? Aan de andere getuigen is niet gevraagd of ze zich sterk genoeg voelden om te praten. Ze werden gewoon naar believen van de commissie naar binnen gebracht en weer afgevoerd. Maar het was Angela die dit allemaal is begonnen, Angela die dit wil. Angela is er altijd klaar voor geweest. Zij heeft aan de wieg van dit alles gestaan.

Angela komt beverig overeind en gaat naar de tafel. Tijdens het lopen meent Swenson nog de scherpe hoeken van het norse punkbestaan door het pluizige dons van haar uitmonstering als juffrouw student te zien steken. Hij zit erop te wachten dat ze zal struikelen of haar heup zal stoten tegen de tafelrand, maar ze strijkt als een debutante op de stoel neer. Ondanks de metamorfose zouden haar gebaren toch hetzelfde moeten zijn, zou haar lichaamstaal toch de onveranderde taal moeten spreken van wie ze is, net als de schoenen van het ontvoerde kind in dat absurde verhaal van Arlene? Het lichaam zou toch trager een hele nieuwe reeks richtlijnen aanleren? Toneelspelers doen het doorlopend. Angela heeft talloze talenten.

Het is net of de voltallige commissie een stap terug doet, Angela overdraagt aan Lauren, die als enige gekwalificeerd is de verantwoordelijkheid op zich te nemen om met dit broze wezentje en haar gevoelige getuigenverklaring om te gaan.

'Nou, Angela,' zegt Lauren, 'misschien moeten we om te beginnen zeggen dat iedereen in deze zaal begrijpt hoe moeilijk het voor je moet zijn geweest om dit aan te kaarten. Hoe dapper het van je is om ons te helpen definitief een eind te maken aan dergelijke praktijken. Ik wil ook zeggen dat we allemaal dat verontrustende bandje hebben gehoord van je... gesprek met professor Swenson. En we zijn het er unaniem over eens dat er geen dwingende reden voor ons is er hier met elkaar naar te luisteren. Mevrouw Wolin' – ze knikt naar Benthams secretaresse – 'heeft het voor de notulen uitgetikt.'

Ze worden dus niet gedwongen in het openbaar naar het bandje te luisteren. Swenson is licht in zijn hoofd van opluchting. Hij hoeft het bandje nooit meer te horen, met zijn grove, primitieve vervalsing van de feiten, die leugen, die ongelukkige timing waardoor het klinkt alsof hij haar heeft overgehaald in ruil voor seks haar boek aan Len te laten zien. Angela wringt haar handen op haar schoot, zoekt automatisch naar ringen die ze kan ronddraaien. Dat had ze moeten voorzien toen ze zich die ochtend aankleedde. Op haar gezicht is de ontvlambare chemische mengcling van verveling en hevige irritatie te zien die hem zo vertrouwd is van de eerste colleges, maar die nu is veranderd in een strakke martelaarsblik vol piëteit en gekwetstheid, verlicht door de vlammen van de heilige oorlog die ze voert tegen het kwaad van de mannelijke onderdrukking en ongewenste intimiteiten.

'Goed, Angela,' zegt Lauren. 'Vertel eerst maar eens hoe je professor Swenson hebt leren kennen.'

Angela's lip krult van ongeloof. Zijn die mensen echt oliedom? 'Ik volg zijn werkgroep. Volgdé, bedoel ik.'

'Hoeveel studenten zaten er in de groep?' vraagt Carl. Gewoon een collega die even nagaat wie het minder zwaar heeft.

'Acht,' zegt Angela. 'Negen, met mij erbij.'

Amelia en Bill werpen vlug een blik op Swenson. Hij heeft het inderdaad niet zwaar gehad.

'En tussen professor Swenson en jou ontstond een... verhouding.'

'Nou, dat was nogal gek,' zegt Angela. 'Hij wilde maar steeds van die privébesprekingen met me hebben. Dat vond iedereen raar, want dat deed hij verder met niemand. Eigenlijk was vrij algemeen bekend dat hij zeg maar nooit op zijn kamer was.'

Lauren geeft deze bezwarende informatie even de tijd om goed door te dringen. Swenson molesteert niet alleen kinderen, hij is ook een luie docent.

'En waar hadden jullie het over tijdens die "besprekingen"?'

'Mijn werk, denk ik. Min of meer, bedoel ik. Ik bedoel dat hij nooit echt veranderingen voorstelde. Hij zei gewoon dat het zo goed was dat ik gewoon verder moest gaan met waar ik mee bezig was.'

Ze kunnen de hoorzitting net zo goed nu meteen beëindigen. Elke zichzelf respecterende academicus weet dat een professor het werk van een student alleen zo mooi vindt als hij wat naschoolse activiteiten probeert te versieren.

'Vertel ons nu, in je eigen woorden, Angela, hoe deze verhouding zich heeft ontwikkeld.'

Als Lauren nog één keer 'verhouding' zegt, zal Swenson haar moeten vermoorden. Ver-hou-ding. Hij verfoeit de flauwe zucht in de tweede lettergreep.

En nu verschijnt de oude Angela in de kleren van de nieuwe Angela, want ze begint te draaien. Maar ondanks al haar gekronkel zwenkt Angela niet één keer zijn kant uit. Hij zou voor haar neus op en neer kunnen springen zonder dat ze hem een blik waardig zou keuren. Hij heeft het gevoel dat er iets zou moeten veranderen als Angela hem één keer zou aankijken. Dan zou ze dit hele gedoe afblazen, zou ze de aanklacht intrekken. Hij denkt als een stalker. Is dat er dan van hem geworden? Een stalker die niet eens bezeten genoeg is om zichzelf te vergeten, die ontzet is dat deze groep weet dat hij een 'verhouding' heeft gehad met dit bizarre, wiebelende kind.

'Ik begon het gevoel te krijgen dat hij, tja, zeg maar... nou, geïnteresseerd was.'

'Geïnteresseerd?' herhaalt Lauren. 'Geïnteresseerd in een verhouding met jou?'

Angela zegt: 'Nou, weet u... ik betrapte hem erop dat hij tijdens de colleges naar me zat te kijken.'

Natuurlijk zat hij naar haar te kijken, of in elk geval in de richting van haar agressieve stilzwijgen, van de ringen en kettingen en metalen sierknoppen – waar zijn die nu? – waarmee ze tegen de tafel tikte terwijl haar medestudenten hun hart en ziel uitstortten. Swenson hoopt dat de commissie dat allemaal ter harte neemt. Voortaan kunnen ze beter uitkijken voordat ze zelfs maar naar een student kijken. Alhoewel, hoe had iemand niet naar Angela kunnen kijken, wier hele verschijning erop gericht was je naar haar te laten kijken en je tegelijkertijd het gevoel te geven dat je blik een schending was van haar recht om onzichtbaar en heimelijk door de wereld te sluipen?

Dit mag Swenson niet vergeten. Hij moet zich herinneren wat er is gebeurd om zijn greep op de waarheid, op zijn versie van het verhaal vast te houden. Een greep op het recente verleden. Op de werkelijkheid. De jonge vrouw met wie hij 'betrekkingen heeft onderhouden', lijkt nauwelijks op het kind dat voor hem zit. Het is verbijsterend om deze Angela steeds maar in die andere Angela te moeten vertalen. Wie is de echte Angela? Verbazingwekkend wat je allemaal niet weet, zelfs niet als het geschreven werk van de persoon in kwestie je ogenschijnlijk toestaat een intieme blik in haar ziel te werpen. Maar zoals Swenson zijn groepen altijd waarschuwend heeft voorgehouden: neem niet aan dat die ziel de ziel van de auteur is.

Lauren zegt: 'Zei professor Swenson dan iets tegen je?'

Angela zegt: 'Natuurlijk praatte hij met me. Ik bracht hem mijn werk. Wat ik had geschreven.'

'En wat zei professor Swenson over je werk?'

'Dat heb ik u al verteld,' zegt Angela. 'Hij vond het heel mooi.'

'Juist,' zegt Lauren. Vervolgens, even later: 'Hoe wist je dat hij het heel mooi vond?'

'Nou, hij liet berichten achter op mijn antwoordapparaat waarin hij zei dat hij het heel mooi vond.'

'Op je ant-woord-ap-pa-raat?' herhaalt Lauren.

'En hij bleef maar vragen of hij meer van mijn werk kon zien.'

Laat de commissie dit goed in haar oren knopen. Een docent die vraagt of hij méér werk van een student mag zien? Swenson wenst slechts dat ze wisten hoe goed haar boek is. Dat wil hij nu zeggen, om de zaak recht te zetten, vast te stellen dat er een reden was waarom hij vroeg of hij meer kon zien. Maar het zal zijn zaak niet echt ten goede komen als hij opstaat om dat te verklaren. Dan zal het alleen lijken of hij aan waanideeën lijdt. En dat klopt ook. Maar niet ten aanzien van haar roman.

'En wat voor sóórt werk wilde professor Swenson graag zien?'

'Mijn roman. Hoofdstukken uit mijn roman.'

Er klinkt een uiterst vaag crescendo in haar stem als ze dat woord zegt: 'roman'. Is de commissie niet in staat de signalen op te vangen dat een bloeddorstige moordenaar aan het uitzenden is vanuit dit bedrieglijk onschuldige meisje? Swenson houdt zichzelf voor de gek. De commissieleden horen niets. Ze kunnen zich er geen van allen – behalve Magda, en zij zegt niets – een voorstelling van maken hoe dit mompelende, halfgeletterde kind een roman zou kunnen schrijven waarvan een volwassen man meer zou kunnen willen zien. Hun stemming versombert, net als bij hem is gebeurd, als ze dat woord voor het eerst horen. 'Roman'. Swenson ziet Carl en Bill hun conclusie trekken: dit is geen meid voor wie zíj hun baan op het spel zullen zetten.

'Wil je ons misschien iets over je roman vertellen?'

'Wat dan?'

'Waar hij over gaat?' spoort Lauren vriendelijk aan, in de hoop een volgende onverstaanbare grom uit Angela's mond te laten floepen.

Angela zegt: 'Het gaat over een meisje dat zeg maar wat krijgt met haar leraar.'

Ja, goed, laten we de commissie vertellen over de scène waarin het meisje en haar leraar neuken tussen de kapotte eieren. Laten we erop wijzen dat deze kuise, maagdelijke jonge vrouw al dat gegraai en getast te midden van al die plakkerige vloeistoffen verbazingwekkend nauwkeurig heeft weergegeven.

'En hoe kom je aan dat verhaal?' vraagt Lauren. 'Waar denk je dat het vandaan komt?'

Angela kijkt haar niet-begrijpend aan. Waar denkt Lauren dat verhalen vandaan komen? 'Ik heb het verzonnen.'

'Dat begrijpen we.' Lauren glimlacht. 'Maar denk je dat professor Swenson door het lezen van je roman op het idee kan zijn gekomen dat je... bereid was iets met een van jouw docenten te beginnen?'

'Ja,' zegt Angela. 'Dat zal wel.'

Kunnen zes redelijke mannen en vrouwen geloven dat Swenson heeft besloten een 'verhouding' met Angela te beginnen omdat hij dat in haar roman heeft gelezen, alsof hij een psychopathische tiener is die het vuur opent op een schoolplein en van wie de advocaten beweren dat hij door een videospelletje op dat idee is gekomen?

Lauren zegt: 'En was er verder nog iets waardoor je het idee had dat professor Swenson erin geïnteresseerd was een verhouding met je te beginnen?'

Daar moet Angela even over nadenken. 'Nou, ik ben er min of meer achter gekomen dat hij mijn dichtbundel uit de bibliotheek had geleend.'

Dus Angela wist dat hij haar gedichten las. Swenson probeert nog te vatten wat dit impliceert – Wanneer is ze daarachter gekomen? Hoe lang wist ze dat al? Waarom heeft ze dat nooit tegen hem gezegd? – als Lauren zegt: 'Hoe heb je dat ontdekt?'

'Om de zoveel tijd loop ik zeg maar langs dat deel van de planken. Om te kijken of iemand het boekje heeft geleend. Dat gebeurt nooit. En toen was het op een dag weg. Dus heb ik iemand die ik ken en die in de bibliotheek werkt, gevraagd het in de computer op te zoeken. En het was professor Swenson. Ik dacht dat er iets aan de hand moest zijn. Je verwacht niet dat er een docent zal zijn die niets beters te doen heeft dan je werkelijk gênante dichtbundel te lenen.'

Nee, dat verwacht je absoluut niet. Maar wacht eens even. Ga eens even terug. Is het niemand opgevallen dat Angela zojuist heeft toegegeven dat ze een medeplichtige heeft overgehaald iets te doen wat wellicht niet echt illegaal is, maar wat desondanks gewoon niet door de beugel kan? Is je uitleendossier bij de bibliotheek geen vertrouwelijke informatie? Niet als je telefoonrekeningen en medische dossiers dat niet zijn. Niets is heilig, niets is privé.

'En wat vond je daarvan?' zegt Lauren. 'Toen je ontdekte dat professor Swenson je gedichten had geleend?'

'Doodeng,' zegt Angela. 'En ook...'

'Wat ook?'

'Ik herinner me ook dat ik dacht dat als professor Swenson zeg maar een man was geweest en ik had ontdekt dat hij mijn gedichten had geleend, ik zou hebben gedacht dat het zou hebben betekend dat hij me, u weet wel, áárdig vond.'

Als professor Swenson een man was geweest? En hoe komt deze kleine onbenul op het idee dat het lenen van een boek uit een bibliotheek een teken van seksuele belangstelling is? Ach, het heeft ook wel iets prikkelends om iemands werk te lezen: dat leidt tot een intiem contact. Maar goed, je kunt... Gertrude Stein lezen zonder dat het wil zeggen dat je haar aantrekkelijk vindt.

'En wanneer had je voor het eerst het gevoel dat professor Swenson iets meer wilde dan in de aard ligt van een normale verhouding tussen een student en een docent?'

Vanaf hun allereerste gesprek, edelachtbare, vanaf de allereerste keer dat hij haar in het collegezaaltje aankeek, terwijl de klokken luidden. Hun ogen ontmoetten elkaar in een overvol lokaal. Niet dat hij toen besefte wat er gebeurde. Maar dat denkt hij nu. Waardoor is híj de romanticus geworden? Opnieuw lijkt het beeld dat de commissie van hem heeft – de konkelende vieze oude man – minder onterend dan de waarheid. Maar als Angela wist wat hij wilde, waarom heeft ze hem dat dan niet verteld? Hem verteld wat hij van haar vond en wat zij van hem vond, en hem alle tijd en moeite bespaard om te proberen daar zelf achter te komen? Hem gered van de verwarring, de pijn van het niet-weten. Nu nog. Maar daar had ze natuurlijk niets over kunnen zeggen. Hoe had ze dat ter sprake moeten brengen? Want hij was de docent en zij was de studente. Daar gaat dit onderzoek over.

'Dat zal wel zijn geweest toen ik hem vertelde dat mijn computer was gecrasht en hij aanbood me naar Burlington, naar de computerwinkel te brengen. Dat leek een beetje, u weet wel, overdreven. Maar ik bleef me maar voorhouden dat hij gewoon aardig was.'

'En was hij dat?' vraagt Lauren.

O ja, zonder meer. Hij was beslist aardig, door een ochtend uit zijn leven te gebruiken om dat kind naar Burlington te rijden. Goed. Er bestaat een God en die straft Swenson omdat hij heeft verlangd dat er geen eind aan die rit zou komen en omdat hij die rit zoveel plezieriger vond dan toen hij hetzelfde tochtje met zijn dochter maakte.

'En wat is er die dag gebeurd?' vraagt Lauren.

'Eerst niets. Professor Swenson maakte een nerveuze indruk. Alsof hij zeg maar bang was dat iemand ons zou zien. Alsof we iets verkeerds deden.'

Is Lauren vergeten dat zij hen samen heeft gezien, dat ze recht op hen af is gereden toen Angela en hij de campus verlieten?

'Tot...' zegt Lauren.

'Tot we weer op de terugweg waren en hij iets zei... Ik weet het niet meer. Maar goed, hij begon over zijn redacteur in New York te praten. Hij vroeg of ik het soms leuk zou vinden als die man naar mijn roman keek en op dat moment legde hij zijn hand op de mijne... en bewoog die toen naar mijn... been.'

Angela zwijgt even om weer rustig te worden. Het is doodstil in de zaal.

Iedereen zou nu interrumperen, elk normaal mens zou zeggen: 'Ze liegt!' Maar als Swenson haar in de rede valt, verstoort hij alles, zal hij zijn enige kans verspelen om te horen wat Angela te zeggen heeft. Om te ontdekken wat ze dacht. Of in elk geval wat ze beweert te hebben gedacht.

'En hij vroeg opnieuw of ik wilde dat zijn redacteur naar mijn roman keek en ik wist wat hij eigenlijk vroeg en...' – Angela fluistert nu – 'en ik zei "ja".'

Ze kijkt heel lang op de tafel neer, put ongetwijfeld bemoediging uit de golven begrip en vergeving die naar haar toe stromen vanuit de commissie, waarvan de leden stuk voor stuk – naar alle waarschijnlijkheid zelfs Lauren – naar bed zouden zijn gegaan met iedereen die hun een introductie beloofde bij een New Yorkse redacteur van een grote uitgeverij. En zij worden geacht beter te weten, een eigen leven te leiden; zij zijn ouder, Angela is nog maar een kind. Wat had ze kunnen doen – wat zouden de commissieleden hebben gedaan? Ja, zouden ze hebben gezegd, ja.

'En toen, Angela?' vraagt Lauren.

'En toen reden we terug naar mijn studentenhuis en bood hij aan me te helpen de computer naar mijn kamer te brengen.'

'Bood hij aan'? Angela had het hem gevraagd.

'En dat vond je goed?' zegt Lauren.

'Ja,' zegt Angela. 'Ik wilde hem niet kwetsen. Ik wilde aardig zijn. Uiteindelijk voelde ik me echt, zeg maar, volkomen passief, alsof ik nergens meer greep op had.'

'Passief' is geen woord voor Angela. Ze krijgt het nauwelijks over haar lippen. Ze is jargon aan het uitproberen dat ze de afgelopen paar weken heeft geleerd.

'Je zou dus willen zeggen dat je voor je gevoel weinig greep op alles had toen professor Swenson die dag voorstelde om mee te gaan naar je kamer in het studentenhuis?'

'Absoluut geen greep,' zegt Angela.

Nee, meneer. Ze duwde hem gewoon op het bed neer.

'En hebben professor Swenson en jij toen uiteindelijk... gedaan... wat je meende te moeten doen om te zorgen dat hij je met je boek zou helpen?'

Angela kan nauwelijks een woord uitbrengen. 'Ik weet niet of ik hierover kan praten.'

'Probeer het,' zegt Lauren. 'Haal diep adem.'

Wat is dit pornografisch en pervers, een volwassen vrouw – een docente – die een studente kwelt om een seksuele ervaring te beschrijven voor een universiteitscommissie, om nog maar te zwijgen van haar ouders. Swenson had op het altaar in de Founders Chapel met Angela kunnen vrijen en dat zou gezond en fatsoenlijk hebben geleken in vergelijking met deze orgie van vunzigheid. Ondertussen mag hij niet vergeten dat Angela dit allemaal is begonnen. Angela heeft ervoor gekozen hier te zijn.

'Nou, we hebben min of meer seks met elkaar gehad. Ik bedoel dat we begonnen te vrijen. En toen had professor Swenson dat... ongeluk.'

'Ongeluk?' Heeft de commissie dit nog niet gehoord? Er wordt geritseld met papieren en aantekeningen.

'Zijn kies is min of meer gebarsten.'

De hele commissie draait zich naar Swenson toe, die toevallig net op dit moment met zijn tong zijn kapotte kies inspecteert. Ze nemen de veelzeggende bult in zijn wang waar, de belastende manier waarop zijn mond is vertrokken. Gebiologeerd zien ze hoe zijn eigen reflexen tegen hem getuigen.

'En?' zegt Lauren.

'Dat maakte er een eind aan,' zegt Angela.

'En hoe voelde je je toen?' vraagt Lauren.

'Ik was opgelucht,' zegt Angela, net als iedereen in de zaal. Hoe voelen Angela's ouders zich? Wat moeten zij wel niet van Swenson denken? 'Maar goed, ik kon er niets aan doen. Ik ben mijn kant van de afspraak nagekomen.'

'En heeft professor Swenson hetzelfde gedaan? Heeft hij je boek aan zijn redacteur laten zien?'

'Ja. Ik bedoel, dat zal wel.'

'En hoe weet je dat hij dat heeft gedaan?'

'Dat heeft hij me verteld. Maar dat was een leugen.'

'Wat was een leugen?' zegt Lauren.

'Dat hij het aan zijn redacteur had gegeven.'

'En de waarheid luidt?'

Angela zwijgt. Misschien zullen ze hier eeuwig blijven zitten kijken hoe zij haar vaste nummer opvoert: zich paranormaal uitwist. Maar nu roeren haar ouders zich, ontwaken uit hun verdoving van onbehagen en beleefdheid, alsof ze het willen goedmaken dat hun dochter zich in zichzelf heeft teruggetrokken. Er voert een beving – een soort hik – door het lichaam van haar vader (stiefvader?). Zijn vrouw probeert hem in te tomen, hem ervan te weerhouden een of andere regel voor goede omgangsvormen te overtreden, maar de man moet iets zeggen. Zijn stem klinkt hees als hij roept: 'Vooruit, liefje, vertel het hun. Vertel deze mensen je goede nieuws.'

Zijn dochter draait zich om en kijkt hem woedend aan – dáár is nou de Angela die Swenson kent! Ze doet haar ogen dicht en schudt haar hoofd. Waarom kan haar vader niet gewoon verdwijnen? Als ze haar ogen opendoet, ergert het haar kennelijk dat hij nog steeds in de zaal zit.

'Angela?' improviseert Lauren. 'Goed nieuws?' Goed nieuws staat niet op de voorbereide agenda van zonde, misbruik en schade.

'Het punt is dat ik professor Swenson geloofde toen hij me vertelde dat hij zijn redacteur niet had kunnen overhalen om naar mijn boek te kijken, dat de man er niet in geïnteresseerd was. Ik was een beetje van streek. Teleurgesteld. Na wat we... u weet wel... hadden gedaan. En toen werd ik zeg maar twee weken geleden gebeld door een man die Len Currie heet, professor Swensons redacteur. Hij zei dat hij mijn manuscript had gevonden op een stoel in het restaurant waar ze hadden geluncht en dat hij het mee had genomen. Hij had het willen terugsturen. Maar in de taxi naar huis was hij het gaan lezen. En nu wil hij me een contract aanbieden en het uitgeven als het af is.'

Als dit een echte rechtbank was geweest – of nog beter, een rechtbank in een film – zou er op dit moment een schokgolf van verbazing doorheen deinen. Maar deze academici zijn te beschaafd, te goed in het verdringen om iets te fluisteren of hun adem te laten stokken. Desondanks meent Swenson het onderdrukte gegons te horen dat regelrecht uit hun hersenen komt. Heeft niemand het dóór? Dit kind is een ziekelijke leugenaar. In dit gestoorde grapje over Len Currie en haar roman is de wens de vader van de gedachte... De commissie lacht niet. De gezichten staan droog en strak. De leden hebben de kans niet gekregen hun afzonderlijke pijnlijke reacties op de steken van afgunst en wrok te verhullen. Ze hebben heel even de tijd nodig om hun persoonlijke jaloezie en verdriet te verbergen achter het masker van onbaatzuchtige blijheid over het succes van een studente van Euston.

Magda's mond hangt open, maar dat weet Magda niet. Swenson kijkt naar haar en wendt zijn blik af. Hun vriendschap is er niet tegen bestand dat Magda hem heeft gevraagd haar boek mee te nemen naar Len en dat Swenson dat heeft geweigerd, maar het werk van Angela wel heeft meegenomen. Magda zal hier nooit overheen komen: talloze verschillende minieme afwijzingen die zich bundelen tot één grote. Hij slaat zichzelf te hoog aan. Zij zal zich wel herstellen. Het is hun vriendschap die het niet zal redden. Dat is nog iets wat hij is kwijtgeraakt, een ander kostbaar onderdeel van zijn leven dat hij nooit genoeg op waarde heeft geschat, gewoon een deel van het water dat hij niet miste tot zijn bron begon op te drogen. Nu beseft hij pas hoeveel hij van Magda heeft gehouden, van Magda houdt. Waarom heeft hij dan geprobeerd Len Currie over te halen Angela's boek wel uit te geven?

Len Currie geeft Angela's roman inderdaad uit. Waar gaat deze hoorzitting dan over? Angela zou Swensons voeten moeten kussen in plaats van zijn leven kapotmaken. Waartoe ze moet hebben besloten toen ze nog dacht dat Swenson, haar redder in nood, er niet in was geslaagd haar manuscript te laten uitgeven. Als ze dat toen heeft besloten. Wie weet wat ze heeft gedaan en waarom? Waarom wilde Lola Lola dat een stuntelende gezette professor vieze kaarten verkocht – van haar?

Voortaan zal het Len zijn die Angela's boek in losse afleveringen leest, Len die er met haar over praat, Len die als eerste ontdekt hoe de roman afloopt. Maar Len zal niet verliefd op haar worden, dat is niet nodig, zo verveeld, gek en zielig is hij niet. Waarom zou hij met Angela naar bed gaan als hij uit een hele stad vol mooie vrouwen kan kiezen? En Angela hoeft geen moeite te doen om te zorgen dat hij verliefd op haar wordt, want ze heeft al een contract.

Er is nog iets wat Swenson wil weten: waarom heeft Len Currie hém niet gebeld? Waarom is hij uit het circuit verwijderd? Wat is er voor samenzwering aan de gang? Hij heeft zijn tijd verdaan met gedweep over *Der blaue Engel*, wat kenmerkend sullig en romantisch, terwijl hij eigenlijk *All About Eve* had moeten zien. Kijk uit... Die weg voert naar de waanzin. Hij zal nooit meer een boek publiceren. Angela zal de wereld overnemen. Ach, ze gaat haar gang maar. Ze mag hem hebben.

'Dat is... geweldig, Angela,' zegt Lauren.

'Bravo, bravo,' juicht Bentham. 'Gefeliciteerd, juffrouw Argo! Zorg er vooral voor dat u het de nieuwsbrief voor oud-studenten laat weten en het toelatingsbureau natuurlijk.'

Wat heeft Angela moeiteloos getriomfeerd! Wie zal de voorkeur van de commissie genieten? De studente met het succesverhaal dat indruk zal maken op toekomstige studenten en donerende oud-studenten? Of de afgebrande, erotisch rusteloze mislukkeling van een professor van wie diezelfde donoren en studenten in spe niet eens mogen weten dat hij bestaat?

'Gefeliciteerd,' zegt Magda. De commissie echoot: goed zo, gefeliciteerd. Dit verloopt allemaal fantastisch. Ze trekken de doorn uit hun zij én krijgen een goede pers voor de universiteit.

Rustig nu, troostend, alsof ze het tegen een baby heeft, zegt Lauren: 'Angela, wat heeft dit allemaal voor uitwerking op je gehad? Ondervind je er blijvende gevolgen van?'

'Hoe bedoelt u?' zegt Angela.

'Je hebt het erover gehad dat je onrustig slaapt...'

'O, dat?' zegt Angela. 'Nou, ja. Ik bedoel dat ik vreselijke nachtmerries heb. Vrijwel elke nacht droom ik dat ik uit mijn raam kijk en dan zie ik van die witte gestalten over het binnenplein zweven, vrouwen in een lange witte jurk met van dat lange losse haar. Als ze dichterbij komen, weet ik op een of andere manier dat het de dode dochters van Elijah Euston zijn. En ik heb het gevoel dat ze op me afkomen en dan begin ik te gillen en word ik gillend wakker...'

Welkom bij *The Twilight Zone*. Dit is werkelijk ontzettend, Angela's op effect berekende vertolking van het thema uit de mythologie van Euston, de griezelige puriteinse spoken. Maar de commissie neemt het voor zoete koek aan. Angela heeft inderdaad allerlei talenten. Ze kan zowel toneelspelen als schrijven. Swenson kan niet – wíl niet – geloven dat ze tegenover hem steeds toneel heeft gespeeld. Zijn betekenis voor haar was niet gespeeld. In elk geval voor zover het over haar werk ging.

Magda trekt haar trui aan. Iedereen huivert. Lauren heeft een kleur, ziet er opgetogen uit. Dit is wat ze haar studenten leert, wat ze met hart en ziel gelooft: de rusteloze vrouwelijke geesten, die jammerend door de eeuwen zweven.

'Ben ik klaar?' zegt Angela, nu weer de norse tiener, die vraagt of ze mag uitbreken uit de hel van de gemeenschappelijke gezinsmaaltijd.

'Ja, natuurlijk, dank je wel,' zegt Bentham.

Lauren is niet van plan dit zo vlug, zonder enige plichtplegingen te laten eindigen. 'Angela, laat ik je nogmaals zeggen dat we weten hoe zwaar het voor je was om hier te komen en te zeggen wat je ons hebt verteld. Maar als vrouwen ooit gelijkwaardig onderwijs willen krijgen, moeten deze problemen aangepakt en afgehandeld worden, zodat we ons kunnen beschermen en sterker kunnen worden.'

'Natuurlijk,' zegt Angela. 'Graag gedaan. Maakt niet uit.'

'En gefeliciteerd met je boek,' zegt Bentham.

'Bedankt dan maar,' zegt Angela. 'Nou moet ik het afmaken.'

'Dat zal wel lukken,' zegt Magda op zo'n neutrale toon dat alleen Swenson het ijzige sarcasme eronder hoort.

'Angela,' zegt Lauren, 'weet je zeker dat je verder niets meer te zeggen hebt? Dit is wellicht je laatste kans.'

'Alleen nog één ding,' zegt Angela. 'Het heeft me echt pijn gedaan. Ik dacht dat professor Reynaud mijn boek echt mooi vond. En om dan te ontdekken dat het alleen maar was omdat hij met me naar bed wilde...'

Reynaud. Heeft de commissie dit gehoord? Dit is de naam van het personage uit haar roman. Nu is het Swenson die huivert. Angela heeft hem Reynaud genoemd. Laten ze dat maar in de notulen opnemen! Het kind kent het verschil niet tussen levende, ademende mensen en de personages die ze heeft verzonnen. Dit bewijst dat ze een tierende psychoot is.

Angela komt beverig overeind en strompelt bijna naar haar plaats terug. Haar ouders omhelzen haar en slaan op haar rug. Na een gepaste stilte wendt Bentham zich tot Swenson en zegt: 'Ted, ik neem aan dat er enkele dingen zijn die je misschien wilt zeggen.'

Het is precies het eind van een college creatief schrijven. Het moment waarop studenten hun kwellers bedanken en hun fouten erkennen. Bedankt dat jullie me hebben geholpen om te ontdekken hoe ik mijn verhaal kan verbeteren. Bedankt dat jullie me hebben geleerd stil te blijven zitten en mijn mond te houden terwijl dingen die me heel dierbaar zijn worden belasterd en bespot.

Het duurt even voor Swenson doorheeft dat Bentham niet wacht op een verklaring of een woord van dank en zelfvernedering, maar op zijn verontschuldigingen. Dit is Swensons grote kans om à la Dostojevski zijn zonden op te biechten, hartstochtelijk en roekeloos te smeken om vergeving en verlossing. En het spijt Swenson ook écht. Het spijt hem meer dan hij ooit onder woorden kan brengen. Het spijt hem ontzettend dat hij zijn huwelijk en zijn carrière kapot heeft gemaakt, dat hij zijn mooie, geliefde vrouw heeft opgeofferd aan een puberale fantasie over romantiek. Hij spijt hem dat hij verliefd is geworden op iemand die hij niet kende, die niet te vertrouwen was. Het spijt hem dat hij Magda's waarschuwingen in de wind heeft geslagen en zijn eigen argwaan en twijfels heeft genegeerd. Maar toevallig spijt het hem niet bijzonder dat hij de regels van Euston College heeft overtreden, wat hij geacht wordt te zeggen. De rest laat de commissie volkomen koud. Maar hij kan onmogelijk de pijnlijke details uit de doeken doen, die de leden ook niet zouden willen horen. Wat hem bij nog een volgend punt brengt dat hem spijt. Het spijt hem buitengewoon dat hij twintig jaar van zijn enige leven, twintig jaar die hij nooit meer terug zal krijgen, heeft doorgebracht tussen mensen met wie hij niet kan praten, mannen en vrouwen aan wie hij niet eens de simpele waarheid kan vertellen.

Dat wil zeggen, als hij wist wat de waarheid was, of waarom hij precies heeft gedaan wat hij heeft gedaan. Alles wordt steeds raadselachtiger voor hem, steeds moeilijker te doorgronden, aangezien elke nieuwe versie van Angela de versie tot wie hij zich oorspronkelijk aangetrokken voelde, heeft verhuld en uitgewist. De wil om te redetwisten verlaat hem. Hij doet geen moeite om naar de tafel te gaan. Hij kan spreken vanwaar hij zit.

Hij zegt: 'Ik geef toe dat mijn gedrag ten opzichte van Angela onprofessioneel was. Maar ik ben het niet eens met de manier waarop het hier vandaag is gepresenteerd. Het was persoonlijk. En gecompliceerd. Het is nooit een zakelijke transactie geweest.'

Transactie. Wat is dat voor woord? En wat bedoelt hij met 'gecompliceerd'? Hij neemt aan dat het een manier is om te beschrijven hoe van het een het ander is gekomen.

'Dat is het wel, geloof ik' is Swensons bezielende samenvatting van zijn inspirerende zelfverdediging.

'Dank je wel, Ted,' zegt Bentham. 'We waarderen je eerlijkheid. Je openhartigheid. We weten dat dit niet gemakkelijk voor je is geweest. Het is voor niemand van ons eenvoudig geweest.' De anderen mompelen in koor: bedankt bedankt bedankt.

'Hé, graag gedaan,' zegt Swenson. Hij staat op, en als hij zich omdraait om te vertrekken, werpt hij een laatste brandende, melodramatische blik in Angela's richting. Maar ze beantwoordt zijn blik niet, niet in het bijzijn van haar ouders. Hun ogen zoeken hem, vinden hem en boren zich in hem, beschermen hun dochter door middel van een preventieve aanval: defensieve luchtdoelraketten. Hij gaat een paar treden naar boven, duikt dan weg en gaat zitten, wordt op de dichtstbijzijnde zitplaats geduwd door de schok om die lange lat van een Matt McIlwaine te zien die – emotioneel, met rode wangen van de kou – regelrecht op hem af komt springen. Matts ogen zien er bloeddoorlopen en opgezet uit. Duidelijk drugs. Of misschien is hij net wakker geworden.

'Ben ik te laat?' zegt hij. 'Mijn auto deed het niet.' Het is zo'n automatische leugen dat niemand er aandacht aan besteedt. Het lijkt eerder een tic dan een bewuste daad. Waarom zou hij zijn auto nodig hebben om de campus over te steken? Baart het de commissie geen zorgen om een getuige te horen die al liegt voor hij zelfs maar in de getuigenbank heeft plaatsgenomen? Bentham kijkt Lauren aan. Lauren kijkt Magda aan. Ze zouden dit met Swenson moeten bespreken; hij weet waarom het Matt veel plezier zou doen om hem kapot te maken. Dat weten zij vermoedelijk ook al. De commissie heeft haar huiswerk gedaan. Ze weten ook genoeg over Matt om te vermoeden dat hij heel veel stampij zou kunnen veroorzaken als zijn getuigenverklaring niet wordt gehoord.

'Beter laat dan nooit, neem ik aan,' zegt Francis Bentham. Wie a zegt, moet ook b zeggen. Wat kan het hem schelen? Het is nog lang geen lunchtijd.

Lauren werpt één blik op Matt en draagt hem over aan Bentham.

'Matt,' zegt Francis, 'waarom vertel je de commissie niet wat je me in mijn kamer hebt verteld?' Ze spelen dus onder één hoedje. De eventuele leugens die Matt hier komt verspreiden, zijn geen verrassing voor de rector, die hem heeft toegestaan – aangeraden – zijn getuigenverklaring aan de rest toe te voegen. Swenson probeert zich te herinneren hoe de rector eerder heeft gereageerd, toen het ernaar uit had gezien dat Matt niet voor de hoorzitting zou verschijnen. Was hij teleurgesteld geweest of opgelucht?

'Ik ben eigenlijk geen student van professor Swenson,' zeg Matt. 'Dat zou knap stom zijn. Want ik ben zeg maar een vriend van zijn dochter...'

'Van Ruby?' zegt Magda bezitterig. Swenson kan het nauwelijks verdragen dat de naam van zijn dochter hardop wordt uitgesproken in deze zaal, bij deze mensen die hem en Sherrie kwaad toewensen, en die het slecht met Ruby zouden voorhebben als ze haar kenden.

'Van Ruby,' zegt Matt. Swenson pantsert zich voor de nieuwe kwelling die hem te wachten staat.

'En ik dacht gewoon dat de commissie wel zou willen weten dat Ruby het er altijd over had dat haar vader zeg maar met haar aanrommelde toen ze nog klein was...'

'Aanrommelde?' vraagt Bentham.

'U weet wel,' zegt Matt. 'In seksueel opzicht.'

'Juist,' zegt Bentham.

Maar wat heeft dat te maken met deze zaak, met Angela's klacht? Dit is een schending van Swensons mensenrechten. Bovendien liegt dat joch. Dat ziet elk kind! Swenson houdt van Ruby. Hij zou haar nooit iets aandoen. En dat heeft hij ook nooit gedaan.

Maar de commissie begrijpt dat niet. Swenson staat helemaal alleen. Iedereen heeft het ineens heel druk met zijn administratie, er worden aantekeningen neergekrabbeld, papieren gecontroleerd. Dus misschien weten ze dat het een leugen is – of dat het er in elk geval niet toe doet. Waarom zegt niemand dat dan? Omdat ze hun maskers hebben afgezet. Jonathan Edwards, Cotton Mather, Torquemado. Swensons misdaad draait om seks, dus kan de doodstraf worden toegepast. Elk bewijs is toelaatbaar. Ze halen het hele arsenaal tevoorschijn voor deze strijd op leven en dood tegen de krachten van het kwaad en de zonde.

Swenson laat de vraag toe of Ruby dat aan Matt heeft verteld. Hij wil geloven dat ze dat niet heeft gedaan. Hij kan slechts bidden dat ze dat niet heeft gedaan.

'Dat is het,' zegt Matt. 'Meer heeft ze niet geschreven.'

'Dank je wel,' zegt Bentham. 'En u ook allemaal bedankt.' De klas kan vertrekken. 'Ted, de commissie zal je laten weten tot welk besluit ze is gekomen over, laten we zeggen, twee weken?'

De commissieleden knikken. Twee weken zou geweldig zijn. Zolang het niet morgen is, zullen ze overal mee instemmen.

'Bedankt.' Swenson draait op de automatische piloot. Hij staat op en grijpt zijn jas. Dan ziet hij iets waardoor hij blijft staan. De commissieleden die zich opmaken om te vertrekken, vormen slechts wat drukte op de achtergrond, de bedrijvigheid van figuranten achter de belangrijke scène waarin Matt naar Angela toe loopt, die op haar tenen gaat staan om hem een zoen op zijn wang te geven.

Ze draaien zich om en kletsen wat met haar ouders. Matts arm ligt om haar schouders. Is Matt haar vriend? Was het Matt die haar telefoon heeft opgenomen? Hebben ze dit allemaal met hun tweeën bekokstoofd? Deden ze alsof ze elkaar nauwelijks kenden toen Swenson hen bij de videotheek tegenkwam? Misschien was het geen spel en waren ze toen echt bijna vreemden voor elkaar en heeft Swenson hen aan elkaar voorgesteld, het gelukkige paar samengebracht. Hij voelt zich net Herr Professor Rath die Lola Lola in de armen van Mazeppa de Sterke Man ziet. Angela is te slim voor Matt. Ze zal hem gebruiken en afdanken.

Angela's ouders gaan staan, en Matt legt een hand op de schouder van Angela's vader om hem in balans te houden. Wat zijn ze met elkaar door een hel gegaan! Angela's moeder staart hem aan. Wat zijn ze dolgelukkig dat de jonge sir Lancelot hun sprookjesprinses heeft gered van de perverse professor koning Arthur. Wie zou Mazeppa niet in de familie willen hebben? Matt zou de ideale schoonzoon zijn. Hij is rijk. Hij zal nog rijker worden. Waarom heeft Swenson dat niet gezien? Sorry. Zijn fout. Misschien was dit allemaal Matts wraak. Maar dat lijkt niet aannemelijk. Matt is daar bij lange na niet bekwaam genoeg voor, heeft de zaken lang niet zo goed op een rijtje als Angela. Maar waarom zou Angela hem kapot willen maken? Haar enige motief was dat ze gepubliceerd wilde worden.

Maar daar lijkt het nu op. Dat is niet beslist hoe het is gegaan. Angela is de enige die de waarheid kent – die de waarheid ooit zal kennen.

Swenson is niets van plan als hij naar beneden loopt. Als zijn hoofd niet leeg was geweest, had hij zich helemaal niet kunnen verroeren. Er is een zweem van onzekerheid te bespeuren, hij gaat de verkeerde kant op. Hé, die griezel met zijn camouflagebroek trekt zijn geweer! Maar hij is een beschaafde professor, dus moeten ze aannemen dat hij naar beneden komt om zijn collega's een hand te geven.

In plaats daarvan gaat hij naar Angela toe. Hij weet dat hij te dichtbij komt. Angela's vader en Matt verstijven. Dat voelt Swenson zonder naar hen te kijken. Hij brengt zijn gezicht vlak voor dat van Angela. Matt steekt zijn arm uit, beschermt Angela zonder Swenson echt aan te raken. Haar vader doet hetzelfde. Hun reflex, hun houding, de hele scène is patriarchaal, Bijbels. Ze zouden een blote borst en een baard moeten hebben, een tulband moeten dragen als op een schilderij uit de Renaissance.

Dan zweven de mannen en Angela's moeder uit Swensons perifere gezichtsveld weg en zwemt zijn blik op Angela af, langs haar kleren, zijn kleren, haar huid, zijn huid, haar lichaam, zijn lichaam. Zijn ziel zwemt op haar af als een wanhopig sardientje dat de oceaan zoekt waarin ze samen hebben rondgezwommen, toen Angela hem hoofdstukken bracht en wilde weten wat hij ervan vond en hij het uitstelde om haar dat te zeggen tot hij het niet langer uithield.

Angela's ogen nemen alles in zich op en geven niets terug, in elk geval niet het minste teken dat ze Swenson ooit eerder heeft gezien. Alle lucht is uit de zaal gezogen. Swenson heeft het gevoel dat hij verdrinkt.

Hij zegt: 'Vertel me gewoon één ding, oké? Waar was je verdomme mee bezig?'

'Hè?' zegt Angela. 'Wat?'

'Ted!' zegt Lauren. 'Beheers je. Alsjeblieft. Gedraag je als een volwassene.' Haar verzoek – of is het een waarschuwing? – wordt overgenomen door de andere commissieleden.

Misschien hebben ze er bezwaar tegen dat Swenson zo regelrecht op zijn prooi af is gegaan. Of misschien horen ze alleen maar dat Swenson 'verdomme' zegt tegen een student.

Francis Bentham, hun onverschrokken leider, gaat vastberaden op de impasse af. Hij grijpt Swensons elleboog voorzichtig vast. Swenson schudt zijn hand van zich af. Hij haalt oppervlakkig adem, iets vervaagt zijn gezichtsveld, maar helaas heeft het bewustzijn hem niet verlaten. Hij begrijpt dat het alleen maar erger zal worden als hij verder gaat, herrie maakt. Helaas beseft hij maar al te goed dat hij het niet zou kunnen verdragen, er niet tegen zou kunnen om door Matt en Angela's vader met geweld uit deze tent te worden verwijderd. O, waar was die verstandige, zichzelf beschermende stem toen hij naar de studentenkamer van Angela Argo ging?

Wat bewijzen ze hem allemaal een geweldige dienst door hem hun ware aard te tonen. Wat heeft hem in vredesnaam bezield dat hij hier bijna twintig jaar heeft verspild? Maar er is nog tijd. Hij zou Angela moeten bedanken! Als dit niet was gebeurd, was hij op Euston gebleven, veilig, alvast bij voorbaat gebalsemd, tot hij oud was geworden en was overleden, zonder ooit te hebben gemerkt dat hij in de hel zat. Hij wordt niet ontslagen, hij wordt bevorderd van de hel naar het vagevuur. Swenson weet dat dit niet zozeer een optimistisch moment is

346

als wel een suggestie hoe een optimistisch moment kan voelen.

Hij staat niet toe dat Bentham hem aanraakt, maar laat zich naar boven voeren. Professor Rath die door de boze menigte uit Der blaue Engel wordt verdreven.

'We spreken elkaar nog,' zegt Bentham, maar Swenson geeft geen antwoord. Ineengedoken vanwege de hevige kou loopt hij het besneeuwde binnenplein op.

De gazons en paden zijn verlaten. Er stijgen zachte mistflarden op boven de sneeuw, waardoor de contouren van de dingen wazig en donzig vervagen. De universiteitsgebouwen hebben er nog nooit zo mooi uitgezien, hun sobere witte potdeksels, koloniale baksteen en gotische stenen schoonheid onbezoedeld door weemoed of persoonlijk verdriet omdat hij op het punt staat dit achter zich te laten. Swenson voelt zich net een toerist die een historische plek bezoekt. Hij voelt zich uitverkoren, bevoorrecht dat hij hier is!

Precies op dat moment verschijnt er een hert – een wijfje – dat heel behoedzaam over het pad trippelt. De hinde kijkt Swenson aan, die terugkijkt. Ze staart hem kalm aan, met – daar zou hij een eed op durven doen – een soort bevestiging of begrip dat hij tevergeefs van Angela probeerde te krijgen. Welke middeleeuwse heilige heeft het kruis tussen de hoorns van de hertenbok gezien? Het hert is duidelijk een teken van hoop, van mogelijkheden en vergeving. Wellicht een reïncarnatie van een van de dochters van Elijah Euston. Ineens heft de hinde haar kop op en blijft daar staan. Aandachtig, luisterend. Wat hoort zij dat Swenson niet hoort?

Even later hoort hij het. De klokken luiden, vrolijk en rauw. Wat wordt er voor overwinning gevierd? Het begin van Swensons nieuwe leven? Dat lijkt op een of andere manier niet aannemelijk. Wat klinken ze prachtig! Al die jaren hier heeft hij er nooit naar geluisterd, er alleen maar op gereageerd met ongeduld en ergernis. Maar wie kan hem dat verwijten? Hij zat er veel te dicht bij. De klokken onderbraken zijn colleges, weergalmden in zijn schedel. Hij herinnert zich dat hij Angela aanstaarde terwijl de klokken het uur sloegen. Hij kijkt op zijn horloge. Het is vijf voor half, dus waarom luiden ze nu?

Dan begint het hem van lieverlee te dagen. Het is de Women's Alliance, die haar triomf verkondigt over de zoveelste mannelijke onderdrukker, een klein stapje op weg naar een glorieuze toekomst. Hij is blij dat hij die toekomst achter zich heeft gelaten en op weg is naar zijn eigen toekomst. Niet dat hij weet wat die zal brengen. Dat zal hij gewoon moeten afwachten.

Waarom hebben de klokken het hert niet verjaagd? Terwijl hun spookachtige echo wegsterft, steekt de hinde kalm het binnenplein over, teer, als een flamingo, waarbij ze haar neus af en toe in de sneeuw steekt. Verder bij hem vandaan draait ze zich opnieuw om en kijkt Swenson door de mist aan. Wat ziet ze? Wat verwacht ze? Swenson heeft geen flauw idee. Maar wat is het hem merkwaardig blij te moede, wat is het een opluchting om, ook al is het maar heel even, toe te geven hoeveel hij nooit zal weten.